LARISSA SCHIRA

Love me FASTER

IMPRESS

© privat

Larissa Schira, geboren 1995 in Nürnberg, verfasste während ihres Lehramtsstudiums ihren ersten Roman und entdeckte dabei ihre Liebe für das Schreiben wieder, die sie schon seit der Kindheit begleitet hatte. Bereits im Alter von 5 Jahren schrieb sie erste Geschichten und hatte mit 10 Jahren sämtlichen Lesestoff aus dem örtlichen Bücherbus verschlungen. Neben dem Schreiben und Lesen gilt ihre Leidenschaft vor allem dem Kochen, Kartfahren und Verwöhnen ihrer Meerschweinchen..

Für meinen Mann, der das Talent hätte, der beste
Rennfahrer der Welt zu werden

1. Kapitel

Selina

Nürnberg, Deutschland

»Wie viel hast du dem Fahrprüfer gegeben?«, fragt Alex, tastet nach dem Griff über der Beifahrertür und krallt sich mit beiden Händen daran fest. Idiot. Würde das Fahren nicht meine volle Konzentration fordern, hätte er schon längst meine Faust in der Seite.

»Vielleicht liegt mangelndes Fahrtalent ja in der Familie. Wer von uns hat sein erstes Auto nach zwei Wochen zu Schrott gefahren?«

Er wirft mir einen vernichtenden Blick zu, ich muss mir aber ein Grinsen verkneifen.

»Das war ein Rennunfall, okay? Das wäre mir nie passiert, wenn ich so lahm durch die Stadt schleichen würde wie du.«

Sofort trete ich das Gaspedal weiter nach unten. Meine Vernunft schlägt Alarm, doch sein entsetztes Keuchen ist das Risiko definitiv wert.

»Rot! Rot heißt bremsen!«

Ich gebe erneut Gas und nutze die letzten Meter. Dann lege ich eine Vollbremsung hin. Das Quietschen der Reifen lässt mein Herz eine Etage tiefer rutschen. Das Auto kommt jedoch einige Meter vor der Haltelinie zum Stehen.

Ich grinse zu Alex hinüber, dessen Gesicht den gleichen Weißton angenommen hat wie sein Shirt.

»Siehst du? Ich habe alles unter Kontrolle.«

Er schnaubt und schüttelt kaum merklich den Kopf.

»Wenn du so weitermachst, schaffst du es nächste Woche nicht mal bis zur Autobahn. Im Ernst, ich kann dich so nicht bis nach München fahren lassen. Du wirst dich umbringen.«

Ich rolle mit den Augen, doch seine Worte versetzen mir einen Stich. Auch wenn ich es nicht zugeben werde: Er hat recht. Mit dem Fahrlehrer an meiner Seite und dem Wissen, dass im Notfall sofort jemand eingreift, war alles einfacher. Aber es hilft nichts. Ich nutze die kurze Rotphase, um meine Überforderung hinunterzuschlucken. Nachdem ich all meine Ersparnisse in diese Karre gesteckt habe, kommt es nicht infrage, plötzlich doch jedes Wochenende mit dem Zug zu pendeln. Und wenn ich nicht übe, werde ich mich nie sicherer fühlen. Mit meinem Bruder an der Seite ist das allemal besser als alleine.

Die Ampel springt auf Grün. Ich würge den ersten Gang rein und fahre mit einem Ruckeln an.

»Lassen wir es lieber langsam angehen. Da vorne rechts. Im Wohngebiet kannst du nicht viel falsch machen.«

»Stimmt. Höchstens ein paar Kinder oder Katzen überfahren«, murmle ich, setze jedoch den Blinker.

Als wir in die Tempo-30-Zone einbiegen, lockern sich meine Muskeln sofort. Die von Eichen gesäumte Straße ist menschenleer. Hier kann ich mich nur auf mein Auto konzentrieren, ohne ständig die anderen Irren beobachten zu müssen.

Ich werfe Alex einen Seitenblick zu. Er klammert sich immer noch verzweifelt am Griff fest.

»Hast du das von Anfang an gekonnt? Ich meine ... hast du dich bei deinen ersten Fahrten nicht auch unwohl gefühlt?«

Er schenkt mir ein sanftes Lächeln.

»Um ehrlich zu sein, nein. Aber bei mir ist das auch was anderes. Es ist normal, nicht sofort perfekt zu fahren und ein paar Fehler zu machen. Dafür passen ja hoffentlich die anderen ...«

Sein plötzliches Stocken lässt meine Glieder einfrieren.

»Scheiße! Brems doch!«

Bevor ich verstehen kann, was passiert, schnellt mein rechter Fuß wie von selbst aufs Bremspedal. Zu spät. Ein silberner Schatten taucht in meinem Blickfeld auf.

Mein eigener Schrei übertönt beinahe den Knall. Dann schneidet sich der Sicherheitsgurt in meine Schulter. Scheiße. Das war's. Ich kneife die Augen zusammen und halte die Luft an. Warte auf den Moment, in dem sich Splitter in meine Haut bohren, mein Kopf auf das Lenkrad knallt und alles schwarz wird. Warum bin ich in dieses verdammte Auto gestiegen? Ich wusste von der ersten Sekunde an, dass das nur schiefgehen kann.

»Verdammte Scheiße, schon mal was von rechts vor links gehört?!«

Ich blinzle ungläubig zur Beifahrerseite. Wir stehen. Alex durchbohrt mich mit seinem Blick und hat offensichtlich kein anderes Problem, als mich anzuschreien. Vorsichtig richte ich mich im Sitz auf und sehe an mir hinunter. Meine Hände zittern unkontrolliert, doch ich kann nirgendwo Blut entdecken. Alles in Ordnung.

Ich stoße die angestaute Luft aus und zwinge mich, tief durchzuatmen. Ruhig bleiben. Es ist nur ein bisschen Blech. Uns geht es gut.

Als ich aus dem Beifahrerfenster blicke und mir langsam dämmert, was ich angerichtet habe, überkommt mich jedoch der Impuls, mich unter dem Sitz zu verstecken. Die silberne Motorhaube in der Seitentür sieht teurer aus als alles, was ich jemals besitzen werde.

Ein Klopfen am Fahrerfenster lässt mich zusammenzucken. Ich reiße den Kopf herum und blicke in das Gesicht eines jungen Mannes. Er kann kaum älter sein als ich. Was mich jedoch noch mehr überrascht als sein Alter ist das Schmunzeln, das auf seinen Lippen liegt. Hat er getrunken oder ist er nur vollkommen bescheuert? Immerhin habe ich gerade seine Luxuskarre geschrottet. Wie kann man bei diesem Anblick lachen?

Ich wende mich hilfesuchend an Alex, doch sein wütender Gesichtsausdruck spricht Bände.

»Das kannst du schön alleine ausbaden. Ich komm hier sowieso nicht raus«, brummt er und deutet auf den Sportwagen, der seine eingedellte Tür blockiert.

Mit klopfendem Herzen taste ich nach dem Türgriff und kämpfe mich aus dem Auto. Der Kerl tritt einen Schritt zurück und legt den Kopf schief. Dabei fällt ihm eine Strähne seiner dunklen, verwuschelten Haare in die Stirn. Sein

Blick trifft mich mit einer solchen Intensität, dass ich am liebsten wegsehen würde. Doch ich straffe die Schultern und trete auf ihn zu.

Sein Schmunzeln weitet sich zu einem Grinsen.

»Bremsen ist nicht so deine Stärke, hm?«

Das Blut steigt mir in die Wangen. Ob es an seiner Unterstellung liegt oder den kleinen Grübchen, die sich beim Sprechen auf seinen Wangen bilden, kann ich jedoch nicht sagen.

»Bei einem Auto, für das man einen sechsstelligen Betrag hinblättern muss, würde ich auch erwarten, dass die Bremsen besser funktionieren«, grummle ich und laufe an ihm vorbei, um mir den Schaden genauer anzusehen.

Er zuckt mit den Schultern und folgt mir.

»Vielleicht war ich auch ein bisschen zu schnell.«

Ich drehe mich zu ihm um und runzle die Stirn.

»Ein bisschen? Du bist da rausgeschossen, als wärst du in einer Verfolgungsjagd.«

Statt einer Antwort zieht er sein Handy hervor und macht einige Fotos vom Unfall. Als ich die eingedrückte Tür und die Motorhaube des Sportwagens genauer betrachte, lässt der Schock langsam nach. Alles nicht so schlimm. Die Tür wird man nicht mehr retten können. Aber beide Autos sehen noch fahrbereit aus und die Versicherung wird das hoffentlich regeln.

Erst jetzt fällt mir auf, dass ich nicht die geringste Ahnung habe, was ich machen muss. Fotos sind schon mal nicht schlecht. Und dann? Die Polizei holen? Mir seinen Ausweis zeigen lassen? Doch diesem Kerl gegenüber, der eine so unerschütterliche Ruhe und Souveränität ausstrahlt, will ich nicht zugeben, dass ich mich nicht auskenne.

»Hol doch schon mal deine Sachen«, schlägt er vor und kehrt zu seinem eigenen Wagen zurück.

Ich stocke. Habe ich mich gerade verhört? Meine Sachen holen?

»Einer Fremden in die Seite zu fahren und sie dann zu bitten, mit dir irgendwohin zu fahren, ist echt eine seltsame Anmache.« Kaum sind die Worte aus mir herausgesprudelt, beiße ich mir auf die Zunge. Das Lachen, das er zu unterdrücken versucht, verrät mir, dass ich ihn vollkommen falsch verstanden habe. Verdammt. Wie blöd will ich mich heute eigentlich noch anstellen? Er muss mich sowieso schon für minderbemittelt halten.

Peinlich berührt wende ich mich ab und betrachte konzentriert die Spitzen meiner dunklen Sneakers. Mein Gehirn rattert. Doch der Druck ist zu groß. Mir fällt kein cooler Spruch ein, um meine Aussage wie einen Scherz dastehen zu lassen.

»Oh, ich würde dich liebend gerne mitnehmen. Aber da hätte dein Freund sicher was dagegen.« Er deutet mit dem Kopf zu Alex hinüber. »Ich habe eher deine Versicherungsunterlagen und den Fahrzeugschein gemeint.«

Die Temperatur in meinen Wangen erreicht ihren Höchstpunkt und mein Kopf sieht garantiert aus wie ein kandierter Apfel. Er meint es ernst. Meine Gedanken überschlagen sich. Die Vorstellung, in seinen Wagen zu steigen und mit ihm ins Nirgendwo zu fahren, gefällt mir viel zu gut.

»Bruder. Nicht Freund«, antworte ich und nutze die Gelegenheit, um ebenfalls zur Fahrerseite zurückzukehren. Ich muss mich beruhigen, bevor noch mehr Blödsinn aus meinem Mund kommt.

»Gib mir mal die Mappe aus dem Handschuhfach.«

Mit einer Geste bedeute ich Alex, sich zu beeilen. Doch er reagiert nicht. Statt das Fach zu öffnen, starrt er mich mit großen Augen an.

»Heilige Scheiße. Weißt du überhaupt, wer das ist?« Er fährt sich durch die Haare und schüttelt ungläubig den Kopf.

»Du kennst ihn? Ein Studienkollege von dir?«, rate ich, obwohl es mich eigentlich nicht interessiert. Die Situation ist schon unangenehm genug. »Gibst du mir jetzt die Papiere oder muss ich auf deinen Schoß klettern und sie mir selbst holen?«

Er lacht auf. »Das ist Daniel Breuning, verdammt. Er fährt in der Formel 3 um den Titel.«

Ich ziehe die Brauen nach oben. Seinem Gesichtsausdruck nach zu urteilen steht dort draußen ein Star vom Kaliber Brad Pitts. Der Name sagt mir jedoch überhaupt nichts und ich kann mich nicht erinnern, diesen Kerl jemals irgendwo gesehen zu haben.

»Also ein drittklassiger Rennfahrer? Wow, was für eine Ehre. Besonders gut fahren kann er offensichtlich trotzdem nicht.«

Genervt beuge ich mich über ihn und will mir die Mappe selbst besorgen. Alex greift aber nach meinem Arm und hält ihn fest.

»Er gehört zur Weltspitze. Das hat nichts mit drittklassig zu tun. Es wird gemunkelt, dass er für die nächste Saison einen Deal in der Formel 1 abgeräumt hat.«

Nun werde ich doch hellhörig.

»Du verarscht mich.«

»Was denkst du denn, warum er mit 21 Jahren einen McLaren 600LT fährt?«

Ich schlucke. Der letzte Rest Selbstbeherrschung, den ich bis gerade eben noch aufrechterhalten konnte, verflüchtigt sich augenblicklich. Scheiße. Und ich bin ihm auch noch so respektlos gegenübergetreten. Hätte Alex das nicht gleich sagen können? Er hat bestimmt den teuersten Anwalt des Landes und wird mich am Ende noch wegen fahrlässiger Körperverletzung anzeigen. Und obwohl ich das Ziehen in meiner Brust zu ignorieren versuche, muss ich mir eingestehen, dass es nicht nur das ist, was mich aus dem Konzept bringt. Insgeheim hatte ich gehofft, er könnte seine Aussage ernst gemeint haben. Dass er mich wirklich gerne mitnehmen und vielleicht auf einen Kaffee einladen würde. Wie lächerlich, überhaupt darüber nachzudenken. Natürlich war das nur ein blöder Spruch.

Eilig angle ich die Papiere aus dem Handschuhfach und lasse den kreidebleichen Alex alleine im Auto zurück.

Der Motor des McLaren gibt beim Anlassen ein tiefes Röhren von sich. Vorsichtig manövriert Daniel seinen Wagen rückwärts aus meiner Seitentür hinaus. Das Blech knackt lauter als beim Aufprall, als sie sich schlagartig wieder nach außen biegt. Die Kratzer und Dellen sind jedoch nicht zu übersehen.

Alex springt sofort aus dem Wagen und zupft sein Shirt zurecht.

»Ach, jetzt willst du mir plötzlich doch helfen? Ganz uneigennützig?«

Er wirft mir einen mahnenden Blick zu, zieht mir die Mappe aus der Hand und schlendert betont lässig zum Sportwagen hinüber, der nun auf der

Gehsteigkante parkt. Als Daniel wieder aussteigt, stolpert er jedoch beinahe über seine eigenen Füße. Das macht die Situation nicht besser. Verlegen reibt er sich den Nacken.

»Hey … tut mir echt leid um das tolle Auto. Meine Schwester hat erst seit ein paar Wochen ihren Führerschein und …«

Daniel winkt sofort ab.

»Kein Stress. Ist nur ein bisschen Blech, lässt sich wieder ausbeulen.«

»Wie jetzt? Das juckt dich gar nicht? Bei diesem Geschoss? Ich …«, stottert Alex und weiß offensichtlich gar nicht, was er mehr bestaunen soll: Idol oder Traumauto. Ich trete hinter ihn und klopfe ihm auf den Rücken.

»Eigentlich wollte er dich nur fragen, ob er ein Foto mit dir machen darf oder du auf seinem Hintern unterschreibst.«

Dafür ernte ich einen Ellbogenstoß in die Nieren, doch das ist es mir wert. Daniels dunkle Augen leuchten auf und er hat offensichtlich Mühe, ein Lachen zu unterdrücken. Mit einem unschuldigen Lächeln reiche ich ihm die Unterlagen.

»Wenn er meine Rennen fleißig verfolgt, kennt er sich mit Fahrtechniken auf jeden Fall besser aus als du«, verteidigt er Alex. Unter anderen Umständen hätte ich mich beleidigt gefühlt. Doch sein schelmisches Grinsen entschädigt mich für seinen dummen Spruch und zeigt mir, dass ich ihn nicht allzu ernst nehmen sollte.

Er zieht meine Fahrzeugpapiere und Versicherungsunterlagen aus der Mappe und reicht mir im Gegenzug seine Papiere. Ich tue es ihm gleich und fotografiere alles ab. Dann schiebt er mir noch eine Hochglanz-Visitenkarte zu.

»Wenn du es auch lernen willst, ruf an, Selina.« Beim Klang meines Namens aus seinem Mund läuft mir ein wohliger Schauer über den Rücken und ich starre verlegen auf das Kärtchen. Schon wieder weiß ich nicht, ob er es ernst gemeint hat oder mir seine Nummer nur gibt, um über den Unfall im Austausch bleiben zu können.

Alex rettet mich. Er räuspert sich und streckt Daniel vorsichtig sein Handy entgegen.

»Könnten wir wirklich ein Foto machen? Wär richtig cool.«

»Na klar.«

Daniel nimmt es, reicht es aber sofort an mich weiter.

»Würdest du schnell eins machen?«

Ich nicke. Seine Finger streifen beiläufig meine Hand, als ich es entgegennehme und hinterlassen ein Kribbeln auf meiner Haut. Verdammt, warum benimmt sich mein Körper plötzlich wie der eines Teenagers? Hätte ich nicht mit einer alten Frau zusammenstoßen können? Dann wäre das alles viel einfacher gewesen.

Die beiden stellen sich näher zusammen und legen den Arm umeinander. Auf den ersten Blick könnte man denken, sie wären seit Jahren beste Freunde.

Ich schieße drei Fotos, dann gebe ich das Handy an Alex zurück, der übers ganze Gesicht strahlt.

»Cool, danke, Mann!«

»Nichts zu danken. Verlink mich gerne, falls du es postest, dann kann ich es teilen.« Er streckt Alex die Hand entgegen, der enthusiastisch einschlägt. So gerne ich Daniel auch als rücksichtslosen Raser abstempeln würde, komme ich nicht umhin, seine Geste zu bewundern. Sein Erfolg scheint ihm nicht zu Kopf gestiegen zu sein und er schafft es mit so wenigen Worten, uns das Gefühl zu geben, Alex wäre sein Kumpel, nicht ein Fan.

Ich werfe einen Blick auf mein Handy.

»Wir müssen weiter. Du hörst von meiner Versicherung.« Meine Stimme klingt kälter als beabsichtigt.

Alex runzelt die Stirn. Natürlich ist das Quatsch und es tut mir leid, ihm die Möglichkeit auf eine Unterhaltung mit einem seiner Idole zu nehmen. Aber ich muss hier weg. Endlich wieder einen klaren Kopf bekommen, bevor dieser Kerl mich noch mehr in Verlegenheit bringen kann.

»Kannst mir gerne mal wieder reinfahren. So schöne Unfälle habe ich selten.«

Habe ich mir das gerade eingebildet oder hat er mir zugezwinkert? Er wendet sich ab, eilt zu seinem Wagen und winkt uns nochmal zu, bevor er sich auf den Fahrersitz schwingt. Verunsichert winke ich ebenfalls und beobachte, wie er mit donnerndem Motor die Straße hinunter verschwindet. Unwillkürlich muss ich schmunzeln. Der Unfall hat ihn scheinbar nicht dazu bewegt, in Zukunft langsamer zu fahren.

Ich kehre mit Alex ebenfalls zum Auto zurück. Die Anspannung fällt langsam von mir ab. Unzählige Gedanken strömen auf mich ein.

Als ich einsteigen will, legt Alex die Hand auf meine Schulter und hält mich zurück.

»Danke für das Erlebnis ... aber das ist keine gute Idee. Lass mich weiterfahren, Würmchen.«

Ich wünschte, mein Blick könnte töten. Er weiß genau, wie sehr ich diesen Spitznamen hasse. Er sieht mich jedoch nicht mal an, zieht mir den Autoschlüssel aus der Hand und drückt sich vorbei. Ich spare mir die Mühe, zu protestieren. Es stimmt ja. Ich wäre gerade nicht mehr in der Lage, konzentriert zu fahren.

Während wir uns auf den Heimweg machen und Alex aufgeregt auf mich einredet, ziehen seine Worte wie leere Hüllen durch meinen Kopf. Ich kann ihm nicht zuhören. Der Unfall lässt mich nicht mehr los. Genauso wenig wie Daniels Lächeln.

2. Kapitel

Selina

Nürnberg, Deutschland

Trotz Alex Tetris-Strategie passt der letzte Karton nur noch auf den Beifahrersitz. Die Aussicht, ihn während der gesamten Fahrt auf dem Schoß balancieren zu müssen, lässt mich seufzen. Auf Unterwäsche und Socken kann ich aber leider nicht verzichten.

»Neunzehn Jahre in einem Auto«, murmelt er und reibt sich die geröteten Hände. Ich nicke knapp und versuche mich an einem Lächeln, doch meine Mundwinkel verkrampfen. Schweigend folge ich ihm durch den Vorgarten zurück ins Haus. Dabei wird mir jedoch nur noch schmerzlicher bewusst, dass ich gerade einen Lebensabschnitt hinter mir lasse: meine Kindheit. Wenn ich das nächste Mal durch diese Haustür trete, werde ich nur noch ein Besucher sein. Mein Herz schlägt einen trägen Takt. Plötzlich bin ich mir nicht mehr sicher, ob es eine gute Idee ist, wegzuziehen. Denn ich ziehe immerhin nicht nur ein paar Straßen weiter, sondern gleich in eine fremde Stadt.

Ich werde mich zurechtfinden. Die anfängliche Einsamkeit macht mir allerdings Angst. Wie sehr werde ich das hier vermissen: Alex, meine Eltern, meine Freunde, mein Zuhause? Bisher habe ich es vermieden, darüber nachzudenken. Doch nun kann ich die Sorgen nicht länger zurückhalten, die sich wie kleine Nadelstiche in meinen Kopf bohren.

Nicht einmal der Duft der Ziegenkäse-Quiche kann meine Laune heben. Mama stellt die dampfende Form auf den Esstisch und winkt uns energisch zu sich. Ich nehme gegenüber von Papa Platz, auf dessen Gesicht sich meine eigenen Emotionen spiegeln.

»Hast du deinen Stundenplan schon ausgedruckt? Vergiss nicht, die Raumnummern dazuzuschreiben. Sonst kommst du schon zur ersten Vorlesung zu spät.«

»Montag 9.30 Uhr, Einführung in die Zoologie, Raum 1.107«, gebe ich zurück und reiche Mama meinen Teller. Sofort entspannen sich seine Züge.

»Mach dich nicht verrückt. Sie schafft das. Und sie kann dich ja jederzeit anrufen, wenn sie so hilfreiche Tipps braucht.« Mama schiebt mir ein riesiges Stück zu und tätschelt Papa die Schulter. Ihr ironischer Unterton entlockt mir ein Grinsen. Verdammt, auch wenn sie anstrengend sind, ich werde die beiden vermissen.

Trotzdem zweifle ich nicht an meiner Entscheidung. All die Stunden, in denen ich mich in meinem Zimmer verbarrikadiert und gelernt habe, statt mit Marie und meinen anderen Freundinnen durch die Straßen zu ziehen, sollen schließlich nicht umsonst gewesen sein. Mein Traum, zum Tiermedizinstudium zugelassen zu werden, hat sich erfüllt. Dafür hätte ich viel mehr als einen Umzug nach München in Kauf genommen.

Während ich mein Mittagessen genieße, zerpflückt Alex die Quiche mit der Gabel. »Hättest du nicht wenigstens in eine Hälfte etwas Speck reinschmeißen können?«

Mama wirft ihm einen vorwurfsvollen Blick zu.

»Wenn du in zwanzig Jahren ausziehst, macht Mama dir bestimmt auch ein Abschiedsmahl – einen ganzen Berg Fleisch und Speck, nur für dich allein.«

Ich rechne mit einem Tritt von der Seite, doch auch er scheint mir angesichts des nahenden Abschieds nicht böse sein zu können und schiebt sich wortlos einen Bissen in den Mund.

Das Mittagessen ist ungewohnt still. Außer dem Kratzen der Gabeln auf den Tellern traut sich niemand, einen Laut von sich zu geben. Zum Glück versucht Mama nach einer Weile, die Stimmung mit Anekdoten über die Nachbarskinder zu heben. Ich bin ihr dankbar für die Ablenkung, das mulmige Gefühl in meinem Magen bleibt allerdings. Obwohl die Quiche perfekt ist, bin ich bereits nach einem kleinen Stück satt. Wird Zeit, dass wir loskommen.

Wenn ich erst einmal weg bin und den Abschied hinter mir habe, wird es mir besser gehen.

Auch Alex scheint es eilig zu haben. Kaum hat er den Teller in die Küche getragen, schlüpft er in seine Schuhe.

»Hopp jetzt. Hab keine Lust, nachmittags in die Staus zu kommen.«

Schweren Herzens mache ich mich ebenfalls fertig. Dann atme ich durch, schließe die Augen und nehme den Duft meiner Heimat tief in mir auf, als könnte ich ihn dort für immer festhalten.

»Wir fahren!«, ruft Alex in die Küche und verschwindet nach draußen. Ich dagegen bleibe verunsichert im Flur stehen, warte auf Mama und Papa und lasse mich von beiden in die Arme schließen.

»Einen guten Start ins Studentenleben, mein Schatz«, haucht Mama mir ins Ohr. Das Zittern ihrer Stimme lässt meine Augen feucht werden. Aber ich reiße mich zusammen und winde mich aus ihrer Umarmung.

»Nicht heulen. Wir sehen uns doch alle zwei Wochen.«

Mama kneift die Lippen zusammen und nickt.

Bevor die Situation noch schlimmer werden kann, wende ich mich ab und will mich auf den Weg machen.

»Warte, das hätte ich fast vergessen!«, ruft Papa jedoch und eilt ins Wohnzimmer. Er kehrt mit zwei Briefen in der Hand zurück.

»Die waren heute Morgen für dich im Briefkasten. Sieht aus, als wären sie von der Versicherung. Solltest du nicht zwei Wochen hier liegen lassen.«

Er drückt sie mir in die Hand und ich nicke ihm dankend zu. Nichts wie raus hier.

Als ich mich mit dem Karton auf dem Beifahrersitz eingerichtet habe, startet Alex den Motor. Ich schließe die Augen und zähle die Sekunden, bis wir die Straße verlassen haben. Geschafft. Jetzt bin ich offiziell von Zuhause ausgezogen.

Je näher wir der Autobahn kommen, desto mehr werden meine wehmütigen Gedanken von Vorfreude und Aufregung abgelöst: ein neues Leben, neuer Alltag, neue Freunde, neue Möglichkeiten. Ich habe es selbst in der Hand. Und ich werde etwas Grandioses daraus machen.

Alex dreht das Radio auf und summt die fröhliche Melodie leise mit. Ich stimme mit ein und reiße nebenbei den ersten Brief auf, der vom Karton zu rutschen droht.

Er ist tatsächlich von der Versicherung. Angesichts der Summe, die unter dem Kostenvoranschlag der gegnerischen Partei prangt, wird mir übel. Scheiße. Da habe ich ja einen ordentlichen Schaden verursacht. Sofort taucht Daniels lockeres Lachen wieder vor mir auf. Ob er beim Werkstattbesuch immer noch so cool geblieben ist? Verstohlen werfe ich einen Blick auf mein Handy. Doch auch dieses Mal zeigt das Display keine neue Nachricht an. Natürlich nicht. Ich sollte aufhören, überhaupt daran zu denken, er könnte mir schreiben. Das ist lächerlich. Und wenn, dann würde er das wohl nur tun, um sich bei mir zu beschweren. Warum sollte er sich unter all den schönen, reichen und erfolgreichen Frauen dieser Welt ausgerechnet für mich interessieren?

Ich denke kurz darüber nach, Alex von der Summe zu berichten, verwerfe den Gedanken allerdings sofort wieder. Das darf ich mir sonst den Rest meines Lebens anhören – immer dann, wenn ich es gerade wieder vergessen habe.

Stattdessen öffne ich den zweiten Brief und bete, dass sich darin nicht noch mehr Schadensberichte befinden. Ein leeres Blatt Papier, nur mit meinen Daten adressiert, rutscht mir entgegen. Wie umständlich. Ich falte es auf. Und erstarre.

Zwischen den Seiten liegen schwarze Pässe mit roten Bändchen. Mein Puls beschleunigt sich so plötzlich, dass ich ihn in meinem Hals spüre. Ich muss dreimal lesen, was darauf steht. Ungläubig drehe ich sie in meinen Händen. Sie sind echt.

Alex dreht die Musik leiser.

»Was ist das?«

Ich öffne den Mund, doch es dauert einige Sekunden, bis meine Stimme mir wieder gehorcht.

»Zwei VIP Tickets für das Rennen in Spa nächste Woche.«

Er reißt den Kopf herum und der Wagen schlingert auf die rechte Spur, die zum Glück leer ist.

»Du verarscht mich.«

Ich halte ihm einen der Pässe vor die Nase. Zuerst reagiert er nicht. Dann übertönt sein aufgeregter Schrei den Fahrtwind.

»Er hat dir Tickets geschickt? Wusstest du das? Habt ihr geschrieben?«

Ich schüttle den Kopf und drehe das Papier in meinen Händen. Nichts. Doch im Kuvert werde ich fündig. Ein kleiner, quadratischer Zettel. Die Handschrift ist so schwungvoll und krakelig, dass ich sie kaum entziffern kann. Meine zitternden Hände machen die Situation nicht besser. Ich hole tief Luft und reiße mich für einen Augenblick zusammen. Vielleicht ist das nur ein Scherz. Auf jeden Fall ist es kein Grund durchzudrehen. Mit stockender Stimme lese ich vor:

Damit du mal siehst, wie das mit dem Fahren funktioniert ;) Die Zugtickets und die Hotelreservierung kommen per Mail, sobald du mir den Namen deines Bruders verraten hast. Das zweite Ticket ist für ihn. Ich freu mich auf euch!
Danny

3. Kapitel

Danny

Spa-Francorchamps, Belgien

Dreizehn. Der Helm bohrt sich in meinen Nacken, als ich aus der Kurve heraus beschleunige: links anfahren für Nummer 14, neunzig Grad. Die Muskeln in meinen Oberarmen brennen bereits. Das hält mich jedoch nicht davon ab, den Wagen an seine Grenzen zu bringen. Ich bremse an, halte das Lenkrad fest umschlossen und leiste den Fliehkräften Widerstand, die es mir entreißen wollen. Die Curbs rattern unter den Reifen und katapultieren mich beinahe aus dem Sitz. Ich schalte in den vierten Gang.

»Guter Run. Komm rein, genug für heute.«

Ich ignoriere die schnarrende Stimme in meinem Ohr. Jetzt nicht. Wenn ich morgen was reißen will, muss ich noch ein bisschen die Limits austesten und abspeichern, welche Bewegung zu welchem Zeitpunkt perfekt ist. Die Einfahrt zur Boxengasse fliegt an mir vorbei. Dann beschleunige ich auf der kurzen Geraden. Die Menge zu meiner Linken verschwimmt zu einem undeutlichen, bunten Meer. Doch das lenkt mich schon lange nicht mehr ab.

»Verdammt, Danny! Kannst du nicht einmal deinen Sturkopf ausschalten und auf das hören, was ich sage! Schluss jetzt, bevor die Rennleitung mir die Bude einrennt. Die warten nur noch auf dich. Ich warne dich, wenn du nicht sofort reinkommst und den Zeitplan für beide Rennklassen durcheinanderbringst, dann …«

»Meine Fresse, ja, ich komm rein«, knurre ich ins Mikro. Ganz toll. Die letzte Runde muss er mir mit seinem Gemotze auch noch versauen. Ich nehme Tempo heraus und nutze sie wenigstens, um mir jeden Zentimeter der Strecke einzuprägen. Durch die unzähligen Stunden im Simulator kommt sie mir aber bereits so vertraut vor, dass die Anspannung von mir abfällt. Startplatz zwei sollte mindestens drin sein. Den Rest regle ich beim Rennen.

Als ich den Wagen in die Boxengasse steuere und neben den Mechanikern zum Stehen komme, steht Matthias bereits wild gestikulierend vor mir. Seinen Anpfiff kann er sich sparen. Ich weiß genau, welche Leier er wieder auspackt. Betont langsam nehme ich das Lenkrad ab, ziehe den Helm ab und hebe mich aus dem Auto. Leider geht mein Plan nicht auf. Er nutzt die Sekunden nicht, um durchzuschnaufen, sondern reißt mir das Lenkrad aus der Hand und ist kurz davor, es in die Ecke zu donnern.

»Nächstes Mal fliegst du, das schwöre ich dir. Ich wünschte, ich hätte das schon längst gemacht. Wenn du nur nicht so verdammt schnell wärst. Du schaffst es jedes Mal, Unruhe im Team zu stiften und uns in Schwierigkeiten zu bringen. Kannst du nicht ein einziges Mal mit uns arbeiten statt gegen uns?« Die Ader an seiner Schläfe pulsiert mit jedem Wort stärker.

»Bleib cool. Ist nichts passiert, oder? Ihr könntet mir ja auch mal die eine Runde mehr gönnen, ein wenig hinter mir stehen und euch nicht vor der Rennleitung in die Hosen scheißen.«

Während die Mechaniker mein Auto in die Garage schieben, dränge ich mich an ihnen vorbei, um der Standpauke zu entkommen.

Matthias kann es jedoch nicht lassen und folgt mir.

»Es geht nicht nur um uns. Mit diesem unprofessionellen Verhalten wirst du auch nie ein Angebot aus der Formel 1 bekommen, egal, wie viele Pokale du abräumst.«

Abrupt bleibe ich stehen. Meine Hände ballen sich wie von selbst zu Fäusten. Er weiß genau, welche Karten er ausspielen muss, um mich zu kriegen. Dieser Mistkerl! Am liebsten würde ich mich umdrehen und ihm meinen Mittelfinger vor die Nase halten. Aber ich kenne die Grenzen.

Stattdessen atme ich tief durch und bemühe mich um einen sanften Tonfall. »Es tut mir leid, okay? Wir reden später. Ich hab jetzt zu tun.«

Ein Seufzen ist die einzige Antwort, die ich erhalte. Endlich lässt er mich in Frieden. Auf der Suche nach einem Anzug und einer Glatze inmitten des Teams marschiere ich durch die Box. Peter muss hier irgendwo stecken. Wird höchste Zeit, dass ich ihn losschicke. Obwohl der Druck des Trainings normalerweise schnell von mir abfällt, werde ich nun immer unruhiger. Die Strecke und die Techniken, die ich mir unbedingt merken wollte, haben sich ins hinterste Eck meiner Gedanken verkrochen. Heute gehen mir ganz andere Dinge durch den Kopf. Und ich bereue es jetzt schon, dieser Schnapsidee nachgegeben zu haben. Ich hätte wissen müssen, dass es mich meinen letzten Rest Ruhe und Konzentration kosten würde.

Endlich entdecke ich Peter neben der Tür. Er ist wie immer in sein Handy vertieft und bemerkt nicht, dass ich ihn zu mir winke. Ich stecke zwei Finger in den Mund und pfeife in voller Lautstärke.

»Kannst du zur Terrasse hoch und die beiden abholen?«

Er schiebt das Handy in die Tasche seiner Anzughose. Er trägt blau-weiße Streifen, das seltsamste Outfit im ganzen Rennstall. Aber es ist eine Garantie für gute Laune. Mir entlockt seine ausgefallene Art, sich zu kleiden, jedes Mal ein Grinsen.

Er quetscht sich zu mir durch, muss im Gewusel aber trotzdem fast schreien, damit ich ihn verstehe.

»Da war ich doch schon längst.«

Irritiert runzle ich die Stirn. Was soll das heißen? Sie sind nicht gekommen? Sofort wird mein Herzschlag träge. Quatsch. Natürlich sind sie hier, er hat nur nicht richtig nachgesehen. Und selbst wenn keiner da ist, juckt mich das doch nicht.

»Und du hast niemanden gefunden? Dann schau ich selbst nochmal schnell.«

Ich will sofort nach oben rennen. Bevor sie weg sind. Immerhin ist es schon zehn Minuten nach der vereinbarten Zeit. Peter hält mich aber an der Schulter fest.

»Sie warten vor der Tür. Konnte sie nicht mit reinnehmen. Wollte Matthias nicht. Könnten ja Spione von Prema sein oder was durcheinanderbringen.«

Meine Laune schießt sofort in die Höhe. Na wer sagt's denn. Mein Gefühl hat mich nicht getäuscht. Die Freude in ihrer Mail von letzter Woche war echt. Und auch, wenn ich lieber cool bleiben würde, kann ich es kaum erwarten, sie wiederzusehen und durch die Boxengasse zu führen.

Ich bedanke mich bei Peter und folge ihm nach draußen.

Als wir den gut gesicherten Durchgang zur Boxengasse passieren, muss ich nicht lange suchen. Mein Blick wandert wie von selbst in ihre Richtung. Vielleicht ist es Selinas Strahlen, das den ganzen Vorplatz aufzuhellen scheint. Augenblicklich nimmt es meine volle Aufmerksamkeit ein. Unsere Blicke treffen sich und ein Lächeln huscht über ihre Lippen. Ich dagegen grinse wie ein Idiot vor mich hin. Mein Gott, reiß dich zusammen. Sie ist nur eine ganz normale Frau, die dir deinen Wagen zu Schrott gefahren hat. Kein Grund, sich so anzustellen.

Trotzdem entgeht mir keine ihrer Bewegungen. Mit federnden Schritten läuft sie auf mich zu. Ihre dunklen Locken hüpfen dabei auf und ab.

»Hey.« Eine unkreativere Begrüßung hätte mir auch nicht einfallen können.

»Hey, Alter, ich kann es immer noch nicht fassen, dass du uns eingeladen hast. Danke, Mann!« Alex ist mindestens genauso aufgekratzt wie bei unserer ersten Begegnung. Er streckt mir die Hand entgegen. Dankbar für die Initiative schüttle ich sie.

»Klar, warum nicht, wenn ich euch eine Freude damit machen kann? Hat alles geklappt bei der Anreise?«

»Da konnte nichts schieflaufen. Ich bin ja nicht gefahren«, erwidert Selina trocken und ich kann nicht anders, als zu grinsen. Diese Selbstironie hätte ich nicht von ihr erwartet, doch mir gefällt ihr lockerer Umgang mit dem Thema.

»Meinen Manager habt ihr ja schon kennengelernt.« Ich deute auf Peter, der einen Schritt hinter mir steht, bevor ich mich wieder Selina zuwende. »Er sieht vielleicht nicht so aus, aber er ist ein Kontrollfreak.« Ein Klaps trifft mich am Hinterkopf »Also wundert euch nicht, wenn er uns verfolgt. Er will nur sichergehen, dass ihr nichts anzündet oder mitgehen lasst.«

»Keine Sorge, ich hab nicht vor, noch mehr zu zerstören« Sie sieht mich nicht einmal an, während sie mit mir redet. Ihr Blick wandert an mir vorbei in Richtung der Securitys.

»Können wir jetzt endlich reingehen? Ich ertrage Alex' Gezappel keine

Sekunde länger«, sagt sie und läuft an mir vorbei, bevor ich etwas erwidern kann. Unglaublich. Was ist mit ihr passiert? Das schüchterne Mädchen, das auf den Boden gesehen hat, als ich mit ihr geflirtet habe, hat sie heute offensichtlich Zuhause gelassen. Umso besser, Gedanken lesen war noch nie mein Ding.

***

Während ich die beiden durch die Boxengasse führe, fällt mir erneut auf, dass ihr ähnliches Aussehen darüber hinwegtäuscht, wie unterschiedlich sie sind. Alex löchert mich ununterbrochen mit technischen Fragen. Es macht Spaß, mit ihm über meinen Trainingsrun zu fachsimpeln. Er hat wirklich was drauf. Selina dagegen hält sich im Hintergrund. Sie lauscht meinen Erklärungen aufmerksam und sieht sich alles interessiert an. Dabei kommt allerdings kein Mucks über ihre Lippen. Wahrscheinlich hatte sie bisher nicht viel mit Rennsport am Hut. Umso geehrter fühle ich mich, dass sie den weiten Weg auf sich genommen hat, um mich wiederzusehen. Oder hat sie das nur ihrem Bruder zuliebe gemacht?

Mein Auto interessiert sie jedenfalls. Mit großen Augen nähert sie sich den Mechanikern, die gerade kontrollieren, ob nach meinem Trainingsrun noch alles in Ordnung ist. Andächtig läuft sie um das Fahrzeug herum und ist kurz davor, sich zwischen die Arbeiter zu quetschen, um einen Blick ins Cockpit werfen zu können. Ich halte sie jedoch zurück. Immerhin arbeiten die Männer konzentriert und Besucher sind hier sowieso nicht gerne gesehen.

»Ich würde euch ja anbieten, eine Runde mit mir zu drehen … aber in einem Einsitzer ist das eher unpraktisch.«

Selina nickt verständnisvoll und wendet sich ab. Alex dagegen hält die Hand vor den Mund und tut so, als würde er mir etwas zuflüstern wollen.

»Ist auch besser so. Mich würdest du nicht mehr rausbringen und Selina würde dir alles vollkotzen.«

»Das war nur das eine Mal! Tu nicht so, als wäre das keine Absicht gewesen. Kein normaler Mensch driftet acht Runden durch den Kreisverkehr.«

Die Neckereien der beiden bringen mich zum Schmunzeln. Ein Wunder, dass sie freiwillig miteinander verreisen, ohne sich die Köpfe einzuschlagen.

Gleichzeitig wittere ich aber eine Chance. Die Chance, ein paar Minuten mit Selina alleine zu haben. Über etwas anderes als Rennsport mit ihr zu quatschen. Alex ist ein super Kerl. Doch solange er danebensteht, kann ich mich nicht dazu überwinden, seine Schwester anzusprechen. Auch wenn es völliger Quatsch ist. Ich habe ja keine bösen Absichten. Trotzdem hemmt mich seine Anwesenheit.

Im selben Moment, in dem ich die Worte ausspreche, weiß ich schon, dass ich sie später noch bereuen werde.

»Nicht der beste Ersatz für ein Formel-Auto … Mit ein bisschen Glück kann ich dir aber einen Platz im Safety-Car besorgen.«

Sein Mund klappt auf.

»Mann, krass … wegen mir musst du dir keine Umstände machen, aber es wäre schon richtig geil. Da sage ich nicht Nein!«

Hitze kriecht meine Brust hinauf. Plötzlich fällt mir auf, dass ich noch immer in meinem Rennanzug stecke. Ich zerre den Reißverschluss bis zur Hüfte auf, zwänge mich aus den Ärmeln und verknote sie vor mir.

»Dann werde ich mal sehen, was sich machen lässt. Aber heute klappt es nicht mehr. Eher morgen«, murmle ich, während sich in meinem Inneren schon die Gedanken überschlagen. Mist. Wie soll ich das anstellen? Unter anderen Umständen hätte ich Matthias angehauen. Als Teamchef hat er Kontakte zu allen Funktionären und somit auch die Möglichkeit, einen Gast auf einer Vorbereitungsrunde im Safety-Car mitzuschicken. Mit meinem besten Freund hat das letztes Jahr schließlich auch geklappt. Heute ist er aber garantiert nicht gut auf mich zu sprechen. Da kann ich mir das Fragen gleich sparen. Eher würde er mich auf der Motorhaube festbinden als mir diesen Gefallen zu tun. Peter, der mein großkotziges Angebot mitgehört hat, runzelt die Stirn und schüttelt hinter Selinas Rücken den Kopf. Auf ihn kann ich also auch nicht zählen.

Ich will mir jedoch nichts anmerken lassen. Schnell wechsle ich das Thema und führe die beiden zum Presseraum.

4. Kapitel

Selina

Spa-Francorchamps, Belgien

Die Atmosphäre in der Lounge über der Rennstrecke setzt diesem Tag ein Krönchen auf. Ich kann die unzähligen, neuen Eindrücke kaum verarbeiten. Alles zieht wie in einem Traum an mir vorbei. Die herausgeputzten Kellner, die zwischen den Tischen entlangwuseln, der Duft der teuren Köstlichkeiten, der in der Luft liegt, die prominenten Gäste, die sich an den Nebentischen verwöhnen lassen. Was habe ich zwischen ihnen verloren?

Zum Glück habe ich noch daran gedacht, ein schickes Sommerkleid einzupacken. Für diesen Anlass ist es zwar immer noch zu schlicht, gegenüber der Alternative Jeans und T-Shirt aber vertretbar. Ich habe nicht erwartet, dass ich es brauchen würde. Im Gegenteil. Während Alex von Einblicken in die Kommandozentrale und Partys mit den Formel-1-Fahrern geschwärmt hat, bin ich davon ausgegangen, Danny nur kurz über den Weg zu laufen und die restliche Zeit auf der Tribüne zu verbringen. Umso mehr frage ich mich nun, was er sich dabei gedacht hat, uns hierher einzuladen. Hier sitzen an jedem Tisch vornehme junge Frauen, die so viel besser in seine Welt passen würden als ich. Denkt er, ich bin eine von denen, die sich von seinem Reichtum einfach um den Finger wickeln lassen? Oder ist seine Freigiebigkeit zwei armen Fremden gegenüber eine Strategie, um sich ein besseres Image in der Öffentlichkeit zu erarbeiten?

»Selina?«

Ich schrecke aus meinen Gedanken hoch. Erst jetzt bemerke ich den Weinkellner neben mir. O nein. Warum habe ich nicht zugehört, was Danny und Peter eben mit ihm geredet haben? Von Wein habe ich ungefähr genauso viel Ahnung wie von Motorsport.

»Äh …«

»Sie nimmt den Chardonnay.« Danny ist meine Rettung. Ich nicke eifrig und schiebe dem Kellner mein Glas entgegen. Der füllt es jedoch nur einen Finger breit. Verwirrt ziehe ich es wieder zu mir.

»Ja, danke«, stammle ich. Alle Blicke am Tisch sind auf mich gerichtet. Warum verschwindet der Typ denn nicht?

»Du musst probieren«, flüstert Danny und ich stoße ein verlegenes Lachen aus. Ist das peinlich. Ich schwenke das Weinglas, wie ich es aus Filmen kenne und beobachte die Flüssigkeit, als könnte ich irgendwas erkennen. Dann nippe ich daran. Ja, eindeutig: Es ist Wein.

»Der ist perfekt, danke!« Ich bedeute dem Kellner, das Glas aufzufüllen.

»Eine gute Wahl.« Er schenkt nach und verzieht keine Miene, obwohl er garantiert gemerkt hat, dass ich nicht die geringste Ahnung habe. Peter, Alex und die beiden Kollegen von Danny nehmen ihr Gespräch wieder auf und ich kann durchatmen. Erfolgreich eine totale Blamage abgewendet.

»Sorry, wollte dich nicht überrennen. Kannst ruhig auch eine Cola bestellen, wenn dir das lieber ist.«

Wohlige Wärme breitet sich in meinem Bauch aus. Ob das am Wein liegt oder an Dannys zuvorkommender Geste?

»Nein, schon okay.« Ich nehme einen weiteren Schluck. »Der ist wirklich ganz gut. Die Weine, die ich bisher probiert habe, waren so bitter, dass es einem den Mund zusammenzieht.«

»Deswegen der Chardonnay. So süß wie du.«

Ein Grinsen stiehlt sich auf meine Lippen, während sich die Wärme in meinem Magen zu einem Feuer entwickelt. Heute bin ich mir sicher. Er hat es genau so gemeint, wie er es gesagt hat.

»Täusch dich da mal nicht. Wenn es nach Alex geht, bin ich alles andere als süß.«

»Das finde ich lieber selbst heraus.«

Eine weitere Bedienung taucht neben uns auf und serviert eine Antipastiplatte, obwohl ich mir von der Karte nur eine Hauptspeise ausgesucht habe. So spare ich mir die Antwort, kann den Anblick der Speisen aber nicht mehr genießen. Seine Anspielung hängt immer noch zwischen uns in der Luft und zaubert mir Bilder in den Kopf, die ich mir in den letzten Tagen nicht zu träumen gewagt hatte. Nur seine direkte Art ist mir noch nicht geheuer. Solche Sprüche kenne ich nur von den aufgeblasenen Jungs aus meiner Abiklasse. Von denen, die Mädchen wie Trophäen gesammelt und es bei jeder probiert haben. Ist Danny einer von ihnen? Oder kann ich meinem Gefühl trauen?

Mein Magen blubbert verdächtig und ich widme mich der Platte. Andächtig belade ich den Teller mit einer kleinen Portion Gemüse und Unmengen an Käse. Ein himmlischer Anblick.

Danny gibt mir einen weiteren Tipp, damit ich mit dem Essen beginnen kann. »Von außen nach innen.«

Ich hebe den Kopf und lächle ihm dankbar zu. Er erwidert es mit einer Wärme, die mich völlig aus dem Konzept bringt.

»Du musst den Serrano probieren. Der ist der absolute Wahnsinn!«, sagt er mit vollem Mund und deutet auf den fein aufgeschnittenen Schinken.

Ich bin kurz davor, dankend abzulehnen. Alex klinkt sich allerdings schneller in unser Gespräch ein, als mir lieb ist. »Keine Chance. Sie ist Vegetarierin.«

»Oh, das wusste ich nicht ...« Danny fährt sich peinlich berührt durchs Haar und räuspert sich. Da hat Alex es also tatsächlich geschafft, ihn in Verlegenheit zu bringen.

»Woher auch?«, erwidere ich und esse unberührt weiter, »Ich bin keine von denen, die es jedem ungefragt unter die Nase reiben. Also denk dir nichts dabei.«

Er atmet auf und ich grinse in mich hinein. Macht er sich wirklich so viele Gedanken um mich? Oder gehört das auch nur zu einer Masche, die ich noch nicht durchblickt habe?

»Soll ich ... ich meine ... dir lieber eine eigene Vorspeise bestellen? Stört es dich?«

»Ich glaube kaum, dass mein Gemüse sich in eine tote Kuh verwandelt, nur weil es auf demselben Teller lag.«

Eine Sekunde lang mustert er meinen todernsten Gesichtsausdruck. Dann prustet er plötzlich los. Mit seinem unkontrollierten Lachen steckt er mich sofort an. Die Aubergine in meinem Mund fliegt beinahe in hohem Bogen über den Tisch. Nur meine Hand vor den Lippen kann mich noch vor der nächsten Blamage bewahren.

***

Nach der Hauptspeise entschuldige ich mich auf die Toilette. Alex hat alle am Tisch erfolgreich um den Finger gewickelt und amüsiert sie mit seinen peinlichen Anekdoten, die ich mir nicht zum hundertsten Mal anhören will. So muss ich mir aber immerhin keine Sorgen machen, ihn ein paar Minuten alleine zu lassen. Ich prüfe mein Make-up und kämme mir die Haare mit den Fingern durch. In neuer Frische verlasse ich die Toilette und kehre zum Saal zurück.

Hinter der Tür kommt mir Danny entgegen. Mein Körper richtet sich automatisch auf. Er läuft jedoch nicht an mir vorbei, sondern legt die Hand auf meinen Arm. Was? Schlagartig sind alle Gedanken in meinem Kopf wie ausgelöscht. Gähnende Leere. Überfordert starre ich auf die gepflegten Finger auf meiner nackten Haut.

»Komm mit. Ich will dir was zeigen.«

Danny führt mich quer durch das Gebäude, bis wir einen zweiten Speisesaal erreichen. Außer vereinzelten Lachern, die von dort zu uns hinüberwehen, herrscht hier jedoch Stille: Stühle lehnen an den Tischen, die Beleuchtung ist ausgeschaltet. Lediglich die letzten Sonnenstrahlen werden von der Glasfront reflektiert und tauchen den Saal in ein sattes Orange.

Ich weiß sofort, wohin Danny mich bringen will.

Wir durchqueren den Raum und er schiebt die riesige Terrassentür auf. Mit einem Blick über die Schulter winkt er mich durch. Mich beschleicht das Gefühl, dass wir hier gar nicht sein dürften. Doch wenn Danny bereit ist, das Risiko einzugehen und sich Ärger einzuhandeln, werde ich nicht die Spaßverderberin spielen.

Ich lehne mich aufs Geländer und recke die Nase der Abendsonne entgegen. Die Anspannung des Tages fällt langsam von mir ab und wird von einer ziehenden Schwere in meinen Gliedern abgelöst. Ich könnte problemlos im Stehen einschlafen.

»Und, was sagst du?« Danny deutet mit einer weiten Geste über das

Geländе. Ich hebe meine trägen Lider und lasse den Blick über die Rennstrecke schweifen. Der Asphalt, über den vor wenigen Stunden noch die Rennwagen gerast sind, glänzt im Abendlicht. Die Rufe der Zuschauer und die dröhnenden Ansagen aus den Lautsprechern sind verstummt. Während die Sonne die Kurven und die Wälder in schillernden Farben bemalt, erkenne ich die Umgebung kaum wieder. Doch es ist nicht nur Idylle. Spannung liegt in der Luft, denn die Ruhe trügt. In wenigen Stunden wird dort unten der nächste Kampf ausgetragen werden. Ich sauge die Stimmung in mir auf und kann mich nicht an dem Ausblick sattsehen.

»Es ist magisch.« Ich luge zu Danny hinüber, der ebenfalls in die Aussicht versunken ist. »Sieht aus, als würdest du es genießen. Aber ist es für dich überhaupt noch was Besonderes? Du siehst so was doch jeden Tag.«

Er stützt die Arme aufs Geländer und nickt langsam.

»Es wird immer etwas Besonderes bleiben.« In seiner Stimme liegt so viel Ruhe und Kraft, dass mir ein wohliger Schauer über den Rücken läuft. »Als ich klein war, bin ich auf Bäume geklettert, um von dort aus die Tracks überblicken zu können und habe bei Wind und Wetter an Provinzstrecken auf billigen Steintribünen gesessen. Während ich die Rennen beobachtet habe, stellte ich mir vor, selbst dort im Auto zu sitzen und um den Sieg oder die schnellste Runde zu fahren. Und ich habe mir vorgenommen, dafür zu kämpfen. Nicht aufzuhören, bevor ich hier stehe.«

Der Schauer in meinem Nacken breitet sich zu einer Gänsehaut aus.

»Und es sah verdammt oft nach einem irren Traum aus. Aber ich hab es durchgezogen, während meine Freunde daran gescheitert sind. Heute stehe ich hier, kann es aber meistens nicht genießen. Es ist wie eine Sucht. Man muss immer weiterkämpfen und die Zähne noch härter zusammenbeißen. Bis man es an die Spitze geschafft hat.«

»Aber das hast du doch. Du führst Woche um Woche das Feld an.«

Er schnaubt und sein bitteres Lachen löst etwas in mir aus.

»Ich wünschte, ich könnte damit glücklich sein. Es ist mehr, als ich jemals hätte verlangen können. Aber das reicht mir nicht. Ich will in die Formel 1. Ich will Weltmeister werden. Und ich habe eine Scheißangst, dass das nicht klappt. Was mache ich dann? Immerhin hab ich mein ganzes Leben lang darauf hingearbeitet.«

Wow. Ein solches Geständnis hätte ich nicht erwartet. Nicht, nachdem wir uns erst ein paar Tage kennen und bisher nur wenige Worte miteinander gewechselt haben. Doch seine Worte lösen ein Ziehen in meiner Magengrube aus. Es kommt mir lächerlich vor, seine Situation mit meiner zu vergleichen, doch ich weiß, was in ihm vorgeht. Er fühlt sich genauso wie ich. Hat er das gespürt und sich mir deshalb anvertraut?

Je länger er zur Strecke hinunterblickt, desto weicher werden seine Züge wieder. Sofort schleicht sich eine Frage in meinen Kopf.

»Du genießt es aber doch. Ich sehe es.«

Er zuckt mit den Schultern. »Heute schon.«

Mein Herz vollführt einen unregelmäßigen Trommelschlag. Aber ich lasse mich davon nicht irritieren und spreche meine Frage aus. »Warum ausgerechnet heute?«

Er wendet sich mir zu. Die Trommelschläge geraten völlig außer Kontrolle. Der Dämmerschein verleiht seinen braunen Augen einen intensiven, warmen Glanz. Jeder Zentimeter meines Körpers scheint sich mit Licht zu füllen. Was ist das? Es erschreckt mich, doch gleichzeitig will ich dieses Gefühl nie wieder loslassen. Ich will nie wieder wegschauen, in das Funkeln seiner Augen eintauchen und mich dort verlieren.

Ein absurder Gedanke schießt mir durch den Kopf. Ob es an mir liegen könnte?

Er öffnet den Mund. Schließt ihn wieder.

Nein, natürlich nicht. Es ist absurd, überhaupt darüber nachzudenken, er könnte diesen Abend nur wegen mir genießen. Oder etwa doch nicht?

Er unterbricht unseren Blickkontakt, doch das wunderbare Strahlen, das er in mein Inneres gezaubert hat, bleibt.

»Vielleicht liegt es an diesem grandiosen Sonnenuntergang. So was sieht man nicht alle Tage.«

Ich versuche, die Enttäuschung nicht an mich heranzulassen und schäme mich für meine wahnwitzigen Vorstellungen. Ich konzentriere mich lieber auf die Baumwipfel, die im sanften Wind hin und her wiegen und schimmernde Wellen durch den Wald ziehen.

»So stelle ich mir einen Sonnenuntergang am Meer vor. Oder zumindest so ähnlich.«

»Soll das heißen, du hast noch nie einen Sonnenuntergang am Meer gesehen?«, fragt er entsetzt. Hätte ich das lieber nicht sagen sollen? Mir war nicht bewusst, dass das so ungewöhnlich ist. Macht mich das in seinen Augen zu einem weltfremden Kind?

Eine Böe erfasst meine Haare und wirbelt sie mir ums Gesicht.

»Nein. Ich war noch nie am Meer.«

Er legt den Kopf schief und verengt die Augen. »Du verarschst mich.«

Ich schüttle den Kopf und zucke mit den Schultern.

»Wir hatten kein Geld für große Reisen. Unsere Eltern haben alles in unser Haus gesteckt, das eigentlich viel zu teuer für uns war. Aber ihnen war wichtig, dass wir in einer guten Gegend aufwachsen und jeder sein eigenes Zimmer bekommt.« Sein Ausdruck wandelt sich von Entsetzen zu Mitleid. Ich habe wohl etwas übertrieben.

»Das klingt jetzt schlimmer, als es ist. Wir sind ab und zu in eine kleine Ferienwohnung in den Schwarzwald gefahren, oder in die Alpen. Wir hatten eine tolle Kindheit, wirklich, ich hab das nicht vermisst.«

»Wenn du das Meer einmal gesehen hättest, würdest du es vermissen«, murmelt er, doch seine Miene hellt sich wieder auf.

»Irgendwann werde ich das schon noch herausfinden, keine Sorge.«

»Vielleicht früher, als du denkst.«

Ich runzle die Stirn, er grinst jedoch nur und löst sich vom Geländer.

»Wir sollten wieder reingehen, bevor mein Team eine Suchaktion startet.«

Ich stimme zu und verlasse hinter Danny die Terrasse. Bevor er die Tür zuschiebt, werfe ich noch einen letzten Blick zur untergehenden Sonne, um die Bilder dieses besonderen Abends für immer in meiner Erinnerung zu speichern. Denn es könnte das letzte Mal sein, dass ich einen solchen Moment mit ihm teile, bevor ich übermorgen in meine Welt zurückkehre, die nichts mit dieser gemein hat.

5. Kapitel

Danny

Spa-Francorchamps, Belgien

Als ich in die Box stürme, quetscht sich Alex schon in den Helm. Völlig außer Atem zeige ich ihm einen Daumen nach oben und er erwidert meine Geste. Puh, es hat geklappt. Er kriegt seine Fahrt im Safety-Car. Und ich habe das Qualifying trotz des privaten Trubels nicht in den Sand gesetzt.

Völlig außer Atem lehne ich mich gegen die Wand und stütze die Hände auf die Knie. Ich habe mein Versprechen gehalten. Aber die erhofften, ruhigen Minuten mit Selina kann ich mir wohl abschminken. Da hätte ich es mir gleich sparen können, meine Teamkollegen anzubetteln, Alex als ihren Kumpel auszugeben und Matthias zu überreden.

Unter der strengen Aufsicht des Boxenpersonals quetscht Alex sich auf den Beifahrersitz des AMG. Ich halte Ausschau nach Selina und entdecke sie in der hintersten Ecke. Sie verlagert ihr Gewicht von einem Bein auf das andere und wickelt eine ihrer dunklen Locken um den Finger. Zwischen all den Arbeitern, denen sie auszuweichen versucht, wirkt sie verloren. Hat Peter sie hier einfach abgestellt? So kann ich sie keine Sekunde länger herumstehen lassen. Als sie mich kommen sieht, hellen sich ihre Züge sofort auf.

»Kommst du mit ins Fahrerlager?«

»Nichts lieber als das. Hier steh ich ja nur im Weg rum.«

»So würde ich das nicht sagen. Die Männer freuen sich garantiert, so attraktive Unterstützung in der Box zu haben … du könntest dich als offizielle Motivationshilfe bewerben.«

»Sag so was nicht. Einer von denen hat mich gerade schon gefragt, in welchem Hotel ich wohne. Und zwar der mit der Glatze, der Älteste von allen.«

Sie verzieht das Gesicht und schüttelt sich. Ich lache auf, lege ihr sanft die Hand auf die Schulter und führe sie aus der Box.

»Und du hast ihm sofort deine Schlüsselkarte gegeben?«

»Nein. Den Tritt in die Eier, den er sich damit verdient hätte, aber leider auch nicht.«

Ihr fröhliches Lachen resoniert in jedem Zentimeter meines Körpers und ich kann nicht anders, als mit einzusteigen. Verrückt. Was passiert mit mir?

Wir durchqueren die Passage zum Fahrerlager und lassen den kurzen Security-Check über uns ergehen. Die neugierigen Blicke der anderen beiden Fahrer, die uns entgegenkommen, entgehen mir nicht. Ich ignoriere sie jedoch. Sollen sie doch labern und denken, Selina wäre meine Freundin. Sie ist eindeutig keine Frau, für die ich mich schämen müsste.

Wir passieren die riesigen Motorhomes der Formel-1-Teams, die Selina schon bei meiner kleinen Führung mit offenem Mund bestaunt hat. Auch mir versetzt ihr Anblick einen kleinen Stich. Ob ich sie ihr jemals von innen werde zeigen können?

Sie folgt mir zu unserem weniger prunkvollen Teambereich und ich atme auf. Wie ich gehofft hatte. Ruhe. Zwischen dem Qualifying und dem Wechsel zwischen den beiden Rennklassen ist hier kaum jemand anzutreffen.

Eines der kleinen Zelte ist sogar komplett verlassen. Ich werfe Selina einen fragenden Blick zu. Sie soll sich auf keinen Fall bedrängt fühlen. Aus dem angrenzenden Versorgungszelt dringen Stimmen zu uns hinüber und ich will sie schon fragen, ob es ihr lieber ist, wenn wir uns zu den anderen setzen, als sie energisch nickt und an mir vorbei ins Zelt geht.

Wir lassen uns auf einer provisorischen Bierbank nieder. Die drückende Hitze, die sich unter der Plane gesammelt hat, lässt mich noch mehr schnaufen.

»Soll ich uns was zu trinken holen?«, frage ich und deute in Richtung des Zelts nebenan.

»Ruh dich doch erstmal kurz aus. Du siehst aus, als würde dein Kopf gleich platzen.« Sie deutet auf meine glühende Birne, von der mir der Schweiß tropft. Na super. Ich muss furchtbar aussehen. Mit einer schnellen

Bewegung streiche ich meine Haare zurecht. Hoffentlich stinke ich nicht so, wie ich aussehe.

»Irgendwie hatte ich nie gedacht, dass Rennfahren so anstrengend ist«, murmelt sie und überschlägt die Beine.

»Deswegen heiß es ja Rennsport. Ich verbringe mehr Zeit in Fitnessstudios als im Auto. Du hast noch nie in einem Kart gesessen, hm?«

Sie schüttelt den Kopf.

»Das sollten wir nachholen. Dann merkst du, wie viel Kraft es schon kostet, dieses kleine Ding zu steuern.«

Ein fragender Ausdruck legt sich um ihre sanft geschwungenen Lippen. Ist mir das gerade wirklich so rausgerutscht?

»Du kommst mit? Dann hab ich ja nicht die geringste Chance.« Sie zieht eine Schnute und mein Herz drückt gegen meine Rippen. Ob sie weiß, wie verdammt niedlich das ist?

»Ich kann dich auch gewinnen lassen ... wenn ich es schaffe, so langsam zu fahren, ohne einzuschlafen.«

Sie stößt ihre Schulter gegen meine, wie sie es ständig bei ihrem Bruder tut, wenn er sie ärgert. Ich grinse in mich hinein. So schnell habe ich es also geschafft, ihr jegliche Hemmungen zu nehmen.

»Hast du überhaupt Zeit, einfach mal so Kartfahren zu gehen? Was du gestern erzählt hast klang eher, als hättest du in den nächsten Monaten keine freie Minute.«

Ich seufze. Anlügen will ich sie nicht.

»Einfach ist es nicht. Zwischen den Flügen habe ich oft nur ein, zwei Tage und je nachdem, wo ich gerade bin, komme ich zwischen zwei Rennwochenenden gar nicht nach Hause. Aber ich bin mir sicher, dass wir das irgendwann hinkriegen, wenn du willst.«

Sie stützt die Hände neben sich auf der Bank ab und zeichnet mit der Schuhspitze unsichtbare Kreise auf den Boden.

»Warum machst du das?«

Ich mustere sie aus dem Augenwinkel, kann jedoch keine Regung in ihrem Gesicht erkennen. Was meint sie?

»Was denn?«

Sie zögert, sieht dann aber zu mir auf und scheint meine Reaktion genau beobachten zu wollen. Mein Atem wird sich wohl nie wieder beruhigen. Wie macht sie das nur? Warum macht mich eine einfache Frage aus ihrem Mund so nervös, wie ich sonst nicht mal vor einem entscheidenden Rennen bin?

»Zuerst schickst du mir die Tickets, zahlst mir Zug und Hotel. Dann gibst du mir auch noch eine Führung, lädst mich zu einem edlen Essen ein und erfüllst meinem Bruder einen seiner Kindheitsträume.«

Die Hitze ist kaum mehr auszuhalten. Plötzlich komme ich mir dumm vor. Wenn sie das so ausspricht, klingt es geradezu lächerlich. War das zu viel? Habe ich mal wieder übertrieben?

»Und das alles für eine Fremde? Eine Frau mit einer billigen Schrottkarre, die dir deinen teuren Wagen kaputtgefahren hat? Jemand, der nicht mal weiß, welche Gabel man zuerst benutzt und garantiert nie in deinen Kreisen verkehren wird? Sei ehrlich. Ist das so eine PR-Nummer?«

Perplex blinzle ich ihr entgegen. Das kann doch nicht ihr Ernst sein.

»Was sollte das mit PR zu tun haben?«

Sie wendet sich wieder ab und die Kreise, die sie mit ihrem Fuß zieht, werden größer.

»Du weißt schon ... dein Image aufpolieren. Entweder es weiß schon längst ein Presseteam Bescheid und am Montag lese ich eine Story darüber, wie groß dein Herz ist und wie engagiert du dich für deine Fans einsetzt ... oder du hoffst, dass wir all unseren Freunden und Verwandten erzählen, was für ein feiner Kerl du bist, damit sich das rumspricht. Machst du so was öfter?«

Ich weiß nicht, ob ich lachen oder sie packen und schütteln soll. Bisher habe ich sie als selbstbewusste, junge Frau kennengelernt. Doch nun sind ihre Zweifel nicht zu überhören. Sie scheint fest überzeugt zu sein, dass es nicht an ihr liegen kann. Habe ich ihr wirklich diesen Eindruck vermittelt?

»Hast du dieses Wochenende irgendwo Kameras oder Reporter um mich herum gesehen? Ich bin Formel-3-Fahrer, kein Weltstar. Die Presse interessiert sich einen Scheiß für mich. Das wäre so was von verschwendete Zeit.«

»Aber dann verstehe ich nicht ...«

»Du hast mich ganz einfach neugierig gemacht. Deine Art, nach dem Unfall mit mir zu sprechen und der Umgang mit deinem Bruder haben mir verraten, dass eine interessante Frau hinter der Fassade steckt. Für ein normales Date habe ich keine Zeit. Also wollte ich die Zeit hier nutzen. Alex mache ich damit eh eine Riesenfreude. Und nebenbei kann ich dich noch besser kennenlernen und prüfen, ob ich recht hatte.«

»Und? Hattest du recht?«

In meinem Hals bildet sich plötzlich ein gigantischer Kloß. Mein Gott, heute stelle ich mich richtig dumm an. Sonst habe ich doch auch nicht so große Probleme, auszusprechen, was ich denke. Doch bei Selina ist das irgendwie anders. Bei Selina ist alles anders. Ich räuspere mich viel zu laut.

»Ja.«

In ihren Augen flackern nach wie vor Zweifel. Die Verletzlichkeit in ihrem Blick reißt ein Loch in meine Brust. Sie glaubt mir nicht. Doch es gibt nichts mehr, was ich zu ihr sagen könnte, um ihr meine ehrlichen Absichten klarzumachen.

Ein Impuls durchströmt mich. Wenn ich es ihr nicht erklären kann, muss ich es ihr eben zeigen. Mein Verstand schwenkt vor meinem inneren Auge die rote Flagge. Es ist zu früh. Das ist eine beschissene Idee.

Mein Blick wandert zwischen ihren tiefblauen Augen und den sanften, geschwungenen Lippen hin und her. Die Luft zwischen uns scheint sich mit jeder Sekunde zu verdichten. Kann es wirklich falsch sein, wenn es sich so richtig anfühlt?

Ich kann mich nicht dagegen wehren. Der sanfte Duft ihres Orangenshampoos vernebelt meinen Verstand. Vorsichtig schiebe ich eine Hand in ihre Haare. Sie lässt es geschehen. Ihre weichen Lippen ziehen mich mit unbändiger Kraft an.

Langsam ziehe ich sie zu mir. Sie schließt die Augen. Mein Herz droht meine Rippen zu sprengen. Blut rauscht in meinen Ohren und ich höre nichts mehr außer dem Zittern meines eigenen Atems. Uns trennen nur noch Zentimeter. Und die längsten Sekunden meines Lebens. Ich tue es ihr gleich und senke die Lider.

Ein unsanfter Schubser trifft mich an der Brust. Ich stürze beinahe hintenüber und rudere mit den Armen, um mein Gleichgewicht wiederzufinden. Was zur Hö...

»Hier steckt ihr also! Warum gebt ihr nicht Bescheid? Ich habe euch überall gesucht!«

Ich brauche einen Moment, um wieder zurück ins Zelt zu finden. Bis ich die Situation erfasst habe, stapft Peter schon ins Zelt und baut sich kopfschüttelnd vor uns auf. Er scheint sich nicht im Geringsten darüber bewusst zu sein, was er gerade zerstört hat.

»Weil ich auch mal ein paar Minuten Ruhe haben will und dich nicht brauche, um mir den Arsch abzuwischen«, knurre ich und bereue meinen Tonfall sofort. Peter hat es nicht verdient, von mir so dumm angemacht zu werden. Er hat sicher seine Gründe, mich zu suchen. Ich werfe einen Seitenblick zu Selina. Eine Strähne fällt über ihre geröteten Wangen und sie starrt verlegen zu Boden. Verdammt, sie soll erst recht nicht denken, ich wäre ein Arschloch. Ich seufze und reiße mich zusammen.

»Sorry. Was gibt's?«

Peter sieht mit gerunzelter Stirn zu mir hinunter und scheint sich ebenfalls über meinen Ton zu wundern. Zum Glück geht er nicht näher darauf ein.

»Matthias will die Strategie für morgen mit dir durchgehen.« Er wirft einen Blick auf seine Armbanduhr »Vor zehn Minuten.«

Warum ausgerechnet jetzt? Mir bleibt nichts anderes übrig. Auch wenn mein Herz am liebsten hier mit Selina sitzen bleiben würde, lässt mich mein Verstand sofort aufspringen. Die Strategie kann über Sieg oder Niederlage entscheiden. Dieses Gespräch ist verdammt wichtig. Aber kann ich sie einfach hier sitzen lassen, nach dem, was gerade passiert ist? Ich weiß nicht einmal, warum sie mich weggeschubst hat. Lag es nur an Peter oder habe ich es übertrieben? Vielleicht ging es ihr zu schnell. Was habe ich Esel mir auch dabei gedacht, sie küssen zu wollen, nachdem sie mir gerade ihre Zweifel anvertraut hat?

Ich lege ihr die Hand auf den Rücken, weiß jedoch nicht, was ich sagen soll. Ein kurzes »Sorry« ist nicht genug.

Mit einem gequälten Lächeln nickt sie mir zu.

»Geh schon. Ich komm alleine klar.«

Das ist nicht die Wahrheit. Ich weiß es. Dazu muss sie mich nicht einmal ansehen. Aber mir bleibt nichts anderes übrig. Ich nicke ihr knapp zu.

»Ich schreib dir, wenn ich fertig bin. Bis später.«

Peter winkt mich voran und ich eile mit ihm zum Ausgang des Zelts. Ein Ziehen breitet sich in meinem Magen aus. Wir lassen Selina alleine dort zurück. Obwohl dieses Strategie Gespräch sowieso für den Arsch sein wird. Ich werde mich keine Sekunde konzentrieren können. Nicht, bevor ich beendet habe, was wir gerade begonnen haben.

6. Kapitel

Selina

München, Deutschland

Die U-Bahn spuckt einen Pulk Studenten aus. Ich reihe mich zwischen ihnen ein. Optisch unterscheide ich mich nicht von den anderen jungen Menschen, die verschlafen zur Uni trotten. Dennoch schwingt in jedem meiner Schritte Unsicherheit mit. Gehöre ich nun wirklich zu ihnen? Der Studentenausweis in meiner Tasche spricht dafür. In meinem Verstand ist das allerdings noch lange nicht angekommen. Der Alltag als Studentin erscheint mir noch so fremd, so weit weg. Als wäre ich ein Kind, das für einen Tag in das Leben der Erwachsenen hineinschnuppern darf. Ob es den anderen an ihrem ersten Tag auch so ging?

Als ich das Gebäude gegenüber des Englischen Gartens erreiche, überwiegt aber meine Vorfreude. Die Uni wirkt einladend und gepflegt. In diesen Hallen dürfen nur die Besten studieren – und ich bin eine von ihnen. Den Stundenplan und alle nötigen Unterlagen habe ich dabei. Was soll schon schiefgehen?

Die Säle für die Einführungsvorlesungen sind sogar ausgeschildert. Ich folge den grünen Pfeilen und finde mich in einem riesigen Vorlesungssaal wieder. Meine Mundwinkel zucken nach oben. Es sieht genauso aus, wie ich es aus Filmen kenne. Ich steige einige Stufen hinunter und suche mir einen freien Platz in der Mitte des Saals. Mit einem leisen Quietschen klappe ich den Stuhl hinunter und quetsche mich hinter den Tisch. Als ich den Blick durch den Raum schweifen lasse, traue ich mich kaum, meine Tasche auszupacken. Die anderen Studenten stecken ihre Köpfe in Laptops oder tippen auf ihren Tablets. Mit Block und Stift scheine ich hier wohl die Einzige zu sein. Auch die regen Gespräche um mich herum beunruhigen mich. Kennen die sich alle schon? Habe ich etwas verpasst? Klasse, da kann ich mir gleich »Außenseiter« auf die Stirn tätowieren lassen.

Zum Glück bleibt mir nicht viel Zeit, mir den Kopf darüber zu zerbrechen, wie ich Anschluss finden kann. Fünf Minuten zu früh tippt der junge Dozent auf das Mikrofon am Pult und verursacht eine Rückkopplung, die alle im Saal aufstöhnen lässt. Die Aufmerksamkeit nutzt er direkt, um seine Vorlesung zu beginnen. Eine akademische Viertelstunde scheint es hier nicht zu geben.

Ich versuche, all meine Aufmerksamkeit auf seinen Vortrag zu lenken. Trotzdem komme ich kaum mit, alle Details zu den nächsten Wochen auf meinem Block zu notieren. Als er uns nach zehn Minuten verrät, dass alle PowerPoint-Folien später auch online einsehbar sein werden, ist es um meine Konzentration allerdings geschehen. Ich bekomme nur noch jeden dritten Satz mit. Meine Gedanken schweifen immer wieder zum kommenden Nachmittag. Was habe ich mir nur dabei gedacht, diesen Termin auf meine erste Uniwoche zu legen? Ich hätte mir denken können, was passiert. Und gerade die ersten Vorlesungen sollte ich aufmerksam mitverfolgen, wenn ich mich schnell in das Unileben einfinden will.

»Ist hier noch frei? Danke.« Die helle Stimme reißt mich aus meinen Gedanken. Ohne meine Antwort abzuwarten, quetscht sich ein Mädchen mit langen, schwarzen Zöpfen neben mich in die Reihe. Sie wirft ein Notizbuch auf den Tisch und zieht einen Füller aus der Hosentasche. Sofort muss ich schmunzeln. Sie bemerkt mein Lächeln und nickt mir anerkennend zu.

»Gute Wahl. Funktioniert auch noch, wenn es runterfällt.«

»Du auch«, gebe ich zurück. Sie schlägt ihr Notizbuch auf und krakelt eine Überschrift hinein.

»Was hab ich verpasst? Gibst du mir ein kurzes Update?«

»Zuerst wollte er uns taub machen, dann hat er ein wenig rumgestottert. Eigentlich ist nur das Passwort für den Kurs wichtig. Da kannst du alle Infos nochmal nachlesen.«

Sie schreibt es ab und streckt mir dann die Hand entgegen.

»Lena.«

»Selina.« Ich schüttle sie und kann nicht mehr aufhören zu grinsen. So einfach kann es also sein, Bekanntschaften zu schließen. Ich muss nicht mal jemanden ansprechen.

»Sag mir bitte, dass du aus München kommst. Ich brauche dringend noch jemanden, der mir verrät, wo man hier am besten feiern gehen kann.«

»Da muss ich dich leider enttäuschen. Ich bin schon stolz darauf, dass ich seit Samstag den Weg von meiner Wohnung zum Supermarkt finde. Aber wir können es gerne zusammen herausfinden.« Die Aussicht auf Anschluss ist so verlockend, dass ich ihr nicht sofort auf die Nase binden will, was ich von Partys und Clubs halte.

»Cool. Dann pack ich dich gleich mal mit in die WhatsApp-Gruppe.«

Sie drückt mir ihr Handy in die Hand und ich speichere meine Nummer ein. Ich staune nicht schlecht, als sie mich hinzufügt und ich die Anzahl der Mitglieder sehe. Schon sechs Nummern. Im Gegensatz zu mir scheint sie keine Probleme damit zu haben, neue Leute kennenzulernen.

Sie macht sich nicht einmal die Mühe, zuzuhören. Fröhlich plappert sie vor sich hin und erzählt mir, wie sie heute Morgen in die falsche U-Bahn eingestiegen ist und sich zweimal verfahren hat. Ihre lustige Geschichte macht sie sofort sympathisch und ich kann ein Kichern nur schwer zurückhalten. Trotzdem bin ich dem Kerl hinter uns dankbar, der sie nach ein paar Minuten bittet, endlich die Klappe zu halten. Ich sollte wirklich aufpassen, was der Dozent zu sagen hat.

***

Die ersten drei Fächer vergehen wie im Flug. Mein Block ist bereits gut gefüllt und mein Amazon-Konto glüht. Nachdem ich am ersten Tag unmöglich unterscheiden kann, welche Literaturempfehlung sinnvoll ist und welche nicht, habe ich mir kurzerhand alle Bücher bestellt. Lena hält das für übertrieben, aber ich bin fest entschlossen, das Beste aus diesem Semester herauszuholen und mir eine gute Wissensgrundlage zu schaffen. Wie sollte ich die Prüfungen sonst ohne einen Nervenzusammenbruch überstehen?

»Ich lass das einfach auf mich zukommen. Jetzt ist erstmal anderes wichtig«, meint sie, als wir gemeinsam die Treppe hinuntersteigen.

»Was denn?«

Sie sieht mich belustigt an und klemmt ihr Notizbuch unter dem Arm fest.

»Was denn? Na das Studentenleben genießen! Ich hatte noch nie so viele Freiheiten wie jetzt. Meine Eltern sind hunderte Kilometer weit weg und kriegen nicht mal mit, wenn ich eine fette Party in meiner Bude schmeiße oder bis zum Nachmittag schlafe. Und jetzt erzähl mir nicht, du hättest dich die letzten Jahre nicht auch in jeder freien Minute reingehängt, um den NC zu knacken.«

»Doch, schon, aber ...«

»Na also. Da haben wir uns ein bisschen Spaß verdient.« Es ist sinnlos, zu widersprechen. Ich will es mir nicht gleich mit ihr versauen und sie würde nicht verstehen, warum ich darauf keinen Wert lege.

Am Fuße der Treppe hebt sie die Hand und winkt.

»Guck mal, da ist Alice.«

Alice ist definitiv nicht zu übersehen. Die blauen Haare strahlen durch die Eingangshalle. Ihre Füße stecken in zwei verschiedenfarbigen Chucks und unterschiedlichen Socken.

»Und, hast du es vermisst?«, fragt Lena sie.

»Geht so. Der Fehrmann hat es schon wieder voll auf mich abgesehen. Hattest du schon das Vergnügen?«

Sie schüttelt den Kopf und schiebt mich nach vorne.

»Das ist Selina. Auch neu hier.«

Alice beugt sich zu mir und drückt mich an sich. Überrascht erwidere ich ihre Umarmung.

»Alice, drittes Semester, Frankfurt. Mein Beileid zur Studienwahl.«

»Wow, ihr beiden macht mir ja echt Mut.«

Sie winkt ab.

»Packst du schon. Ist aber ein Haufen Scheißarbeit, das kann man nicht schönreden. Und der ein oder andere Prof meint, er wäre Gott. Aber wenn du Hilfe brauchst, sag Bescheid. Ich hab den Mist ja schon durch und den ein oder anderen Survival-Tipp auf Lager.«

»Danke, ich werde drauf zurückkommen.«

Während wir uns zum Ausgang durchdrücken, quetscht sie Lena über die ersten Vorlesungen aus. Die Worte dringen jedoch nur noch wie durch Watte an mich heran. Gleich ist es soweit. Ich werfe einen Blick auf mein Handy. Keine neue Nachricht. Hoffentlich hat er mich nicht auf den Arm genommen. Nach dem, was neulich im Zelt zwischen uns vorgefallen ist, weiß ich nicht mehr, wie ich ihn einschätzen soll. Hätte er so schnell versucht, mich zu küssen, wenn er es ernst mit mir meinte? Oder bin ich nur eine von vielen, die nach ein paar Rennwochenenden wieder durch die nächste ersetzt werden?

Je näher wir der Ausgangstür kommen, desto weicher werden meine Knie. Ich konzentriere mich auf den Boden vor mir, um in meiner Nervosität nicht zu stolpern.

Wir überqueren die Schwelle.

Sofort schnellt mein Blick die Straße hinunter. Ich muss nicht lange suchen. In meinem Bauch explodiert ein Feuerwerkskörper. An der Straßenecke parkt der silberne McLaren. Er ist hier. Er ist wirklich gekommen.

Ich schwebe die Stufen hinunter.

»Selina? Kommst du auch noch mit ins Café?« Wie oft Lena das gerade wohl schon gefragt hat, ohne dass ich reagiert habe?

»Äh, geht leider nicht. Ich werde abgeholt.«

Ich rücke meine Tasche zurecht und versuche, cool zu bleiben. Sie sollen nicht merken, wie nervös ich bin. Nachdem ich die beiden kaum kenne, habe ich keine Lust, mich zu erklären.

»Oh. Okay. Und wie sieht es am Samstag aus? Kommst du mit in den Club?«

Lust habe ich keine. Aber wenn ich sie nicht gleich wieder vergraulen will, kann ich nicht zweimal hintereinander Nein sagen.

»Gerne. Wir können ja noch in der Gruppe schreiben, wie wir das machen«, antworte ich und bete, dass wir uns noch auf einen gemütlicheren Abend einigen können.

»Und wir sehen uns morgen in der 11:30 Uhr Vorlesung? Gleicher Platz?«, fragt Lena, wirft einen ihrer Zöpfe über die Schulter und lächelt fröhlich zu mir hinüber.

»Abgemacht.«

Die Straßenecke ist nicht mehr weit entfernt. Ich lasse mich ein Stück zurückfallen. Vielleicht bemerken sie es nicht und laufen einfach weiter. Mir ist bewusst, wie unhöflich das ist. Doch ich habe nicht die geringste Ahnung, wie ich mich verabschieden soll, ohne dass sie mir beim Einsteigen zusehen.

Die Fahrertür klappt nach oben auf. Ich beiße mir auf die Unterlippe. Dieses Auto zieht sowieso schon alle Blicke auf sich. Warum können die blöden Dinger sich nicht wenigstens wie normale Türen benehmen? Danny schwingt sich aus dem Auto und vervollständigt das Bild. Mein Herz hüpft bei seinem Anblick. Genießen kann ich ihn aber nicht. Alice und Lena glotzen nicht nur den McLaren vor uns an, sondern drehen sich auch noch zu mir um. Lena bleibt stehen und ruft zu mir hinüber.

»Musst du hier warten?«

Wenn mir nur eine kleine Notlüge einfallen könnte …

»Äh, sozusagen. Also dann.« Ich winke ihr zum Abschied zu und bemühe mich um ein unverkrampftes Lächeln. Sie winkt zurück und im selben Moment steht Danny vor mir. Er strahlt wie ein kleiner Junge an seinem Geburtstag. Wortlos macht er einen Schritt auf mich zu und schließt mich in seine Arme. Ich luge über seine Schulter und begegne Lenas erstauntem Blick. Und plötzlich ist es mir egal.

Ich genieße den sanften Druck seiner Muskeln an meinem Körper. Der Duft von Waschmittel und einem dezenten, männlichen Deo steigen mir in die Nase. Eilig löse ich mich von ihm, aus Angst, er könnte mein Herz rasen spüren.

»Wenn du im Clownskostüm gekommen wärst, wärst du immer noch weniger aufgefallen als mit diesem Auto.«

»Ich wollte dir eben einen guten Start bieten. Jetzt will sicher jeder mit dir befreundet sein. Wenn sie nicht vorher schon bemerkt haben, dass du etwas Besonderes bist.«

Sein Kompliment katapultiert mich zurück ins Zelt. Zurück zu dem Moment, der der schönste meines Lebens hätte werden können. Und ich habe alles versaut, weil ich ihn vor Schreck weggestoßen habe. Hat er gemerkt, dass es an Peters plötzlichem Auftauchen lag? Oder denkt er, ich hätte ihn nicht küssen wollen?

Er begleitet mich zur Tür und im ersten Moment will ich protestieren. Bis mir auffällt, dass ich die Tür alleine gar nicht aufkriege. Sie hat keinen Griff.

Danny greift um mich herum und schiebt die Hand unter den Luftschlitz in der Türverkleidung. Mit einem luftigen Geräusch gleitet sie nach oben.

»Danke.«

»Nichts zu danken. Den Rest kriegst du alleine hin«, sagt er mit einem Zwinkern und verschwindet auf die Fahrerseite.

Ich muss ihn nicht enttäuschen. Zu meiner Erleichterung hat das Auto keine Sportgurte und ich kann mich ganz normal anschnallen, ohne peinliche Fragen zu den richtigen Löchern stellen zu müssen. Das Design im Innenraum ist trotzdem gewöhnungsbedürftig. Zwischen meinen Beinen ist eine Lücke im Sitz. Einen Schalthebel oder eine Handbremse suche ich vergeblich. Stattdessen befindet sich eine Konsole mit Knöpfen zwischen uns.

Ich ziehe meine Tür zu und Danny tut es mir gleich. Dann startet er den Motor, der sofort aufheult. Ich mache mich in meinem Sitz klein und lege die Hand vors Gesicht. Auch wenn ich mir vorgenommen habe, nicht mehr hinzusehen, kann ich die neugierigen Blicke meiner Kommilitonen nur allzu deutlich spüren.

»Keine Sorge, wir sind schon weg.«

Zuerst befürchte ich, Danny könnte losrasen und damit noch mehr Aufmerksamkeit auf uns lenken. Aber er hat mich verstanden und manövriert so sanft und leise wie möglich auf die Straße. Ich stoße die Anspannung mit einem langen Atemzug aus und streiche mir die Haare aus dem Gesicht.

Nun kann ich endlich aussprechen, was mir die letzten Tage schon auf der Seele brannte.

»Alles in Ordnung?«

»Klar, warum nicht? Ich freu mich darauf, die Stadt mit dir zu erkunden. Hab auch schon ein paar Ideen.«

Das klingt vielversprechend. Ich gehe aber nicht weiter darauf ein.

»Du hast kaum geschrieben ... seit gestern gar nicht mehr. Ich war mir nicht sicher, ob du kommst und hab mich gefragt, was du wohl so treibst, wenn du nicht gerade ein Rennen nach dem anderen gewinnst.«

Er lacht und biegt auf die nächstgrößere Straße ein.

»Schwer vorstellbar, ich weiß ... aber manchmal werde ich auch nur Zweiter oder falle mit einem Elektronikfehler aus.« Die ungewohnte Wärme in meinem Inneren kehrt mit einem Mal zurück und lässt mich selig schmunzeln. Das habe ich in den letzten beiden Wochen am meisten vermisst.

»Mir geht's wirklich gut. Ich bin nur kein Fan von Textnachrichten. Ich hasse es, ständig über WhatsApp zu kommunizieren. Bringt nichts außer Missverständnissen und Problemen.«

Sein Lachen ist verstummt und er richtet den Blick starr geradeaus auf die Straße.

»Du sprichst aus Erfahrung?«

Er zuckt mit den Schultern.

»Ist das nicht jedem schon mal passiert?«

Er scheint nicht weiter darüber reden zu wollen. Und obwohl meine Neugierde geweckt ist, spüre ich, dass es besser ist, nicht nachzuhaken. Es hat seine Gründe, wenn er nicht mit mir darüber reden will. Auch wenn die Stimmung zwischen uns so vertraut ist, darf ich die Realität nicht aus den Augen verlieren. Er ist ein erfolgreicher Rennfahrer und wir haben uns erst zweimal gesehen. Natürlich wird er mir nicht sofort seine gesamte Lebensgeschichte auf die Nase binden. Ich will ihn nicht nerven. Die Zweifel der letzten Tage nagen aber so sehr an mir, dass die Worte schon aus meinem Mund fließen, bevor ich weiter darüber nachdenken kann.

»Alex hat erzählt, du hättest jeden Tag mit ihm geschrieben.«

Mein Gott, ich klinge wie eine kontrollierende Zicke. Eine kontrollierende Zicke, die eifersüchtig auf ihren eigenen Bruder ist.

»Das ist ja auch was anderes«, antwortet er in amüsiertem Tonfall.

Er ist also nicht sauer. Aber was soll das heißen? Eine Vorahnung drängt sich in mein Bewusstsein. Ich schiebe sie sofort wieder zurück in die Ecke, aus der sie gekommen ist. Warum denke ich nur romantischen Mist, wenn er in der Nähe ist? Aber ich muss es wissen. Will es ihm entlocken.

»Was anderes? Weil ich Brüste habe?«

Erstaunt sieht er zu mir hinüber. Meine Schlagfertigkeit scheint ihn zu überraschen. Aber was er kann, kann ich schon lange.

Auch wenn er sofort wieder wegsieht, bemerke ich, wie seine Augen nach meiner Anspielung ein Stück tiefer rutschen. Das Auto scheint sich augenblicklich um zwanzig Grad aufzuheizen.

»Ja, weil du Brüste hast und Dinge gerne falsch verstehst. Aber das ist gut so. Wenn du dich neulich nicht selbst auf eine Fahrt eingeladen hättest, würden wir jetzt nicht hier sitzen.«

Die Erinnerung an das Missverständnis bei der ersten Begegnung lässt mich peinlich berührt aus dem Fenster starren. Aber er hat recht. Sonst hätten wir uns vielleicht nie länger unterhalten.

»Wie war dein erster Tag an der Uni?«

Ich bin ihm dankbar für den Versuch, vom Thema abzulenken. »Ziemlich seltsam. Ich bin mir nicht sicher, ob ich es wunderbar oder schrecklich finden soll. Aber bei einem bin ich mir sicher: Es wird verdammt viel Arbeit.«

»Hm.« Er legt den Kopf schief und starrt nachdenklich auf die Straße. »Warum tust du dir das dann an?«

Aus dem Augenwinkel spähe ich zu ihm hinüber, um seinen Ausdruck zu lesen. Doch er scheint seine Frage ernst gemeint zu haben.

»Weil ich mir nichts Schöneres vorstellen kann, als später Tieren zu helfen und irgendwann meine eigene Praxis zu eröffnen. Und damit das eines Tages wahr werden kann, muss ich eben da durch.«

Er lacht auf. »Das klingt, als gäbe es keine andere Möglichkeit. Dabei könntest du eine Ausbildung zur Tierpflegerin machen oder dir einfach deinen eigenen, kleinen Zoo anschaffen. Wenn du dich nur durchquälst, warum wählst du dann nicht einen anderen Weg?«

Ist das sein Ernst? Gerade von ihm hätte ich mehr Verständnis erwartet. Immerhin ist er es, der mir neulich noch erzählt hat, wie hart er sein ganzes Leben lang um seinen Traum gekämpft hat.

»Das müsstest du doch am besten wissen.«

»Bei mir ist das aber was anderes. Ich bereue keine Sekunde meines Wegs, auch wenn es anstrengend war. Immerhin war auch jeder Moment für sich aufregend und ich würde auf keinen von ihnen verzichten wollen.« Er wirft mir mit hochgezogenen Brauen einen Seitenblick zu. »Aber dein Weg besteht daraus, mit dem Hintern auf einem Schreibtischstuhl zu sitzen und die Nase in Bücher zu stecken. Du kannst mir nicht erzählen, das wäre ein spannendes Erlebnis.«

Ich öffne den Mund, kann über sein Unverständnis jedoch nur den Kopf schütteln. Natürlich ist es nicht spannend, mehrere Jahre nur mit Lernen zu verbringen. Aber sieht er denn gar nicht, dass auch das manchmal Spaß machen könnte?

»Trotzdem ist das der Weg, für den ich mich entschieden habe. Dieses Studium erfolgreich hinter mich zu bringen ist mir wichtiger als ein paar actionreiche Jahre.«

Er zuckt nur mit den Schultern. »Na dann. Lernen war eben nie mein Ding.«

Obwohl unzählige Fragen durch meinen Kopf wirbeln, mache ich mir nicht die Mühe, noch etwas zu erwidern. Er würde es wahrscheinlich sowieso nicht verstehen. Stattdessen werfe ich einen Blick auf die Uhr. Ich kenne mich zwar überhaupt nicht in dieser Stadt aus, aber mein Orientierungssinn sagt mir, dass etwas nicht stimmt. Müssten wir nicht schon längst an einer Straße vorbeigekommen sein, an die ich mich erinnern kann?

Ein Blick auf das Navi bestätigt meinen Instinkt. Noch über fünfundzwanzig Minuten Fahrtzeit. Das kann nicht die Adresse meiner Wohnung sein.

»Wo fahren wir hin?«, frage ich und will die Karte auf dem Navi größer ziehen, um das Ziel erkennen zu können. Er greift aber nach meiner Hand, schiebt sie sanft zurück und lässt sie viel zu schnell wieder los.

»Lass dich überraschen.«

***

Mein Verdacht bestätigt sich. Schon von weitem identifiziere ich unser Ziel als Karthalle und quietsche vor Freude auf. Das wird lustig. Er hält sich also an sein Versprechen. Danny rangiert in eine Parklücke, stellt den Motor ab und beobachtet meine Reaktion mit einem Grinsen.

»Gut, ich hatte schon Angst, du machst einen Rückzieher.«

»Wieso sollte ich? Ich werde dich gleich von der Strecke fegen und einen neuen Rekord aufstellen.«

Zur Bestätigung recke ich meine Nase in die Luft und nicke selbstsicher.

»Vielleicht sollte ich noch erwähnen, dass Karts anders funktionieren als Autoscooter. Deine altbewährte Strategie wird hier nicht aufgehen.«

Unsere Blicke treffen sich und wir brechen beide in helles Gelächter aus. Dieser Unfall wird mir wohl für immer nachhängen. Aber er nimmt es mit so viel Humor, dass ich ihm deswegen nicht böse sein kann.

***

Danny bucht uns am Schalter ein fünfzehnminütiges Training. Ich bestehe darauf, selbst für die Fahrt zu zahlen, doch er steckt seine Karte ins Lesegerät, bevor ich meine Scheine auf den Tresen gelegt habe. Normalerweise würde ich ihm das Geld später heimlich ins Auto legen. Mit Danny ist es aber anders als bei meinen letzten Dates. Ihm reißt diese Fahrt im Gegensatz zu mir kein Loch in den Geldbeutel. Und insgeheim gefällt mir seine zuvorkommende Art. Auch wenn ich das ihm gegenüber nie zugeben würde, kann er doch trotz seiner Sticheleien ein Gentleman sein.

Die Dame am Empfang reicht uns Sturmhauben und verweist uns auf einen Vorbereitungsraum neben der Rennstrecke.

»Willst du eine gute Zeit fahren oder nur ein bisschen Spaß haben?«, fragt Danny, während ich ihm dorthin folge.

»Geht nicht beides?«

Er hält mir die Tür auf und ich schlüpfe in das kleine Zimmer. Regale mit Helmen ziehen sich die Wand entlang. Gegenüber sind mehrere Tafeln mit Erklärungen der Flaggen und der wichtigsten Regeln angebracht. Wow. Ich bin das Thema wohl wirklich naiv angegangen. Dahinter steckt offensichtlich mehr als nur ein paar Runden im Kreis zu fahren.

»Klar. Pass auf, ich erklär dir die wichtigsten Elemente einer schnellen Runde auf dem Kart.«

Ich stimme zu. Das kann ich gut gebrauchen. Schließlich will ich mich nicht blamieren.

»Schon mal was von der Ideallinie gehört?«

Ich nicke eifrig. Endlich kann ich auch mal zeigen, dass ich etwas weiß und mein Leben nicht in einer Höhle verbracht habe.

»Alex ist mein Bruder, schon vergessen? Außen, innen, außen. Den Teil krieg ich hin.«

»Respekt.« Er zieht sich die Sturmhaube über den Kopf.

»Und nicht in der Kurve bremsen. Erst bremsen, dann einlenken, hinter dem Kurvenscheitel vorsichtig wieder aufs Gas. Die Dinger driften schnell. Das solltest du vermeiden, das kostet nur Zeit.«

Ich versuche, jedes seiner Worte zu verinnerlichen. Auf der Strecke wird es aber sicher nicht so einfach umzusetzen sein, wie es hier draußen klingt.

»Und du wirst dich in den Kurven reflexartig nach innen lehnen, wie beim Motorradfahren. Das ist beim Kart aber eine Katastrophe für die Traktion. Du wirst rutschen. Versuche, dich leicht nach außen zu lehnen oder neutral zu bleiben. Erfordert ein bisschen Konzentration und Übung, aber lohnt sich, du wirst sehen.«

Danny ist voll in seinem Element. Er gestikuliert ausladend und betont jedes Wort, als wäre es ein geheimer Tipp, der mich zur Weltmeisterin machen könnte. In meinem Magen breitet sich ein Kribbeln aus. Das ist irgendwie niedlich.

»Nie Gas und Bremse gleichzeitig. Auch das lässt dich rutschen und zerstört die Karts. Und versuche, die Hände am Lenkrad schön locker zu lassen und nicht zu verkrampfen.«

»Und das soll ich mir alles merken und gleichzeitig koordinieren?«

»Ich hab dich vorgewarnt, Rennsport ist kein Zuckerschlecken. Aber für den Anfang reicht es ja, wenn du alles nacheinander mal austestest. Ich lass dich nicht hier stehen, wenn du zu langsam bist, keine Sorge.«

»Wie gnädig«, gebe ich zurück. Danny deutet eine Verbeugung an und tritt dann vor die Regale, um sich einen Helm auszusuchen. Zielsicher greift er zu Größe L.

Ich dagegen stehe ratlos davor. Wie groß ist mein Kopf? Ich quäle mich in die Sturmhaube und versuche, all meine Haare darunter zu verstecken. Nicht, dass sich eine meiner Strähnen irgendwo verheddert und ich mir die Kopfhaut rausreiße. Mit meinem Talent könnte das durchaus passieren. Nachdem er L genommen hat, entscheide ich mich für ein schickes, weißes Exemplar in M. Schon beim Aufsetzen merke ich, dass etwas nicht stimmt. Ich stoße auf keinerlei Widerstand und der Helm wackelt lose auf meinem Kopf hin und her. Viel zu groß.

Der nächste Helm in S fühlt sich nicht viel besser an. Wie kann das sein? Ist mein Kopf so winzig oder sind die Helme falsch einsortiert? Ich will mir nichts anmerken lassen und knipse ihn eilig zu. Wird schon nichts passieren. Danny mustert mich skeptisch. Er legt die Hände an meinen Helm und schüttelt ohne Vorwarnung kräftig daran. Mein Kopf rutscht im Inneren hin und her und ich stoße mir die Stirn.

»Hey, aua!«

»Ja, eben. Wenn es wehtut, ist er zu groß. So kannst du nicht fahren.«

»So groß ist er gar nicht. Das geht schon«, nuschle ich in den Innenstoff hinein.

»Nix da.« Er ringt mit sich, doch sein Grinsen kommt trotzdem durch, als er nach einem Kinderhelm greift. Auf der braunen Schale ist eine Bärenschnauze abgedruckt – und er hat Ohren.

»Das zieh ich nicht an.« Meine Wangen glühen. Die Witze, die ich mir gleich anhören darf, kann ich mir schon ausmalen. Ich klammere mich an meinen Damenhelm. Aber es nützt nichts. Danny zieht ihn mir vom Kopf und steckt mich stattdessen in den peinlichen Bärenhelm. Er ist eng, passt aber besser als die anderen Größen.

»Pass auf, dass sie dir keinen Kinderkart geben.«

Seine tiefen Grübchen verleihen ihm etwas Schelmisches. Ich sende ihm einen vernichtenden Blick.

»War nicht böse gemeint. Ich bin froh, dass dein Kopf so klein ist. Siehst zuckersüß aus als Bärchen.«

Mein Herz flattert schneller als die Flügel eines Schmetterlings. Er findet mich süß. Was antwortet man auf ein solches Kompliment?

Ein Mitarbeiter der Kartbahn betritt den Raum und erlöst mich von dieser Aufgabe.

Er erklärt uns die Verhaltensregeln auf der Strecke und leiert die Bedeutung der Flaggen herunter. Danny spielt mit und hört aufmerksam zu, als hätte er noch nie etwas vom Rennsport gehört. Er hatte recht. Niemand kennt ihn. Denn wüsste der Instruktor, wen er vor sich hat, würde er sich den Vortrag sparen und Danny stattdessen um ein Foto für die Wand im Foyer bitten, auf der bereits unzählige Promis prangen.

Nach der Einweisung schließt er die Tür zur Halle auf. Sofort schlägt mir der intensive Benzingeruch entgegen. Darunter mischt sich eine Note verbrannten Gummis. Danny schiebt das Visier nach oben, schließt die Augen und schnuppert.

»So riecht der Himmel.«

»Nach Umweltverschmutzung?«

Er zieht eine Grimasse, stürmt los und schnappt sich den vorderen Kart.

Ich quetsche mich in den zweiten. Der enge Sitz schmiegt sich um meinen Körper. Einen Gurt suche ich jedoch vergeblich. Dannys Motor startet und er rast sofort auf die Strecke. Ich atme ein letztes Mal tief durch, dann klappe ich mein Visier nach unten. Meine Vorfreude wandelt sich in Herzrasen. Jetzt wird es ernst. Hoffentlich knalle ich nicht in die Wand. Der Mitarbeiter wirft mir einen fragenden Blick zu. Ich teste die Länge der Pedale. Dann zeige ich ihm einen Daumen nach oben.

Er startet den Kart und bedeutet mir, Gas zu geben. Mit einem Ruck bewegt sich das Fahrzeug nach vorne. Erschrocken trete ich auf die Bremse und der Motor stirbt sofort wieder ab. Das kann ja was werden.

Als ich endlich auf die Strecke starte, donnert Danny schon zum zweiten Mal an mir vorbei. Nur nicht aus der Ruhe bringen lassen. Ich nutze die erste Runde, um mich an die Fahrdynamik zu gewöhnen. In Schneckentempo biege ich in die Kurven und probiere auf der Geraden einen kurzen Slalom. Puh, der Kart lässt sich einfacher steuern, als ich erwartet hatte. Abgesehen von der Größe gibt es auf den ersten Blick nicht viele Unterschiede zum Auto. Nur eins macht sich schon bei meinem langsamen Tempo in den Armen bemerkbar: Das Lenkrad ist schwergängig und ich muss es mit Kraft in die Kurven ziehen.

Danny überrundet mich zum dritten Mal. Das herausfordernde Knattern seines Karts schickt einen Adrenalinstoß durch meine Adern. Genug rumgeschlichen, es ist Zeit, mein Können zu testen.

Ich drücke das Gaspedal durch und die Fliehkraft in der leichten Linkskurve drückt mich in die Seitenstützen am Sitz. Die Reifen quietschen, der Kart rutscht. Er gerät jedoch nicht außer Kontrolle. Mein Herz sackt in meinen Bauch. O Gott. Was hat Danny vorhin gesagt? Wohin muss ich mich lehnen? Ich nehme all meinen Mut zusammen und steuere die nächste Kurve mit Vollgas an. Erst kurz vor dem Einlenken trete ich auf die Bremse und zerre das Lenkrad herum. Und es klappt. Ich juble unter meinem Helm. Was für ein geiles Gefühl.

Ich taste mich immer weiter an mein persönliches Limit heran. Die Strecke fliegt an mir vorbei. Mit rasendem Puls manövriere ich den Kart durch die Kurven und vergesse jedes Mal zu atmen, wenn ich ins Driften gerate. Aber ich kann nicht langsamer fahren, kann nicht aufhören. Es ist wie ein Rausch, der mich immer weiter antreibt und mich selbst die brennenden Schmerzen in meinen Muskeln und den Krampf in meiner Hand ignorieren lässt. Die Fliehkräfte, die Beschleunigung, die Zeit auf der Anzeige, die sich mit jeder Runde um ein paar Hundertstel verringert. Plötzlich verstehe ich es. Verstehe, warum Danny vom Himmel gesprochen hat, warum er jeden Tag seines Lebens auf solche Momente hingearbeitet hat. Mein Grinsen ist wie festbetoniert. Scheiße, macht das Spaß!

Die schwarz-weiß karierte Flagge taucht am Streckenrand auf. Jetzt schon? Ich nehme das Tempo zurück und steuere den Kart in die provisorische Boxengasse. Mit zittrigen Fingern klappe ich das Visier hoch und schnappe nach Luft. Danny steht bereits neben meinem Kart und strahlt zu mir hinunter.

Er reicht mir die Hand, um mir herauszuhelfen. Selbst mit seiner Unterstützung falle ich fast wieder zurück auf den Sitz. Fünfzehn Minuten und ich bin am Ende meiner Kräfte. Vielleicht sollte ich ihn nächstes Mal lieber ins Fitnessstudio begleiten.

»Gute Zeit fürs erste Mal«, lobt er und reißt sich Helm und Maske vom Kopf. Ich will die Anzeigetafel ansehen, kann mich aber nicht von dem Anblick seiner durchgewuschelten Haare losreißen. Ein unanständiger Gedanke fliegt durch meinen Kopf. Warum trägt er sie nicht immer so?

»Überrundet habe ich dich auch nur viermal«, sagt er und holt mich damit ins Hier und Jetzt zurück. Ob er mein Starren bemerkt hat?

Im Vergleich zu Dannys Zeit ist meine eine Katastrophe. Elf Sekunden langsamer in einer Runde. Aber ich nehme es mir nicht zu Herzen. Immerhin hat er mir viele Jahre Übung voraus und ich kann mich wohl kaum mit ihm vergleichen.

Wir kehren in den Vorraum zurück. Ich fummle am Verschluss meines Helms herum, kriege ihn aber nicht auf. Langsam muss er mich wirklich für ein hilfloses Dummchen halten. Aber mir bleibt nichts andere übrig. Ich will nicht für immer mit einem Bären auf dem Kopf herumlaufen.

»Könntest du vielleicht …« Ich muss meine Frage nicht beenden.

Er legt seinen Helm ab und tritt vor mich. Behutsam schiebt er zwei Finger unter mein Kinn und öffnet den Verschluss mit einem Klicken. Die Berührung zaubert ein warmes Prickeln auf meine Haut. Ebenso vorsichtig zieht er den Helm nach oben und befreit mich aus meinem lächerlichen Kostüm. Doch statt ihn ebenfalls zurück ins Regal zu bringen, bleibt er vor mir stehen: so nah, dass sich unsere Oberkörper beinahe berühren; so nah, dass sein Atem meine Oberlippe streift. Das Prickeln weitet sich auf meinen ganzen Körper aus.

Ich kann mich nicht einen Zentimeter zu bewegen. Seine dunklen Augen halten mich gefangen.

»Keine Sorge. Ohne Helm bist du genauso süß.«

Langsam wandern seine Finger von meinem Kinn weiter nach oben. In meinem Inneren baut sich unendlicher Druck auf. So intensiv, dass ich befürchte, mein Brustkorb könnte zerspringen. Er streicht meine Wange entlang und folgt der Berührung mit seinem Blick. Wie kann jemand nur so verdammt perfekt aussehen?

Er lässt den Helm am Bändchen zu Boden sinken. Die Hand, mit der er ihn gerade noch gehalten hat, legt er auf meine andere Wange. Alles in mir pulsiert. Gleich werde ich umkippen. Dabei wünsche ich mir nichts sehnlicher, als das zu beenden, was wir letztes Mal begonnen haben.

Sein Streicheln verebbt. Mit quälender Vorsicht zieht er mein Gesicht zu seinem heran. Ich gebe ihm wortlos mein Einverständnis. Heute werde ich dich garantiert nicht wegschubsen. Er zögert keine Sekunde länger.

Unsere Lippen treffen sich. Mit einem Mal zerstäubt der Druck in meiner Brust in tausende Funken. Ich erwidere seinen Kuss und lege all die Emotionen hinein, die mich in diesem Moment zu überwältigen drohen. Er verstärkt seinen Griff. Seine Lippen spielen mit meinen. Die Funken strömen durch mein Blut, setzen meinen Kopf in Flammen und löschen jeden Gedanken aus. Nichts ist mehr wichtig. Nur dieser Moment zählt. Ich öffne meinen Mund einen Spalt. Zärtlich knabbert er an meiner Unterlippe. Die Gefühle drohen mich in die Knie zu zwingen. Ich lege die Arme um seinen Nacken und halte mich an ihm fest. Sein Duft, seine Berührungen, sein Atem, den er stoßweise gegen meine Lippen haucht, all diese Eindrücke sind zu viel, zu intensiv, um sie festzuhalten und zu begreifen.

Viel zu schnell lässt er von meinen Lippen ab. Ich will protestieren, doch er legt mir mit einem seligen Lächeln einen Finger auf den Mund.

»Später. Nicht hier.«

Er löst sich von mir, seufzt leise und hebt den Helm vom Boden auf. Ich brauche einige Sekunden, bis der Nebel um meine Sinne verschwunden ist und ich mich wieder bewegen kann. Mein Kopf dagegen kämpft noch die ganze Rückfahrt über mit diesem Moment. Und mit der Frage, was dieser Kuss wohl zu bedeuten hat.

***

An der Wohnungstür zögere ich. Ich lasse mir Zeit, den richtigen Schlüssel zu finden. Was habe ich mir nur dabei gedacht, ihn zu mir nach Hause einzuladen? Er lebt sicher in einem riesigen Penthouse mit Ausblick über die Stadt. Abgesehen davon ist er Luxushotels und riesige Apartments gewohnt. Wie sollte er sich in meiner Schrottbude wohlfühlen?

Unsicher schiebe ich die Tür auf, trete ein und laufe ein paar Schritte in die Wohnung, um ihm Platz zu machen. Wegen des Wandvorsprungs hinter der Tür kann man sich dort nicht einmal alleine gut bewegen. Ich kratze mich am Nacken. Schönreden kann ich dieses enge Loch wohl nicht.

»Ist ein bisschen, klein, ich weiß ... aber München ist nun mal teuer. Und in einer WG wäre ich wahnsinnig geworden.«

»Versteh ich. Wer teilt sich schon gerne mit sechs anderen Menschen eine Toilette?« Er kickt seine Schuhe von den Füßen und sieht sich um. Viel zu entdecken gibt es allerdings nicht. Das ausklappbare Sofa ist gleichzeitig mein Bett und die enge Küchenzeile hat ihre besten Tage schon hinter sich.

»Ich finde es schnuckelig. Passt irgendwie zu dir. Denkst du, meine erste Wohnung hat anders ausgesehen?« Er schmeißt sich auf die Couch und streckt sich. Ich setze mich zu ihm und runzle die Stirn.

»Ja, ehrlich gesagt dachte ich das schon.«

»Wieso das denn?«, fragt er und zieht ein Sofakissen hinter seinem Rücken hervor. »Ich war erst sechzehn, bin für meine erste Rennsaison ausgezogen. Und ich wusste, dass ich nie Zuhause sein würde. Warum sollte ich ein Vermögen für eine riesige Bude ausgeben, wenn ich nur drei oder vier Tage im Monat darin verbringe?«

Ich muss ihm recht geben. In seiner Situation klingt das logisch. »Im Gegensatz zu dir muss ich jeden Tag hier verbringen. Aber mehr ist eben nicht drin. Meine Eltern haben alles zusammengekratzt, um die ersten drei Monate zu übernehmen. Danach muss ich selbst dafür sorgen, dass die Miete rechtzeitig bezahlt wird. Und ich will gar nicht wissen, wie viele Nebenjobs ich annehmen muss, um mich über Wasser zu halten.« Bei dem Gedanken erschaudere ich. Es wird langsam Zeit, sich darum zu kümmern. Aber die Vorstellung, neben dem Lernen meine übrige Freizeit mit Kellnern oder Putzen verbringen zu müssen, schreckt mich ab.

»Ich hätte da schon eine Idee.« Sein amüsierter Ton verrät mir, dass kein vernünftiger Vorschlag kommen wird. Trotzdem interessiert mich, was in seinem Kopf vorgeht.

»Raus damit.«

»Du solltest dich als Grid-Girl bewerben. Würdest sicher eine tolle Figur in dem Kostümchen abgeben. Dann könnte ich dich von oben bis unten mit Champagner vollspritzen.«

Ich kichere und will ihn in die Seite kneifen, aber Danny ist schneller und hält meine Hände fest. Meine Befreiungsversuche scheitern. Also schwinge ich mich auf seinen Schoß und reiße die Arme so weit nach oben, dass er loslassen muss. Er lässt aber nicht los. Ich sehe zu ihm hinunter. Das herausfordernde Funkeln in seinen Augen fesselt mich ebenso wie sein fester Griff. Doch diesmal lasse ich mich nicht betäuben. Diesmal bin ich mir sicher, dass es richtig ist. Ohne lange zu überlegen, beuge ich mich nach unten und ziehe ihn in einen intensiven Kuss.

7. Kapitel

Danny

Monza, Italien

Ich gehe das Risiko ein. Sonst werde ich nie erfahren, ob es funktioniert oder nicht: Vollgas bis zum Bremspunkt. So schnell würde ich sonst nie in die Kurve einfahren. Der Wagen übersteuert. Das Heck schlittert nach außen. Ich spiele mit Gas und Bremse und fange es gerade rechtzeitig wieder ein, bevor ein Reifen auf den Kies gerät. Verdammt, das funktioniert schon mal nicht.

Das Vibrieren meiner Hosentasche lässt mich zusammenfahren. Es reißt mich aus der Konzentration und das Auto gerät außer Kontrolle. Scheiße!

Ich reiße die Hände vom Lenkrad, nehme die Füße von den Pedalen und warte auf den Einschlag. Mit einem ohrenbetäubenden Krachen rauscht der Wagen in die Wand. Ganz toll. Die Runde hätte so gut werden können. Ich hatte den Dreh fast raus.

Fluchend stemme ich mich aus dem Simulator. Soll ich überhaupt rangehen? Alle relevanten Kontakte kennen meine Trainingszeiten. Sie wissen, dass sie mich dabei nicht stören sollten. Also kann es sowieso nichts Wichtiges sein.

Ich ziehe mein Handy aus der Tasche und will es auf den Tisch legen, um ungestört weiterfahren zu können. Der Name auf dem Display macht mich jedoch stutzig. Peter. Gerade er ist sonst darauf bedacht, dass mich nichts und niemand beim Training unterbricht. Ich schlucke. Wenn er anruft, kann nur etwas passiert sein.

Mit weichen Fingern wische ich über das Anrufsymbol.

»Was ist los?«

»Tut mir leid, dass ich störe«, beginnt er und ich tippe unruhig auf dem Tisch herum. Herumdrucksen kann er gut. »Ich habe da jemanden in der Leitung, der dich gerne sprechen würde. Und zwar jetzt.« Das Schwanken in seiner Stimme macht mich augenblicklich nervös.

»Wen denn?«

»Ich stell ihn dir durch.«

Ein Piepen ertönt, dann knackt es in der Leitung.

»Spreche ich mit Daniel Breuning?«, fragt eine tiefe Stimme auf Englisch. Ich schlucke. Tausend Fragen schießen mir durch den Kopf.

»Ja. Und mit wem habe ich das Vergnügen?«

»James Hendrick am Apparat.«

Das Telefon rutscht mir aus der Hand. Panisch stürze ich mich auf den Boden und sammle es auf. Nein. Das kann nicht sein. James Hendrick. Der Teamchef von Red Bull Racing.

»Guten Morgen«, stammle ich und beiße mir sofort auf die Zunge. Es ist fünfzehn Uhr.

»Mein Team und ich haben Ihre Rennen in den letzten Monaten beobachtet. Bei dieser Siegesserie ist es ja schwer zu übersehen, dass Sie großes Talent haben. Deshalb würden wir Ihnen gerne die Chance geben, in unser Team hineinzuschnuppern. Was würden Sie davon halten?«

Ich kralle mich am Sitz des Simulators fest: Chance ... Team ... Red Bull ... Formel 1!

»Ich ... ich weiß gar nicht, was ich sagen soll. Es wäre mir eine große Ehre, Sir.«

Ein tiefes Lachen hallt an mein Ohr.

»Dann sind Sie nächste Woche herzlich zu einem kleinen Kennenlernen eingeladen. Wenn Sie einverstanden sind, werde ich Ihrem Manager die Details zukommen lassen.«

Ich drücke mir die Faust vor den Mund, um einen Freudenschrei zu unterdrücken. Scheiße. Ich glaub's nicht.

»Ja, ja, natürlich! Vielen Dank!«

»Dann sehen wir uns nächste Woche. Viel Glück für Ihr Rennen am Wochenende.«

»Ihnen auch. Und danke nochmal. Bis dann.«

Vor Aufregung lege ich auf, statt mich wieder mit Peter zu verbinden. Aber das ist egal. Den kann ich später auch noch anrufen. Ich kann mich nicht mehr länger bremsen.

Mit lauten Jubelschreien hüpfe ich auf und ab. Das Zittern, das meinen ganzen Körper erfasst hat, flaut langsam ab. Denn langsam begreife ich, wie real die Situation gerade ist. Mein Traum. Er muss nicht länger ein Traum bleiben. Vielleicht stehe ich kurz davor, ihn Wirklichkeit werden zu lassen.

Peter holt mich ein paar Minuten später jedoch wieder auf den Boden der Tatsachen zurück.

»Das ist kein Vertrag, hörst du?«

»Sie laden mich ein. Sie wollen mit mir reden. Denkst du, sie wollen nur höflich sein, mir ein Eis anbieten und mich dann wieder nach Hause schicken? Das macht keinen Sinn. Natürlich ist das ein Vertrag. Zumindest fast.«

Peter seufzt.

»Das ist vielleicht die Option auf einen Vertrag. Wenn du dich gut anstellst. Und wenn sie überhaupt die Kapazitäten haben. Du weißt, wie es läuft. Wahrscheinlich werden sie dir erstmal eine Option als Testfahrer anbieten. Und das würde ich mir an deiner Stelle gut überlegen. Du weißt, was in deinem Vertrag steht. Matthias würde dich sofort kicken.«

Ich tigere hinter dem Simulator auf und ab und versuche, meine Konzentration wieder zurückzuholen. Er hat recht. Wenn ich für sie als Testfahrer unterschreiben würde, hätte ich einen Fuß in der Tür. Aber das bedeutet noch lange nicht, dass die mich irgendwann zum regulären Teamfahrer ernennen würden. Wäre es das wert? Jeden Sonntag bei den Rennen zusehen, statt selbst um den Sieg zu kämpfen? Würde ich meine erfolgreiche Position in der Formel 3 aufgeben wollen, um daneben zu stehen und abzuwarten? Matthias toleriert keine Verträge mit anderen Teams. Das würde so viele Probleme mit sich bringen.

»Außerdem habe ich da noch mehr Infos, als der gute Hendrick rausrücken wollte.«

Jetzt werde ich hellhörig. Mein armes Herz hört gar nicht mehr auf zu rasen.

Er räuspert sich.

»Die beiden Jungs von ART haben ihre Einladung schon letzte Woche bekommen. Sie werden auch dort sein.«

Schlagartig sind all meine Hoffnungen wie weggeblasen.

»Das heißt, sie werden sich nur einen von uns aussuchen.«

»Davon kannst du ausgehen. Es wird gemunkelt, dass ihr zu fünft sein werdet.«

Er schweigt. Ich muss nachdenken. Das ist zu viel auf einmal. Ich kann so schnell unmöglich verarbeiten, was gerade abgeht.

»Willst du trotzdem hin? Ich habe ihm natürlich noch nicht auf die Nase gebunden, was ich weiß und erstmal zugesagt. Aber ich bin mir nicht sicher, ob das ein guter Weg ist. Ich denke, wir kriegen für dich bis zur nächsten Saison auch ein anderes Team. Eins, bei dem du nicht zweite Wahl bist und dich unsinnig mit irgendwelchen Bewerbungsgesprächen auseinandersetzen musst. Ich würde auch lieber gleich in die Verhandlung gehen.«

»Gib mir ein paar Stunden. Ich muss nachdenken.«

Ich weiß genau, dass ihm das nicht passt. Aber es geht nicht anders. Zu meinem Erstaunen widerspricht er nicht.

»Aber Danny?«

»Was denn«, brumme ich. Mein Kopf arbeitet schon auf Hochtouren und ich habe keine Lust mehr, mit ihm zu diskutieren. Immerhin ist das meine Entscheidung.

»Kein Wort. Zu niemandem. Das ist topsecret. Wenn es die anderen Teams oder die Presse erfahren, bevor ein Vertrag steht, kannst du es dir gleich abschminken.«

»Jaja.«

Ich lege auf, bevor er mir noch mehr ins Gewissen reden kann. Schöne Scheiße. Warum muss das so kompliziert sein?

Frustriert lasse ich mich auf den Schreibtischstuhl fallen und schließe die Augen. Die Entscheidung überfordert mich. Aber ich muss sie nicht alleine treffen. Es gibt eine Person, die mir bestimmt helfen wird. Eine, bei der ich keine Angst haben muss, sie könnte etwas an die Presse weitergeben.

Ich scrolle durch meine Kontakte und tippe auf Selinas Namen. Es klingelt nur zweimal.

»Na, auch schon wach?«, ertönt ihre weiche Stimme und ich drücke das Handy fester an mein Ohr. Sie gibt mir sofort meine Zuversicht zurück. Am liebsten würde ich durch den Hörer greifen und Selina zu mir ins Zimmer ziehen.

»Ja und ich wünschte, ich hätte gestern nicht mehr so lange trainiert. Dann hätte ich den Teamchef von Red Bull gerade nicht mit Guten Morgen begrüßt.«

In der Leitung herrscht Stille. Ich kann mir nur zu gut ihr entsetztes Gesicht vorstellen und grinse in mich hinein.

»Machst du Witze? Was wollte der von dir?«

Sie weiß genauso gut wie ich, was das bedeutet.

»Mich zu einem Gespräch in seine Hallen einladen. Nächste Woche.«

Sie quietscht so laut, dass ich das Handy von meinem Ohr weghalten muss.

»Mach mich nicht taub.«

»Und du, verarsch mich nicht. Ist das dein Ernst?«

»Ja. Aber es gibt einen Haken.«

Ich schildere ihr die Situation. Ihr euphorisches Quietschen verstummt nach und nach.

»Aber warum sollten die die anderen lieber nehmen als dich? Du lässt die jede Woche alt aussehen.«

»Wir wissen nicht, wer Nummer vier und fünf sind. Vielleicht die Spitzenfahrer der Formel 2. Vielleicht Fahrer, die aktuell schon in der Formel 1 unterwegs sind und das Team wechseln wollen. Die würde ich an ihrer Stelle auch bevorzugen.«

»Hmm«, ich kann Selinas Kopf durch das Telefon förmlich arbeiten hören, »aber was spricht dagegen, hinzufahren und es zu probieren? Lass dich doch einfach überraschen. Wer sagt denn, dass es nicht auch ohne Vertrag ein cooles Erlebnis wird?«

»So einfach ist das nicht. Es bringt meinen Plan durcheinander. Meine Trainings und die Vorbereitungen fürs nächste Rennen. Wenn ich hinfahre, werde ich im Kopf zu 100% dort sein. Das könnte bedeuten, dass ich am nächsten Wochenende schlechter abschneide.«

Selinas Lachen hinterlässt eine wohlige Wärme in meinem Bauch.

»Und was genau würde das ausmachen? Du hast meilenweit Vorsprung vor den anderen. Du hast genug Punkte, um auch nach drei verlorenen Rennen noch vorne zu sein, wenn ich mich richtig erinnere.«

»Da hat jemand seine Hausaufgaben gemacht.«

»Klar. Ich kann doch niemandem erzählen, mein Freund ist Rennfahrer und dann nicht mal wissen, wie seine Chancen auf den Titel stehen.«

Die Wärme breitet sich auf meinen gesamten Körper aus und ein wohliges Kribbeln durchfährt meine Glieder. Wie selbstverständlich sie es ausspricht: ihr Freund ... ich.

»Ich hoffe, du erwartest nicht, dass ich lerne, Tiere aufzuschneiden, um deinen zukünftigen Job besser kennenzulernen.«

Gemeinsam zu lachen tut gut. Doch die schwierige Situation lässt es leider nicht zu, nur zu scherzen.

»Jetzt mal im Ernst. Du hast nichts zu verlieren. Außer die Chance, dass sich dein Traum endlich erfüllt. Mich würde das an deiner Stelle nicht mehr loslassen, wenn ich nicht hinfahren würde. Ich würde mich immer fragen, was passiert wäre ...«

Wie kann sie mich nach kurzer Zeit schon so gut kennen? Sie weiß genau, dass sie damit einen Nerv trifft.

»Ist ja gut, ich fahre.«

Sie klatscht aufgeregt und langsam kehrt auch meine Vorfreude wieder zurück. Ich hoffe, sie hat recht und es wird ein tolles Erlebnis.

»Dann bist du also doch bald ein Megastar«, kichert sie.

»Abwarten. Ich ruf dich später nochmal an. Werd jetzt erstmal noch ein paar Runden drehen, zum Runterkommen.«

»Mach das«, antwortet sie und schmatzt einen Kuss durch die Leitung. Ich erwidere ihn und würde am liebsten noch ewig in der Leitung bleiben. Doch jetzt ist nicht der Zeitpunkt für Turteleien.

Bevor ich mich zurück in den Simulator setze, schreibe ich Peter eine Nachricht.

Buch uns Flüge. Wir ziehen das durch.

8. Kapitel

Selina

München, Deutschland

Ich bin zehn Minuten zu früh. Wie erwartet ist der Stachus am Samstagabend kein guter Treffpunkt. Es wimmelt nur so von Menschen, die sich um die Fontänen drängen und zwischen Innenstadt, U-Bahn und Straßenbahn hin und her eilen. Ich checke nochmal die Nachrichten in der WhatsApp-Gruppe und sende ein Foto von meinem Standort, damit mich die anderen finden können, sobald sie hier sind.

Auf Lena warte ich nicht lange. Sie hat einen jungen, blonden Mann im Schlepptau, der wohl Tim sein muss. Er hat den Club vorgeschlagen, den wir heute besuchen wollen.

»Du glaubst nicht, was gerade passiert ist«, begrüßt Lena mich und umarmt mich überschwänglich. Was denn? Ist der Club abgebrannt? Das wäre die beste Nachricht des Abends. Ich verkneife mir meinen Kommentar aber und ziehe die Brauen nach oben.

»Tim hat es auf dem Weg hierher bei diesem Radio-Gewinnspiel probiert, eigentlich nur so aus Scheiß. Aber die haben ihn drangenommen! Jetzt haben wir für heute Abend eine VIP-Lounge und ein Wodka-Boot gewonnen!«

Ich frage besser nicht nach, was das ist. Dass es mit Unmengen von Gratis-Alkohol zu tun hat, kann ich mir schon denken. Und sie müssen nicht merken, wie wenig ich mich mit diesen Dingen auskenne, die für sie alltäglich zu sein scheinen.

Stattdessen gebe ich mich ebenfalls fröhlich. Irgendwie werde ich den Abend schon überleben. Alle anderen außer mir haben schließlich Spaß daran.

Nach und nach trudeln die anderen ein. Alice, ein zurückhaltendes Mädchen namens Tina und ein weiterer Kerl in einem gewöhnungsbedürftigen, durchsichtigen Hemd. Wir machen uns gemeinsam auf den Weg. Es entbrennen Diskussionen über die besten Clubs in Berlin und Köln. Ich lausche halbherzig, kann aber nicht mitreden. Auch wenn meine neuen Bekannten alle warmherzige Menschen sind, beschleicht mich ein ungutes Gefühl. Ich passe nicht zu ihnen. Außerdem scheinen sie sich alle schon besser kennengelernt zu haben. Sie knüpfen an Gespräche an, bei denen ich nicht dabei war, während ich verwirrt nebenher trotte und mein Bestes gebe, mir die Zusammenhänge zu erschließen.

Ob meine beiden Tage mit Danny daran schuld sind? Hätte ich ihn erst zu einem späteren Zeitpunkt einladen dürfen? Mir war nicht bewusst, wie wichtig diese Tage sind, um neue Leute kennenzulernen. Ich dachte, das könnte ich auch noch später erledigen. Offensichtlich habe ich mich getäuscht und hätte lieber mit den Mädels ins Café gehen sollen, statt mit Danny abzuhängen. Mein Herz sagt mir aber nach wie vor, dass meine Entscheidung die Richtige war. Diese besonderen Momente sind wertvoller als alles, was ich mit ihnen hätte erleben können.

***

Beim Einlass in den Club schicke ich ein Stoßgebet in den Himmel. Bitte, lass meinen Ausweis verdächtig wirken oder das Sommerkleid zu leger sein. Meine Bitten werden aber nicht erhört. Lena blinzelt dem Security verführerisch zu und er winkt uns durch, ohne auch nur mein Alter zu checken. Nun bleibt mir nichts mehr übrig, außer mich meinem Schicksal zu ergeben und das Beste aus dem Abend zu machen. Wir geben unsere Taschen an der Garderobe ab. Lena, Alice und Tina wechseln zu High Heels, ich bleibe bei meinen Sneakers.

Während die Mädels sich an der Bar nach unserer Lounge und den Getränken erkundigen, nehme ich den Club genauer unter die Lupe.

Der erste Eindruck beruhigt mich. Die gedimmte Beleuchtung an Wand und Decken verleiht dem Raum eine entspannte Atmosphäre. Viele Sofas und Sitzecken zieren den Hauptraum und lassen mich eher an eine Bar als einen Club denken. Der durchdringende Bass und die wogenden Körper auf der Tanzfläche sprechen allerdings eine andere Sprache. Ich ertappe mich dabei, wie ich mit dem Fuß im Takt mit wippe. Die Musik ist gar nicht so übel.

Der Barkeeper führt uns zur Lounge mit perfektem Blick über die Tanzfläche. Eigentlich sind die Bänke zu klein für sechs Personen, aber alle rücken nah zusammen und ich quetsche mich zwischen Lena und Tim. Nachdem sie das Gespräch mit Tina über den Kaffee aus dem Automaten neben dem Hörsaal beendet hat, wendet Lena sich mir zu.

»Ach ja. Wollte dich in der Uni nicht damit nerven, aber … war das am Montag dein Freund?«

Hitze steigt in meine Wangen auf. Was ist das für eine Frage? Ich mustere sie skeptisch. Ihr freundliches Lächeln ist aber echt. Wahrscheinlich ist sie einfach nur neugierig. Wäre ich das in ihrer Situation nicht auch?

»Kann man so sagen. Aber noch nicht lange. Mal sehen, was daraus wird«, spiele ich die Angelegenheit herunter.

»Oh, wie schön!«, quietscht sie und scheint sich wirklich für mich zu freuen, »Eine neue Liebe ist doch das Schönste überhaupt. Ich drück euch die Daumen. Er war aber auch wirklich heiß.«

Meine Wangen werden noch wärmer. Ja, das ist er. Aber es widerstrebt mir, mit ihr darüber zu reden. Ich nicke und sehe in die andere Richtung. Vielleicht versteht sie es so, ohne, dass ich herumdrucksen muss.

»Und stimmt es, was die Leute sagen?«

Ich reiße den Kopf wieder herum. O nein, habe ich es schon am ersten Tag geschafft, zum Gespräch der ganzen Uni zu werden?

»Wegen dem Auto? Das ist gar nicht so teuer, wie es aussieht. Er kriegt … Firmenrabatte.«

»Das meine ich nicht.«

Der Barkeeper schiebt eine große, mit Eis gefüllte Schale auf den Tisch. Jetzt verstehe ich, wieso es Boot heißt. In der Mitte klemmt eine riesige Wodkaflasche, die Lena sich sofort schnappt. Um die Flasche herum, in Form eines Bootes angeordnet, stehen sechs Red Bull Dosen. Das Logo erinnert mich sofort an Danny. Eigentlich sollte ich bei ihm sein und ihm in seiner Aufregung wegen der Einladung nächste Woche beistehen. Oder auch nicht. Wahrscheinlich würde ich nur im Weg rumstehen und ihn mit meinem Geplapper unnötig von der Vorbereitung ablenken.

Lena reicht mir einen Becher, eine Red Bull und will mir aus der Wodkaflasche eingießen. Eilig lege ich meine Hand auf den Rand.

»Nein, für mich nicht, danke.«

»Nicht mal ein Schluck zum Anstoßen?«

Ich schüttle bestimmt den Kopf und kippe stattdessen meinen Energy Drink in das Glas.

»Warum nicht? Bist du Antialkoholikerin oder so?«, ruft Alice quer über den Tisch. Der abfällige Unterton in ihrer Stimme bringt mein Blut in Wallung. Eigentlich sollte ich ihre Frage ignorieren.

»Nein, aber ich trinke nicht, um mich zu besaufen. Nur, wenn mir etwas schmeckt. Und Wodka zählt nicht dazu. Da schmeckt Red Bull pur besser.«

»Na dann.« Sie zuckt mit den Schultern und ihr Unverständnis spiegelt sich in den Falten, die sich um ihren Mund ziehen, als sie lächelt. Aber immerhin lässt sie mich in Frieden. Sie wendet sich wieder dem Kerl mit dem seltsamen Hemd zu, auf den sie offensichtlich ein Auge geworfen hat.

Ich schwinge unruhig mit den Beinen hin und her. Lena lässt sich beim Einschenken Zeit. Am liebsten würde ich die Flasche hinten anheben, die Dose reinkippen und ihr helfen, schneller zu mischen.

Endlich hat sie auch Tinas Glas gefüllt und prostet allen zu.

»Auf ein erfolgreiches Studium und unvergessliche Nächte im Schatten der Großstadt. Lasst uns reinhauen. Wir sind schließlich nur einmal jung!«

Mit lautem Gejohle stoßen alle miteinander an. Ich fühle mich genötigt, mitzumachen. Viel lieber würde ich aber aus Lena herausschütteln, was sie mit ihrer Andeutung gerade gemeint hat.

Sie trinkt genauso langsam, wie sie einschenkt. Dann leckt sie sich ausgiebig über die dunkel geschminkten Lippen und schiebt das Glas beiseite.

»Jemand hat erzählt, dein Freund wäre dieser Rennfahrer.«

Ihre Worte fahren wie ein Stromstoß durch meinen Körper. Jemand hat ihn erkannt. Und ich kann mich nicht mal mehr mit einer Notlüge rausreden. Denn früher oder später würden alle erfahren, dass er es wirklich ist. Doch meine Stempel bekomme ich unweigerlich aufgedrückt. Die einzige Wahl, die mir bleibt, ist die zwischen der Rolle einer Lügnerin und die der versnobten Freundin eines Promis. Das wäre der ideale Zeitpunkt, um meine Koffer zu packen und in eine andere Stadt auszuwandern. Berlin soll auch einen tollen Tiermedizin-Lehrstuhl haben.

Ich atme tief ein und streiche über meine Augenbrauen. Ruhig bleiben. Das passiert alles nur in meinem Kopf. Warum sollte mich jemand so schnell in eine Schublade stecken? Menschen, die ein medizinisches Fach studieren, sind bestimmt nicht so oberflächlich. Oder etwa doch? Ich werde es gleich herausfinden.

»Ja, er fährt in der Formel 3 um den Titel«, gebe ich zu und bereite mich auf das Gewitter an Fragen und Vorurteilen vor, das gleich über mich hereinbrechen könnte.

Aber es passiert nichts. Lena stößt nur ein weiteres Kichern aus.

»Wow, den hätte ich mir auch geschnappt. Dann wünsche ich dir erst recht viel Glück.« Sie hebt ihr Glas erneut, um mit mir anzustoßen. »Auf euch.«

Damit scheint das Thema für sie erledigt zu sein und sie wendet sich wieder den anderen zu. Scheinbar habe ich ihr Unrecht getan. Es folgt kein Nachbohren, keine Vorurteile, kein Geschleime. Ich will mich nicht zu früh freuen. Am Montag in der Uni könnte es ganz anders aussehen. Aber für diesen Moment kann ich mich entspannen und zurücklehnen.

***

Während man meinen Begleitern den Alkohol immer mehr anmerkt, habe ich schon nach einer Stunde genug von diesem Club. Das angeheiterte Geschnatter langweilt mich. Die Musik ist das einzig Positive an diesem Abend. Zum Tanzen fehlt mir jedoch der Mut. Verzweifelt suche ich nach einer Ausrede, um mich möglichst bald verabschieden und nach Hause fahren zu können. Dabei bin ich mir nicht einmal sicher, ob ich den Weg zur U-Bahn alleine finde.

Ich ziehe mein Handy aus der Tasche und sehe zum zwanzigsten Mal in dieser Stunde auf die Uhr. Diesmal leuchtet unter der Zeit allerdings eine Nachricht auf. Der Name darüber reißt mich sofort aus meiner Müdigkeit und zaubert mir ein dümmliches Grinsen ins Gesicht.

Und, hat dir schon jemand auf die Schuhe gekotzt?

Noch hat jeder seinen Mageninhalt bei sich behalten. Aber das könnte sich schnell ändern – wenn ich nicht bald hier rauskomme, bin ich diejenige, die kotzt.

Soll ich dich anrufen und einen Notfall vortäuschen?

Mein Grinsen wird noch breiter. Ich bin mir sicher, er würde für mich eine erstklassige Ausrede inszenieren. Aber das wäre nicht meine Art. Trotzdem schafft er es mit seinen Nachrichten, meine Stimmung zu heben.

Vielleicht wird der Abend doch gar nicht so übel. So lange ich mit ihm schreiben kann, vergesse ich den Club um mich herum und verschwinde an einen besseren Ort – einen, an dem ich Danny nahe bin.

9. Kapitel

Danny

Milton Keynes, England

Die gläserne Trophäenvitrine erstreckt sich meterhoch bis zur Decke. Ehrfürchtig lege ich den Kopf in den Nacken und bestaune die glänzenden Pokale, Schalen und Medaillen. So ein beeindruckendes Stück Geschichte, so große Erfolge, so viele Legenden in einem Schrank. Wie es sich wohl anfühlt, seinen eigenen Pokal zwischen ihnen einzureihen?

Peter legt mir die Hand auf die Schulter.

»Beeindruckend, hm? Lass dich nicht so leicht um den Finger wickeln. Die sehen bei anderen Teams genauso aus und dein eigenes Regal ist auch gut gefüllt.«

»Mit Kinder-Kartmedaillen von 2008 und Pokalen von drittklassigen Rennsiegen«, grummle ich und wende mich ab.

Peter folgt mir durch die Halle und bremst mich.

»Denkst du, ich hätte nicht auch großes Interesse daran, heute einen Deal abzuschließen? Aber wir müssen es realistisch betrachten und das Beste für dich herausholen. Vielleicht ist deine Zeit noch nicht gekommen. Manche Dinge im Leben kann man eben nicht erzwingen. Und ein Vertrag für die Formel 1 gehört definitiv dazu. Hättest du mich nicht wenigstens nochmal mit ihnen telefonieren lassen können? Dann hätten wir uns die Reise vielleicht sparen können.«

Er seufzt und fährt sich über die Glatze.

»Ich hatte noch nie so einen sturen Klienten wie dich.«

Trotz meiner Nervosität zucken meine Mundwinkel nach oben.

»Aber auch noch nie so einen erfolgreichen.«

Peter rollt mit den Augen, stimmt aber trotzdem in mein Lachen mit ein.

Nachdem er uns am Empfang angemeldet hat, führt uns eine Dame im Hosenanzug zum Bürotrakt, der mich sofort an amerikanische Filme erinnert: viel Glas, wenig Privatsphäre. Doch der Anblick der Angestellten an ihren Schreibtischen beruhigt mich. So aufpoliert und märchenhaft der Eingangs- und Museumsbereich des Red-Bull-Headquarters auch gewirkt hat: Hier wird nicht gezaubert, sondern ganz normal gearbeitet. Vielleicht hat Peter recht. Vielleicht ist ein Job in der Formel 1 auch für mich nichts Besonderes. Vielleicht wird es sich anfühlen wie jeder andere, nicht wie die Erfüllung eines Lebenstraums. Ich erschaudere bei dem Gedanken. Setze ich wirklich zu viel Hoffnung auf dieses Gespräch?

Wir werden zum Warten in einen Vorraum gebracht, dessen zugehöriges Büro mit Jalousien verhängt ist. Der Sekundenzeiger der Uhr über der Tür tickt unaufhörlich und treibt mich schon nach einer Minute in den Wahnsinn. Die Zeit zieht sich wie ein Kaugummi. Ich kann mich nicht mal mit ein paar Nachrichten an Selina ablenken. Ein Blick aufs Handy zeigt mir, dass sie auf mein »Guten Morgen« noch nicht geantwortet hat und ich will ihr auf keinen Fall nochmal schreiben und sie bei ihrer Vorlesung stören. Diese Vorträge sind ihr wichtig, so viel habe ich mittlerweile begriffen. Auch wenn es mir immer noch ein Rätsel ist, wie man sich nach der Schule freiwillig noch mehr Prüfungen und Lernstress antun oder in Büros wie diesen arbeiten kann: Jeden Tag der gleiche Mist, Stunde um Stunde am Schreibtisch, keine Abwechslung, keine Action. Ob mir das auch bevorsteht, wenn das Gespräch heute in die Hose geht? Werde ich nach der Rennkarriere in einem stickigen Kabuff schuften, weil die Kohle nicht bis zur Rente reicht?

Die Bürotür schwingt mit einem leisen Quietschen auf. Es kostet mich viel Beherrschung, nicht sofort vom Stuhl aufzuspringen. Endlich! Doch es ist nicht Hendrick, der uns empfangen will. Vier Männer in schicken Anzügen verlassen das Büro. In meinem Kopf schrillen die Alarmglocken. Ich bekomme den Grund dafür aber nicht zu fassen. Was soll das?

Erst, als der jüngste der Männer mir knapp zunickt, trifft es mich wie ein

Faustschlag. Automatisch nicke ich zurück und bleibe wie versteinert auf dem Ledersessel sitzen. Da brauche ich gar nicht mehr reingehen. Er ist der führende Fahrer der Formel E. Und sein Kumpel, der sich nun zu mir umdreht und mich von oben bis unten mustert, steht mit McLaren auf Platz 5 der Formel 1. Warum haben sie mich überhaupt eingeladen? Als Ersatz, falls einer von denen Nein sagt?

Mein Hochgefühl, das mich auf dem Flug nach England begleitet hat, verpufft und hinterlässt eine bittere Trockenheit in meinem Mund. Peters Blick sagt alles. Er weiß ebenso gut wie ich, dass unsere Chancen gerade ins Nichts gesunken sind.

Ein weiterer Anzugträger taucht in der Tür auf.

»Mr Breuning, Mr Trautmann, Sie können jetzt eintreten.«

Ich stoße mich vom Stuhl ab und bemühe mich um Fassung. Komm schon, wenn es nichts wird, zieh das Gespräch wenigstens in Würde und Anstand durch. Meine Knie sind plötzlich viel zu weich. Ich blicke an mir hinunter, als könnte ich sie so überreden, mir wieder zu gehorchen. Scheiße! Warum hab ich ausgerechnet Jeans, Turnschuhe und ein weißes Poloshirt an? Warum habe ich nicht auf Peter gehört? Für mich war es selbstverständlich, dass er sich herausputzt. Schließlich ist er derjenige, der Kompetenz ausstrahlen soll und die Verhandlungen führt. Aber ich als Sportler? Ich dachte, das wäre übertrieben.

Als ich an dem Mann vorbei ins Büro trete, stechen mir zuerst die verhängten Fenster ins Auge. Offenbar hat man Angst vor Reportern, die Transfernews schon vor der offiziellen Pressemeldung weitergeben könnten.

Ich setze mein freundlichstes Lächeln auf. Hendrick und sein Manager tun es mir gleich, erheben sich von ihren Stühlen hinter dem Konferenztisch und strecken mir die Hand entgegen. Aus der Entfernung hat er bei den Rennen immer deutlich größer ausgesehen. Aber es ist gut, dass er kleiner ist als ich. So wirkt er wenigstens nicht einschüchternd.

»Vielen Dank für die Einladung. Ein beeindruckendes Zentrum haben Sie hier. Es ist mir eine Ehre, Sie kennenzulernen, Mr Hendrick.« War das zu dick aufgetragen? Mein Gegenüber lässt sich jedenfalls nichts anmerken und deutet auf den Stuhl hinter mir. Mit klopfendem Herzen lasse ich mich darauf nieder und bin dankbar, dass Peter direkt neben mir sitzt und sofort das Wort ergreift.

»Hochrangige Gäste haben Sie hier.«

Ein zufriedenes Lächeln legt sich auf Hendricks schmale Lippen. Ist es berechnend oder überheblich? Ich kann es nicht einschätzen.

»Kann man wohl so sagen. Wir machen uns die Entscheidung nicht leicht. Für die nächste Saison haben wir unsere Fahrzeuge komplett überholt. Die ersten Tests sind sehr vielversprechend. Also brauchen wir auch einen Fahrer, der sich nicht im Mittelfeld aufhält, sondern genug Talent und Ehrgeiz hat, es bis an die Spitze zu schaffen.«

Die Trockenheit in meinem Mund nimmt mit jedem seiner Worte zu und ich unterdrücke ein Husten. Am Ehrgeiz sollte es nicht scheitern. Aber wie kann ich ihn von meinem Talent überzeugen, wenn ich mir selbst nicht sicher bin, ob ich mit seinen vorherigen Gästen mithalten kann?

»Ihre Siege in dieser Saison sind nicht von der Hand zu weisen. Sie lassen ihre Konkurrenten auf der Strecke aussehen wie Schleicher. Dahinter müssen gewisse Fähigkeiten stecken. Wie viel dieser Fähigkeiten für Ihre Siegesserie verantwortlich sind und was die Leistung Ihres Teams und der Fahrzeugtechnik ist, ist allerdings schwer zu beurteilen.«

»Sie wissen ebenso gut wie wir, dass es nicht nur am Auto liegen kann. Sein Teamkollege steht immerhin nur auf Platz 4«, verteidigt mich Peter.

Hendrick lehnt sich in seinem Stuhl zurück und beäugt ihn skeptisch.

»Das spricht für dessen mangelnde Erfahrung, allerdings garantiert es mir nicht, dass ich mich nicht täusche.«

Dass er sich nicht täuscht? Ich kaue auf meiner Unterlippe und versuche, meine Atmung unter Kontrolle zu bringen. Das bedeutet also, er glaubt an meine Fähigkeiten. Was gibt es dann noch zu diskutieren?

»Was erwarten Sie von mir? Dass ich Ihnen etwas vorführe, um mein Talent zu beweisen? Wie sollte das funktionieren? Entweder Sie vertrauen mir, oder eben nicht.«

Peter versetzt mir unter dem Tisch einen Tritt. Ich weiß, ich soll mich nicht einmischen. Erst recht nicht mit einer so vorlauten Aussage. Aber dieses Herumgerede geht mir auf die Nerven.

Hendrick entblößt die blitzweißen Zähne und ich bin mir nicht sicher, ob er grinst oder Schmerzen hat.

»Auch das ist mir zu Ohren gekommen.«

Ich ziehe die Brauen nach oben.

»Was denn?«, fragt Peter, der ebenso irritiert wirkt wie ich.

»Ihre Starrköpfigkeit, insbesondere bezüglich Teamabsprachen und Anweisungen.«

Ich schnaube und verschränke die Arme der Brust. Großartig. Matthias hat also nicht die Klappe gehalten, wie er mir zugesagt hatte, solange es mit den Platzierungen gut läuft. Nein, er muss es weitergequatscht haben, und zwar an so viele Leute, dass sogar die Formel-1-Teamchefs darüber Bescheid wissen. Ich kann es nicht mal abstreiten. Es ist nicht immer einfach mit mir, das weiß ich selbst. Bisher hat es aber jedes Mal funktioniert, wenn ich mich durchgesetzt habe. Und abstellen könnte ich es sowieso nicht. Egal ob während der Vorbereitungen oder mitten im Rennen: Wenn ich eine bessere Möglichkeit sehe, zu gewinnen, werde ich sie nutzen, egal, was vorher abgesprochen war. Immerhin bin ich der Fahrer, der einzige, der mitkriegt, wie es draußen läuft und nicht die Männer am Kommandostand.

»Herr Breunings eigene Vorschläge und Strategien werden in seinem aktuellen Team auch konsequent ignoriert. Er wird fremdgesteuert und darf selbst keine Entscheidung treffen. Da ist es nicht verwunderlich, wenn er sich ab und zu durchsetzt – mit großem Erfolg, wie wir finden.«

Feine Schweißtropfen sammeln sich auf Peters Oberlippe. Was er erzählt, ist absoluter Quatsch. Er weiß genauso gut wie ich, dass man mich bei einem Formel-1-Team noch mehr einschränken und auf meine Meinung pfeifen würde. Dort wäre ich nur ein Mittel zum Zweck.

»Das kann ich nicht beurteilen«, gibt Hendrick zurück und nickt seinem Manager zu.

Dieser stützt die Arme auf den Tisch und beugt sich nach vorne. »Wir haben Sie eingeladen, um ihnen einen Vorschlag zu unterbreiten.«

Ich tippe mit meinem Fuß auf und ab. Meine Nerven sind zum Zerreißen angespannt: ein Vorschlag, kein Angebot. Oder rücken sie mich nur in so schlechtes Licht, um ihre Konditionen großzügiger wirken zu lassen?

»Nachdem wir also nicht einschätzen können, wie sehr sie unser Team wirklich bereichern würden, oder ob Sie uns damit nur in Schwierigkeiten bringen ...«

Er klappt die Mappe auf, die vor ihm auf dem Tisch liegt und zieht einen dünnen Papierstapel hervor. Unendlich langsam streicht er das oberste Blatt glatt. Ich kann nicht mehr stillhalten und rutsche nervös auf meinem Stuhl hin und her. Am liebsten würde ich es ihm aus der Hand reißen. Was ist das? Ebenso langsam schiebt er es zu uns herüber. Das Wort »Vertrag« sticht mir sofort ins Auge. Mein Herz scheint nicht mehr länger in meiner Brust bleiben zu wollen. Ob bei diesen Verhandlungen schon mal jemand einen Herzinfarkt bekommen hat? Oder werde ich der erste sein? Ich will mir nichts anmerken lassen und cool bleiben. Das hat mir auch Peter geraten. Doch es ist unmöglich, meine Aufregung zu verbergen.

»... würden wir Ihnen eine Saison als unser Testfahrer anbieten. So können wir uns besser kennenlernen. Sie können sich langsam an die Formel 1 herantasten und uns beweisen, dass sie das Zeug dazu haben, an der Spitze mitzuhalten.«

Mit einem Schlag weicht sämtliche Energie aus meinem Körper. Ich sinke in meinem Stuhl zusammen. Die Enttäuschung flutet jeden Zentimeter meines Körpers und ich muss mich beherrschen, nicht mit der Faust auf den Tisch zu schlagen. Verdammt, was habe ich auch erwartet? Dass sie mich anbetteln würden, ihr fester Fahrer zu werden, obwohl sie so viele grandiose Talente zur Auswahl haben?

»Ich muss mich nicht beweisen«, kommt es harscher aus meinem Mund als beabsichtigt, »Entweder Sie wollen mich ganz ... oder gar nicht.«

Peter lacht verlegen auf.

»Entschuldigen Sie seine Wortwahl. Aber im Prinzip muss ich ihm recht geben. Ich danke Ihnen für das Angebot, aber wir hatten uns etwas mehr erwartet. Ich glaube nicht, dass wir uns damit einig werden, auch wenn die Konditionen gut sind.«

Der Manager setzt ein mitleidiges Lächeln auf.

»Sie sind sich offensichtlich nicht im Klaren darüber, wie großzügig das Angebot wirklich ist. Herr Breuning kommt aus der Formel 3, nicht aus der Formel 2 oder Formel 1, und er ist noch sehr jung. Selbst mit diesem Vertrag gehen wir ein gewisses Risiko ein, das wir aber durchaus bereit sind, zu tragen.«

»Und Sie sind sich offensichtlich nicht im Klaren darüber, wie meine Karriere im Moment aussieht«, hake ich ein, bevor Peter wieder weichgewaschenen Mist von sich geben kann, »Wie Sie wissen, fahre ich diese Saison um den Sieg. Ich bin bei jedem Rennen auf der Strecke und fahre die besten Zeiten, die mein Auto hergibt. Ihr Angebot wird also nicht das einzige sein, das ich erhalte. Vielleicht bekomme ich keines für die Formel 1, das ist richtig. Aber ganz bestimmt eines für die Formel 2. Da kann ich keinen Testfahrervertrag gebrauchen, der mir möglicherweise andere Wege verbaut. Sie kennen mein Team und wissen sicher genau, dass das mein Ende in der Formel 3 bedeuten würde. Und jetzt erklären Sie mir: Warum sollte ich das alles aufgeben, um drei, viermal im Jahr alleine auf der Strecke in Ihren unausgereiften Karren zu sitzen? Warum soll ich mich an Rennwochenenden vor den Fernseher setzen und zusehen, wenn ich auch selbst im Auto sitzen könnte? Da können Sie noch so gut zahlen, ich bin mehr wert als das.«

Peter versinkt in seinem Stuhl. Hendrick und sein Manager dagegen bleiben unbeeindruckt. Sie verfolgen meine Worte mit undurchsichtiger Miene, dann verschränkt Hendrick die Arme vor der Brust.

»Einen weiteren Beweis für Ihre Starrköpfigkeit müssen Sie nicht liefern. Aber in diesem Fall wird sie Ihnen nicht weiterhelfen. Wir hätten diese Position für Sie vorgesehen, keine andere. Das schließt Verträge mit anderen Teams in anderen Rennklassen ja nicht aus. Aber wenn Sie nicht wollen …«

»Nein, ich will nicht. Danke für das Angebot. Wenn Sie nicht bereit sind, mir entgegenzukommen und mich als festen Fahrer einzusetzen, wären wir jetzt hier fertig.«

»Sehen Sie sich den Vertrag doch erstmal an. Sie könnten ihn sofort unterschreiben. Und finanziell bietet er Ihnen sogar mehr als die Formel 3 für weniger Arbeit.«

Ein bitteres Lachen ist alles, was ich über die Lippen bringe. Peter greift nach dem Vertrag, ich halte ihn jedoch zurück.

Hendrick zuckt mit den Schultern und deutet dann auf die Tür. Seine eiskalte Geste brennt sich schmerzhaft in meine Netzhaut ein. Das kann doch nicht wahr sein. Eine völlig sinnlose Reise. Das hätte er mit mir auch am Telefon abhandeln können. All die Jahre Disziplin, Training, Hoffen und Träumen waren umsonst, binnen weniger Sekunden komplett zunichte gemacht.

Nichts hält mich auch nur eine Sekunde länger auf diesem Stuhl. Ich springe auf und ernte einen wütenden Blick von Peter. In diesem Moment könnte mir jedoch nichts gleichgültiger sein. Ich hab es verkackt. Mit meiner beschissenen Sturheit und mangelnder Erfahrung. Ohne auch nur eine Chance, sie von mir überzeugen zu können.

Trotzdem will ich in Würde gehen und ihnen nicht noch mehr gegen mich in die Hand geben.

»Vielleicht sieht man sich mal wieder beim Rennen. War nett, Sie kennenzulernen.«

»Ebenso. Sie sind ein äußerst spannender Charakter, das muss man Ihnen lassen. Viel Erfolg bei der Meisterschaft.«

Ich kämpfe, schaffe es jedoch nicht, meine Mundwinkel auch nur einen Zentimeter zu heben.

Bevor ich es noch schlimmer machen kann und die Enttäuschung mich übermannt, schreite ich erhobenen Hauptes zur Tür und flüchte aus dem Büro. Peter sagt noch etwas zu den Männern, aber ich bin schon zu weit weg, um es zu verstehen. Oder sind es meine eigenen, niederschmetternden Gedanken, die seine Stimme übertönen?

Egal was es ist: Ich muss hier sofort raus. Luft schnappen. Rennen. Am besten bis zum Meer, in die kalten Wellen springen und nach Hause schwimmen.

Erst auf der Treppe holt Peter mich ein. Und diesmal enttäuscht er mich nicht: Statt sich über mein Verhalten zu beschweren, folgt er mir schweigend.

Er kennt mich. Ich mache mir gerade selbst genug Vorwürfe. Ich weiß, ich hätte auf ihn hören sollen und mich nicht mal auf dieses Gespräch einlassen dürfen. Es hätte uns Zeit, Ärger und Nerven gespart. Nächstes Mal werde ich ihm vertrauen. Denn er hat mir einmal mehr bewiesen, dass er die Branche besser kennt als ich. Ich sollte mich einfach in mein Auto setzen und fahren. So wie Matthias es mir sagt. Wahrscheinlich weiß er das auch besser als ich und es ist wirklich nur das Auto, das mich nach vorne bringt, wie Hendrick gesagt hat.

Endlich erreichen wir die Eingangshalle. Mit dem Ausgang im Blick beschleunige ich meine Schritte abermals. Nebenbei fische ich mein Smartphone aus der Hosentasche, um nachzusehen, wann der Flug nach Hause geht. Ob ich jemals wieder britischen Boden betreten kann, ohne an diese Blamage zurückzudenken?

Ich bin beinahe am Ausgang angelangt, als sich ein lautes Keuchen hinter uns nähert.

»Mr Breuning!«

Ich fahre herum. Der stämmige Manager hastet die Eingangshalle entlang und winkt uns zu. Ich rolle mit den Augen. Was ist denn jetzt los? Haben wir was liegen lassen oder will er mir seinen blöden Vertrag unbedingt mitgeben? Vielleicht gar keine so schlechte Idee. Dann kann ich ihn Zuhause verbrennen.

Schwer atmend kommt er vor uns zum Stehen und stemmt die Hand in die Hüfte, als hätte er von seinem kurzen Sprint Seitenstechen.

»Er ist verrückt«, murmelt er, während er nach Luft schnappt.

Peter und ich wechseln einen Blick. Mein Magen rumort. Könnte das bedeuten …

»Er will Sie. Ich habe keine Ahnung, warum, aber er gibt Ihnen den verdammten Startplatz. Also regen Sie sich ab und kommen zurück, damit wir alles durchgehen können.«

10. Kapitel

Selina

Nürnberg, Deutschland

Mein erstes Wochenende zurück in der Heimat hatte ich mir anders vorgestellt. Vor allem weniger einsam. Mir war klar, dass Alex nicht mehr als einen Abend für mich opfern würde. Aber nachdem Marie, die ich seit zwei Monaten nicht mehr gesehen habe, mit einer Erkältung im Bett liegt und Mama und Papa lieber zum Geburtstag von Mamas Cousin fahren, statt Zeit mit mir zu verbringen, hätte ich mir den Weg sparen können. Mamas nett gemeintes »Du kannst doch mitkommen« hat es nicht besser gemacht. Lieber verbringe ich den Samstag in meinem alten Zimmer und lerne, statt von dreißig Mittfünfzigern beim Kaffeeklatsch über mein Leben ausgefragt zu werden.

Die Buchstaben der Notizen verschwimmen jedoch vor meinen Augen und ich muss jeden Satz dreimal lesen, bevor ich die Bedeutung erfasse. So wird da nichts draus.

Seufzend schiebe ich die Lernunterlagen beiseite und wechsle vom Schreibtisch aufs Bett. Zum zwanzigsten Mal in dieser Stunde checke ich mein Handy. Doch der Grund für meine mangelnde Konzentration hat sich immer noch nicht bei mir gemeldet und war seit gestern Abend nicht mehr online. Frustriert starre ich auf den Bildschirm. Mein Herz liegt wie ein Stein in meiner Brust. Was soll das nur? Ich bin mir sicher, es hat mit seiner Reise nach England zu tun. Seitdem hat er kaum ein Wort mit mir gewechselt. Anrufe wimmelt er in Sekunden ab, Nachrichten lässt er unkommentiert. Er will mit mir persönlich sprechen. Das ist alles, was ich aus ihm rausgebracht habe.

Inzwischen bin ich mir sicher, dass er den erhofften Vertrag für die Formel 1 nicht bekommen hat. Wahrscheinlich ist er unglaublich enttäuscht.

Die Sehnsucht, ihn in die Arme schließen und trösten zu können, zerreißt mich fast. Oder hat er vielleicht doch nichts mit dem Gespräch zu tun?

Schaurige Bilder tauchen vor meinem inneren Auge auf. Danny Arm in Arm mit einer blonden, britischen Sekretärin, die er bei Red Bull kennengelernt hat. Ich schüttle den Kopf, um die Vorstellung zu vertreiben. Nein, das kann nicht sein. Er hätte den Mut, mir zu schreiben, wenn es vorbei wäre. Danny ist der direkteste Mensch, der mir jemals begegnet ist. Oder habe ich mich von seinem Aussehen und Ruhm blenden lassen? Ist er nicht der, für den ich ihn halte?

Ich ziehe mir die Decke über den Kopf. Die Zweifel und Sorgen hören trotzdem nicht auf, mich von innen aufzufressen. Warum tut er mir das an? Kann er nicht klar und deutlich sagen, was Sache ist?

Mein Handy vibriert. Ich reiße die Decke herunter. Ist er das? In meiner Hektik brauche ich einige Sekunden, bis ich das Smartphone in den Falten der Decke finde.

Die Nachricht leuchtet noch auf. Natürlich ist er es nicht. Sie lässt meine Stimmung nur weiter sinken.

Du hast in der Gruppe noch gar nicht reagiert … bist du dabei heute Abend? Kneipenrunde, 21 Uhr?

Ganz toll. Schon wieder ein Treffen meiner neuen Freunde, das ich verpasse. Wie soll ich sie da besser kennenlernen? Ich werde nur noch mehr Gespräche und neue Insider versäumen. Vor allem klingt ein Kneipenabend deutlich entspannter als der Clubbesuch neulich. Mist. Ich hätte gar nicht erst nach Hause fahren sollen. Doch die Sehnsucht nach meiner gewohnten Umgebung war einfach zu groß. Außerdem wird es Zeit, endlich mein Auto abzuholen, damit ich nicht jedes Mal mit tonnenweise Gepäck mit dem Zug reisen muss.

Bin übers Wochenende zu Hause in Nürnberg, muss also leider passen. Euch trotzdem viel Spaß, wir sehen uns am Montag!

Ein Daumen nach oben ist alles, was zurückkommt. Habe ich es damit schon komplett versaut?

Ich sperre den Bildschirm wieder und will mein Handy zur Seite legen. Dabei ploppt jedoch erneut eine Nachricht auf.

Diesmal ist er es wirklich.

Bist du bei deinen Eltern?

Ist das das Einzige, was er mir nach drei Tagen zu sagen hat? Mein Finger verharrt über der Taste zum Entsperren. Soll ich ihm überhaupt antworten? Wäre es nicht fair, ihn nun genauso zappeln zu lassen wie er mich?

Ich halte es nicht aus. Ich öffne die App und schreibe sofort zurück.

Ja. Ist alles in Ordnung? Sag mir doch endlich, was los ist!

Er ist sofort online.

Ich sag es dir, wenn du runterkommst.

Ich blinzle ungläubig, dann lese ich die Nachricht, die ich gerade geschickt habe, erneut. Klingt das Ausrufezeichen so wütend? Oder ist er nur gereizt und empfindlich?

Muss ich nicht. Ich bin ganz ruhig. Also raus damit.

Kaum hat die Nachricht zwei blaue Haken, ist er offline. Ich raufe mir die Haare und werfe mein Handy in die Ecke. Was soll ich nur machen, damit er endlich mit mir redet?

Die Türklingel reißt mich unsanft aus meiner Lethargie. Wer auch immer das ist, eigentlich muss ich nicht aufmachen. Kaum einer weiß, dass ich hier bin. Bestimmt nur ein Paket. Oder Alex, der mal wieder seinen Schlüssel vergessen hat.

Obwohl mir zum Heulen zumute ist, schleppe ich mich die Treppe hinunter zur Haustür. Schon an der Kontur, die sich durch die Milchglasscheibe spiegelt, erkenne ich aber, dass es nicht Alex ist.

Vorsichtig öffne ich die Tür einen Spalt und strecke den Kopf nach draußen.

»Nach unten kommen. Nicht beruhigen.«

Mein Blick fängt sich in den tiefen Grübchen, die sich beim Grinsen über Dannys Wangen ziehen. Er ist hier. Und ich habe mich schon wieder blamiert und ihn völlig falsch verstanden.

Schlagartig sind Wut und Verzweiflung verpufft. Ich schaffe es keine Sekunde länger, auf ihn sauer zu sein.

Ich falle ihm in die Arme, drücke das Gesicht an seine feste Brust und nehme seinen Geruch tief in mir auf. Wie konnte ich an ihm zweifeln? Er haucht mir einen sanften Kuss auf den Haaransatz und ein warmes Kribbeln breitet sich von dort aus. Ich will für immer so stehen bleiben und ihn nie wieder loslassen. Dabei ist mir völlig egal, was die Nachbarn denken, die wegen seines Autos sicher schon am Fenster kleben und alles beobachten. In diesem Moment zählt nur, dass er hier ist. Mich nicht hängen gelassen hat.

Irgendwann löst er sich aus meinem Griff. Ich will protestieren, doch der Kuss, den er mir stattdessen schenkt, entschädigt mich für seine fehlende Nähe.

»Du hast mich vermisst, hm?«, haucht er gegen meine Lippen und ich knuffe ihn gegen die Brust.

»Bild dir bloß nichts darauf ein.«

Er wackelt überheblich mit den Augenbrauen und bringt mich damit sofort zum Lachen. All die unausgesprochenen Worte der letzten Tage schweben jedoch wie ein unsichtbares Schild zwischen uns, das meine Freude ebenso schnell wieder dämpft.

»Vor allem hab ich mir aber Sorgen gemacht. Was sollte das? Warum hast du dich plötzlich nicht mehr gemeldet? Ich dachte, dir geht's nicht gut.« *Oder dass du doch einer von diesen Typen bist und mich schon durch eine Bessere ersetzt hast.* Ich kann mich noch rechtzeitig bremsen, bevor die Gedanken ungefiltert aus meinem Mund strömen können. Diesen Teil werde ich für mich behalten. Er soll mich nicht für eine eifersüchtige, kontrollsüchtige Zicke halten. So eine Freundin hat er nicht verdient. In Wirklichkeit hat er mir eigentlich keinen Grund gegeben, an seiner Treue zu zweifeln. Diese Horrorfantasien sind nur in meinem Kopf entstanden.

Danny streicht mir eine Strähne aus dem Gesicht, vermeidet es jedoch, mir dabei in die Augen zu sehen. Sein Ausdruck nimmt plötzlich nachdenkliche Züge an.

»Lust auf eine Runde am See? Ich denke, das ist ein besserer Ort zum Reden als euer Vorgarten.«

***

Während ich mir Sorgen mache, dass die Scheiben später eingeschlagen sein werden, hat Danny kein Problem damit, seinen Sportwagen am dreckigen Parkplatz hinter dem See abzustellen.

»Mehr Schaden als du neulich wird bestimmt niemand anrichten«, sagt er und greift nach meiner Hand. Ich verschränke meine Finger in seinen und drücke fest zu, kann aber nicht widersprechen. Das werde ich mir mein Leben lang anhören dürfen – sowohl von ihm als auch von Alex.

Wir schlendern den Weg zum aufgeschütteten Strand hinunter. Die warme Herbstsonne bricht zwischen den Wolken hindurch und spiegelt sich golden in den sanften Wellen, die die Tretboote hinter sich ziehen. Obwohl an diesem lauen Oktobertag viele Spaziergänger unterwegs sind, strahlt das Fleckchen so viel Ruhe und Besinnlichkeit aus, dass meine Sorgen nach und nach leiser werden. Mit Danny an meiner Seite, der Wärme seiner Hand in meiner und dem Ausblick auf diese Oase inmitten der Großstadt kehrt mein innerer Frieden zurück. Wie lange ist es her, dass ich mich zum letzten Mal so gefühlt habe, ohne mir dabei den Kopf über all die Zweifel, Sorgen und Herausforderungen zu zerbrechen, die mir in den nächsten Monaten bevorstehen?

Danny scheint es genauso zu gehen. Kein weiterer Scherz, kein Wort verlässt seine Lippen. Mit undurchsichtigem Blick starrt er an mir vorbei auf den See hinaus und seine Schritte werden immer kleiner. Schließlich bleibt er stehen und deutet mit der freien Hand auf die niedrige, steinerne Mauer, die Strand und Weg trennt.

Wir lassen uns darauf nieder. Kurzentschlossen schlüpfe ich aus meinen Schuhen, ziehe die Socken aus und vergrabe die nackten Zehen im Sand. Aber ich weiß, dass wir früher oder später darüber reden müssen, was ihn bedrückt. Denn spätestens, wenn wir beide wieder zurück in unserem Alltag sind, hunderte oder sogar tausende Kilometer voneinander entfernt, wird uns alles wieder einholen.

Vorsichtig lege ich den Kopf an seine Schulter und kuschle mich an ihn. Er lässt es geschehen und schmiegt seine Wange an mich. Jeder Zentimeter meines Körpers füllt sich mit Wärme.

»Wie lief das Gespräch?«, flüstere ich, damit er das Flattern in meiner Stimme nicht bemerkt.

Er holt tief Luft, bevor er antwortet. »Beschissen. Und viel zu gut. Beides gleichzeitig. Ich habe keine Ahnung. Das ist ja das Problem.«

Damit bin ich nicht schlauer als vorher. Meine Neugierde steigt jedoch ins Unermessliche. Ich drücke seinen Arm.

»Erzähl schon. Deswegen sind wir hier. Du hast mich lange genug hingehalten.«

»Zuerst haben sie mich kleingemacht. Dann wollten sie mir einen Vertrag als Testfahrer anbieten.«

Ich reiße den Kopf von seiner Schulter, um ihn ansehen zu können. Wirklich, sie haben ihm sogar etwas angeboten? Sein gequältes Lächeln spricht Bände. Natürlich ist er nicht glücklich darüber. Wir haben vorher lange genug darüber gesprochen. Ich aber kann mich kaum zurückhalten, nicht loszuquietschen. Was in den letzten Wochen passiert ist, ist unglaublich. Zuerst lerne ich den coolsten und attraktivsten Typen kennen, den ich mir vorstellen kann. Dann entpuppt er sich auch noch als erfolgreicher Rennfahrer und jetzt erzählt er mir, er könnte bald zur Weltelite gehören. Wie abgefahren ist das denn? Trotzdem verstehe ich seine Zweifel.

»Wollten? Sie wollten dir einen anbieten und du hast Nein gesagt?«

Er kneift die Lippen zusammen und nickt.

»Natürlich. Das ist nicht das Richtige für mich. Aber sie sind dabeigeblieben … bis ich gegangen bin und schon fast im Taxi saß. Dann haben sie es sich anders überlegt.«

Mein Puls schießt sofort in die Höhe. Sie haben es sich anders überlegt?! Warum ist er dann so schlecht drauf?

»Sie haben dir einen richtigen Vertrag als Teamfahrer angeboten? Mein Gott, muss ich dir denn alles aus der Nase ziehen? Mein armes Herz!«

Er lacht bitter und zieht mich wieder näher an sich heran. Ich kann aber nicht stillhalten.

»Du freust dich ja mehr als ich, als sie mir das gesagt haben. Aber du kennst den Haken noch nicht.« Er fährt sich durch die Haare und schüttelt kaum merklich den Kopf. »Es ist ein Angebot für die laufende Saison. Nicht für die nächste.«

Ich quietsche. Soll das ein Scherz sein? Eigentlich wollte ich mir vor ihm nicht anmerken lassen, wie wenig ich von seinem Sport verstehe. Die Hälfte meiner Lernzeit habe ich investiert, um über die Autos, die Hintergründe und die Fahrtechniken zu recherchieren. Leider nicht genug, um die Situation begreifen zu können. Plötzlich ist es mir aber nicht mehr peinlich, nachzufragen. Er wird mich nicht für dumm halten. Meine Aufregung räumt jegliche Distanz zwischen uns beiseite und die Fragen sprudeln ungefiltert aus mir heraus.

»Aber wie kann das sein? Sie haben doch schon zwei Fahrer? Kriegst du noch ein extra Auto? Oder doch kein eigenes? Oder schmeißen sie jemanden für dich raus? Und musst du dann die Formel 3 aufgeben, sofort?«

Danny macht eine beschwichtigende Handbewegung und bringt mich damit zum Schweigen.

»Siehst du? Deswegen wollte ich das nicht über WhatsApp besprechen.«

Ich bereue augenblicklich, so viele Fragen gestellt zu haben. Sein Arm liegt schwer um meinen Körper und er seufzt leise. Habe ich den Finger in eine Wunde gelegt? Aber woher sollte ich das wissen, wenn er sich mir noch nicht anvertraut hat?

»Peter sagt, das ist Quatsch, aber ich glaube, es ist ein Test. Um zu sehen, wie sehr ich das wirklich will. Einer ihrer Fahrer hat diese Saison ganz schön nachgelassen. Hendrick sagt, er zerstört ihnen die Teamwertung. Deswegen wollen sie ihn möglichst schnell loswerden.«

»Aber er hat doch einen Vertrag für diese Saison?«

Danny winkt ab. »Das bedeutet gar nichts. Sie zahlen ihm eine Abfindung und dann ist er raus.«

Wow. Langsam dämmert mir, was das bedeutet. In welcher Welt sich Danny täglich durchschlagen muss. Nichts und niemand kann ihm Sicherheit geben. Nicht mal dieser Vertrag, den ich gerade noch für die ultimative Erfolgsgarantie gehalten habe. Nur eine miese Saison, eine Verletzung – und schwupp, ist der Lebenstraum vorbei.

»Wäre der Vertrag für die nächste Saison gewesen, hätte ich keine Sekunde gezögert und ihn sofort unterschrieben. Aber das, was gerade läuft, ist die beschissenste Situation meines Lebens. Ich würde am liebsten beides machen, aber das geht wegen Matthias nicht. Und wenn ich jetzt die falsche Entscheidung treffe, kann ich mir damit meine Karriere für immer versauen.«

Ich traue mich nicht, etwas zu antworten. Das ist alles eine Dimension zu groß für mich. Die Verzweiflung, die in jedem seiner Worte mitschwingt, setzt sich jedoch in meinem Brustkorb fest.

»Wenn ich in der Formel 3 bleibe, verpasse ich die Chance. Red Bull ist für mich dann erstmal gestorben. Andererseits könnte ich mir die Meisterschaft holen. Ich bin so kurz davor.« Er lässt mich los, fährt sich aufgeregt durch die Haare und stützt die Ellbogen auf die Knie.

»Und wenn ich zusage, schmeißen sie mich mittenrein. Ich habe keine Zeit zum Trainieren, keine Chance, in diesem Jahr in der Wertung noch was zu reißen. Sämtliche Erfolge wären einfach weg. Für ein paar Rennen in der Formel 1 ohne Vertragsverlängerung, wenn es blöd läuft. Aber wenn es gut läuft ...« Er vergräbt das Gesicht in den Händen. Mit der Situation heillos überfordert streichle ich vorsichtig über seinen Hinterkopf.

»Matthias wird stinksauer sein. Vielleicht lässt er mich gar nicht gehen. Dann kann ich beide Rennklassen vergessen.«

»Hör auf damit«, erwidere ich und gebe ihm einen sanften Schubser.

Er verstummt, hebt den Kopf und sieht mich verwirrt an.

»Zuerst soll ich dir alles erzählen und dann die Klappe halten?«

»Das meine ich nicht. Ich würde gerne alles bis ins kleinste Detail erfahren. Aber nicht jetzt. Nicht heute. Merkst du das nicht?«

Er sieht mich an, als wäre ich völlig übergeschnappt. Ich halte seinem Blick jedoch stand.

»Was denn? Dass du ziemlich sprunghaft bist?«

Seine dunklen Augen funkeln herausfordernd. Doch jetzt ist nicht der Zeitpunkt, um auf seine Neckereien einzugehen.

»Dass du dich selbst damit fertig machst. Wie lange denkst du jetzt schon darüber nach? Drei Tage?«

Er nickt.

»Und dabei bist du offensichtlich keinen Schritt weitergekommen. Je länger du dich vor der Entscheidung drückst, desto schlimmer wird es. Dir fallen sicher jedes Mal mehr Horrorszenarien ein. Mehr Katastrophen und Probleme, die alles zerstören könnten. Aber das hilft dir doch nicht.«

Danny wendet den Blick ab und starrt auf meine Füße, die bis zu den Knöcheln im Sand stecken.

»Die Situation ist und bleibt beschissen. Egal, wie oft du alles durchgehst. Egal, wie sehr du dich reinsteigerst. Die einzige Option, das Problem zu lösen und das alles aus dem Kopf zu bekommen ist, dich zu entscheiden.«

Wie erstarrt sitzt er neben mir. Nur seine Kiefermuskeln treten immer stärker hervor. So bestimmt die Worte auch aus meinem Mund kamen: Ich bin mir nicht sicher, ob sie ihm helfen. Ob ich ihm überhaupt irgendwie helfen kann. Verunsichert lege ich die Hand auf seinen Rücken.

Er schweigt. Nachdenklich beobachtet er die Gänsemutter, die gerade aus dem Wasser steigt und die Küken, die unbeholfen hinter ihr über den Strand watscheln. Normalerweise würde mich beim Anblick der gefederten Familie nichts mehr auf meinem Platz halten. Nun wird mein Herz aber nur noch schwerer. Das Leben könnte so einfach sein. Gans müsste man sein.

Endlich löst er sich aus seiner Starre. Langsam richtet er sich auf. Dann nickt er.

»Ich mach es.«

»Wie jetzt?«

Auch wenn ich ihn gerade noch dazu aufgefordert hab, sich zu entscheiden, bin ich perplex. Nach diesen tagelangen Überlegungen dann so plötzlich, so schnell?

»Ich mach es. Ich werde Red Bull zusagen.« Er nickt abermals, als wolle er sich selbst davon überzeugen. Mit Erfolg. Das verunsicherte Glänzen in seinen Augen weicht eiskalter Entschlossenheit.

»Einfach so?«

Er springt auf und klopft sich die Sandkörner von der Hose.

»Jap. Einfach so. Du hast recht. Beide Optionen sind scheiße. Und wenn ich schon eine wählen muss, dann wenigstens die, bei der sich das Risiko lohnt.«

Mit einem Grinsen auf den Lippen streckt er mir die Hand entgegen. Ich ergreife sie und lasse mich von ihm nach oben ziehen.

»Eine Bedingung gäbe es da allerdings.«

Endlich kehrt der alte Danny zurück. Die Gewichte um mein Herz werden leichter.

»Und die wäre?«, frage ich in ernstem Tonfall, obwohl ich genau weiß, dass nichts Vernünftiges dabei rauskommen wird.

»Du musst zum ersten Rennen mitkommen.«

Innerlich vollführe ich einen Freudentanz. Er will mich dabeihaben. Ich bin ihm so wichtig, dass das eines der ersten Dinge ist, über die er nach einer solchen Entscheidung nachdenkt. Und das, obwohl wir uns erst seit so kurzer Zeit kennen.

Meine Vernunft bremst die Euphorie allerdings sofort.

»Wo ist denn dein erstes Rennen?«, hake ich nach.

»In Austin, Texas.« Dannys zieht erwartungsvoll die Brauen nach oben. »Was sagst du? USA, Baby?«

Mein Schmunzeln erreicht nur einen Mundwinkel. Der andere will sich nicht von der Stelle rühren. Der Gedanke ist verlockend, aber wie stellt er sich das vor? Mein Semester hat gerade erst angefangen. Selbst, wenn ich das Wochenende nicht zum Lernen bräuchte. Ich kann nicht für 2 Tage in die

USA und wieder zurückfliegen: Stunden in der Luft, Jetlag, Flugverschiebungen. Egal wie es läuft, ich würde bestimmt zwei oder drei Tage lang alle Vorlesungen und Seminare verpassen. Eigentlich kann ich mir das nicht erlauben. Andererseits ...

»Ich wollte schon immer mal nach Amerika.«

»Dann ist jetzt die perfekte Gelegenheit.« Er zwinkert mir zu und zieht sein Handy aus der Tasche. »Also kann ich Peter Bescheid sagen und dir einen Flug für übernächsten Mittwoch buchen lassen?«

Ich zögere noch eine Sekunde, gebe mir dann aber einen Ruck.

»Ja. Aber nur dieses eine Mal. Sonst endet das Semester in einer Katastrophe.«

Danny bleibt unbeeindruckt. »Darüber reden wir noch. Jetzt lass uns erstmal Alex abholen.«

Ich runzle die Stirn, muss dabei jedoch lachen. »Was habt ihr ausgeheckt?«

Dass die beiden sich so gut verstehen, ist ein Segen. Bei ihren ähnlichen Interessen allerdings auch kein Wunder.

»Nichts. Hab ihn nur gefragt, ob er mit uns essen geht. Wir haben schließlich was zu feiern.«

Klingt nach einem perfekten Plan. Zeit mit Danny alleine werde ich morgen noch genug haben. Alex habe ich allerdings fast genauso sehr vermisst wie ihn. Umso mehr hüpft mein Herz nun bei dem Gedanken, mit beiden gemeinsam etwas zu unternehmen. Hand in Hand machen wir uns auf den Weg zurück zum Auto.

»Aber ich such das Restaurant aus.«

»Okay. Also zum Futterlager des Kaninchenzuchtvereins oder in eine Käserei?«

Ich bin die Erste, die lacht. Trotzdem will ich das nicht auf mir sitzen lassen. Er zieht den Kopf ein und duckt sich, bevor ich ihn zu fassen bekomme. Ich kriege mein Lachen wieder unter Kontrolle und schüttle mit gespieltem Entsetzen den Kopf.

»Vielleicht gehen wir doch lieber ohne Alex. Er hat offensichtlich einen schlechten Einfluss auf dich.«

Abrupt bleibt Danny stehen, legt mir die Hände um die Hüften und zieht mich an sich. Mein Körper wird augenblicklich federleicht. Würde er mich nicht halten, könnte ich abheben.

»Halt die Klappe«, flüstert er grinsend.

»Halt doch selber ...«

Dann bringt er mich mit einem Kuss zum Schweigen.

11. Kapitel

Danny

Austin / Texas, USA

Der Sauerstoff im Briefing-Raum scheint mit jedem Atemzug zu schwinden. Mein Blick wandert immer wieder zur Uhr und ich knibbele an meinen Fingernägeln herum, um meine Hände zu beschäftigen. Verdammt, ich habe mir geschworen, ruhig zu bleiben. Hendricks Anweisungen sind wichtig. Ich sollte mir jede seiner Strategien genauestens einprägen, um zum gegebenen Zeitpunkt reagieren zu können, ohne lang darüber nachdenken zu müssen. Doch die Nervosität legt mir eine Watteschicht um den Kopf und ein flaues Zittern in die Glieder.

»Und wie bei jedem Rennen gilt: Der Start ist am wichtigsten. Wenn du nicht gleich ein paar Plätze rausholst, switchen wir sofort auf Plan B, verstanden?«

Ich nicke, kann mich jedoch kaum erinnern, worum es in Plan B ging. Scheiß drauf, dann muss ich den Start eben rocken. Kein Plan B für mich. Hendrick, der vor dem Beamer auf und ab tigert, beugt sich über den Tisch und klopft mir aufmunternd auf die Schulter.

»Schau nicht so. Du machst das schon. Wir glauben an dich, sonst hätten wir dich nicht ins Boot geholt.«

Ich sehe auf und begegne seinem Blick, in dem wahre Zuversicht liegt. O Gott. Die vertrauen mir wirklich. Das setzt mich zum Glück überhaupt nicht unter Druck ...

»Danke. Ich werde mein Bestes geben«, sage ich dennoch und stehe auf. »Und wenn es nichts wird ...«

»... dann reden wir später darüber und denken jetzt nicht darüber nach«, erwidert er und klopft auf den Tisch.

»So, jetzt aber los. Wir haben ein paar Punkte zu holen.«

Mit flatterndem Herzen tappe ich hinaus. Peter erwartet mich bereits vor der Tür. Und er ist nicht alleine.

»Muss das sein? Hier hinten kommt doch eh niemand rein, der gefährlich werden könnte.« Ich deute auf den Bodyguard, der so breit ist wie wir beide zusammen.

»Ja. Du wirst gleich sehen, warum.«

Er zieht mich mit sich und wir machen uns auf den Weg zur Boxengasse. Bereits nach wenigen Schritten brennt meine Lunge. Was soll das nur werden, wenn mich schon diese beschissene Aufregung fast in die Knie zwingt?

Wir erreichen die Ausgangstür des Gebäudes. Peter bedeutet mir, stehen zu bleiben, steckt den Kopf hinaus und sieht nach links und rechts. Als er sich wieder mir und dem Bodyguard zuwendet, hat sein Gesicht jegliche Farbe verloren.

»Wir reden mit niemandem. Wir gehen einfach rüber und tun so, als würden wir nichts hören. Interviews geben kannst du später. Jetzt ist wichtig, dass du konzentriert bleibst, okay?«

»Sind da so viele von der Presse?«, frage ich und versuche, durch die Milchglastür einen Blick nach draußen zu erhaschen.

Der Bodyguard hinter mir grunzt. »Was denkst du denn? Du bist neu. Die wollen alle das erste Interview abstauben. Pass mal besser auf, dass sie dich nicht wegtragen, Kleiner.« Wenn ich nicht gerade andere Probleme hätte, würde ich etwas erwidern, doch Streit mit einem Bodyguard ist das Letzte, was ich gebrauchen kann.

Peter winkt mich nach draußen und der breite Kerl schubst mich unsanft durch die Tür.

Dann bin ich blind. Reflektoren und Leuchten werden mir von den Absperrungen aus entlang des Weges ins Gesicht gehalten. Ein Blitzgewitter bricht über mich herein und das Stimmengewirr schwillt zu lauten Rufen an. Reflexartig kneife ich die Augen zusammen und halte mir die Hand vors Gesicht. Ich wusste zwar, dass ich nun mehr im Fokus der Öffentlichkeit stehen würde, mit einem solchen Ansturm der Presse hätte ich aber nie gerechnet. Was wollen die alle von mir? Die Lage ist doch klar. Ich habe diesen Vertrag unterschrieben und fahre gleich mein erstes Rennen. Mehr gibt's da nicht zu wissen.

Ich richte den Blick zu Boden und folge Peter, der im Stechschritt vor mir her auf das nächste, rettende Gebäude zumarschiert.

»Danny, wie fühlt es sich an, jetzt in der Formel 1 zu fahren?« »Mr Breuning, eine Frage für die Austin Daily!« »Denken Sie, Sie können an die Erfolge ihres Vorgängers in den letzten Jahren anknüpfen?« »Was haben Sie heute Morgen gefrühstückt, Danny?«

Entsetzt blicke ich zu dem Kerl mit dem Notizblock hinüber, der mich gerade nach meinen Essgewohnheiten gefragt hat. Was geht hier ab? Werbedeals oder irgendwelche Verschwörungstheoretiker? Ich muss so schnell wie möglich hier weg.

Wenigstens kommt niemand auf die Idee, die Absperrung zu überqueren oder mich festzuhalten. Ob ich das der Ausstrahlung meines Bodyguards oder meinem eigenen, grimmigen Gesichtsausdruck zu verdanken habe, kann ich allerdings nicht sagen. Wie in Trance marschiere ich stumm meinen Weg entlang und versuche nicht hinzuhören. Die Stimmen sind jedoch viel zu laut, um sie zu ignorieren. Ich balle die Hände zu Fäusten: Cool bleiben, gleich ist es vorbei.

Endlich stolpere ich ins Boxengebäude. Die Securitys schieben die Tür hinter uns zu und sperren die aufgewühlten Schreie der Reporter aus.

»Scheiße, was war das denn?«, frage ich Peter, der aufatmet und seine Krawatte lockert.

»Dein Empfangskommittee. Keine Sorge, das wird spätestens beim dritten Rennen besser. Dann musst du dich nur noch mit zwei oder drei von denen rumschlagen.«

Die Aussicht besänftigt mich. Trotzdem muss ich mich erst wieder sammeln, als wir den Red Bull Teambereich betreten. Dort warten die nächsten Kameras auf mich – allerdings weniger aufdringlich. Es sind nur die der TV-Sender, die das Rennen live übertragen. Mir bleibt jedoch keine Sekunde Zeit. Der Techniker mit meinem Helm und dem Headset kommt sofort auf mich zu, um einen letzten Check mit mir durchzuführen. Hätte ich gewusst, welch Durcheinander mich erwartet, hätte ich meine privaten Angelegenheiten vorher besser sortiert. Denn was mich nervös macht, ist nicht nur der Respekt vor meinem ersten Rennen in der Formel 1 und die Aufmerksamkeit aller Motorsportfans der Welt, die auf mich gerichtet ist.

Nach dem Mikrocheck kann ich mir endlich von Peter mein Handy reichen lassen, das im Rennanzug keinen Platz findet, und eile in den durch Aufstellwände abgegrenzten Team-Room. Selina und Alex haben bereits in der hinteren Stuhlreihe Platz genommen. Alex glotzt gelangweilt auf den großen Bildschirm, auf dem der Livestream bereits übertragen wird. Selina dagegen blickt sofort auf, als ich den Raum betrete. Ihre weichen Lippen formen ein Lächeln, das mir Hitze in die Wangen treibt. Ich winke sie zu mir. Als sie auf mich zuläuft, sind ihre Schritte steif und sie dreht sich nervös zu dem Kameramann um, der seine Ausrüstung in der Ecke des Raumes aufbaut. Sie hat aber keinen Grund, sich deswegen Sorgen zu machen.

»Du siehst toll aus«, flüstere ich, während ich ihr einen Kuss auf die Stirn drücke.

»Wirklich? Ich hatte keine Ahnung, was ich anziehen soll oder was ich mit meinen Haaren mache. Meinst du, das ist in Ordnung?«

Ich streiche eine Strähne hinter ihr Ohr, die sich aus dem eleganten Pferdeschwanz gelöst hat. »Ja, genau richtig. Schön casual … nicht zu viel, nicht zu wenig.«

Die Anspannung weicht aus ihren perfekt betonten Gesichtszügen und macht ihrem natürlichen Strahlen Platz.

»Sicher, dass du für das Rennen hierbleiben willst? Im Paddock wäre es weniger hektisch …«

»Um mich mit vergoldeten Häppchen füttern zu lassen und zwischen reichen alten Säcken zu sitzen? Auf keinen Fall.« Sie sieht sich erneut in der Box um. »Außer ich störe … oder ich bin dir vor den Kameras peinlich …«

Ich sehe sie eindringlich an und versichere ihr: »Für dich würde ich mich nie schämen. Im Gegenteil, ich will nur, dass das Rennen für dich ein tolles Erlebnis wird und kein chaotisches Durcheinander, wenn ich dich schon ans andere Ende der Welt mitgeschleppt habe.«

»Das wird es so oder so. Ich werde mir sicher die Fingernägel abkauen vor Aufregung und Angst.«

Ich weiß nicht, ob ich lachen oder sie in den Arm nehmen soll. Denn so gerne ich ihre Sorgen auch kleinreden würde: Sie sind berechtigt. In einem Kampfjet zu sitzen ist wahrscheinlich ungefährlicher als eines dieser Autos zu steuern. Nur ein Steinchen, ein Plastiksplitter, ein Kronkorken auf der Strecke kann mich bei 300 Kilometern pro Stunde in eine Wand befördern. Da gibt es nichts schönzureden. Doch so kurz vor dem Rennen darüber zu diskutieren, wäre für ein gutes Ergebnis fatal. Also ignoriere ich ihre Anspielung und bereite mich mental lieber auf den anderen großen Moment dieses Tages vor.

»Bereit?«, frage ich sie und erhalte ein eifriges Nicken zur Antwort.

Ich trete einen Schritt zurück und widme mich meinem Handy. Bevor mein Finger den richtigen Kontakt auswählen kann, zögere ich jedoch.

»Dich macht das also auch nervöser als das Rennen«, stellt Selina fest und legt mir die Hand auf den Arm. Ihre Berührung verleiht mir neue Kraft und ich streichle dankbar über ihre Finger.

»Nichts könnte mir mehr an die Nieren gehen als dieses Rennen. Aber es trägt nicht gerade zu meiner Beruhigung bei.« Bevor ich es mir anders überlegen kann, drücke ich auf Anrufen.

Der Wählton lässt mich nervös mit dem Fuß wippen.

»Ja?«, meldet sich mein Gegenüber.

»Wenn ihr sie kennenlernen wollt, müsst ihr rüberkommen. Hier kriegt sie nichts so schnell weg.«

Das leise Lachen am anderen Ende der Leitung lässt mich aufatmen. »Gut. Wir packen uns noch ein paar Häppchen in die Hosentaschen, schmuggeln eine Champagnerflasche nach draußen und sind gleich da.«

»Ich muss gleich los.«

»Keine Sorge, wir schaffen das auch ohne dich. Konzentrier dich auf dein Rennen.«

Er legt auf, bevor ich noch etwas erwidern kann.

Die Vorstellung, nicht danebenstehen und notfalls vermitteln zu können, behagt mir nicht. Aber mir bleibt nichts anderes übrig. Die Hektik hinter meinem Rücken macht mir nur zu deutlich bewusst, wie wenig Zeit mir bis zu meinem ersten Formel-1-Start bleibt. Scheiße, was mache ich eigentlich noch hier?

Selina entgeht mein hektischer Schulterblick nicht.

»Na los, geh schon und mach dir wegen uns keine Gedanken. Er wird mich schon nicht fressen wollen. Und wenn doch, beiß ich einfach zurück.«

»Warum kann ich mir das so gut vorstellen?«, erwidere ich mit einem Schmunzeln und hauche einen letzten Kuss auf ihren Scheitel. Alex zeigt mir aus der letzten Reihe einen Daumen nach oben, ich erwidere seine Geste.

»Wenn wir uns gleich wiedersehen, habe ich hoffentlich Renngeschichte geschrieben.« Der Spruch sollte mir locker über die Lippen kommen und uns beiden die Nervosität nehmen, doch die Worte liegen wie Steine in meinem Mund.

Schnell wende ich mich ab und mische mich ins Getümmel meines Teams.

Charlie vom Kommandostand drückt mir meinen Helm in die Hand und nickt mir knapp zu. »Roll-Out-Lap in zwei Minuten.«

Ich lockere meine Arme und Beine und lasse meine Nackenwirbel knacken, bevor ich ihn entgegennehme. Gleichzeitig versuche ich, die Gedanken an das gestrige Qualifying zu verdrängen. Dieses beschissene Setup hat mich fertig gemacht. Aber heute wird es hoffentlich anders. Ich schließe die Augen, um die Strecke noch einmal in Gedanken zu durchfahren. Sobald ich auf der Zielgeraden stehe, werde ich keine ruhige Minute mehr finden.

Plötzlich legt sich eine Hand auf meine Schulter. Verdammt, nicht jetzt! Verärgert fahre ich herum und werde von blitzweißen Zähnen und dem dunklen Schimmer der perfekt gepflegten Haut meines Teamkollegen geblendet. Vor ihm will ich mir meinen Unmut jedoch nicht anmerken lassen. Ich ringe mich zu einem Lächeln durch.

»Na, alles klar? Haste dir auch extra saugstarke Windeln angezogen?«, fragt Tyler auf Englisch und lehnt sich locker gegen die Wand.

Mein Lächeln erstirbt. Was soll der Mist?

Er lacht auf, als ich den Mund öffne und nichts außer einem Schnauben meine Lippen verlässt.

»Ich mein ja nur. Mir hätte das vor meinem ersten Rennen wortwörtlich den Arsch gerettet. Musste mich mehr darauf konzentrieren, mir nicht in die Hosen zu machen als aufs Fahren. So oder so konnte also nur Scheiße dabei rauskommen.«

Seine derbe Wortwahl lässt mich in sein Lachen mit einstimmen. Fuck, meine Nerven sind echt am Ende, wenn ich selbst so einen lockeren Spruch als Angriff interpretiere. Könnte aber auch daran liegen, dass wir bisher nicht mehr als drei Worte außerhalb der Teamkonferenzen und Strategiegespräche miteinander gewechselt haben und ich keine Ahnung habe, wie ich ihn einschätzen soll.

»Wird nicht passieren. Habe alles schon rausgeschwitzt«, gebe ich zurück und deute auf meine Stirn, die sich verdächtig feucht anfühlt.

»Du machst das schon. Hast dich gestern ja auch ganz ordentlich angestellt. Gibt echt keinen Grund zum Schwitzen. Zumindest nicht, solange du hinter mir bleibst.« Diesmal bin ich mir sicher. Sein Zwinkern ist kein Scherz mehr – das war eine eiskalte Drohung. Die Schweißperlen auf meiner Stirn scheinen zu Eis zu gefrieren.

»Dann mal viel Glück. Packst das schon. Und danach wird es Zeit, dass wir uns mal richtig kennenlernen.«

Er klopft mir erneut auf die Schulter und ich murmle ein »Dir auch«, bevor er in die andere Hälfte der Box eilt und sich Sturmhaube und Helm überstreift. Es kostet mich all meine Kraft, den Blick abzuwenden und es ihm gleichzutun. Das kann ja noch lustig werden. Eilig mache ich mich auf den Weg zu meinem eigenen Auto, um es nach der Roll-Out-Lap auf der Geraden in Position zu bringen.

***

Nach einigen knappen Interviews und Fotos bei der Startaufstellung zwänge ich mich zurück ins Auto. Das Zittern meiner Hände macht es mir unmöglich, das Lenkrad in der richtigen Position anzubringen. Sofort greift ein Teammitglied mit an und lässt es mit einer einfachen Handbewegung einrasten. Bevor ich mich bedanken kann, eilt der Mann im Teamanzug mit den übrigen Reportern und Arbeitern von der Strecke. Mit einem Mal wird es still um mich herum. Nur das gedämpfte Murmeln der Zuschauer auf der Tribüne dringt durch meinen Helm und die geräuschdämpfenden Kopfhörer.

»Einführungsrunde in zwanzig Sekunden«, scheppert die Stimme von Charlie, gerade laut genug, um meinen eigenen Herzschlag zu übertönen. Der Impuls, aus dem Auto zu springen, es einfach stehen zu lassen und abzuhauen, zerrt an meinen Gliedern. Aber ich halte dagegen. Das wird mein Tag. Und wenn nicht, dann habe ich zumindest alles dafür gegeben. Ich werde mich garantiert nicht vor allen Motorsportfans dieser Welt blamieren, indem ich in letzter Sekunde flüchte und damit als größter Feigling der Formel 1 in die Geschichtsbücher eingehe.

Das rote Auto vor mir setzt sich in Bewegung. Wie ein Fahranfänger schieße ich mit der Drehzahl übers Ziel hinaus. Der Motor heult auf und ich verpasse den perfekten Schleifpunkt der Kupplung. Verdammter Mist! Für meinen zweiten Versuch nehme ich mir mehr Zeit, auch wenn ich alle nachfolgenden Autos damit aufhalte. Die Kommentare, die die Moderatoren dieser Welt gerade von sich geben, schießen als unheilvolles Mantra durch meinen Kopf. »Nicht mal in der Einführungsrunde kriegt er das Ding bewegt.« »Wo haben sie den denn eingekauft? Bei einer Fahrschule?«

»Alles okay mit dem Auto?«, unterbricht ein Funkspruch meine Gedanken.

»Ja. Mein Fehler.«

»Kein Problem. Bleib einfach ruhig und fokussiert. Ist ja ein gutes Omen, wenn die Generalprobe schiefgeht.«

Ich beiße mir fest auf die Unterlippe und konzentriere mich auf meinen Abstand zum Vordermann und die Zick-Zack-Linien, in denen ich den Rennwagen die Gerade entlang steuere, um die Reifen auf Temperatur zu bekommen. Das ohrenbetäubende Lärmen meines eigenen Motors brennt sich in meinen Kopf und drängt alle unwichtigen Eindrücke und Gedanken zurück. Langsam baut sich die Verbindung zu meinem Auto auf, die ich so dringend benötige, um nicht nur hinter den anderen herzuschleichen. Meine Füße werden eins mit den Pedalen. Meine Hände streicheln das Lenkrad, die Hebel und Knöpfe und lassen sie mit mir verschmelzen. Scheißegal, ob die Kommentatoren sich das Maul zerreißen oder dieses Rennen eine Katastrophe wird, jetzt sind nur noch das Fahrzeug, die Strecke und die Geschosse vor mir wichtig.

In meiner Trance bemerke ich kaum, dass wir uns hinter dem Safety-Car erneut der Start- und Zielgeraden nähern. Noch ein paar letzte Zick-Zacks, ein letztes Anbremsen, dann dirigiert Charlie mein Auto hinter den Ferrari auf die Startposition 7. Ich verbrenne in der Hitze des Motors und des Asphalts unter meinem Rennanzug.

Das Geraune und Jubeln des Publikums verstummt mit einem Mal. Mein Blick geht nach oben zur Ampel. Der erste, rote Kreis leuchtet auf. Aufs Gas. Vorsichtig an die Drehzahl herantasten. Bin ich wirklich bereit?

Zweimal rot. Meine Füße sind am richtigen Platz. Ich weiß, was ich zu tun habe. Drei rote Punkte. Ein Schauer fährt durch meinen Körper und setzt sich als Kribbeln in meinen Fingerspitzen fest. Vier Lichter. Bloß nicht zu früh die Kupplung loslassen. Mein Herz will sich schon mal ohne mich auf den Weg machen. Aber ich zwinge es zu einem ruhigeren Takt. Fünf.

Mit einem Mal schießen mir Bilder durch den Kopf. Bilder, die ich in- und auswendig kenne, weil sie mich in den letzten achtzehn Jahren beim Einschlafen und beim Aufwachen begleitet haben. Und plötzlich entfährt mir ein lautes Lachen. Scheiße. Ich habe mir diesen Moment immer ganz anders vorgestellt: glorreich, in goldenen Farben; mit einem zarten Benzinduft und einem lauen Lüftchen um die Nase; das Publikum, das meinen Namen ruft. Doch jetzt ist meine größte Sorge, dass mein eigener Schweiß auf dem Visier beschlagen könnte.

Und dennoch ist es besser als alles, was ich mir jemals ausgemalt habe. Denn das hier ist die Realität.

Die Ampel wird schwarz.

12. Kapitel

Selina

Austin (Texas), USA

Das Startsignal lässt meinen Magen rumoren. Vielleicht hätte ich nicht ablehnen sollen, als Dannys Vater und seine Frau mit den Händen voller Snacks aus dem VIP-Bereich zurückgekehrt sind und mir etwas davon angeboten haben. Sie verweilen nun entspannt auf ihren Stühlen und kauen Lachsschnitten. Als würden sie einen seichten Film ansehen, nicht, als wäre es einer der aufregendsten Momente ihres Lebens. Ich dagegen kann mich kaum auf meinem Stuhl halten und weiß nicht, ob ich auf den Bildschirm sehen oder lieber die Augen schließen und beten soll. Doch meine Neugier siegt über die Angst und ich kann den Blick nicht abwenden.

Die Rennwagen schießen los. Die beiden silbernen Autos ganz vorne setzen sich schon in den ersten Metern ab. Alles geht so schnell, dass ich kaum verarbeiten kann, was passiert. Was ich jedoch begreife, ist, dass sich der Red Bull aus der vierten Reihe problemlos ins Feld einreiht und seine Position halten kann. Die Mechaniker applaudieren. Mit zitterndem Brustkorb atme ich auf und Alex stößt einen Jubelschrei aus.

»Ja Mann, so macht man das! Hol ihn dir!«

Die Autos rasen nebeneinander durch die erste Kurve. In dem Durcheinander verliere ich Danny aus den Augen und werde durch die Staubwolke am Ende des Felds abgelenkt, in der drei Wagen über den Kies schlittern. Doch sie haben die falsche Farbe. Schnell entdecke ich ihn auf Platz 7 wieder. Alex starrt gebannt auf den Bildschirm, ich dagegen betrachte meine verschwitzten Hände, um einen Moment zur Ruhe zu kommen.

»Wie soll ich das über sechsundfünfzig Runden aushalten?«, stöhne ich und lehne meinen Kopf gegen Alex Schulter, der mich jedoch sofort abschüttelt.

»Nicht jetzt. Schau doch hin. Gleich hat er ihn.«

Während sich das Feld langsam sortiert, setzt Danny in der nächsten Kurve zum Angriff an, begleitet von einem Raunen, das von der Tribüne zu uns hinüberschallt. Ich kralle mich an Alex' Arm. Die Kamera in der Ecke schwenkt auf mich. Sofort lasse ich wieder los, richte mich auf und versuche, mir nichts anmerken zu lassen. Doch was auf dem Bildschirm geschieht, lässt mich nicht kalt. Der Red Bull untersteuert. Statt an seinem Vordermann vorbeizuziehen, schlingert er gefährlich nah am Kies durch die Kurve. Mein Magen zieht sich schmerzhaft zusammen. O Gott. Die zwei Autos hinter Danny nutzen die Gelegenheit und ziehen an ihm vorbei. Ich presse die Lippen aufeinander. Der Kameramann scheint auf mein Gesicht zu zoomen. Worauf habe ich mich da eingelassen? Schneiden sie meine Reaktion gerade bei einem amerikanischen Sender zwischen Dannys gescheiterten Überholversuch? Die Vorstellung jagt mir eine Gänsehaut über die Arme. Einerseits erfüllt mich der Gedanke mit Stolz, dort als seine Freundin vorgestellt zu werden; die Zweifel, wie mich die Leute vor dem Fernseher wahrnehmen könnten, nagen jedoch unaufhörlich an mir. Ich sehe sicher nicht hübsch genug aus, um als Freundin eines Formel-1-Fahrers durchzugehen. Und eine berühmte, reiche Familie habe ich auch nicht vorzuweisen. In den Augen der Presse bin ich ein Niemand.

Mit jeder Runde schaffe ich es jedoch, etwas mehr zu entspannen. Alex' Anwesenheit nimmt mir einen Teil meiner Nervosität und mein Magen beruhigt sich langsam, während Danny in keine weiteren, interessanten Situationen verwickelt ist. Platz 9 ist zwar nicht die beste Position, aber für ein erstes Rennen in der Formel 1 dennoch besser, als ich zu Träumen gewagt hätte. Meine Mundwinkel wandern nach oben. Wie er sich wohl gerade im Cockpit über den vergeigten Überholversuch aufregt? Dabei kann er so stolz auf sich sein, es überhaupt so weit nach vorne geschafft zu haben. Und das Rennen ist noch lange nicht vorbei. Er kämpft. Da bin ich mir sicher. Warum sollte es also nicht noch für Platz 8 oder 7 reichen?

***

Ich reihe mich zwischen den Mechanikern ein. Als die beiden Red Bulls am Ende der Boxengasse in Sicht kommen, brechen sie in Applaus und Jubel aus. Ich bin mir nicht sicher, ob die gehobene Stimmung Danny oder seinem Teamkollegen auf Platz 4 gilt, stimme aber mit ein und lasse mich von der aufgeladenen Stimmung mitreißen. Es ist vorbei. Kein Zittern mehr. Auch wenn Danny sich mit seinem unverbesserlichen Ehrgeiz sicher mehr erhofft hatte, erfüllt Stolz meine Brust. Was könnte man sich für seine erstes Rennen mehr wünschen?

Der Wagen von Tyler Warren rollt zuerst vor die Box. Er reißt das Lenkrad gewaltsam aus dem Auto, springt nach draußen und hält es triumphierend in die Höhe, während er sich den Helm vom Kopf zieht. Die Korkenzieherlocken stehen in alle Richtungen vom Kopf ab und hängen ihm ins Gesicht, doch davon lässt er sich nicht stören. Mit einem breiten Grinsen auf den Lippen stößt er einen triumphierenden Siegesschrei aus, in den die Mechaniker mit einstimmen und ihm der Reihe nach um den Hals fallen. Ich dagegen stürme sofort zum zweiten Auto, das dahinter zum Stehen kommt.

Obwohl man ihm hilft, stemmt Danny sich nur schwerfällig aus dem Auto. Als er das Visier hochschiebt, erkenne ich sofort, dass er unsere Freude nicht teilt. Seine Brauen stehen wie bedrohliche Blitze über seinen Augen, die Funken zu sprühen scheinen. Er stapft um das Auto herum und ich strecke die Hand nach ihm aus, doch er nimmt mich nicht einmal wahr und eilt an mir vorbei. Verunsichert bleibe ich vor der Box stehen und presse die Lippen aufeinander. Plötzlich komme ich mir dumm vor, überhaupt nach draußen gegangen zu sein. Was mache ich hier? Er hat gerade Wichtigeres zu tun, als mit mir zu reden. Und ich hätte nichts, womit ich ihm helfen könnte – außer eine lächerliche Umarmung.

Ich blicke ihm hinterher, während er seinen Rennanzug öffnet und wild gestikulierend auf den Kommandostand zusteuert. Wortfetzen schallen bis zu mir hinüber. Die Erregung in seiner Stimme ist nicht zu überhören.

»... hab ich doch gestern schon gesagt ... Untersteuern ... verdammte Scheiße ... nur Platz 8 ...« Unwillkürlich ziehe ich den Kopf ein und wende mich ab. Was macht er nur? Die Funktionäre gleich beim ersten Rennen von seinem Temperament und seinem Sturkopf zu überzeugen, ist das Dümmste, was er machen kann. Das habe sogar ich als Laie begriffen. Sie haben ihm diese Chance überhaupt erst ermöglicht. Wenn er nicht aufpasst, können sie ihm das Cockpit genauso schnell wieder entreißen.

Zum Glück taucht Alex neben mir auf und legt mir die Hand auf die Schulter. Im Gegensatz zu mir hat er ein schiefes Lächeln auf den Lippen.

»Chill. So ist er halt.« Er sieht zu Danny hinüber und schnaubt. »Vielleicht nicht die feine englische Art, aber so kennt man ihn. Jeder weiß, dass er so drauf ist, wenn es um den Sieg geht. Aber auch, dass er es nur deswegen immer wieder an die Spitze geschafft hat, weil er sein Ding durchzieht und weiß, was er will. Und die von Red Bull wissen das garantiert auch. Also kein Grund, so eine Fresse zu ziehen, Würmchen. Kannst ihn eh nicht ändern.« Er kneift mir in die Wange und ich schlage seine Hand weg. Ich bin nicht in der Stimmung für Scherze. Dass er den Arm um meine Schulter legt und mich wieder zurück in die Box führt, als die ersten Reporter auftauchen, lasse ich allerdings zu. Die Aufmerksamkeit der Presse zu erregen und am Ende noch ein Interview geben zu müssen ist das Letzte, was ich gerade will.

Alex' aufgeschlossene Art dagegen ist in dieser Situation Gold wert. Er führt mich zu Dannys Vater und verwickelt uns in ein lockeres Gespräch, bei dem er es schafft, alle brisanten Themen rund ums Rennen zu umschiffen. Zwischendurch vergesse ich sogar, über seine Schulter nach Danny Ausschau zu halten.

Umso entspannter bin ich, als Danny sich schließlich zwischen mich und seinen Vater schiebt. Sogar mein Bedürfnis, ihn in allen Einzelheiten darüber auszuquetschen, wie es sich in einem Formel-1-Auto anfühlt, ist verschwunden. Das Verlangen, mich in seine Arme sinken zu lassen und seine Lippen auf meinen zu spüren, flammt jedoch umso stärker auf. Das aufgeregte Funkeln in seinen tiefdunklen Augen ist noch nicht verschwunden und verleiht ihm etwas Unwiderstehliches. Die durchgewuschelten Haare und das enge Shirt unter dem geöffneten Rennanzug, das seine Muskeln hervorhebt, vollenden das perfekte Bild. Heißes Blut schießt mir in den Kopf und ich bohre mir die Nägel in die Handfläche, um es wieder zurückzudrängen. Niemand soll meine Gedanken an meiner Gesichtsfarbe ablesen können.

»Lasst uns abhauen. Ich muss hier raus und erstmal runterkommen«, brummt Danny und wischt sich den Schweiß aus der Stirn.

»Das war doch phänomenal. Ich bin unglaublich stolz auf dich. Genießt du es deinen Erfolg denn gar nicht?«, lenkt sein Papa ein und klopft ihm aufmunternd auf die Schulter.

»Pff, wenn diese Idioten das Auto richtig eingestellt hätten, wäre ich mindestens auf Platz 5. Diese Dreckskarre ist in den Kurven mehr geschwommen als gefahren.«

»Dann ist deine Leistung umso beachtlicher. Davon hat man kaum etwas gesehen. Du hattest den Wagen perfekt unter Kontrolle. Also reiß dich zusammen und besinn dich lieber darauf, wie weit du es schon geschafft hast.«

Seine zuckenden Mundwinkel zeigen mir, dass er am liebsten etwas erwidern würde, doch er reißt sich zusammen und sieht mit einem gezwungenen Lächeln zu mir hinüber. Bevor mir etwas Aufmunterndes einfällt, quetscht sich allerdings noch jemand neben mir in den Kreis.

»Gutes Rennen. Glückwunsch.« Tyler macht sich nicht einmal die Mühe, den Schlauch seiner Trinkflasche aus dem Mund zu nehmen, während er Danny gratuliert. Stattdessen wendet er sich mir zu und streckt mir seine Faust entgegen. Ich starre viel zu lange darauf, bis ich kapiere, was er von mir will und meine eigene Faust eilig dagegen stoße.

»Schwester oder Freundin?«, fragt er und mustert mich so eindringlich, dass sich mir die Nackenhaare aufstellen. Es kostet mich all meine Selbstbeherrschung, mir meine Abneigung nicht anmerken zu lassen. Hat dieser Typ überhaupt kein Schamgefühl? Mich vor meinem potentiellen Vater und Bruder so offensichtlich auszuchecken, ohne uns überhaupt begrüßt oder sich vorgestellt zu haben, ist widerlich. Ich verlagere unauffällig mein Gewicht nach hinten, sodass ich ein Stück Abstand von ihm nehme. Wenn er nicht so verdammt berühmt wäre, hätte ich ihm schon längst meine Meinung gesagt. Doch unter diesen Umständen muss ich subtiler vorgehen.

»Freundin. Und wo ist deine?«, flöte ich und erwidere sein Glotzen mit der unschuldigsten Miene aus meinem Repertoire.

Sein selbstbewusstes Lächeln erstirbt und er nimmt einen kräftigen Schluck aus der Flasche, statt zu antworten. Treffer. Dass er niemanden außer einer Mittvierzigerin im Hosenanzug – vermutlich seine Managerin – in den Fahrerbereich mitgebracht hat, ist mir vor dem Rennen schon aufgefallen. Seine Reaktion bestätigt mir, dass auch im Motorhome niemand auf ihn wartet.

Danny rückt näher, legt mir einen Arm um die Hüfte und drückt sanft meine Seite.

»Dafür hätte ich gar keine Zeit. Ich genieße es, alleine um die Welt zu reisen und meine Freiheiten auszukosten.« Er zwinkert mir zu, doch seine Augen wirken kälter als noch wenige Sekunden zuvor. »Apropos. Du bist doch heute Abend dabei, Danny, oder?«

»Wir lassen euch mal alleine. Sind oben am Buffet, falls du uns suchst«, verabschiedet sich Herr Breuning, nimmt seine Frau, die hinter ihm steht, an die Hand und lässt uns alleine.

»Wobei?«, fragt Danny, als er weg ist und bemüht sich zu meinem Erstaunen ebenfalls, freundlich zu bleiben.

»Na bei der Party. Hat dich noch niemand eingeladen? Wir haben das *Summits* nur für uns. Das könnt ihr euch doch nicht entgehen lassen. Ich geb euch auch was aus.«

Alex Augen weiten sich und er wirft Danny einen flehenden Blick zu. Dass er sich das nicht entgehen lassen will, ist mir schon klar. Mir behagt der Gedanke dagegen nicht, den Abend mit Tyler und seinesgleichen auf einer Party zu verbringen, egal, wie exklusiv sie auch sein mag. Außerdem hatten Danny und ich eine entspannte Tour durch die Stadt geplant.

»Hm.« Er versetzt mir einen leichten Stoß mit der Hüfte. Ich kneife ihn unauffällig in den Rücken, während Tyler mit hochgezogenen Brauen auf seine Antwort wartet. Nein. Ich will nicht. Natürlich nicht. Das sollte Danny aber genauso gut wissen wie ich. Der Griff um meine Hüfte wird fester und er seufzt.

»Ich denke, wir werden mal vorbeischauen.«

Ich reiße entsetzt den Kopf herum und versuche, Dannys Blick einzufangen. Doch er scheint genau zu wissen, was in mir vorgeht und weicht aus. Was soll das? Ich dachte, wir hätten schon etwas vor. Etwas, das auch ihm mehr zusagt als ein öder Raum voll monoton wummernden Bässen, alkoholgeschwängertem Dunst und torkelnden Junkies auf der Tanzfläche.

»Gute Entscheidung. Die anderen Jungs sind auch alle dabei und schon echt gespannt auf dich. Und ich schwöre euch, so eine Party habt ihr noch nie erlebt. Ihr werdet es nicht bereuen.«

»Tyler, Danny, Presse, jetzt!«, dröhnt eine tiefe Stimme durch die Box.

Tyler zwinkert uns verschwörerisch zu, dann hebt er zum Abschied die Finger an die Stirn und joggt davon.

Danny löst den Arm von meiner Hüfte und sieht zerknirscht zu mir hinunter. Mein Herz droht zu schmelzen. Das ist unfair. So kann ich ihm nicht lange böse sein.

»Wir klären das später«, sagt er, drückt mir eilig einen Kuss auf den Scheitel und folgt Tyler nach draußen.

13. Kapitel

Selina

Austin (Texas), USA

Mein paillettenbesetztes Kleid raschelt, als ich mich neben Danny auf die kleine Mauer vor dem Hotel setze. Ich zupfe es sorgsam zurecht, bin mir aber schon jetzt sicher, dass das empfindliche Ding den Abend nicht unbeschädigt überstehen wird. Danny beobachtet meine Vorsicht mit einem Lächeln, das sofort ansteckend wirkt.

»Ich hätte dich nicht dazu überreden sollen. Versteh mich nicht falsch, du siehst wahnsinnig gut aus. Aber man merkt dir sofort an, dass du dich nicht wohl fühlst. Ist echt nicht dein Style, hm?« Er streicht andächtig über die Pailletten an meiner Hüfte.

Ich zucke mit den Schultern.

»Ist schon in Ordnung. Ich kann ja schlecht in einem weißen Blümchenkleid dort aufkreuzen. Aber nächstes Mal nehmen wir vielleicht etwas weniger ... Discokugel.« Obwohl ich es zu unterdrücken versuche, schwingt in meiner Stimme Enttäuschung mit. Die Enttäuschung darüber, den Abend nicht mit der Erkundung der Stadt verbringen zu können, sondern in einem Club, in dem ich nichts zu Gesicht bekommen werde außer künstlichen Lichtblitzen, die Kopfschmerzen verursachen und betrunkenen, grölenden Menschen.

Danny seufzt.

»Wenn es überhaupt ein nächstes Mal gibt. Wenn du weiter so traurig guckst, vergeht mir auch die Lust. Komm schon, das wird sicher lustig. Und was hätte ich denn sagen sollen? Es ist mein erstes Rennwochenende und ich will nicht gleich als Spaßverderber dastehen. Außerdem ist das eine super

Gelegenheit, um die anderen Jungs richtig kennenzulernen. Wenn du es dort wirklich so schlimm findest, können wir jederzeit abhauen. Versprochen. Aber bitte, sei nicht schon so voreingenommen. Das ist kein durchschnittlicher Münchener Club, sondern was echt Exklusives.«

Das macht es nicht besser. Ich würde mich lieber ganz ohne Reichtum und Glamour in billigen Klamotten mit einem Bier an den Straßenrand setzen und mit Danny den Abend ausklingen lassen. Gleichzeitig schaffen es seine Worte aber, mein schlechtes Gewissen heraufzubeschwören. Ich verderbe ihm noch diesen historischen Abend, wenn ich mich nicht sofort zusammenreiße. Er hat sich nach diesem Wochenende eine Luxusparty mehr als verdient. Und warum sollte ich nicht auch Spaß dabei haben, wenn es ihm gefällt?

Ich lehne den Kopf an seine Schulter und lasse mein Herz für mich sprechen.

»Mach dir um mich keine Gedanken. Ich lass mich einfach überraschen. Solange du dabei bist, kann es gar nicht schlimm werden. Mit dir wäre wahrscheinlich sogar ein Ausflug in ein Militärcamp lustig.«

»Kann losgehen!« Alex Stimme hallt über den Vorplatz des Hotels. Danny springt auf und streckt mir die Hand entgegen, um mir aufzuhelfen.

»Noch nicht ganz«, erwidert er, als Alex bei uns ankommt.

»Wer fehlt denn noch? Hast du mir ne hübsche Begleitung organisiert?«

Bei seinem Anblick muss ich mir ein Lachen verkneifen. Das hellblaue Hemd ist auch ohne Pailletten nicht weniger auffällig als mein Kleid. Das dicke Markenlogo auf der Brusttasche verrät mir, dass er es extra für diesen Anlass gekauft hat. Mit den zurückgekämmten, geltriefenden Haaren versucht er, einen seriösen Eindruck zu vermitteln, den ich ihm jedoch nicht abkaufe. Auch die Parfümwolke, die mich plötzlich umhüllt, irritiert mich. Ob ich ihn darauf aufmerksam machen sollte, wie lächerlich er aussieht? Oder ist das nur meine verdrehte Schwester-Wahrnehmung? Normalerweise würde ich keine Sekunde zögern, ihn damit aufzuziehen. Doch die gestrafften Schultern und seine vor Aufregung geröteten Wangen sprechen dafür, dass er sich damit wirklich Mühe gegeben hat. Ich wechsle einen vielsagenden Blick mit Danny, doch der zuckt nur unauffällig mit den Schultern und tippt auf seinem Handy, statt Alex zu antworten.

»Viel besser als ein Date. Warte kurz«, murmelt er nur in den Bildschirm hinein. Nun werde ich doch hellhörig.

»Noch cooler für Alex als eine Frau? Das, was ich denke?«

»Genau das.«

Im selben Moment biegt ein Oldtimer-Cabrio in die Parkbuchten vor dem Hotel ein, das meinen Atem stocken lässt. Wahnsinn! Als hätte Danny es geahnt, erstrahlt der alte Chevrolet im selben Blau wie Alex' Hemd. Wüsste ich es nicht besser, könnte ich schwören, er wäre gerade frisch aus dem Werk gerollt, nicht vor sechzig oder siebzig Jahren.

»Nicht dein Ernst!«, ruft Alex, läuft sofort auf den Wagen zu und umrundet ihn. Der Fahrer steigt aus, nickt uns zu und öffnet mit weißen Samthandschuhen die Hintertür.

»Der ist nicht für dich, Mann. Den hab ich mir für heute Abend mal gegönnt. Aber wie du siehst war ich so nett, einen Fünfsitzer zu buchen.«

Alex zeigt ihm den Mittelfinger. »Idiot!«

Danny grinst nur und wendet sich mir zu. »Außerdem habe ich dir eine Runde durch die Stadt versprochen.«

Mein Herz beginnt zu glühen, während sich das schlechte Gewissen nur noch tiefer in meine Schläfen bohrt. Wie konnte ich nur eine Sekunde glauben, er würde meine Wünsche für den Abend ignorieren? Ich bedanke mich mit einem stürmischen Kuss, bevor mich die Aufregung zu Alex und dem Wagen hinüberzieht.

***

Schon bei der Fahrt vom Flughafen zum Hotel und zur Rennstrecke klebte ich mit der Nase an der Scheibe. Doch was sich nun um uns herum erstreckt, wirkt wie eine andere Welt. Begleitet vom durchdringenden Röhren des Motors rollen wir auf einer gigantischen Brücke über den Colorado River. Die letzten Sonnenstrahlen des Tages tauchen die gläsernen Fronten der Wolkenkratzer in flammendes Orange. Ich will mir vor Danny nichts anmerken lassen, doch es fällt mir schwer, nicht vor Entzücken zu seufzen. Austin ist sicher nicht die hübscheste Stadt auf diesem Planeten. Dennoch jagen mir die monumentalen Gebäude im Zentrum einen ehrfürchtigen Schauer über den Rücken. Sie sind größer als alle Hochhäuser, die ich jemals in Deutschland gesehen habe und führen mir eindrucksvoll vor Augen, zu welchen Meisterwerken der Mensch fähig ist. Ich kann die Dimensionen dieser Stadt kaum begreifen. Besonders der bronzefarbene Tower, dessen Stockwerke treppenförmig nach oben angeordnet sind, hat es mir angetan. Um einen besseren Ausblick und nicht Alex Kopf vor der Nase zu haben, hebe ich mich vorsichtig aus dem Sitz und strecke den Kopf aus dem Cabrio. Der Fahrtwind weht mir die aufwendig gestylten Locken um die Nase, doch das Kitzeln entlockt mir ein Lachen. Berauscht von all den neuen Eindrücken schnuppere ich den Duft der Großstadt. Er vermischt sich mit dem Benzingeruch unseres Oldtimers. Das Beste, was ich seit langem gerochen habe.

Ich strahle zu Danny hinüber, der die Fahrt ebenfalls zu genießen scheint.

»Ich glaube, an so ein Leben könnte ich mich gewöhnen«, scherze ich.

»So könnte es auch aussehen. Es ist deine Entscheidung. Ich hätte dich sowieso am Liebsten bei jedem Rennen dabei. Wenn du willst, können wir in den nächsten Jahren gemeinsam um die Welt reisen. Und da sind noch viel schönere Orte dabei als Austin, glaub mir.«

Ich wende den Blick ab und betrachte wieder die Skyline der Stadt. Die Vorstellung ist verlockend. Doch selbst in dieser Atmosphäre regt sich dabei etwas in meinem Magen. Ich schiebe das Thema schnell beiseite. Das ist nicht der richtige Zeitpunkt, sich über etwas so Weitreichendes Gedanken zu machen. Erst recht nicht, wenn es ein so flaues Gefühl in meinem Bauch hinterlässt ...

Zum Glück bohrt Danny nicht weiter nach. Schweigend zieht er mich wieder nach unten und legt den Arm um meine Schulter.

***

Nachdem wir jeden Stadtteil von Austin durchquert haben, hält unser Fahrer im Zentrum zwischen den riesigen Türmen, die ich zuvor noch von weitem bestaunt habe. Ich recke den Kopf in die Höhe und leichter Schwindel erfasst mich, während ich den Blick an den Fassaden hinauf in den Himmel wandern lasse. Wahnsinn.

»Raus mit dir, Würmchen. Ich verdurste.« Erst jetzt bemerke ich, dass Alex bereits ausgestiegen ist und mir die Tür aufhält.

»Du wolltest sicher sagen ›ich kann es kaum erwarten die anderen Fahrer und ihre Freundinnen zu belästigen‹.«

Er schneidet eine Grimasse, doch seine Wangen nehmen sofort Farbe an.

Danny drückt dem Fahrer ein paar Scheine in die Hand und winkt uns zu dem niedrigen Gebäude gegenüber, das inmitten der Wolkenkratzer deplatziert wirkt. Von der Dachterrasse schallt bereits laute Musik zu uns hinüber.

»Woher kommt dieses *Würmchen* eigentlich? Weil sie immer kleiner war als du? Ich finde zumindest nicht, dass sie viel Ähnlichkeit mit einem Wurm hat.«

»Danke für das Kompliment«, murmle ich und folge ihm, ohne zu protestieren. Danny hat diesen Spitznamen schon viel zu oft gehört und wird es sowieso früher oder später aus mir herausquetschen. Alex nutzt die Gelegenheit natürlich nur zu gerne.

»Es kommt auch eher von ihrer Vorliebe für Regenwürmer. Die waren ihr Lieblingstier, als sie klein war. Immer wenn es geregnet hat, ist sie mit ihrer kleinen Schaufel in den Garten rausgerannt. Hat alles umgegraben und nach Würmern gesucht, weil sie dachte, sie würden im Regen sonst in der Erde ertrinken. Sie wollte sie alle retten und hat sie in Marmeladengläsern und Eimern ins Haus getragen. Alles war voll mit diesen Viechern.«

Ich ziehe vorsorglich den Kopf ein. Doch das erwartete Gelächter bleibt aus. Stattdessen greift Danny nach meiner Hand und betrachtete mich mit einem warmen Glänzen in den Augen, das mir sofort die Unsicherheit nimmt.

»Irgendwie süß. Klingt ganz nach dir. Aber ich muss dich warnen – im Tiermedizinstudium lernt man nichts über Reanimationsmaßnahmen für ertrinkende Regenwürmer.«

Alex streckt ihm die Faust entgegen und er stößt seine dagegen. Na toll, jetzt haben sich die beiden also schon gegen mich verbündet. Doch ich kann es ihnen nicht übelnehmen. Im Gegenteil. Es ist ein Segen, dass die beiden mittlerweile Freunde geworden sind. Kaum auszumalen, wie kompliziert es wäre, könnten sie sich nicht leiden. Denn ich könnte auf keinen der beiden verzichten.

»Passt besser auf, dass ich euch die Würmer nicht unter die Kissen schiebe«, sage ich und betrete hinter ihnen die Lobby des Gebäudes.

Vor der Treppe ist eine Absperrung aus roten Bändern aufgebaut, die von muskelbepackten Securitys überwacht wird. Danny weist uns an, unsere Ausweise herauszuholen. Doch das ist überflüssig. Die Männer begrüßen Danny mit Namen, nicken uns höflich zu und öffnen uns das Band, bevor er auch nur mit der Wimper gezuckt hat.

»Das ist gruselig«, flüstert er mir zu, während wir die Treppen nach oben steigen, »wenn das jetzt immer so weitergeht, steige ich wieder auf Formel 3 um.«

»Die machen nur ihren Job. Stell dir einfach vor, wie sie mit euren Fotos auf dem Klo sitzen und versuchen, eure Namen auswendig zu lernen.«

Am Ende der Treppe öffnet uns ein weiterer Security die Tür. Doch zu meinem Erstaunen gelangen wir nicht in einen Club, sondern direkt auf die Dachterrasse. Hunderte Menschen tummeln sich bereits auf der Tanzfläche und auf den Bänken. Sofort blicke ich an mir herunter. Als Danny mir dieses Kleid empfohlen hat, dachte ich, er übertreibt. Doch er hatte recht. Es zählt zwischen all den glitzernden Shorts und den wallenden Seidenkleidern sogar zu den unauffälligsten Outfits. Ich verstehe jedoch sofort, warum die Formel-1-Fahrer diese Location für ihre Party gewählt haben. Die Atmosphäre ist berauschend. Die Beleuchtung taucht die hölzernen Lounges in rötliches Licht und bildet den perfekten Kontrast zu den Wolkenkratzern, die in weißblauem Schein den Himmel erleuchten. Ich greife nach Dannys Hand und ziehe ihn sofort zum Rand des Clubs, von wo aus wir einen noch besseren Ausblick haben.

Als ich mich an das Geländer lehne und nur Danny neben mir steht, drehe ich mich verwundert um. Alex scheint sich direkt von uns abgekapselt zu haben. Ich muss jedoch nicht lange Ausschau halten, bis ich ihn dank seines auffälligen Hemds auf dem Weg zur Bar entdecke. War ja klar.

Ich schüttle den Kopf und widme mich dem Ausblick. Sofort schießen mir trotz der durchdringenden Hip-Hop Klänge und des Stimmengewirrs im Hintergrund Erinnerungen an unseren ersten, gemeinsamen Abend durch den Kopf. Dieser Moment kommt mir vor wie aus einem anderen Leben. Und ist er das nicht auch? So vieles hat sich seitdem verändert. Eine neue Stadt, das Studium, neue Freunde, neue Sorgen ... und der unglaubliche Mann, der gerade seinen Arm um meine Hüfte schiebt und mich näher zu sich zieht.

»Woran erinnert dich der Ausblick heute?«, fragt Danny, als hätte er meine Gedanken gelesen. Ich weiß sofort, worauf er anspielt.

»Nein, heute bist du dran. Ich verrat es dir erst, wenn du deine Andeutung wahrmachst. Das hier ist zwar wunderschön, aber der Colorado River ist nicht das Meer.«

Er betrachtet nachdenklich die leuchtenden Umrisse der Stadt. Und ich nutze die Gelegenheit, um ihn zu betrachten: die aufmerksamen, dunklen Augen. Die ebenmäßigen Wangenknochen. Die kleinen Grübchen, die sich in seinen Wangen bilden, als ein sanftes Lächeln über seine Lippen huscht. Kaum zu glauben, wie sehr das Schicksal mich lieben muss, um mir einen Freund wie ihn zu schenken.

»Siehst du die Scheinwerfer dort hinten?« Er deutet weit in die Ferne und ich kneife die Augen zusammen, um zu entdecken, was er meint.

»Hey ihr zwei Turteltauben, ihr habt euch ja tatsächlich getraut!«

Jemand klatscht mir auf die Schulter und ich fahre herum. Tyler. Im Gegensatz zu Danny und mir hat er sich aber keine Mühe gemacht, sich für die Party herauszuputzen. Er trägt ein einfaches, weißes Shirt. Die weißen Sneakers, die aus seinen viel zu langen Jeans hervorragen, haben einen auffälligen Dreckrand. Aber wahrscheinlich hat jemand mit seinem Status das gar nicht nötig. Ich bin mir sicher, dass sein Selbstbewusstsein und das blitzweiße Lächeln genug Frauen anziehen, und das erst recht in Kombination mit dem Reichtum, den er sich in den letzten Jahren in der Formel 1 erarbeitet hat.

»Warum auch nicht? Passieren hier so schreckliche Dinge?«, fragt Danny und wirkt ebenfalls nicht gerade begeistert darüber, wie unsanft er uns unterbrochen hat. Er streckt ihm jedoch die Hand entgegen und Tyler schlägt ein.

»Nee, Mann. Ganz im Gegenteil. Das hier ist das reinste Paradies auf Erden. Wär richtig dumm, das sausen zu lassen. Kommt mit, ich zeig's euch.«

Ich wechsle einen Blick mit Danny, der mir aber nur aufmunternd zulächelt. Und er hat recht. Ich sollte mir den Abend nicht von meinen Vorurteilen gegenüber Clubs und Partys versauen lassen. Immerhin ist Danny an meiner Seite. Was soll da schon schief gehen? Es könnte sogar Spaß machen, mit ihm über die Tanzfläche zu wirbeln.

Tyler führt uns zu einer der loungeartig geschnittenen Bänke und deutet auf die einzige Lücke, in die wir uns noch hineinquetschen können. Von den anderen sechs Leuten, die bereits um den Tisch herum sitzen und lautstark diskutieren, erkenne ich nur einen weiteren Fahrer. Tyler kommt auch nicht auf die Idee, seine Freunde vorzustellen. Ich rücke nah an Danny heran und mustere die rothaarige Schönheit neben mir aus dem Augenwinkel. Obwohl ich nicht klein bin, überragt sie mich selbst im Sitzen um einen Kopf. Ihr Auftreten, das so viel souveräner und eleganter wirkt als meines, macht mir nicht gerade Lust, ein Gespräch mit ihr zu beginnen und mich selbst vorzustellen.

Ich ziehe die Karte zu mir. Sie scheint eigens für diese Party gedruckt worden zu sein, denn die Vorderseite ist mit zwei verschränkten Zielflaggen und dem heutigen Datum verziert. Ich vertiefe mich in die Getränkeauswahl, um mit niemandem reden zu müssen. Die Aufgabe überlasse ich lieber Danny. Die Preise, die hinter den Cocktails aufgeführt sind, bringen mich jedoch ins Schwitzen. Selbst in München würde ich für dieselbe Summe drei Cocktails bekommen. Wenn Danny nicht zahlt, wird mich dieser Abend Pleite machen.

Bevor ich mir etwas ausgesucht habe, zieht mir Tyler aber die Karte unter den Fingern weg. Verärgert hebe ich den Kopf. Er wird mir mit jeder Sekunde unsympathischer.

»Was soll das?«

»Wir brauchen keine Karte. Ich hab schon was für uns ausgesucht. Hab doch gesagt, ich geb euch was aus.«

Ich hole mir die Karte wieder zurück.

»Das ist wohl immer noch meine Entscheidung. Vielleicht will ich ja was Spezielles oder habe Allergien.«

»Ich hab noch nie von einer Champagnerallergie gehört.« Er winkt eine der Bedienungen zu uns an den Tisch.

Danny legt mir die Hand aufs Bein. »Hey, jetzt sei nicht so. Ist doch eine nette Geste«, murmelt er so leise, dass nur ich es hören kann. Was Tyler in voller Lautstärke bestellt, muss dagegen der halbe Club verstehen. Wahrscheinlich will er sich vor allen damit brüsten, die teuerste Flasche bestellt zu haben, die ich auf der Karte gefunden habe – für einen vierstelligen Preis.

Von Sekt und Champagner halte ich nicht viel mehr als von Wodka. Auf den trockenen Geschmack in Kombination mit der Kohlensäure, die mich immer sofort aufstoßen lässt, kann ich gut verzichten. Dennoch lasse ich mir von Tyler das Glas bis zum Rand füllen, als die XL-Flasche der edlen Flüssigkeit serviert wird. Einerseits, um nicht schon wieder die Einzige am Tisch zu sein, die Nein sagt, andererseits erwische ich mich bei einem Anflug von Schadenfreude bei dem Gedanken, ihm das Geld damit aus der Tasche zu ziehen. Was ist heute nur mit mir los? Wenn ich so weitermache, versaue ich Danny und Alex den Abend. Ich hätte im Hotel bleiben sollen. Oder gar nicht erst mit nach Texas fliegen dürfen. Ich halte im Club Ausschau nach Alex. Bei Champagner wäre er sicher auch gerne dabei. Entdecken kann ich ihn allerdings nirgendwo. Seltsam. Aber wahrscheinlich hat er durch seine offene Art schon längst neue Freunde gefunden und amüsiert sich auch ohne uns prächtig.

Tyler stößt mit uns auf Dannys erstes Rennen und seine bevorstehende Karriere an. In seinem Ausdruck entdecke ich jedoch etwas Spöttisches, das die Mundwinkel bei seinen Gratulationen zucken lässt. Ich dagegen meine es ernst, als ich mit Danny anstoße und ihm abermals zu seinem erfolgreichen Formel-1-Start gratuliere. Er bedankt sich mit einem Kuss, der meine Zweifel an dieser Party für einen Moment verstummen lässt. Ich nehme einen Schluck von der prickelnden Flüssigkeit, drücke mich näher an seine Seite und lausche dem Gespräch, das er mit dem anderen Fahrer beginnt. Ich verstehe zwar nicht viel von den technischen Elementen, doch Dannys Stimme statt dem durchdringenden Bass der Musik zu lauschen, ist beruhigend.

Es dauert allerdings nicht lange, bis die Rothaarige mich anspricht und mit ihrem Handy in meine Richtung winkt.

»Hey Süße, Lust auf ein Selfie? Einen so legendären Abend und diese geile Flasche muss man doch festhalten.«

Ich spähe an ihr vorbei. Erst jetzt wird mir bewusst, dass es ihr ähnlich ergehen muss wie mir. Außer den drei Worten, die sie vorhin mit Tyler gewechselt hat, hat sie bisher mit niemandem geredet. Ob sie hier auch keinen kennt?

In der Hoffnung, ein wenig mit ihr ins Gespräch zu kommen, nicke ich.

»Klar, warum nicht? Her mit dem Ding!« Ich greife nach der riesigen Champagnerflasche, halte sie zwischen uns und rutsche ein Stück näher zu ihr. Sie zückt ihre Handycam. Bis sie den richtigen Filter gefunden hat, der ihre ohnehin schon perfekten Züge noch mehr strahlen lässt, fällt mir beinahe der Arm ab.

»Lächeln!«

Sie drückt fünfmal ab, dann betrachtet sie die Fotos mit kritischem Blick. »Naja, nicht mein Bestes, aber du siehst ganz *cute* aus, guck mal!«

Auf dem Foto, das sie mir zeigt, glänzen meine Wangen durch den Blitz und treten besonders hervor. Ich sehe aus wie ein Hamster.

»Äh, ja ... *cute*«, wiederhole ich ihre Worte. Wird schon passen. Ich bin nicht eitel genug, um noch länger mit dieser tonnenschweren Flasche zu posieren.

»Darf ich das posten und dich verlinken?«

Ich zögere. Letztendlich fällt mir aber nichts ein, das dagegensprechen würde. Mittlerweile hat mich sicher sowieso schon die halbe Welt an Dannys Seite gesehen. Da liegt auch die Schlussfolgerung nicht fern, dass ich ihn auf die Party nach dem Rennen begleite. Ich stimme zu, nenne ihr meinen Instagram-Namen und suche nach einem unverfänglichen Gesprächsthema.

»Und du bist mit Tyler hier?«

Sie starrt gebannt auf ihr Handy und tippt einen kurzen Text unter das Foto. »Oh, er hat mich eingeladen, aber ich habe ihn vorhin beim Rennen erst kennengelernt. Ich war Grid-Girl. Und du?«

Ich bewundere, wie ihre Finger über den Touchscreen fliegen, während sie antwortet. Multitasking war noch nie meine Stärke. Sie dagegen scheint diese Kunst perfektioniert zu haben.

»Ich bin …« Ich stocke. Obwohl es inzwischen schon einige Wochen sind, ist der Gedanke immer noch so neu und ungewohnt. »Ich bin Dannys Freundin. Und Studentin.«

Sie schürzt die Lippen und nickt anerkennend.

»Komisch. Ich finde dein Profil nicht. Hier gibt es eine, die so heißt wie du. Aber das ist ja ein Fake.«

Sie streckt mir ihr Handy entgegen und deutet auf ein Profil. Mein Profil. Verwirrt schüttle ich den Kopf.

»Warum sollte das Fake sein?«

»Na schau doch genau hin. Kein blauer Haken.«

Wow. Darauf fällt mir nichts mehr ein. Wo bin ich hier gelandet? Hat denn jeder auf diese Party so viele Fans und einen riesigen Social-Media-Kanal, dass dieser dämliche blaue Haken relevant wäre?

»Das ist mein Profil. Ich interessiere mich nicht so für Instagram. Bin da eher, um mit alten Freunden in Kontakt zu bleiben.«

Ihr Lächeln rutscht von ihren Lippen und weicht einem entsetzten Gesichtsausdruck, als sie mein Profil öffnet und meine Followerzahl sieht: 122.

»Nichts für ungut, Süße … aber ich glaube, dann lasse ich das mit dem Markieren lieber. Aber guck mal, ich folge dir.«

Sie drückt demonstrativ auf den Folgen-Button und sieht mich dann an, als hätte sie mir gerade die barmherzigste Spende ihres Lebens gemacht. Meine Lust, mich mit ihr zu unterhalten, ist mit einem Schlag verflogen. Gerade dachte ich noch, wir könnten uns verstehen. Zwei Mädels auf einer übertriebenen Party, während beide kaum jemanden kennen. Aber das scheint ihr egal zu sein. In welcher Welt lebt sie, in der die Followerzahl den Wert eines Menschen definiert? Wo bin ich hier gelandet?

Um keine weitere gezwungene Konversation mit ihr oder einem der anderen Gäste führen zu müssen, beuge ich mich zu Danny. Er diskutiert immer noch eifrig mit seinen Kollegen und seine entspannte Haltung verrät mir, dass er dabei viel mehr Spaß hat als ich. Eigentlich will ich ihn nicht stören. Aber was ich vorhabe, wird ihm sicher genauso viel Spaß machen. Als er sich kurz von Tyler abwendet und einen Schluck von seinem Champagner nimmt, nutze ich die Gelegenheit.

»Lass uns tanzen.« Ich deute in die Mitte der Terrasse, wo sich die Menschen unter den künstlichen Lichtblitzen räkeln.

»Wie bitte?«, erwidert er und sieht mich an, als hätte ich ihn um ein Steak gebeten. Ein Grinsen schleicht sich auf meine Lippen. Wenn er dachte, ich würde hier nur rumsitzen wollen, hat er mich wohl falsch eingeschätzt. Und nicht nur er. Noch vor zwanzig Minuten hätte ich es selbst nicht für möglich gehalten, dass ich freiwillig tanzen gehe. Doch die mitreißenden Beats locken mich mehr als der trockene Champagner und die Gesellschaft der anderen Mädels am Tisch, die ein anderes Leben zu führen scheinen als ich.

Ich erkläre mich nicht weiter, sondern bitte die Rothaarige, uns nach draußen zu lassen. Dann ziehe ich ihn mit mir zum Rand der überfüllten Tanzfläche. Unsere Füße verschwinden in dichtem Nebel. Der Bass vibriert in meinem Brustkorb und lädt mich ein, mitzuschwingen. Wie von selbst setzt sich mein Körper in Bewegung. Danny tritt mechanisch von einem Fuß auf den anderen und beobachtet meine Schritte genau.

»Ich kann nicht tanzen«, schreit er über die Musik hinweg und zuckt grinsend mit den Schultern. Aber die Ausrede lasse ich nicht gelten. Ich will das Beste aus diesem Abend herausholen – für uns beide.

»Sieht das etwa so aus, als könnte ich es? Ist doch egal. Lass uns einfach ein bisschen Spaß haben. Nicht so steif!«

Ich wiege meine Hüfte im Takt der Musik und packe die bescheuertsten Dancemoves aus, die mir in den Sinn kommen. Nach dem Gespräch mit meiner Sitznachbarin ist mir völlig egal, was die anderen hier von mir denken. Alles, was ich will, ist mich mit Danny zu amüsieren. Und es klappt. Er steigt lachend in meinen Pizza-Ausroll-Tanz mit ein und sieht dabei genauso bescheuert aus, wie ich mich fühle. Irgendwann greift er nach meinen Händen und dreht mich zum Takt der Musik im Kreis. Immer wieder, bis sich der Club vor meinen Augen dreht und ich in seine Arme torkle. Er lässt mich keinen Zentimeter mehr von sich weichen und verlangsamt seine Schritte. Ich kuschle mich schwer atmend an seine Brust und genieße das kräftige Pochen seines Herzens. So ist es perfekt. Warme Geborgenheit breitet sich in meinem Magen aus und strömt bis in meine Zehenspitzen. Dieser Abend ist gar nicht so übel wie befürchtet. Im Gegenteil, ich könnte mir keinen schöneren Abschluss für dieses Rennwochenende vorstellen als einen Tanz in seinen Armen.

Der langsame Rhythmus des nächsten Songs passt perfekt zu unseren Schritten. Die Nebelmaschine springt an und hüllt uns nach und nach in dichtes Weiß. Die Tanzenden um uns herum verschwimmen zu unscharfen Konturen und verschwinden schließlich vollständig im Nebel. Plötzlich gibt es nur noch uns, die wogende Musik und all die Gefühle, die mich in diesem Moment zu überwältigen drohen. Ich öffne den Mund, um ihnen einen Weg zu bahnen, doch keine Formulierung erscheint mir gut genug für diesen Moment. Mit jeder Sekunde beschleunigt sich mein Puls und übertönt beinahe den Bass in meinen Ohren.

Danny schiebt zwei Finger unter mein Kinn und hebt es vorsichtig an, bis ich ihn direkt ansehe. Ich halte seinem tiefen Blick kaum stand. Meine Füße geraten aus dem Takt.

Zwischen uns liegen all die ungesagten Worte. Doch mit einem Mal wird es mir bewusst. Ich muss sie nicht aussprechen. Er weiß, was ich sagen will. Denn in seinen dunklen Augen spiegeln sich meine Gefühle. Wie von selbst recke ich den Kopf nach oben, bis meine Lippen auf seine treffen.

14. Kapitel

Danny

Austin (Texas), USA

Ich könnte schwören, dass die Musik für einen Moment verstummt, während ich ihren Kuss erwidere. Oder sind es nur ihre vollen, weichen Lippen, die mich alles andere vergessen lassen? Mit beiden Händen drücke ich sie sanft an mich und vergrabe die Finger in den dunklen Locken in ihrem Nacken, die den Geruch des künstlichen Nebels übertönen und wunderbar nach Orangenshampoo duften. Ich werde sie nicht mehr loslassen. Zumindest nicht, bis sich mein Herz wieder einkriegt und die Leichtigkeit aus meinem Körper verschwindet. Und das wird so schnell nicht passieren.

Sie löst sich aus unserem Kuss, doch ich lockere meinen Griff nicht. Ein zuckersüßes Lächeln huscht über ihre Lippen, als ich meine Nase gegen ihre stupse und langsam unsere gemeinsamen Kreise zur Musik fortsetze.

»Du wusstest also die ganze Zeit, dass Tanzen so viel Spaß machen kann, und hast es mir nicht verraten. Tzz.«

Sie schüttelt den Kopf. Licht und Schatten huschen dabei über ihr Gesicht und bringen ihre Schönheit noch besser zur Geltung. Wenn es nicht unverschämt wäre, ihr das Wort abzuschneiden, würde ich sie sofort wieder näher ziehen und bis zum Morgengrauen küssen.

»Ich hasse Tanzen. Aber manchmal ist es eben gut, über seinen Schatten zu springen, etwas Neues auszuprobieren und sich dabei zum Affen zu machen.« Sie stößt ein bitteres Lachen aus. »Wobei mir die interessanten Persönlichkeiten hier kaum eine andere Wahl gelassen haben. Und ich dachte schon, meine Kommilitonen wären seltsam. Aber da gehe ich mit größtem

Vergnügen übermorgen wieder zurück zur Uni. Meinst du, du hältst es die nächsten fünfzehn Jahre aus mit denen?«

Meine Hände verkrampfen. Ich muss sie von ihr lösen, um mir nicht anmerken zu lassen, was mir durch den Kopf geht. Plötzlich dröhnen die Musik und die aufgedrehten Stimmen der Partygäste viel zu laut in meinem Kopf. Warum hab ich sie überhaupt mit hierher geschleppt? Sie hat mir neulich schon deutlich gemacht, wie sehr sie Partys verabscheut. Dabei kenne ich die Antwort. Ich Idiot wollte es erzwingen. Mir selbst beweisen, dass mein Gefühl mich getäuscht hat. Aber so einfach funktioniert das nicht. War klar, dass das in die Hose gehen würde. Sie passt nicht in diese Welt. Das wollte mir mein Bauchgefühl die ganze Zeit über mitteilen. Und jetzt, während sie so gelöst vor mir tanzt und sich nicht im Geringsten dafür interessiert, was die Weltstars und Sternchen im Club von ihren Headbanging-Versuchen halten, wird es mir mit einem Schlag bewusst. Eine tonnenschwere Bleikette legt sich bei diesem Gedanken um mein Herz und zieht es bis in meinen Magen hinunter. Dabei will ich gar nicht, dass sie so ist wie die anderen. Jede einzelne Bewegung, die sie vor mir vollführt, jedes Lächeln, jede verdammte Sekunde mit ihr ist perfekt. Die Lust aufs Tanzen ist mir trotzdem vergangen.

»Ich verdurste. Lass uns kurz ne Coke holen und irgendwo hinsetzen, wo wir guten Ausblick haben«, rufe ich ihr zu. Sie nickt eifrig, hält mich aber auf, als ich ihre Hand nehme.

»Ich muss aufs Klo. Aber geh ruhig schon mal, ich finde dich.«

»Sicher? Ich kann auch mitkommen.« Ich habe kein gutes Gefühl dabei, sie in diesem Club alleine zu lassen, den sie sowieso schon verflucht.

»Abwischen kann ich mich selber, vielen Dank. Keine Sorge, wenn ich mich verlaufe, schreibe ich dir.« Sie stellt sich auf die Zehenspitzen und drückt mir einen schnellen Kuss auf die Lippen. Dann kämpft sie sich mit beiden Ellbogen zwischen den Mädels hinter sich durch und verschwindet in der Menge.

Ich schlängle mich ebenfalls aus dem schweißgeschwängerten Dunst hinaus und schleiche zur Bar. Die Anstrengungen des Tages machen sich mit jedem Schritt mehr bemerkbar. Meine Beine wiegen mindestens so viel wie mein bleibeschwertes Herz. Wie machen das die anderen Fahrer nur, die ganze Nacht durchzufeiern? Obwohl mich die Atmosphäre des Clubs berauscht und ich kaum glauben kann, wen ich alles auf den Loungebänken entdecke, könnte ich im Stehen einschlafen.

Schwerfällig bestelle ich mir eine Cola und hieve mich auf den letzten freien Barhocker. Nur einen Moment abschalten. Mein Blick gleitet den Tresen entlang. Doch was ich entdecke, lässt mich ungläubig blinzeln. Zwischen den Getränken meiner Nebenmänner zieht sich eine weiße, pulvrige Linie über die Oberfläche. Scheiße, mitten im Club? Wenn Selina das sieht ...

Ich reibe mir die Stirn und werfe einen Blick auf mein Handy. Es ist noch viel zu früh, um zurück ins Hotel zu fahren. Außerdem habe ich noch nicht mit dem amtierenden Weltmeister gequatscht, was ich mir für heute Abend fest vorgenommen habe.

Der Barmann schiebt mir die Coke zu und winkt ab, als ich einen Schein aus der Hosentasche ziehe. »Doch nicht an deinem ersten Abend!«

»Äh ... danke.« Ich lächle gezwungen, bis er sich wieder den anderen Gästen zuwendet. Krass. Warum kennt mich hier jeder? Hoffentlich liegt das nur daran, dass zu meinem ersten Rennen heute alle Augen auf mich gerichtet waren. Bis nächste Woche haben sie meinen Namen und mein Gesicht bestimmt wieder vergessen.

Während ich mein Getränk fast in einem Zug hinunterstürze, quetschen sich zwei Mädels links und rechts neben mir an die Bar – so eng, dass ich die Schultern einziehen muss, um nicht zwischen ihren Rippen zu stecken. Die Blondine zu meiner Linken wendet sich ihrer Freundin zu. Doch dabei bleibt ihr Blick an mir hängen.

»Oh, Danny, was für ein Zufall!«, flötet sie so künstlich, dass sie sich damit sofort verrät. Sie hat mich nicht eben erst bemerkt. Wahrscheinlich steht sie nur hier, um mich anzuquatschen. Doch meine Geduld schwindet und ich würde am liebsten gleich wieder aufstehen und verschwinden, ohne auf ihren dummen Spruch zu reagieren. Was wollen die alle von mir?

»Ja, was für ein Zufall. Ein Formel-1-Fahrer auf einer Formel-1-Party nach dem Rennen. Kennen wir uns?« Ihr Lächeln droht zu bröckeln, doch sie fängt sich schnell wieder.

»Noch nicht. Aber das können wir ja ändern.« Sie zwinkert mir mit ihren zentimeterlangen Kunstwimpern zu. Dann drängt sie den Mann auf dem Barhocker neben mir mit einer geschickten Geste zur Seite und nimmt darauf Platz. Ihre Freundin beugt sich auf der anderen Seite über den Tresen und gewährt mir einen Einblick in ihr riesiges Dekolleté. Eigentlich will ich nicht hinsehen, doch meine Augen wandern wie von selbst in diese Richtung. Verdammt, jetzt denkt sie wahrscheinlich, ich hätte Interesse. Dabei überschlagen sich meine Gedanken, während ich versuche, mir einen Spruch einfallen zu lassen, um sie loszuwerden. Zu unfreundlich kann ich nicht werden, sonst zerstöre ich mir meinen Ruf noch am ersten Tag. Wer weiß, wer sie sind und welche Kontakte sie haben. Am Ende kommen sie noch selbst von der Presse und ich bin am Arsch, egal, was ich sage.

»Können wir ein Foto mit dir machen?«, fragt die Brünette mit den gigantischen Brüsten und streicht sich aufgeregt durch die Haare. Mir entfährt ein leises Seufzen, das die Musik aber zum Glück übertönt. Wenn sie nur hier sind, um ein Foto mit mir abzustauben, bin ich sie gleich wieder los. Und daran habe ich nicht einmal was zu meckern. Ich habe selbst jahrelang Fotos mit anderen Fahrern gesammelt und kann nachvollziehen, dass das auf ihrem Instagram-Profil sicher gut ankommt.

»Klar, von mir aus auch zwei.« Sie klatscht aufgeregt in die Hände und ich lege den Arm um ihre Schulter, achte aber darauf, sie so wenig wie möglich zu berühren. Sie dagegen drückt sich plötzlich gegen mich und quetscht sich auf meinen Schoß. Ich pruste ihre Haarsträhnen aus dem Gesicht und bin kurz davor, sie runter zu schubsen. Ihre plötzliche Nähe schnürt meinen Hals zu, als hätte sie mir eine Fessel darumgelegt.

»Was soll das? Runter da! Schon mal was von Privatsphäre gehört?«

»Hab dich nicht so«, gibt sie nur zurück, hält ihr Handy in die Höhe und schießt ein Foto, während sie sich mit dem anderen Arm um meinen Nacken klammert. Dass ich darauf nicht lächle, sondern meine Augen zu bedrohlichen Schlitzen verengt sind, scheint sie nicht zu stören. Als ich mich aus ihrer Umarmung winde und abermals auf den Bildschirm blicke, setzt mein Herz einen Schlag aus. Denn dort entdecke ich nicht nur uns und ihre dümmlich grinsende Freundin. Einige Meter hinter uns steht Selina – mit verschränkten Armen und vor Entsetzen geweiteten Augen. Kein Wunder.

Fuck. Für sie muss das völlig falsch aussehen. Aber sie muss sich doch denken können, dass ich nicht so dumm wäre, mit zwei anderen Frauen zu flirten, während ich auf sie warte. Oder etwa doch? Ich kann meine Wut auf die beiden Mädels nicht länger zurückhalten. Ein nervöses Zucken durchfährt meine Fingerspitzen und ich balle die Hände zu Fäusten. Ich springe auf und stoße die Dunkelhaarige dabei von mir. Sie stolpert zur Seite und starrt mich dann empört an. Aber sie hat es nicht anders verdient. Mit ihrem Verhalten hat sich nicht nur mich bedrängt, sondern auch Selina verletzt.

»Habt ihr nicht gehört? Haut sofort ab, bevor ich euch an den Haaren nach draußen ziehe. Und kommt mir nicht mehr zu nahe. Weder heute noch auf den nächsten Partys.«

Ich lasse sie und meine restliche Coke einfach stehen und drehe mich um. Zuerst befürchte ich, Selina könnte weggelaufen sein. Doch sie steht an derselben Stelle, an der ich sie gerade auf dem Foto entdeckt habe: festgefroren, verloren. Sie schafft es kaum, mir in die Augen zu sehen, als ich vor ihr stehe.

»Du denkst jetzt aber nicht, ich hätte was mit diesen billigen Schlampen, oder?«

Sie schüttelt langsam den Kopf, doch die Verunsicherung weicht nicht aus ihrem Gesicht.

»Nein. Ich halte dich für geschickt genug, so was geheim zu halten. Und ich vertraue dir, keine Sorge.«

Ich runzle die Stirn.

»Dein Gesicht spricht aber eine andere Sprache.«

Sie schweigt und legt den Kopf in den Nacken. Ihr Blick geht an den Streben mit der Beleuchtung vorbei in den Himmel.

»Egal. Lass uns wann anders drüber reden. Ich will dir nicht den Abend versauen.«

Die Cola liegt mir schwer im Magen. Denkt sie, ich könnte nun einfach ignorieren, wie sie sich fühlt? Ihr geht es scheiße damit. Das habe ich selbst auf den wenigen Pixeln der Kamera gesehen. Und es ist meine Schuld. Ich hätte sie gleich wegschicken müssen und nicht zulassen dürfen, dass sich eine von denen auf meinen Schoß setzt.

Ich lege eine Hand auf ihre Schulter und die andere in ihren Nacken, damit sie mich wieder ansieht. Und erkennt, wie ernst es mir ist.

»Es tut mir leid. Die beiden wollten ein Foto machen und ich ...«

Sie hebt die Hand und unterbricht mich damit.

»Hör auf, dich zu entschuldigen. Ich weiß, dass du nichts falsch gemacht hast. Das ist es doch gar nicht.«

Überfordert von ihrer Aussage lasse ich sie los und versuche, etwas in ihren Augen zu lesen. Doch das Einzige, was ich dort finde, ist ein dunkler Schleier voll Sorge und Enttäuschung.

»Was ist es dann?« Die Worte kommen so leise über meine Lippen, dass ich schon befürchte, sie könnte sie bei der Lautstärke im Club überhört haben. Doch sie hat mich verstanden. Unentschlossen kaut sie von innen auf ihrer Unterlippe. Ich kann meinen Blick nicht von ihr lösen und würde das Knabbern am liebsten selbst übernehmen. Die gedrückte Stimmung hängt allerdings wie ein eiserner Vorhang zwischen uns und hält mich davon ab, sie nochmal anzufassen. Ich will nicht ablenken. Denn ihre Besorgnis zerrt schmerzhaft an meinem Herzen und ich werde nicht zulassen, dass sie alles hinunterschluckt. Ich kann ihr nur helfen, wenn wir darüber reden.

»Es wird nicht nur heute Abend so sein. Wenn du nach dem nächsten Rennen auf eine Party gehst, werden da auch wieder Mädels sein, die sich an dich ranschmeißen. Und bei den Rennen, bei den Interviews, bei jeder Gelegenheit. Nur werde ich dann nicht dabei sein.«

Was würde ich dafür geben, ihr in diesem Moment eine starke Schulter zum Anlehnen bieten zu können? Mit einem lockeren Spruch all ihre Bedenken zunichte machen, sie beruhigen und wieder zum Lachen zu bringen. Aber es ist unmöglich. Stattdessen stehe ich ebenso verloren wie sie zwischen Bar und Tanzfläche. Lasse mich von vorbeiziehenden Betrunkenen anrempeln. Ringe um Worte. Weil ich nicht lügen will und weiß, dass sie recht hat. An diese Frauen werden wir uns beide gewöhnen müssen. Das Einzige, was ich dagegen tun kann, ist, unser Vertrauen zu stärken. Aber wie macht man so was? Verdammt. Zum ersten Mal bereue ich es, in den letzten Jahren nicht ein bisschen weniger trainiert und etwas mehr Zeit in mein Privatleben investiert zu haben. Bisher war es mir egal, wenn mit einer Freundin etwas nicht funktioniert hat. Ich hatte keine Zeit, mich damit herumzuärgern. Sie konnte meine Lebenssituation akzeptieren oder gehen. Doch diesmal ist es anders. Ihr Schmerz zerrt auch an meinem Herzen. Trotzdem weiß ich nicht damit umzugehen. Bitte, lass sie mein Schweigen nicht falsch interpretieren. Ich bin ein unbeholfener Idiot – aber kein Fremdgeher.

»Es macht keinen Unterschied, ob du dabei bist oder nicht.«

»Da ist was dran. Wenn ich dabei bin, fällt nur noch mehr auf, dass ich nicht so bin wie die. Schau nur, wie die rumlaufen. In den Schuhen könnte ich nie gehen und ihre Beine sehen aus wie mit dem Bügeleisen geglättet.«

»Willst du mir jetzt erzählen, dass du ein hässliches Entlein bist? DU?« Ich kann das Lachen, das sich in mir anbahnt, nur mit Mühe zurückdrängen. Das muss ein Witz sein. Mit jedem Satz, den sie ausspricht, wird meine Verwirrung nur noch größer. Auf mich hat sie nie den Eindruck gemacht, als wäre sie eines dieser Mädchen, die auf dem Cover eines Modemagazins abgedruckt sein könnten, sich selbst aber für Quasimodo hielten. Sie schreckt nie davor zurück, in den Spiegel zu sehen und hat nichts dagegen, fotografiert zu werden. Weil sie weiß, dass sie wunderschön ist. Woher kommt ihr plötzlicher Sinneswandel?

Mein ironischer Unterton entlockt auch ihr ein kleines Schmunzeln, das mein Herz sofort wieder an den richtigen Fleck zurückrutschen lässt.

»Das würdest du mir nicht glauben, hm? Und das hab ich auch nicht gemeint. Ich meinte ihre Ausstrahlung, ihre Einstellung. Pure Eleganz und ein Selbstbewusstsein, das einen beinahe erschlägt. Kein Wunder, dass sie berühmt und begehrt sind. Aber das bin ich nicht. Ich bin eine unerfahrene Tiermedizinstudentin aus Nürnberg, kein Topmodel aus New York. Und jetzt erzähl mir nicht, das merkt keiner. Das hat jeder hier mitbekommen. Ich kriege doch mit, wie sie mich ansehen. Für sie bin ich ein Alien. Da hilft auch dieser Fetzen nichts.« Sie zupft unglücklich an ihrem silbernen Kleid, in dem sich die Lichter des Clubs spiegeln.

»Du hast recht. Das merkt jeder.«

»Wow. Ein nettes Kompliment. Aber danke, dass du wenigstens ehrlich bist.« Obwohl sie so laut und selbstsicher spricht, beginnt ihre Unterlippe verdächtig zu zittern.

»Aber das ist nicht der Grund, warum sie dich so ansehen.« Das Zittern stoppt sofort. Jetzt bin ich es, der sie erfolgreich verwirrt hat. Zum Glück, denn was ich damit sagen will, ist nichts, was sie zum Weinen bringen soll.

»Du bist anders, weil du strahlst. Wenn du einen Raum betrittst, geht die Sonne auf. Das kann niemand übersehen. Nein, du bist nicht elegant oder vornehm. Aber was du hast, ist viel wertvoller. Das kann man nicht lernen oder mit teuren Outfits, Chirurgen und Followern erkaufen. Und ich würde es gegen nichts in der Welt eintauschen wollen.«

Es ist nicht nur die rötliche Beleuchtung, die ihre Wangen plötzlich entflammen lässt. Verunsichert steigt sie von einem Fuß auf den anderen, doch in ihr Gesicht tritt genau das Stahlen, von dem ich gerade gesprochen habe und das ich so sehr liebe.

»Wow. Gut geschleimt. Aber irgendwie kauf ich es dir sogar ab.«

Den Versuch, mein Kompliment kleinzureden, lasse ich nicht gelten.

»Du solltest inzwischen schon gemerkt haben, dass ich einfach ausspreche, was ich denke. Egal, ob positiv oder negativ. Da gibt's also nichts zu diskutieren oder nicht zu glauben.«

Sie nickt langsam. Ihr Blick geht jedoch durch mich hindurch. Wo ist sie mit ihren Gedanken? Denkt sie wirklich, ich hätte es nicht ernst gemeint und mich nur wegen dem Spruch zuvor retten wollen? Bevor ich nachfragen kann, reißt sie sich zusammen und ihr Blick wird wieder klar.

»Wie lange willst du noch bleiben?«, fragt sie und checkt die Uhrzeit auf ihrem Handy. Ich muss nicht auf ihre Stimmfarbe achten, um zu wissen, wie lange sie bleiben will: am liebsten keine Sekunde mehr.

Obwohl die Erschöpfung immer noch an mir zerrt, bin ich mir nicht sicher, ob wir jetzt schon gehen sollten. Eigentlich habe ich mich auf die Party gefreut. Darauf, einige andere Fahrer und Kollegen endlich abseits der Strecke kennenzulernen, einen Abend lang abzuschalten, zu trinken und zu feiern. Denn ab morgen wird wieder keine Zeit dazu bleiben. Dann heißt es fliegen, trainieren, trainieren und noch mehr trainieren, damit das nächste Rennen besser läuft. Meinen ersten Rennabend wollte ich als unvergesslich in Erinnerung behalten. Doch ich kann Selina nicht zwingen, noch länger hier zu bleiben, wenn sie sich so unwohl fühlt.

Ich zögere, doch bringe es nicht über mich, sie zu vertrösten. Außerdem sollte ich wirklich ins Bett, bevor ich in einer halben Stunde Wan der Bar einpenne.

»Wir können fahren«, antworte ich schweren Herzens, »aber lass uns vorher Alex suchen. Ich glaube nicht, dass er hier vor Sonnenaufgang wegzukriegen ist, aber wir sollten ihn zumindest mal fragen, ob er mitwill und Bescheid geben.«

»Du hast ihn auch nirgendwo gesehen?«

Ich schüttle den Kopf.

»Typisch. Wahrscheinlich hat er sich einen Platz neben den berühmtesten Fahrern erschlichen.«

»Ich würde ihm ja schreiben, aber ich denke nicht, dass er so schnell auf sein Handy schaut. Also komm mit, wir checken mal alle Tische.« Ich winke sie mit mir, doch sie hält mich auf.

»Warte. Ich hab eine bessere Idee.« Sie verstaut ihr Handy sorgfältig in der kleinen, silbernen Umhängetasche. Dann tippt sie mit einem Grinsen auf meine Schulter. Sofort entfährt mir ein lautes Lachen. Diese Frau hat wirklich die schrägsten Ideen.

»Hier?«

»Warum nicht? Du kannst dich für einen besseren Überblick auch auf die Bar stellen, aber das kommt nicht so gut, denke ich. Los, lass mich aufsteigen. Ist doch schneller und praktischer, als sich durch den ganzen Club zu kämpfen.«

Ich kann nicht aufhören zu lachen, will aber auf keinen Fall auf dieses Erlebnis verzichten. Ich gehe vor ihr in die Knie, sie klettert von meinem Rücken auf meine Schultern.

»Halt dich gut fest. Ich hab keine Übung darin, Leute auf meinen Schultern zu befördern.«

Obwohl Selina nicht schwer ist, zittern meine Knie beim Aufstehen und ich verliere beinahe das Gleichgewicht. Nach diesem anstrengenden Tag vielleicht nicht mehr die beste Idee, aber was soll's. Den Spaß ist es mir wert und fallen lassen werde ich sie nicht, auch wenn ich mir selbst dafür den Hals breche.

»Und, wie ist die Aussicht da oben?«

»Ziemlich gut. Aber es sind viel zu viele Leute.«

Ich halte ihre Beine fest und drehe mich langsam im Kreis, um ihr einen guten Überblick zu geben. Dabei spüre ich die Blicke der anderen Partygäste von allen Seiten. Das macht es mir nur noch schwerer, nicht erneut loszulachen. Nach der dritten Runde wird mir schwindelig und meine Knie zittern immer mehr. Ich will es vor Selina nicht zugeben, weil sie nicht denken soll, sie wäre zu schwer, aber ich muss sie langsam absetzen. Und wenn sie Alex bis jetzt nicht entdeckt hat, wird das so auch nichts mehr.

»Halt! Da drüben!«, ruft sie zum Glück im selben Moment und klopft mir auf den Kopf. »Abwärts, bitte!«

Als ich sie wieder absteigen lasse, stürmt sie sofort los. Ich habe Schwierigkeiten, mitzuhalten und sie in der Menschenmenge nicht zu verlieren. Sie scheint es echt eilig zu haben und schlängelt sich an der Bar vorbei zum hinteren Ende des Clubs, von wo aus man den besten Ausblick hat.

»Ich dachte, ich hätte mich verguckt ... aber nein! Sieh dir das an!« Sie bleibt abrupt stehen und ich renne sie fast um. Ich folge ihrem Blick zum letzten Tisch am Ende der Dachterrasse. Was ich sehe, schockiert mich nicht so sehr wie Selina, hinterlässt jedoch ein Schmunzeln auf meinen Lippen. Bis auf zwei Personen ist die kleine Lounge leer. Nur Alex – und das hübsche Mädchen, das an seiner Schulter lehnt und um das er liebevoll den Arm gelegt hat.

»Ist doch süß«, gebe ich zurück.

»Naja, wenn sie keine von diesen arroganten Insta-Tussen ist, vielleicht.« Ich kann verstehen, dass der Anblick ihres Bruders mit einer fremden Frau im Arm ihr nicht gerade ein Jubeln entlockt. Aber Alex ist erwachsen und kann selbst entscheiden, wen er in sein Leben lassen möchte und wen nicht.

Also nehme ich Selina an die Hand und ziehe sie mit mir in die entgegengesetzte Richtung. »Sieht nicht so aus, als würde er unsere Gesellschaft brauchen. Und so schnell zurück ins Hotel möchte er sicher auch nicht. Lass uns fahren. Ich schreib ihm später.«

»Ich hätte ihm das schon nicht versaut. Bin nur neugierig.«

»Du kannst sie bestimmt morgen beim Frühstück kennenlernen ...«, antworte ich. Ich kann es einfach nicht lassen. Ich liebe es, sie zu ärgern.

»Iiih! Du Idiot, du weißt genau, was mir jetzt im Kopf herumspukt!« Sie tritt mir von hinten mit dem Knie in den Po. Und ich könnte mir keinen schöneren Liebesbeweis vorstellen.

***

Zwei Stunden später ruht Selinas Kopf auf meinem Arm, während ich ihren sanften Atemzügen lausche. Das Mondlicht, das durch die halb geschlossenen Jalousien fällt, malt abgefahrene Muster an die Wände. Doch sie sieht selbst mit dem Schattenspiel auf ihrem Gesicht aus wie ein schlafender Engel. Das Kribbeln in meinem Bauch will nicht verschwinden und hindert mich am Schlafen. Meine Lider zucken und ich kann meinen Kopf nicht mehr halten, als hätte man mir jegliche Kraft aus dem Körper gesaugt. Das Einzige, was mich noch wachhält, sind die kreisenden Gedanken. Und zum ersten Mal nach einem Rennsonntag drehen sie sich nicht um Strategien, Strecken und Settings.

Ihr Anblick lässt mein Herz bröckeln. Denn ich weiß, dass es vorerst die letzte Nacht ist, in der sie in meinen Armen liegen wird. Zwei, vier, vielleicht sogar sechs Wochen werden vergehen, bevor ich sie wieder sehen, riechen und spüren kann. Warum tut der Gedanke so verdammt weh? Mir war von Anfang an klar, dass es so laufen wird. Zumindest in den ersten Monaten. Dass sie von einem Tag auf den anderen ihr bisheriges Leben aufgibt, um mit mir um die Welt zu reisen, wäre leichtsinnig. Trotzdem ist es so verdammt schwierig, sie alleine wieder nach Hause fliegen zu lassen, während ich selbst in eine Maschine nach Mexiko steige. Die letzten Tage war ich viel zu abgelenkt, um jede Sekunde mit ihr auszukosten. Und nun ist es schon fast zu spät. Vorsichtig strecke ich die Hand aus und streiche durch ihr weiches Haar.

Ein Wummern an der Zimmertür lässt mich zusammenzucken und ich verpasse Selina beinahe eine. Ich halte die Luft an, doch sie schläft tief und fest. Puh. Erneut hämmert jemand wie wild gegen die Tür. Was soll das? Es ist mitten in der Nacht. Ich denke nicht mal dran, aufzumachen.

»Daaanny! Tu nich so, als würdest du pennen! Komm raus, wir ham da was für dich!«

Die Wut kriecht langsam in meine müden Glieder und lässt mich zitternd ausatmen. Tyler, dieser Idiot! Wenn er weiter so rumbrüllt, weckt er nicht nur Selina, sondern das ganze Hotel.

Ich schwinge mich aus dem Bett, schleiche so leise wie möglich zur Tür und schnappe mir die Schlüsselkarte. Dann schiebe ich die Tür gerade genug auf, um nach draußen zu schlüpfen und ziehe sie hinter mir sofort wieder zu.

Der Anpfiff, den ich mir zurechtgelegt habe, löst sich allerdings in Luft auf, als ich vor der Truppe im Hotelflur stehe. Denn obwohl ich einiges erwartet habe, verschlägt der Anblick mir die Sprache.

»Dürfen wir reinkommen?«, fragt die Nackteste der vier Frauen, die an Tyler kleben, »Wir haben auch genug zu Trinken dabei!« Und damit übertreibt sie definitiv nicht. Sie schwenkt ihre riesige Champagnerflasche. Die anderen strecken zum Beweis ebenfalls ihre Getränke in die Höhe: Wodka, Whiskey, noch mehr Champagner. Mein Magen dreht sich schon bei der Vorstellung um, das Zeug pur in mich hineinzukippen. Tyler schwankt bedrohlich und wird nur noch von den Mädels an seiner Seite aufrecht gehalten. Doch genug scheint er noch lange nicht zu haben.

»Mach auf, wir waren vorhin noch nich fertig! Wir ham zu feiern!«, grölt er so laut, dass ich erneut zusammenzucke.

»Halt die Klappe, Selina schläft, weck sie nicht auf. Und du solltest das wohl auch lieber tun statt weiter zu ...«

»Dann kommst du mit zu uns?«, flötet die Kleine zu seiner Rechten und macht seltsame Blinzelbewegungen mit ihren Augen, die in nüchternem Zustand wohl ein Zwinkern ergeben hätten sollen.

»Nein, danke. Ich geh wieder schlafen. Also schreit bitte woanders rum.«

»Da. Dann nimm wenigsns dein Geschenk mit.« Er greift umständlich in seine Hosentasche und zieht etwas hervor. Dann streckt er mir die flache Hand entgegen – in der unzählige, weiße Pillen liegen. Scheiße. Hoffentlich gibt es hier keine Kameras.

»Damit hältst du die ganze Nacht durch … un nich nur beim Feiern, wennu weißt was ich mein, hm?«

Ungläubig starre ich auf die Pillen. Ist das sein verdammter Ernst oder will er mir nur einen ordentlichen Schrecken einjagen? Mein Blick huscht zur Zimmertür. Wenn Selina jetzt aufwacht und sieht, was hier abgeht, bin ich am Arsch. Dann wird sie nie wieder zu einem Rennen mitkommen.

»Ich nehm so einen Dreck nicht. Wir sehen uns morgen. Nüchtern, hoffentlich.«

Bevor er und die Mädels mich noch weiter bedrängen, schiebe ich die Schlüsselkarte durch den Schlitz und verschwinde wieder in mein Zimmer. Angespannt halte ich die Luft an und lehne mich von innen gegen die Tür. Erst, als ich Selinas regelmäßige Atemzüge wahrnehme, schleiche ich zurück zum Bett. Was für ein Mist. Ich habe viel von den Partys nach den Rennwochenenden erwartet. Dass literweise Alkohol fließen würde, war mir klar. Aber was dort abgeht, sprengt jeglichen Rahmen. Eigentlich wollte ich Selina zeigen, dass Feiern auch Spaß machen kann. Aber sie hatte recht, bis auf unsere Minuten auf der Tanzfläche war dieser Abend eine Katastrophe.

Mit der Melodie des letzten Songs in den Ohren und ihrem Strahlen in meinem Herzen sinke ich in einen tiefen, traumlosen Schlaf.

15. Kapitel

Selina

München, Deutschland

»Selina? Pennst du?«

Ich schrecke vom Klapptisch hoch und blinzle gegen die grellen Neonröhren des Hörsaals. Es dauert einen Moment, bis mein Kopf wieder hochfährt und ich die Worte finde, um Lena zu antworten.

»Nee, hab schon zugehört. Wollte mich nur ein bisschen ausruhen«, lüge ich und zupfe mir ein paar Radiergummifussel aus den Haaren. Das ist so was von peinlich. Mein Puls ist vom plötzlichen Aufwachen noch auf 180, doch die Schwerkraft zerrt schon wieder an meinen Lidern. Was habe ich mir nur dabei gedacht, mich in diesem Zustand in die Vorlesung zu schleppen? Dass dabei nichts Produktives rauskommen kann, war klar. Ich bräuchte nach diesem aufreibenden Wochenende mindestens drei Tage, um mich wieder zu akklimatisieren. Aber die kann ich mir nun mal nicht leisten. Reicht schon, dass ich Donnerstag, Freitag und Montag die Seminare verpasst habe.

Die monotone Stimme des Dozenten liegt in weiter Ferne. Obwohl ich mit aller Macht gegen die Müdigkeit ankämpfe und zuhören will, ist es lediglich Lena und die Scham, erneut vor ihr einzuschlafen, die mich aus dem Halbschlaf rettet.

»Dein Wochenende muss echt aufregend gewesen sein, hm? Ich wär auch lieber nach Texas geflogen statt hier in München zu versauern. Die Party bei Tim am Wochenende war ziemlich lahm, da hast du echt nichts verpasst.«

Das wäre vermutlich die Art von Party gewesen, auf der ich Spaß gehabt hätte. Den Kommentar verkneife ich mir aber und berichte ihr lieber von unseren Erlebnissen.

»Das kann ich von der Party nach dem Rennen nicht behaupten. Die Fahrer und Teams sind richtig krass drauf. Eine Terrasse mitten in Austin, überall Promis, die edelsten Getränke, die du dir vorstellen kannst und hemmungsloses Feiern. Da wärst du wahrscheinlich besser aufgehoben gewesen als ich. Ich war einfach nur k.o. vom Wochenende und konnte es gar nicht richtig genießen.«

In ihre Augen stiehlt sich tatsächlich ein neidisches Funkeln. Sie überspielt es jedoch nicht, sondern löchert mich mit Fragen, die ich träge beantworte. Ich habe mir seit dem Abend lange genug den Kopf über die Situationen auf der Party zerbrochen und bin es leid, darüber zu reden. Aber ich will Lena nicht enttäuschen, die einen Hauch des Glamours abbekommen kann, nach dem sie sich so sehnt. Mit halbem Ohr versuche ich, dabei den Worten des Dozenten zu lauschen, um wenigstens annähernd mitzubekommen, worum es in der Vorlesung geht.

Als alle Studenten schon ihre Taschen packen, dringen ein paar Wörter zu mir hindurch, die mich aufhören lassen. Ich strecke Lena den Finger entgegen, um ihre Erzählung über den neuen Freund ihrer Schwester zu unterbrechen. Sie verstummt, versiegelt ihre Lippen mit einer schnellen Geste und wendet ebenfalls den Blick nach vorne.

»... erinnern, dass die Abgabefrist am Freitag endet.«

Das Blut scheint in meinen Adern zu stocken. Abgabefrist? Wofür?

»Weil es Ihre erste Hausarbeit ist, gebe ich Ihnen gerne noch einen Tipp mit an die Hand: Langsam wäre es also an der Zeit, den ersten Entwurf fertigzustellen und sich um die Überarbeitung und die Formatierung zu kümmern. Ich weiß, dass unter Ihnen oft eine andere Arbeitseinstellung herrscht, aber warten Sie nicht bis zum letzten Tag mit dem Feinschliff und drucken Sie Ihre Arbeit rechtzeitig aus. Das hat schon einigen Ihrer Vorgänger das Genick gebrochen.«

Scheiße. Die zehnseitige Hausarbeit. Das war diese Woche? Hektisch blättere ich durch meinen Terminkalender. Nichts. Ich habe mir die Deadline nicht mal eingetragen. Wahrscheinlich habe ich bei dem vielen Gequatsche in jedem Seminar nicht mal mitbekommen, dass die Abgabe nicht am Semesterende ist.

»Sag bloß, du hast den Termin verpeilt?«, kommentiert Lena mein nervöses Umherblättern.

»Nicht nur den Termin. Die ganze Arbeit. Ich hab noch nicht mal eine Gliederung oder passende Literatur.«

Lena zieht Luft die Zähne und bedenkt mich mit einem Blick, der meine Panik noch verstärkt. »Das klingt nach wenig Schlaf in den nächsten Tagen. Wenn ich dir eine Pizza vorbeibringen soll, sag Bescheid. Dann können wir uns vollfressen und zusammen über die richtige Zitierweise verzweifeln. Da blick ich nie durch und mir fehlen auch noch ein paar Seiten.«

Ihr Angebot überrascht mich so sehr, dass mir keine sinnvolle Antwort einfällt. Sie meint das ernst und will mir wirklich zur Seite stehen. Das Gefühl, das mich die letzten beiden Wochen begleitet hat, als ich in der Uni Zeit mit ihr und den anderen verbracht habe, war also keine Einbildung. Lena ist wie ausgewechselt, wenn sie mit mir alleine ist. Vor Alice gibt sie sich gerne cool und unnahbar – doch hinter der Fassade scheint sich viel mehr zu verstecken, als sie den meisten ihrer Kommilitonen zeigt.

»Bei Pizza bin ich immer dabei. Aber meinst du, es macht überhaupt Sinn, es zu probieren? Ich hab noch nie so eine Arbeit geschrieben. Das ist in dreieinhalb Tagen doch unmöglich zu schaffen.« Ich vergrabe das Gesicht in den Händen. Während die Studenten um uns herum ihre Utensilien zusammenpacken und der Hörsaal sich mit dem Lärm hochklappender Stühle füllt, bleibe ich völlig überfordert neben Lena sitzen. »Meinst du, ich sollte ihn abfangen und ihm gleich sagen, dass ich es nicht schaffe?« Ich deute nach unten zu unserem Dozenten, der sich noch mit einer der Studentinnen unterhält. »Vielleicht bekomme ich eine Verlängerung, wenn ich es geschickt angehe – und wenn nicht, weiß ich wenigstens gleich, dass ich durchgefallen bin und muss mir gar nicht mehr die Mühe machen.« Bei dem Gedanken an ein Geständnis zittern meine Finger verdächtig. Denn dann müsste ich nicht nur dem Prof, sondern auch mir selbst gegenüber eingestehen, dass ich aus dummer Nachlässigkeit versagt und meinen Traum schon nach wenigen Wochen an der Uni in den Sand gesetzt habe.

Lena schnaubt. »Nein, vergiss es. Du ziehst das durch. Wird bestimmt nicht einfach, aber du kriegst das schon hin. Muss ja keine Eins werden.« Sie steht auf und winkt mich mit sich. »Ab in die Bibliothek. Wir haben keine Zeit zu verlieren.« Sie hat recht. Ich habe keine andere Wahl. Wenn ich es nicht wenigstens probiere, werde ich mich immer fragen, ob ich es nicht doch hätte schaffen können. Missmutig trotte ich ihr hinterher.

***

Drei Stunden lang schlage ich mich durch Fachzeitschriften und dicke Wälzer, bei denen ich nicht einmal den Untertitel verstehe. Obwohl ich Lena immer wieder versichere, dass ich das alleine schaffe, weicht sie mir nicht von der Seite und unterstützt mich bei der richtigen Auswahl. Meine Stimmung schwankt minütlich zwischen Freude und Zuversicht, Frust und Skepsis hin und her. Doch sobald sich die Zweifel an Lenas Absichten erneut in meine Gedanken stehlen, schlage ich sie wieder in die Ferne. Sie hätte keinen Grund, mir zu helfen, wenn es nicht von Herzen kommen würde. Die Aufmerksamkeit, die mir die Menschen an der Uni schenken, seitdem sich die Sache mit Danny herumgesprochen hat, verpestet meine Gedanken. Lena ist keine von ihnen. Sie war schon nett zu mir, bevor sie überhaupt etwas von mir wusste, geschweige denn von meinem prominenten Freund. Und eine richtige Freundin in München zu haben ist genau das, wonach ich mich seit meinem Umzug sehne. Warum genieße ich also nicht einfach ihre Unterstützung?

Als wir mit den Armen voll Büchern an der Ausleihe stehen, taucht Alice auf der anderen Seite der Glastüre auf. Ich bete, dass sie nicht hineinsieht und vorbeiläuft. Aber es ist zu spät. Sie bleibt stehen, winkt zu uns hinüber und entscheidet sich in letzter Sekunde, doch noch zu uns zu kommen. Mist, Alice und ihre pseudo-coolen Sprüche haben mir gerade noch gefehlt.

»Hey ihr beiden. Gibt's den Kram nicht online?« Sie deutet mit dem Kinn auf den Stapel, den die Bibliothekarin gerade über den Scanner zieht. Jap, auf den Hinweis hätte ich gut verzichten können.

»Ich bevorzuge echte Bücher. Da muss ich nicht zwanzig Browsertabs auseinanderhalten und verliere keine Markierungen, wenn der PC abstürzt.«

Alice zuckt nur mit den Schultern, zieht ihren karierten Rock zurecht und sucht bei Lena mit einem vielsagenden Blick Bestätigung. Lena geht jedoch nicht darauf ein und lenkt sofort ab. Das war klar. Ich weiß genau, dass sie in diesem Punkt so tickt wie ich und lieber etwas in der Hand hält, als sich mit digitalem Schnickschnack herumzuschlagen. Doch vor Alice würde sie nie zugeben, dass sie genauso langweilig ist wie ich.

Ich folge ihrer Unterhaltung nur oberflächlich, während ich so viele Bücher wie möglich in meine Tasche stopfe. Meine von Panik gefärbten Gedanken kreisen bereits um die Hausarbeit. Als ich Lena und Alice mit drei Büchern unter dem Arm aus der Bibliothek folge, sticht mir dennoch das schwarze Brett neben der Tür ins Auge und erinnert mich an meinen ursprünglichen Plan für den heutigen Tag: mich nach einem Job umsehen. Die Zeit, bis ich meine Miete selbst bezahlen muss, wird langsam knapp. Und ich würde mir gerne mal wieder etwas anderes zu Essen leisten können als Nudeln mit Pesto. Eigentlich wollte ich schon vor zwei oder drei Wochen hiervorbeischauen, doch das Durcheinander um Danny und seinen ersten Formel-1-Start hat auch meine Welt so sehr auf den Kopf gestellt, dass ich gar nicht mehr daran gedacht habe.

»Wartet mal.«

Ich bleibe vor der riesigen Pinnwand stehen und lasse den Blick über die Zettel schweifen. Angebote zur Nachhilfe und zum Babysitten. Korrektorat für Hausarbeiten. Verkauf von Nachschlagewerken zur Anatomielehre. Aber keine einzige Ausschreibung für eine Stelle. Kann dieser Tag noch beschissener werden? Ich hatte fest damit gerechnet, hier etwas zu finden, das meinem Studium oder dem zukünftigen Beruf als Tierärztin zugutekommt, nachdem ich zu Beginn des Semesters schon nichts in dieser Richtung im Internet gefunden habe. Also doch kellnern? Ich verziehe unwillkürlich das Gesicht.

»Was suchst du?«, fragt Lena. Alice tippt mit dem Fuß auf den Boden, als hätte sie es eilig.

»Einen Job. Sieht aber nicht gut aus. Ich hätte echt gerne was mit Tieren gemacht.«

»Da biste bisschen spät dran. Die geilen Jobs sind alle schon beim Semesterstart weg. Aber ...« Sie macht eine bedeutungsvolle Pause und ein selbstbewusstes Grinsen bahnt sich den Weg auf ihre Lippen, »... du hast Glück. Ich hab da was.« Sie zückt ihr Smartphone und wischt darauf herum. »Meine Aushilfsstelle vom letzten Jahr ist noch nicht neu besetzt. Ein bisschen abgefahren, aber war mega spannend, gut bezahlt und ich hab auch echt was gelernt dabei. Also, ich schick dir die Nummer durch. Am besten rufst du gleich an, wenn ich das noch jemandem verrate, ist sie bestimmt sofort weg!«

Auch wenn ich Alice danach zu ewiger Dankbarkeit verpflichtet sein werde, nicke ich eilig. Das ist vielleicht die einzige Chance, die ich auf einen vernünftigen Job habe.

»Das klingt doch vielversprechend. Was für eine Stelle ist es denn? Schick mir doch bitte die Nummer, dann kümmere ich mich gleich darum, sobald ich Zuhause bin.«

»Lass dich überraschen«, erwidert sie und sofort vibriert mein Handy, als sie den Kontakt »Harald Graupner« mit mir teilt.

***

Dreißig Minuten später stürme ich in meine Wohnung, kicke die Schuhe in die Ecke und ziehe eilig etwas zum Schreiben aus der Tasche. Meine Neugierde ist auf dem Heimweg ins Unermessliche gestiegen und ich muss mich zwingen, mich auf die Couch zu setzen und nicht durchs Zimmer zu hüpfen, während ich Alices Kontakt anklicke. In der U-Bahn habe ich mir den Kopf darüber zerbrochen, ob sie jemals erwähnt hat, wo sie im letzten Semester gearbeitet hat. Oder, was mich noch mehr beschäftigt: Warum sie damit aufgehört hat. Zeitmangel oder ist die Stelle doch nicht so toll, wie sie behauptet? Aber sie klang aufrichtig begeistert. Was es wohl sein könnte? Eine Aushilfsstelle bei einem Landtierarzt? Im Zoo?

Der langgezogene Wählton verstärkt meine Unruhe und ich presse mir das Handy fest gegen das Ohr. Nervös drehe ich den Stift zwischen den Fingern, bereit, mir jedes Detail des Gesprächs zu notieren. Bitte, lass jemanden rangehen. Und lass die Stelle noch frei sein. Sonst muss ich in den nächsten Monaten noch Toiletten putzen, um mich durchzuschlagen.

Das Knacken am anderen Ende der Leitung lässt mich zusammenfahren.

»Tierkrematorium Süd, Sie sprechen mit Graupner?«

Ich verschlucke mich beinahe an meinem eigenen Atem und muss ein Keuchen unterdrücken. Ein Tierkrematorium? Ist das ihr verdammter Ernst?

»Graupner, habe ich das richtig verstanden?«, hake ich nach, um ganz sicher zu gehen.

»Ja, wie kann ich Ihnen weiterhelfen?«

Ungläubig starre ich auf das leere Blatt Papier vor mir und finde nicht die richtigen Worte. Tote Tiere verbrennen. Öfen mit der Asche geliebter, kleiner Lebewesen säubern, Urnen befüllen, Trauerkarten schreiben. Natürlich gehören auch tote Tiere zur Tiermedizin. Aber das ist definitiv der schlimmste Aspekt dieser Berufe und nichts, womit ich mich jeden Tag bewusst beschäftigen will. Ich könnte mir keinen grausameren Job vorstellen. Findet Alice das wirklich cool oder will sie mir damit nur eins auswischen? Nein, dann lieber das Bahnhofsklo schrubben.

»Hallo? Sind Sie noch dran?«

»Äh … ja«, stottere ich, »Ich … muss mich verwählt haben. Entschuldigung.«

Bevor der nette Herr am anderen Ende der Leitung noch etwas erwidern kann, lege ich mit zittrigen Fingern auf.

16. Kapitel

Danny

Mexico City, Mexico

Das ungewohnte Gewicht der Luxus-Armbanduhr, die Hendrick und Peter mir für das heutige Sponsoren-Event aufgezwungen haben, erinnert mich ständig an die fortschreitende Zeit. Es ist zwanzig nach zwölf. In zehn Minuten bin ich mit Selina zum Telefonieren verabredet. Ein Ende der Menschenschlange, die sich bis zum Lacoste-Laden quer durchs Einkaufszentrum zieht, ist jedoch nicht in Sicht. Bleibt nur zu hoffen, dass die meisten Fans wegen Tyler hier sind und mich nicht vermissen, wenn ich mich gleich unauffällig zur Toilette schleiche, um Selina wenigstens für ein paar Minuten zu sprechen. Na ja, so unauffällig das mit einem massigen Bodyguard an der Seite eben möglich ist.

Ein kleiner Junge mit wilden, dunklen Locken folgt seinem Vater durch die Absperrung und starrt mich mit großen Augen an. Ein schüchternes Lächeln huscht über seine Lippen, während sein Papa mir über den Tisch mit den Autogrammkarten hinweg die Hand reicht und mir mit der anderen auf die Schulter klopft.

»No le toque!«, ruft einer der Securitys und eilt auf ihn zu. Ich halte ihn jedoch mit einer bestimmten Geste auf.

»Hey, schon gut! Er hat mir doch nichts getan!«

Ich bin zwar auch nicht begeistert darüber, von jedem zweiten Fan angefasst zu werden, aber ich will ihnen auf keinen Fall die Freude an der kurzen Begegnung mit uns Fahrern nehmen. Was hätte ich früher nur dafür gegeben, einmal einem Formel-1-Profi die Hand schütteln zu dürfen? Erst recht als ich so alt war wie dieser Junge, der mich ansieht, als wäre ich ein Alien.

Nachdem ich dem Mann eine Autogrammkarte geschrieben und in die Hand gedrückt habe, gehe ich in die Hocke und lächle dem Kleinen zu, der sich am Hosenbein seines Vaters festklammert. Ich würde ihm gerne sagen, dass er ruhig zu mir kommen und Hallo sagen kann. Warum habe ich nicht wenigstens ein paar Worte Spanisch gelernt?

»Foto?«, frage ich stattdessen und winke ihn aufmunternd zu mir. Er wirft seinem Vater einen fragenden Blick zu, der ihm zunickt und ihn sanft in meine Richtung schiebt. Nach zwei zögerlichen Schritten gewinnt jedoch seine Freude über unsere Begegnung Oberhand. Er stürmt auf mich zu und wirft sich in meine Arme. Ich stimme in sein Lachen mit ein, hebe ihn hoch und strahle gemeinsam mit ihm in die Kamera des Smartphones, das sein Vater gezückt hat. Der Junge schlingt die kleinen Arme um meinen Hals und brabbelt auf Spanisch auf mich ein. Leider verstehe ich kein Wort, tue jedoch so, als würde ich ihm aufmerksam zuhören und nicke.

»Danny, dafür ist keine Zeit! Weiter jetzt!« Mein Bodyguard rollt mit den Augen und schüttelt den Kopf. Obwohl ich es hasse, nicht selbst darüber entscheiden zu können, wie lange ich mich mit den Fans aufhalte, setze ich den Jungen wieder ab und verabschiede mich mit einem High Five von ihm. Denn die Bemerkung erinnert mich wieder an das Telefonat, das ich auf keinen Fall ausfallen lassen kann. In den letzten Tagen hatte ich ohnehin schon viel zu wenig Zeit für Selina. Dabei braucht sie gerade mehr denn je meine Unterstützung. Und ich vermisse ihre Stimme, ihr Lachen und unsere dummen Witze.

Ich verlasse meinen Platz hinter dem Stehtisch und ignoriere die verwirrten Blicke der Securities, die gerade die nächsten Fans durchwinken wollen.

»Ich brauch ne Pause. Bring mich zur Toilette.«

»Das geht jetzt nicht. Siehst du nicht, wie viele da noch stehen? Die können wir nicht noch länger warten lassen.«

Ich atme tief durch. Hier muss ich ruhig bleiben. Er macht auch nur seinen Job und hat seine Anweisungen von Team und Sponsoren zu befolgen.

»Und ein Foto morgen in der Presse, wie der Neue sich bei einer Autogrammstunde einnässt, kommt besser an?«

Er grunzt und kneift die Augen zusammen.

»Na gut. Aber Beeilung, Junge.«

Er schiebt mich mit seinen riesigen Pranken zwischen den Absperrungen durch und eilt mit der Hand auf meinem Rücken den Gang des Einkaufszentrums hinunter.

Er sperrt mir eine der Mitarbeitertoiletten auf, die extra für Tyler und mich bereitgehalten werden. Ich will durch die Tür schlüpfen und so schnell wie möglich hinter mir absperren, doch mein Begleiter zwängt sich ebenfalls hinein, bevor ich ihn aussperren kann.

»Ein bisschen Privatsphäre, bitte?!«

»Keine Chance. Die haste Zuhause aufm Pott. Ich hab Vorschriften. Mexico City ist ein gefährliches Pflaster. Erst recht für reiche Jungs wie dich. Ich soll dich nicht aus den Augen lassen.«

Na toll. Ich kann unmöglich mit Selina reden, während er danebensteht. Er würde weiterquatschen, dass ich nur wegen eines unwichtigen Telefonats das Event unterbrochen habe. Außerdem will ich nicht, dass er zuhört.

»Kann ich wenigstens alleine in die Kabine oder willst du mir den Arsch abwischen?«

Er macht eine drohende Geste, bleibt aber im Vorraum zurück. Ich schließe hinter mir ab und ziehe eilig mein Handy hervor. 12:35 Uhr. Drei verpasste Anrufe von Selina. Vor meinem inneren Auge sehe ich sie in ihrer kleinen Wohnung auf dem Sofa sitzen, zwischen unzähligen Fachbüchern und mit dicken Augenringen, während sie auf ihr Handy starrt und ungeduldig auf meinen Rückruf wartet. Mist. Ich will sie nicht versetzen. Aber mir bleibt nichts anderes übrig.

Ich tippe ihr eine eilige Nachricht mit einer Entschuldigung und dem Versprechen, sie sofort anzurufen, sobald ich alle Fans abgearbeitet habe. Auf eine Antwort kann ich nicht warten, also spüle ich schnell zum Vorwand, wasche mir die Hände und kehre zu der wartenden Menge zurück. Meine Gedanken bleiben allerdings bei Selina und dem versprochenen Telefonat.

Als nach einer weiteren Stunde Lächeln, Hände schütteln und Unterschriften auf Karten und Körperteile kritzeln immer noch kein Ende in Sicht ist, wird mein Herz mit jeder Minute schwerer. Mein Handy liegt wie ein Felsbrocken in meiner Hosentasche und bei jeder Vibration fluche ich innerlich. Neben Tyler, der ein paar Meter weiter locker an seinem Tisch lehnt und unentwegt strahlt, kann ich nicht mithalten. Doch ich habe nichts dagegen, dass immer mehr Menschen mir nur höflich zunicken und direkt zu Tyler weitergehen. Die letzten Tage haben meine Kraftreserven fast vollständig aufgebraucht. Ich muss jede Minute nutzen, in der ich mich etwas entspannen kann. Denn morgen stehen neben unzähligen Presseveranstaltungen und Teammeetings die ersten offiziellen Trainings an.

Endlich kündigt eine Lautsprecheransage auf Englisch und Spanisch das baldige Ende der Veranstaltung an und bittet die Fans um Verständnis, dass nicht mehr alle drankommen können. Ich stütze die Ellbogen auf den Tisch und reibe mir die Augen. Nur noch ein paar Menschen. Die eine Stunde wird mir Selina hoffentlich nicht übelnehmen.

»Herr Breuning! Schön, Sie endlich persönlich kennenzulernen!« Schwerfällig hebe ich den Kopf aus den Händen und erblicke einen Mann mit perfekt zurückgegelten Haaren im grauen Anzug, der mit zwei breiten Kerlen in seinem Rücken auf mich zusteuert. O nein. Das muss Michael Greenville sein, Vorsitzender unseres Hauptsponsors. Peter hat mich gewarnt, dass er hier aufkreuzen könnte. Aber warum ausgerechnet jetzt?

Ich richte mich auf und gebe mir größte Mühe, meine kurze Erschöpfung zu überspielen.

»Die Ehre ist ganz meinerseits. Und vielen Dank für die schicken Klamotten und diese ... abgefahrene Uhr.«

Er mustert mich mit einem zufriedenen Nicken. »Das ist doch selbstverständlich. Wir freuen uns, wenn Sie sie tragen.«

Ich trete von einem Fuß auf den anderen und weiß nicht, was ich darauf erwidern soll. Ihn fragen, wie es ihm geht? Ein paar Worte über das anstehende Rennen? Peter hatte recht. Ein Coaching für Presse- und Businessgespräche hätte mir gutgetan.

»Wie ich sehe, sind Sie hier fertig«, er streicht sich durch die Haare, die jedoch wie festbetoniert an derselben Stelle bleiben, »Ich würde Sie gerne auf einen Kaffee einladen, damit wir uns mal richtig kennenlernen können. Und es gibt natürlich auch einiges zu besprechen. Ich habe da den ein oder anderen Vorschlag für unsere künftige Zusammenarbeit. Wird Ihnen sicher gefallen.«

Das hat gerade noch gefehlt. Am liebsten würde ich mich höflich, aber bestimmt von ihm verabschieden und so schnell wie möglich zurück ins Hotel fahren. Wer weiß, wie lange dieses unnötige, gezwungene Blabla dauert. Vielleicht sogar so lange, dass ich Selina danach wegen der Zeitverschiebung nicht mehr erreiche, weil sie vor ihrer Hausarbeit eingeschlafen ist. Aber egal, wie wenig Lust ich darauf habe, Nein sagen ist keine Option. Peters Stimme geistert durch meinen Kopf. Ich weiß genau, was er jetzt sagen würde. Wie wichtig dieses Kennenlernen mit dem Sponsor ist. Und dass es scheißegal ist, ob ich gerade möchte oder nicht. Wenn ich noch länger für Red Bull fahren will, muss ich bei diesem ganzen Zirkus mitspielen, ohne mit der Wimper zu zucken.

Ich schiebe die Wut in meinem Bauch beiseite und überschütte ihn mit den schleimigsten Worten, die mir einfallen.

»Natürlich, mit Vergnügen. Ich bin schon seit Wochen gespannt, mehr über Sie und Ihr Business zu erfahren. Mister Hendrick schwärmt ja immer von Ihrer grandiosen Unterstützung für das Team.«

»Dann lassen Sie uns in die oberste Etage fahren. Dort gibt es ein ausgezeichnetes Café und den besten Espresso in Mexico City.«

***

Geschlagene zwei Stunden sitze ich mit Greenville im Café fest und schlürfe einen Espresso nach dem anderen, während er mir verschieden Marketingstrategien und Produkte seines Unternehmens vorstellt, die ich in der Öffentlichkeit mit mir herumtragen und auf Social Media vorstellen soll. In Gedanken bin ich jedoch auf einem anderen Kontinent in einer kleinen Studentenbude in München.

Als ich mich endlich mit einer fadenscheinigen Entschuldigung verabschiedet habe und mich auf die Rückbank des schwarzen SUVs schiebe, kann ich nicht mehr länger warten. Ich muss mein Versprechen endlich einlösen und Selina anrufen.

Die Nachrichten auf dem Handy hinterlassen ein flaues Gefühl in meinem Bauch. Viermal hat sie geschrieben und dann ein trauriges Emoji hinterhergeschickt.

Ohne weiter darüber nachzudenken, dass ich sie enttäuscht habe, wähle ich ihre Nummer.

Der SUV setzt sich in Bewegung und gleitet beinahe lautlos aus der Tiefgarage auf die Straßen Mexico Citys. Es klingelt und klingelt. Sie geht nicht ran. Verdammt, bin ich echt zu spät dran und sie schläft schon? Oder ist sie sauer?

»Hmm«, meldet sie sich endlich. Glücklich klingt anders.

»Es tut mir wirklich leid. Es waren unglaublich viele Leute im Einkaufszentrum und dann kam auch noch unser Sponsor vorbei und hat auf einen Kaffee bestanden.«

»Hmm«, brummt sie erneut und seufzt. »Klar, ich weiß ja, dass du das nicht absichtlich machst. Aber das ändert auch nichts daran, dass ich mich drauf gefreut und gewartet habe. Ich mach dir auch keine Vorwürfe. Ich frag mich nur, ob das jetzt die nächsten Monate und Jahre immer so laufen wird.«

Ich schlucke. Ihr die Sorgen zu nehmen und sie vom Gegenteil zu überzeugen wäre einfach, aber gelogen.

»Ich weiß es nicht … aber jetzt gehört meine Aufmerksamkeit uneingeschränkt dir. Wie war dein Tag? Kommst du mit der Hausarbeit gut voran? Soll ich mal was gegenlesen oder so?« Der Versuch, vom Thema abzulenken, klingt selbst in meinen Ohren lächerlich. Die Stille am anderen Ende der Leitung ist deutlicher als jede Antwort, die sie mir hätte geben können. Natürlich, sie ist nicht dumm. Sie merkt, dass ich ihr nicht das versprechen kann, was sie sich wünscht.

»Reden wir morgen. Lena ist hier. Sie hilft mir, so gut sie kann. Also werd ich das schon irgendwie schaffen. Nur lange quatschen ist gerade … nicht so praktisch.«

Meine eigene Enttäuschung spiegelt sich in ihrer Stimme. So sollte sich das nicht anfühlen. Unsere Telefonate sollten etwas sein, auf das wir uns beide freuen können. Nicht etwas, um das wir jeden Tag kämpfen und bangen müssen. Im Kopf gehe ich den Ablaufplan für morgen durch und gleiche ihn mit der Uhrzeit in Deutschland ab. Das wird mindestens so knapp wie heute. Ein paar Minuten kann ich erübrigen. Aber das reicht nicht. Morgen muss es klappen. Ich habe ihr so viel zu erzählen und ich will sie in ihrer nervenaufreibenden Situation auf keinen Fall im Stich lassen.

Hinter der getönten Scheibe fliegen die Bäume am Rande des *Paseo de la Reforma* vorbei und verdecken das geschäftige Treiben vor den gläsernen Hochhäusern. Sofort sehe ich Selina vor mir, wie sie in Austin den Kopf aus dem Cabrio gereckt hat, um keinen Zentimeter der Stadt zu verpassen. Die dunklen Locken, die ihr um die perfekte Nase wehten, die Arme in der Luft und das Funkeln in ihren Augen, in dem sich die pure Lust am Leben spiegelte. Wäre sie jetzt bei mir, würde sie sich die Nase an der Scheibe plattdrücken und staunen, wie sehr sich Mexico City von anderen Städten unterscheidet.

»Ich vermisse dich«, flüstert sie und fasst damit meine eigenen Gedanken in Worte.

»Ich dich auch. Kommst du nächste oder übernächste Woche nach Brasilien? Ich buch dir die bequemsten Plätze in der Business Class. Dann kannst du …«

»Das Thema hatten wir doch schon. Es geht nicht. Oh, ich würde so gerne São Paolo sehen … und dich sowieso. Aber ich muss mich jetzt mal ein paar Wochen auf die Uni konzentrieren. Sonst kann ich das Studium gleich hinwerfen.«

Zwei weitere Wochen ohne sie. Mit einem Mal wird mein Brustkorb verdammt schwer. Ich lehne den Kopf an die Scheibe und richte den Blick nach oben, als wir in einen Kreisverkehr einbiegen und das Unabhängigkeitsmonument umrunden. Der goldene Engel an der Spitze der Säule erinnert mich an die Berliner Siegessäule. Was würde ich dafür geben, für ein Rennen nur nach Berlin reisen zu müssen. Ich könnte mich heute noch in meinen McLaren setzen und wäre in wenigen Stunden bei ihr.

»Versteh schon. Will auch nicht schuld sein, wenn du die Prüfungen verhaust. Aber wir sprechen uns morgen?«

»Klar. Und jetzt geh mal schön trainieren, damit ich wenigstens am Wochenende vor dem Fernseher stolz sein kann.«

Obwohl mir nicht nach Lachen zumute ist, schafft sie es, ein Lächeln auf meine Lippen zu zaubern.

»Versprochen. Und ich bin sowieso stolz auf dich, dass du dich gerade durch diese bescheuerte Arbeit kämpfst. Ich hätte schon längst das Handtuch geschmissen. Also bleib dran.« Ich will nicht auflegen. Will die Arme durch den Hörer strecken, den Klang ihrer Stimme festhalten, sie zu mir ziehen und nie mehr loslassen. Gebannt lausche ich einem ihrer leisen Atemzüge.

»Bis morgen.« Sie schickt einen Schmatzer durch die Leitung.

»Bis dann.« Ich gebe einen Kuss zurück.

Der Bodyguard grinst debil in meine Richtung. Aber das geht mir am Arsch vorbei. Hauptsache, Selina merkt, wie wichtig sie mir ist und dass ich sie nicht absichtlich versetzt habe.

17. Kapitel

Selina

München, Deutschland

Zehn Minuten vor Mitternacht überprüfe ich die Mail ein letztes Mal. Die Entschuldigung, warum ich den Text nicht heute Vormittag in der Vorlesung in gedruckter Form abgeben konnte, liest sich wie eine billige Ausrede. Ist sie ja auch. Aber etwas Besseres als ein Familiennotfall, für den ich dringend nach Nürnberg reisen musste, fällt mir auf die Schnelle nicht ein. Ich wische mir die klatschnassen Finger an der Hose ab und greife Mal zur Maus, um die Hausarbeit anzuhängen: Die Systematik der Wale – Biologie und Anpassungen an die aquatische Lebensweise. Alles ist vollständig.

Mit zusammengekniffenen Augen drücke ich auf Senden. All die Anspannung der letzten Tage fällt mit einem Schlag von mir ab. Ich sacke auf dem Bett zusammen und atme tief durch. Meine Augenlider flattern, doch der nervöse Herzschlag beruhigt sich endlich. Geschafft. Zwar mit ein wenig Hoffnung auf die Gnade des Profs, aber gerade noch rechtzeitig.

Mein Kopf ist ausgesaugt. Kein einziger Gedanke steckt mehr darin. Nur Farben, das Geräusch meines eigenen Atems und endlose Leere. Eigentlich wollte ich heute noch nach Hause fahren. Die Wochenenden in München sind einsam und bedrückend. Vor allem dann, wenn ich mich nicht von Lena, Alice und den anderen zu einer Party überreden lasse. Außerdem bin ich neugierig, von Alex zu hören, wie es mit seiner Flamme aus Austin weiterging. Als ich ihn letzte Woche auf dem Rückflug ausgequetscht habe, wollte er nicht viel über sie preisgeben. Nur, dass sie aus Frankreich kommt und sie weiterhin in Kontakt bleiben würden. Es sei nichts weiter Ernstzunehmendes. Seine knallrote Stirn strafte seine Worte aber Lügen.

Obwohl mich nichts mehr hier hält, greife ich nach der Bettdecke, schiebe meinen Laptop beiseite und kuschle mich ein. Mit einem solchen Brei im Kopf und mitten in der Nacht traue ich mich nicht, ins Auto zu steigen und die Strecke nach Nürnberg zurückzulegen. Das Fahren fordert immer noch meine volle Konzentration und ich sollte nichts riskieren. Morgen früh wird reichen.

***

Trotz mehrerer kleineren Staus und Probleme beim Finden der richtigen Gänge komme ich am nächsten Mittag wohlbehalten Zuhause an. Die Gesellschaft meiner Familie lässt mich nach dieser Horrorwoche wieder runterkommen, ich werde von Mama bekocht und muss mich um nichts anderes kümmern als meine Seminarunterlagen. Ich konnte der Versuchung widerstehen, meine Lernsachen zurückzulassen und mich dieses Wochenende nur zu entspannen. Es muss eben sein, nachdem ich durch die Aufregung rund um Danny und die Reise nach Austin schon drei Wochen im Stoff zurückliege. Nur am Abend kann ich alles getrost beiseitelegen. Gemeinsam mit Alex verbringe ich jede Minute der Übertragung aus Mexico vor dem Fernseher. Immer, wenn Danny oder sein Auto zu sehen sind, hüpft mein Herz im Dreieck und Alex kann sich kaum auf der Couch halten. Ihn dort auf dem Bildschirm zu betrachten, statt neben ihm zu stehen, ist unwirklich und aufregend zugleich. Meine Sehnsucht nach ihm kann der Fernseher jedoch nicht stillen. Im Gegenteil, sie entflammt mit jedem Interview und jedem Kommentar, den die Moderatoren über ihn abgeben, erneut. Das Rennen am Sonntag ist allerdings ebenso nervenaufreibend, als würde ich zwischen den Mechanikern in der Boxengasse stehen. Mama und Papa haben sich ebenfalls vor dem Fernseher versammelt und Alex erklärt Mama, die keine Ahnung vom Rennsport hat, ununterbrochen, mit welchen Strategien Danny es nach vorne schaffen könnte. Obwohl die meisten Runden für ihn recht ereignislos verlaufen, habe ich Angst, einen Herzinfarkt zu erleiden. Als er nach einundsiebzig Runden auf Platz 5 ins Ziel fährt und die Kommentatoren sich gegenseitig mit Lob über seine Verbesserung zum ersten Rennen übertrumpfen, drohe ich vor Stolz zu platzen. Er hat sein Versprechen gehalten. Trotzdem ertappe ich mich bei dem Wunsch, ihn lieber neben mir auf dem Sofa zu haben und mich in seine Arme zu kuscheln, als ihn im Fernsehen zu beobachten. Sofort schüttle ich den Gedanken ab. Das ist nicht fair. Er kämpft hart, um seinen Traum zu verwirklichen. Er hat sein Leben lang auf Tage wie diesen hingearbeitet. Ihn aus Egoismus an meine Seite zu wünschen, will ich mir gar nicht erst erlauben. Das ist nicht Danny. Er wäre todunglücklich ohne die Rennen, die Geschwindigkeit und die Herausforderung.

Stattdessen schreibe ich ihm sofort eine Nachricht, um ihm zu gratulieren und konzentriere mich lieber auf sein zufriedenes Lächeln, mit dem er beim Interview mit dem deutschen Sender in die Kamera strahlt. Mein Herz verflüssigt sich bei diesem Anblick. Mein Gott, er ist wirklich der Attraktivste von allen. Ob noch mehr Mädels gerade vor ihren Fernsehern sitzen und ihn anschmachten? Oder geht es nur mir so, weil ich weiß, welch unglaublicher Kerl sich hinter dieser heißen Fassade verbirgt? Drückende Wärme breitet sich in meinem Körper aus. Verlegen richte ich den Blick auf meine Hände und lasse mich von Alex ablenken, der gerade eine begeisterte Sprachnachricht an Danny sendet. Das Wochenende ist dank der unaufhörlichen Spannung rund um das Rennwochenende schneller vorbei als mir lieb ist. Ehe ich mich versehe, muss ich wieder zurück nach München und stürze mich in den Alltag als Studentin. Ich fürchte mich schon jetzt vor den Prüfungen. Doch ich habe keine Zeit, mich nur darauf zu konzentrieren. Nachdem meine Jobsuche an der Uni nichts ergeben hat, wage ich am Montag den Schritt, mich in einem kleinen Café unweit meines Zimmers als Aushilfe zu bewerben. Die 450 Euro Gehalt reichen zwar nicht annähernd für Miete und Lebensunterhalt, aber mir bleibt keine andere Wahl. Studentenjobs scheinen in München noch knapper zu sein als bezahlbare Wohnungen und ich bin nicht in der Position, wählerisch zu sein.

Nach einem anstrengenden Vormittag voller Seminare stehe ich eine Woche später vor meinem winzigen, vollgequetschten Kleiderschrank und ziehe ein Outfit nach dem anderen hervor. In weniger als einer Stunde hat mich die Cafébesitzerin zu einem Gespräch und einer kurzen Probearbeit eingeladen. Nichts scheint passend. Eine Bluse und ein schicker Rock wären eher bei einem Bewerbungsgespräch für eine Stelle an der Uni angemessen. Darin Kaffee zu servieren sähe albern aus – und wäre ein Paradies für Flecken. Aber ein lässiges Shirt mit Jeans kommt mir zu gewöhnlich vor. Ich will nicht aussehen, als wäre mir das Gespräch egal.

Während ich mir probeweise den vierten Pulli über den Kopf ziehe, klingelt es. Ich halte in der Bewegung inne. Habe ich etwas bestellt? Wahrscheinlich nur wieder die anstrengende, alte Nachbarin, deren Briefe ständig in meinem Briefkasten landen. Langsam habe ich den Verdacht, sie wirft sie selbst dort ein, um mit mir ins Gespräch zu kommen. Nein, ich bin nicht Zuhause. Ich mache nicht auf.

Es klingelt erneut. Nicht jetzt, bitte. So leise wie möglich ziehe ich mich fertig an und schleiche auf Zehenspitzen zur Tür. Aber durch die Holztür sehe ich natürlich nichts und höre auch kein Geräusch, das mir einen Hinweis auf den ungewünschten Besucher geben könnte. Ding.

Wer auch immer so hartnäckig ist, hat hoffentlich einen guten Grund, mich bei den Vorbereitungen zu stören. Genervt reiße ich die Tür auf.

Meine Stimmung schlägt augenblicklich um und wechselt von Verwirrung zu Begeisterung. Mein Körper reagiert, bevor mein Kopf den Anblick von Danny verarbeiten kann, der mit einem Koffer im Türrahmen lehnt. Ich ziehe ihn in die Wohnung, werfe die Tür hinter ihm zu und drücke ihn so fest an mich, dass sein Lachen zu einem Keuchen wird. Mir war die ganze Zeit klar, dass er mir fehlt. Doch wie sehr ich seine Arme, seinen Duft und die behagliche Wärme seiner Umarmung vermisst habe, wird mir erst jetzt bewusst. Dass ich mich mit jeder Faser meines Körpers nach ihm gesehnt habe. Die plötzliche Wucht meiner Gefühle treibt mir beinahe Tränen in die Augen.

»Wird das jetzt zur Gewohnheit? Einmal um die Welt fliegen, ohne mir Bescheid zu sagen und plötzlich vor meiner Tür stehen?«, frage und nehme die Nase wieder aus seinem Shirt.

»Du hast das Risiko vergessen, das ich dabei auf mich nehme. Ich hatte beim dritten Mal klingeln schon Angst. Eines Tages komme ich bei dir an und stelle fest, dass du dieselbe, bescheuerte Idee hattest wie ich. Dann stehst du zehntausend Kilometer weiter alleine an einer Rennstrecke und mir macht wirklich niemand auf.«

Ich will protestieren und für meine Vernunft einstehen. Doch als ich zu ihm aufsehe und der Blick aus der Tiefe seiner dunklen Augen direkt in mein Herz vordringt, weiß ich, dass er recht hat. Ich würde es vermutlich genauso machen, wenn mich zu große Sehnsucht nach solchen Momenten überkommt.

»Dann treffen wir uns eben in der Mitte«, erwidere ich stattdessen und lasse mich von ihm in einen Kuss ziehen, der meine Knie zum Zittern bringt. Als er mich wieder loslässt, umhüllt mich der süße Nebel meiner Glücksgefühle. Trotzdem ist mir nur allzu bewusst, dass ich seine Nähe nicht lange auskosten kann. Ich muss die Uhr im Blick behalten. Nur weil er hier ist, kann ich das Vorstellungsgespräch unmöglich sausen lassen.

»Wie lange bleibst du?«, frage ich und sehe mich nach meiner Handtasche um.

»Morgen Abend. Warum? Sag bloß, du hast keine Zeit?«

Irritiert versuche ich, seinen Ausdruck zu lesen.

»Wäre das so erstaunlich?«

»Na ja ...« Er zuckt mit den Schultern. »Du hast Vorlesungen und lernst. Gehst ab und zu mal auf eine Party, die du sowieso hasst. Da sollte doch mal ein Tag Zeit für uns sein.«

Ein unruhiges Kribbeln steigt mir die Finger hinauf. Er meint es bestimmt nicht böse. Aber was er sagt, trifft mich. »Und du dachtest dir, das Lernen und die Uni kann sie ja mal einen Tag bleiben lassen wenn ich da bin, ist nicht so wichtig? Freunde hat sie ja eh keine und sonst auch ein ziemlich langweiliges Leben?«

»So war das überhaupt nicht gemeint. Ich dachte wirklich, sich einen Tag mal nicht mit medizinischem Kram vollzuballern wäre nicht so schlimm. Ist es aber doch, wie es aussieht. Sorry.« Verunsicherung spricht aus seinem Blick. Er schiebt die Hände in die Hosentaschen und bleibt reglos vor mir stehen.

O Mann. Ich habe echt überreagiert. Aber von allen Seiten ständig zu hören zu bekommen, wie ich zu studieren habe, halte ich nicht mehr aus. Lena, die mir sagt, ich solle das doch locker angehen. Danny, der wenig vom

Studieren versteht und denkt, ich würde übertreiben. Die Dozenten, die uns jeden Tag einbläuen, man könne nie genug üben. Warum lassen sie mich nicht meinen eigenen Weg gehen?

Ich winke ab.

»Vergiss, was ich gesagt habe. Ich bin zurzeit echt gestresst und leicht reizbar. Wollte dir nichts unterstellen.« Ich wende den Blick ab und zupfe am Saum meines Pullis. »Jedenfalls muss ich gleich leider wirklich los. Ich hab ein Vorstellungsgespräch. Aber du bist sicher eh k.o. vom Flug. Mach's dir gemütlich, ich beeil mich.« Dann wird es eben doch dieses Outfit. Wird schon passen. Ich sammle meine Tasche vom Boden auf und checke nochmal, ob ich alles habe, was ich brauche.

»Davon hast du gar nichts erwähnt. Hast du doch noch was cooles gefunden?«

»Geht so. Aushilfe in einem Café.«

»Du musst das nicht machen.«

Ich weiß genau, worauf er hinauswill. Dasselbe wie neulich, als ich ihm zum ersten Mal von meiner Jobsuche erzählt habe. Aber diese Diskussion werde ich nicht schon wieder führen. Ich ignoriere seine Aussage und schlüpfe in meine weißen Sneakers. Er lässt es aber leider nicht darauf beruhen.

»Die Miete wäre für mich ein Klacks. Wenn du nicht willst, musst du keinen Kaffee durch die Gegend tragen. Du kannst dich ganz auf dein Studium konzentrieren. Oder du kommst einfach mit. Dann brauchen wir diese Wohnung nicht mehr. Wir könnten überall leben und ich zeige dir die schönsten Orte dieser Welt – jede Woche einen anderen.«

Die Verlockung, Ja zu sagen, alles hinzuschmeißen und jeden Tag an seiner Seite verbringen zu können, ist riesig. Aber ich weiß, dass ich es irgendwann bereuen würde, meine eigenen Träume nicht verfolgt zu haben. Und dass aus gemeinsamem Glück mit einem Wimpernschlag Einsamkeit, Bitterkeit und Hass werden können. Egal wie perfekt es zwischen uns zu sein scheint, ich kann mich nicht von seinem Erfolg und Reichtum abhängig machen. Denn die Freiheit, mit der er mich lockt, ist trügerisch. Die wahre

Freiheit liegt in meiner Unabhängigkeit. Egal, wie sehr er mich darum bittet – die werde ich nicht aufgeben.

»Würde ich dich bitten, aus der Formel 1 auszusteigen und mit mir in diese Wohnung zu ziehen, um mich beim Studium zu unterstützen: Was würdest du antworten?«

Er senkt den Kopf und reibt sich den Nacken.

»Na ja …«, druckst er herum.

»Genau. Deswegen würde ich dich auch nie darum bitten. Die Rennen gehören zu dir. Studieren und Tiere retten gehört zu mir. Daran wird sich nie etwas ändern.«

Ich will meine Jacke vom Haken nehmen, doch er hält mich auf und zieht mich zu sich.

»Ich weiß. Es ist nur scheiße, dass unsere Träume nicht zusammenpassen. Wenn ich nicht aufhören kann zu reisen und du nicht aus München wegkannst, werden wir uns in Zukunft noch seltener sehen. Keine Ahnung, wie ich damit klarkomme.«

Die Wärme seiner Hände an meiner Hüfte zaubert das Gefühl von Schmetterlingsflügeln in meinen Bauch.

»Ich wollte nie eine Fernbeziehung. Ohne so was hier.« Ich lehne den Kopf an seine Brust und genieße die wenigen Sekunden, die mir noch bleiben, bevor ich aufbrechen muss. Sein Brustkorb vibriert an meiner Wange, als er ein kurzes Lachen ausstößt.

»Ich auch nicht. Früher dachte ich, es wäre doppelt cool, in der Formel 1 zu fahren und berühmt zu sein, weil man dann in jeder Stadt eine andere Frau haben könnte: eine Blonde in Montreal, eine rassige Spanierin in Barcelona, eine rothaarige Millionärstochter in Russland und eine süße Japanerin in Suzuka.«

Wahrscheinlich sollte mich als seine Freundin dieser Wunsch schockieren. Doch seine gnadenlose Ehrlichkeit lässt mich in sein Lachen mit einstimmen. Bei dem Danny, den ich kennengelernt habe, kann ich mir das gar nicht vorstellen. Er wäre viel zu zerstreut und beschäftigt, um sich auch noch außerhalb der Rennstrecke solchen Stress anzutun.

Er greift sanft in mein Haar und wickelt eine Strähne um den Finger. »Und heute kann ich mir nichts Schöneres vorstellen als ein und dieselbe Frau in allen Städten dieser Welt. Hätte nie gedacht, dass das komplizierter ist.«

»Aber wenn wir das nicht hinkriegen, wer sonst?«, frage ich, strecke mich und drücke ihm einen Kuss aufs Kinn. »So, bin dann mal weg. Und bitte bete für mich, dass ich niemandem etwas über den Schoß kippe.«

»Nicht nötig. Du rockst das auch so.«

Das Strahlen, das er mir damit aufs Gesicht zaubert, trage ich bis ins Café.

Trotz meiner leichten Nervosität verläuft der Nachmittag entspannter als gedacht. Die Chefin empfängt mich mit einem Cupcake und Kaffee und schwatzt fröhlich über die Kunden, Kollegen und Abläufe im Café. Als sie mir anschließend alles zeigt, verfliegt meine Aufregung endgültig und ich gebe mein Bestes, mir alles einzuprägen und ihre Anweisungen zu befolgen. Dabei ist sie so freundlich und geduldig, dass ich schon fast ein schlechtes Gewissen habe, weil mir das Kaffee ausschenken und Theke wischen im Gegensatz zu ihr keinen Spaß macht. Obwohl ich mich zunächst noch konzentrieren muss, die richtigen Tasten an der Kasse und der Kaffeemaschine zu drücken, schleicht sich immer wieder Dannys Satz von vorhin in meinen Kopf: In jeder Stadt eine Frau. Verbunden mit den Bildern, die mir von der Party in Austin in Erinnerung geblieben sind, bohren sich die Gedanken immer tiefer in mein Bewusstsein. Er könnte sich irgendwann an diesen Wunsch zurückerinnern. Es wäre ihm ein Leichtes, ihn umzusetzen. Auch, wenn er momentan kein Interesse an diesen Partys hat und ich ihn für einen vernünftigen Menschen halte. Es muss nur einmal passieren. An einem dieser Abende, an denen ohne Ende Alkohol fließt, weißes Pulver auf den Tischen verstreut liegt und die Frauen sich reihenweise an seinen Hals werfen. Verärgert wische ich das Mehl von der Arbeitsfläche vor mir, als könnte ich damit auch all die Substanzen verschwinden lassen, die ihm die Sinne vernebeln könnten.

Als ich mit meiner neuen Chefin den ersten Schichtplan besprochen habe und mich verabschiede, schreibe ich Danny eine Nachricht. Ich muss raus, an die frische Luft, mir die Beine vertreten und gegen all die verwirrenden

Gedanken ankämpfen, die sein plötzliches Erscheinen heute in mir ausgelöst hat. Trotzdem will ich dabei nicht allein sein. Neben all den Zweifeln und Sorgen überwiegt die Freude, ihn für ein paar Stunden an meiner Seite zu haben. Und die Angst, ihn für viel zu lange Zeit wieder hergeben zu müssen.

Wir treffen uns an einer Kreuzung auf der Hälfte des Weges. Ich berichte Danny von meiner Probearbeit, er erzählt vom Rennwochenende. Dabei schlendern wir Hand in Hand in Richtung des kleinen Parks, der einige Straßen weiter liegt. Es ist, als wären wir ein ganz normales Paar.

Mich interessiert, was er erzählt, aber ich schaffe es nicht, ihm zuzuhören. Immer wieder driften meine Gedanken ab. Danny bleibt meine gedämpfte Laune nicht lange verborgen.

»Was ist los?«, fragt er und sieht mit aufrichtiger Sorge zu mir hinüber. Ich zögere. Soll ich ihn wirklich mit meinen Hirngespinsten belasten? Er hat genug um die Ohren. Andererseits lassen sich Probleme nicht lösen, wenn man nicht darüber redet.

»Wie lief es in Mexico? Außerhalb der Strecke, meine ich.« Ich taste mich vorsichtig heran. Vielleicht spricht er ja von selbst die wilden Nächte an, die an meinen Nerven zehren. Sagt mir, dass er nicht dabei war und ich mir keine Sorgen machen muss.

»Wie meinst du das?« Ich bin mir nicht sicher, ob er ausweicht oder wirklich nicht weiß, worauf ich anspiele.

»Was hast du so gemacht, wenn du nicht gerade gefahren bist, trainiert hast oder bei Events und Interviews eingespannt warst?«

Die Grübchen an seinen Wangen tauchen auf und er lacht über meine Frage wie über einen guten Witz.

»Süße … was du gerade aufgezählt hast, würde auch reichen, um einen Vierzig-Stunden-Tag zu füllen. Ich hatte kaum eine freie Minute. Und wenn doch, hab ich gepennt, gefuttert, mit dir geschrieben und telefoniert. Ab und zu haben Peter oder Tyler und die anderen vorbeischaut. Das ist alles.«

Ich will ihm glauben. Danny ist der offenste und direkteste Mensch, den ich kenne. Ich vertraue ihm. Es gibt keinen Grund, an seinen Worten zu zweifeln. Außer dem kaum hörbaren, schwankenden Unterton in seiner Stimme, den wohl niemand außer mir bemerkt hätte.

»Ich mache mir Sorgen wegen dieser Partys.« Mein Herz bestraft mich sofort dafür, dass ich das Thema direkt anspreche. Aber es hilft nichts, ewig drum herum zu reden. Ich erwarte Ehrlichkeit von ihm, also muss ich auch selbst so mit ihm umgehen.

»Was ist denn mit diesen Partys?«, brummt er, »Ich bin nicht jeden Abend feiern und ziehe mir irgendwelche Lines, falls du das sagen willst. Das solltest du aber selbst wissen.«

»Nein, das weiß ich, aber ... es behagt mir nicht. Irgendwie wäre mir lieber, du würdest dort gar nicht hingehen, dich stattdessen mit dem Team und den vernünftigen Fahrern zum Essen treffen oder so. Die sind ja auch nicht alle feiern. Ich mache mir einfach Sorgen, dass ...«

»Hör mal«, unterbricht er mich, kneift die Lippen zusammen und atmet tief durch, »Wir hatten das doch neulich in Texas schon. Du musst dir keine Sorgen machen, wirklich nicht. Ich bin echt nicht wild auf diesen Affenzirkus und würde nie auf die Idee kommen, dort was anderes zu machen, als mit den Leuten zu quatschen und ein Bier zu zischen.«

Wir betreten den schlammigen Pfad durch den Park. Dass der Lärm der vorbeifahrenden Autos und des alltäglichen Treibens sich nach und nach in Vogelgezwitscher wandelt, kann ich jedoch nicht genießen. Ich will nicht die eifersüchtige, spaßverderbende Freundin sein. Aber ich komme gegen meine Gefühle nicht an. Mit ihm darüber zu reden ist wichtig. Nur mein Gewissen wird davon nicht erleichtert, sondern zunehmend schlechter.

Danny wird immer langsamer, bis wir schließlich stehen bleiben. Dann zieht er seine Hand zurück. Kälte kriecht mir die Finger hinauf, wo seine sie eben noch gewärmt haben.

»Du vertraust mir nicht.« Die Enttäuschung spricht aus jedem seiner Züge und bremst mein flatterndes Herz.

»Doch. Auch ohne Erklärungen. Ich glaube dir jedes Wort. Aber Ängste sind nicht immer rational.«

Er starrt auf seine Schuhspitzen und tritt damit ein Ahornblatt platt. Seine

Stirn liegt in Falten und ich lasse ihm Zeit zum Nachdenken, ohne mich von der Stelle zu rühren.

»Hilft es also, wenn ich dir verspreche, nicht mehr hinzugehen?« Er sieht auf, doch ich kann in seinem Blick nichts lesen.

»Das kann ich nicht von dir verlangen«, antworte ich, obwohl mein Herz etwas anderes sagt.

»Musst du auch nicht. Das mach ich freiwillig. Ich seh doch, wie sehr dich das mitnimmt. Da verzichte ich lieber, statt dir damit wehzutun.«

Wirklich? Nichts an ihm verrät mir, wie es ihm dabei geht. Ich beiße mir auf die Lippe.

»Danke«, murmle ich und traue mich kaum, ihn anzusehen. Ich werde das Gefühl nicht los, ihm damit etwas wegzunehmen.

»Schon gut. Ich wollte sowieso lieber trainieren und genug Schlaf bekommen.« Er legt den Arm um meine Hüfte und zieht mich sanft weiter den eichengesäumten Weg hinunter. Doch als ich aus dem Augenwinkel zu ihm hinüber spähe, kann ich keine Grübchen entdecken, während er lächelt.

18. Kapitel

Danny

Abu Dhabi, Vereinigte Arabische Emirate

Ein Schweißtropfen rinnt mir über die Stirn. Eilig wische ich ihn weg, bevor die Kameras mich so ablichten, und streiche meine Frisur zurecht. Selbstsicher lächle ich in das Meer aus Reportern, das mit Tablets und gezückten Notizblöcken vor dem Gatter steht. Doch das Lächeln ist genauso falsch, wie ich mich in dieser Situation fühle. Ich würde lieber mit dem Team ausdiskutieren, was heute schiefgelaufen ist und was wir nächstes Mal verbessern können. Tyler und ich haben uns beide nicht mit Ruhm bekleckert. Darüber will ich nicht auch noch vor einem Millionenpublikum reden. Warum interessiert es sie überhaupt, was in der Mitte des Feldes passiert?

Die roten Lichter an den Kameras blinken mir aufdringlich entgegen, als der Koordinator die Interviews eröffnet.

»Tyler, Danny, Sie beide haben heute beim Start einige Positionen verloren. Woran lag das? Haben die Autos nicht die nötige Power oder haben Sie als Fahrer einen Fehler gemacht?«

Ich tausche einen Blick mit Tyler, der zu meiner Rechten steht und lässig mit den Unterarmen auf der Absperrung lehnt. Ich gebe ihm zu verstehen, dass er die Frage beantworten soll. Er hat mehr Erfahrung mit diesem Mist. Er rollt kaum merklich mit den Augen, wendet sich aber dann mit einem Strahlen den Reportern zu.

»Unsere Fahrzeuge verfügen über die zweitstärksten Motoren im Feld. Vielleicht müssen wir noch etwas am Feintuning arbeiten und die richtigen Einstellungen finden, aber wir stehen voll hinter unseren Fahrzeugen und dem Team. Natürlich können wir auch nicht ausschließen, dass die anderen Fahrer eine Millisekunde schneller reagiert haben als wir.«

Seine souveräne Ausstrahlung und die lockere Körperhaltung täuschen darüber hinweg, wie nichtssagend seine Antwort ist. Nur einer der Reporter will nachhaken, wird jedoch von einem stämmigen Kollegen mit orangefarbenem Mikrofon übertönt.

»Danny, als Sie in Runde 16 nach einem spannenden Kampf an Ihrem Teamkollegen vorbeigezogen sind, konnten wir gleich im Anschluss über Funk die Anweisung mitverfolgen, die Leistung der beiden Fahrzeuge herunterzufahren. War das Überholmanöver also teamintern geplant?«

Die Sonne, die den Asphalt unter mir aufheizt, scheint mit einem Mal an Kraft zu gewinnen. Was unterstellt mir dieser Affe da?

»Quatsch, was wäre das denn für eine beschissene Strategie? Ich habe mich immer näher rangekämpft und als in Kurve 6 die Möglichkeit da war, habe ich sie genutzt. So einfach ist das. Wenn man besser fährt, kommt man vorbei.« Der nächste Satz bleibt mir im Hals stecken, als mich ein Stoß in den Rücken trifft. Ich sehe über die Schulter und empfange einen warnenden Blick von Peter. Mir ist bewusst, dass das nicht gerade die beste Antwort war. Aber wie soll ich denn höflich und ruhig bleiben, wenn der Reporter vor der ganzen Welt anzweifelt, ich hätte das aus eigener Kraft geschafft?

»Eine Frage noch an Herrn Breuning, dann müssen wir weiter«, ruft Peter hinter mir in die Menge. Wahrscheinlich will er mich vor weiteren Blamagen bewahren.

Eine rothaarige Reporterin mit einem Diktiergerät drängt sich nach vorne. »Ich habe eine Frage an Sie beide.« Ihr schmales Lächeln wirkt freundlicher als das Durcheinandergerede der übrigen Interviewer. Also nicke ich ihr zu.

»Die Gerüchte werden immer lauter, Red Bull hätte einen weiteren jungen Fahrer für die nächste Saison verpflichtet. Steht schon fest, wer von Ihnen das Team verlassen wird? Sie haben ja beide noch keine Verlängerung für Ihre Verträge.«

Mein Herz macht einen Satz. Die anderen Reporter verstummen und ein

Strauß aus Mikrofonen taucht vor meiner Nase auf. War klar, dass sie alle auf die Antwort scharf sind. Diese berechnenden Schweine.

Tyler steht plötzlich stocksteif neben mir und umfasst das Gatter mit beiden Händen. Sieht eher aus, als wollte er der Reporterin den Hals umdrehen, als könnte er mir auch bei dieser Antwort behilflich sein.

Ich öffne den Mund und alle Augen richten sich gespannt auf mich. Doch ich weiß nicht, was ich darauf sagen soll. Dieselbe Frage raubt mir seit Tagen den Schlaf. Ich weiß nicht, was Hendrick vorhat. Und wüsste ich es, wären die Pressehaie sicher die Letzten, denen ich davon erzählen würde.

»Kein Kommentar«, murmle ich stattdessen nur. Ein Raunen geht durch die Reporter und weitere Fragen werden uns entgegengeschleudert. »Also wissen Sie schon mehr?« »Danny, heißt das, Sie werden das Team verlassen?« »Tyler, müssen Sie nach dem heutigen Ergebnis um ihren Platz im Team bangen?«

Tyler stößt sich vom Gatter ab, zieht sich die Cap tief ins Gesicht und rauscht mit seiner Managerin ab. Das ist eine tolle Idee. Ich gebe Peter ein Zeichen, nicke den Reportern ein letztes Mal zu und folge Tyler zwischen die schützenden Mauern des Boxengebäudes.

»Bilde ich mir das nur ein oder werden die Fragen jedes Mal krasser?«, rufe ich ihm hinterher, als wir uns vor den Reportern in Sicherheit gebracht haben. Er bleibt stehen, stößt ein bitteres Lachen aus und schnappt sich eine Flasche von dem Tisch mit Getränken.

»Warte mal ab. Das ist noch gar nichts. Da haben sie ausnahmsweise gut recherchiert. Sei froh, solange sie noch nicht nachts vor deinem Haus auftauchen, um irgendwelche Gerüchte mit dir zu bequatschen, von denen du noch nie etwas gehört hast.« Er setzt die Flasche an und zieht sie mit gierigen Zügen leer. Obwohl mein Mund staubtrocken ist, sehe ich ihm nur dabei zu und versuche, die Gedanken in meinem Kopf zu sortieren.

Als Peter mit Tylers Managerin ein Gespräch beginnt und nicht mehr auf uns achtet, trete ich näher zu Tyler und senke die Stimme.

»Du hast also auch noch keine Verlängerung angeboten bekommen?«

Der letzte Schluck scheint ihm im Hals stecken zu bleiben. Unter kläglichem Husten funkelt er mich wütend an.

»Verstehe.« Ich klopfe ihm auf den Rücken. Auch wenn er mein Konkurrent ist und mich seine Reaktion insgeheim beruhigt, ist er im Moment wohl der Einzige, der versteht, wie ich mich fühle. Ich hatte erwartet, zu diesem Zeitpunkt schon längst die Verlängerung in der Hand zu halten. Was wäre das für eine klägliche Karriere, wenn es jetzt schon wieder vorbei wäre? Fünf Rennen in der Formel 1? Sie müssen doch verstehen, dass ich Zeit brauche, um mich einzufinden. Auch wenn sich vieles ähnelt, ist das hier nicht die Formel 3, die ich gewohnt war. Aber vielleicht haben sie mehr von mir erwartet. Mehr als den Platz 8, über den ich heute nicht hinausgekommen bin. Schließlich stelle ich mich kaum besser an als mein Vorgänger, den sie so dringend loswerden wollten.

Tylers Husten ebbt langsam ab. Kopfschüttelnd wirft er die Flasche beiseite.

»Lass uns nicht darüber reden. Einen von uns werden sie schon noch ansprechen, da bin ich mir sicher.« Die Betonung gefällt mir nicht. *Einen von uns*. Muss er aus allem einen Konkurrenzkampf machen? Mir reicht es, wenn ich mir auf der Strecke einen Kampf mit ihm liefere. Außerhalb unserer Autos nützt es uns beiden nichts, wenn wir uns bekriegen.

Als hätte er meine Gedanken gelesen, wischt er seinen grimmigen Ausdruck mit einer Handbewegung davon. Sofort tritt wieder das typische Tyler-Strahlen auf sein Gesicht.

»Aber hey, was hältst du davon, heute Abend mit zu Alvaro zu kommen und Saisonabschluss zu feiern? Seine Villa muss richtig krass sein. Und so müssen wir mal nicht an den ganzen Scheiß um die Verträge denken.«

Das Gespräch mit Selina neulich zeigt Wirkung. Die Worte sprudeln so schnell aus meinem Mund, dass ich gar nicht darüber nachdenken kann.

»Nee, danke Mann, aber nein. Ich hab meinen Kumpel dabei und wir haben schon was vor. Außerdem wird das doch sicher wieder so ne fette Party. Das ist … nicht so mein Ding.« Wenigstens war nur die Hälfte davon gelogen.

Ich halte Ausschau nach Alex, den ich vorhin in der Box zurückgelassen habe. Schließlich entdecke ich ihn mit dem Handy in der Hand am anderen Ende der Box. Als er aufblickt, winke ich ihn zu uns.

»Den kannst du mitbringen. Der hat in Austin doch auch nichts anbrennen lassen. Und ich glaube nicht, dass das so fett wird. Ein paar von den Jungs werden dort sein, ein paar Mädels. Alles ganz easy.«

Ich schüttle den Kopf. Die Verlockung, den Abend in der Villa eines Spitzenfahrers zu verbringen, statt im Hotel vor dem Fernseher zu hängen, lässt sich leider nicht so einfach abschütteln. Doch Selinas Stimme hat sich in meinem Hinterkopf eingebrannt. Ich hab ihr versprochen, mich aus diesen Dingen herauszuhalten. Ich kann nicht zusagen.

»Hey, Tyler, was geht?« Alex begrüßt meinen Kollegen mit einem Handschlag. Er lehnt sich lässig gegen den Tisch, doch seine aufglühenden Wangen verraten ihn. Er hat sich noch nicht daran gewöhnt, mit seinen jahrelang angebeteten Idolen in einem Raum zu stehen und auf Augenhöhe mit ihnen zu quatschen. Dabei gibt es für ihn gar keinen Grund, sich davon beeindrucken zu lassen. Wenn einer es draufhat, Menschen zu unterhalten und für sich zu gewinnen, dann er.

»Du kommst genau richtig. Wollte euch beide zu Alvaro mitnehmen, aber Danny sagt, ihr habt keinen Bock. Das ist doch Quatsch, oder? Wer lässt sich so was denn entgehen?«

Alex Augen leuchten auf. Was soll das? Warum will Tyler denn unbedingt, dass wir mitkommen? Er könnte sich endlich mal richtige Freunde suchen. Aber wahrscheinlich ist das schwierig, wenn man so ein manipulativer Arsch ist wie er. Ich ziehe die Brauen nach oben, doch Tyler lacht nur.

»Komm schon, was ist schon dabei?«

Alex greift nach meinem Arm und ich muss ihn nicht ansehen, um zu spüren, dass er Feuer und Flamme ist.

»Hey, ich muss da unbedingt kurz was mit dir bereden«, raunt er mir zu.

Tyler entfernt sich ein paar Schritte und lässt sich von seiner Managerin sein Handy reichen. »Nur zu. Muss eh mal kurz ein paar Nachrichten beantworten.«

Ich nehme Alex beiseite, der wie ein kleines Kind vor Aufregung herum hibbelt.

»Was ist los, Mann? Ich kann da nicht hingehen«, zische ich ihm zu. Es tut mir wirklich leid, ihn enttäuschen zu müssen. Aber immerhin geht es hier um die Ängste seiner Schwester. Es sollte also nicht allzu schwer sein, ihm das zu verklickern.

»Wir müssen. Louanne hat mir gerade geschrieben. Und sie geht heute Abend auch da hin. Sie hat mich gefragt, ob ich dort sein werde. Ich war gerade dabei, ihr abzusagen, weil ich da ohne Einladung nie reinkomme. Aber das ist meine Chance!« Er ist kurz davor, in die Luft zu hüpfen. Ich komme nicht mal dazu, ihn zu unterbrechen. »Wenn wir zusammen hingehen, fragt nicht mal jemand, wer ich bin und es gibt gar keine Probleme. Und du wirst auch Spaß haben. Komm schon. Ich will sie wirklich wiedersehen, das weißt du doch. Sie ist echt was Besonderes.«

Schöne Scheiße. Ich stöhne auf und reibe mir das Gesicht. Tylers Überredungsversuch standzuhalten ist kein Problem. Aber Alex ein Treffen mit seiner Angebeteten zu verwehren, ist eine ganz andere Hausnummer. Louanne ist der Hauptgrund, warum er dieses Wochenende nach Abu Dhabi gereist ist. Ich habe ihm die Tickets bezahlt, damit er die Möglichkeit hat, sie wiederzusehen. Dummerweise hatte sie an den letzten beiden Abenden andere Pläne, die sie nicht verschieben konnte. Alex war die Enttäuschung anzusehen. Wie kann ich ihm jetzt antun, Nein zu sagen?

»Ich hab Selina versprochen, auf keine dieser Partys mehr zu gehen. Sie macht sich Sorgen, dass ich etwas Dummes machen könnte. Und ich werde mich daranhalten. Ich habe noch nie ein Versprechen gebrochen.«

Als ihr großer Bruder muss er das verstehen. Ich hätte sogar Angst, mir eine Faust einzuhandeln, würde ich auf Selinas Gefühlen herumtrampeln. Leider scheinen die Sonne und die Gedanken an die blonde Französin sein Hirn gebraten zu haben.

»Du machst einfach nichts Dummes und ich sag ihr nichts.«

Ich kann meinen Mund vor Erstaunen kaum geschlossen halten. Das ist wirklich sein Ernst.

Fieberhaft suche ich nach einem Kompromiss, aber bevor ich mir etwas ausdenken kann, steht Tyler schon wieder neben uns.

»Cool. Ich hol euch um neunzehn Uhr ab.« Er gibt mir gar nicht die Chance, zu widersprechen, klopft uns beiden auf die Schulter und eilt alleine aus der Box. Ich sollte ihm hinterherrufen. Aber ein Teil von mir sträubt sich dagegen. Ich weiß nicht, ob es der Teil ist, der Alex nicht die Chance auf eine Beziehung mit seiner Traumfrau verderben will oder der Teil, der sich nach der Gesellschaft der anderen Fahrer und der unwiderstehlichen Atmosphäre einer Abu-Dhabi-Strandvilla sehnt.

***

Dreißig Minuten später nähern wir uns in Tylers gemietetem Bentley dem Rand der Stadt. Der salzige Geschmack des Meeres liegt in der Luft. Nur noch wenige Straßenzüge trennen uns von der Küste. Langsam verstehe ich, warum sich unser Kollege hier niedergelassen hat. Abu Dhabi schien mir bisher trotz der beeindruckenden Architektur kein guter Ort zum Leben zu sein. Die Hitze und die seelenlosen, aus dem Nichts hochgezogenen Straßen und Türme langweilen mich. Doch dieser Teil der Stadt zeigt sich von einer ganz anderen Seite. Das Viertel, in dem Alvaros Villa liegt, erinnert an ein riesiges Ferienresort. Die von Säulen gezierten, edlen Gebäude aus weißem Stein und braunem Mosaik reihen sich lückenlos aneinander. Bestimmt kostet jedes einzelne von ihnen mehr, als ich in drei Jahren in der Formel 1 verdiene.

Heimlich zücke ich mein Handy, um ein paar Fotos für Selina zu schießen. Doch als ich abdrücke, fällt mir auf, dass das keine gute Idee ist. Sie würde neugierig werden, was ich hier in der Gegend mache. Es gibt keinen Grund, sie aufzuregen. Es wird ja nur ein ruhiger Abend mit Kollegen. Ich könnte sie trotzdem nicht anlügen. Aber solange sie nicht fragt, ist es keine Lüge, oder?

Wie ich erwartet hatte, liegt Alvaros Villa direkt am Meer. Wir passieren ein riesiges Tor und meterhohe Zäune, die das Anwesen wohl vor ungewünschten Gästen schützen sollen. Ungewünschte Gäste wie die drei Männer, die die Objektive ihrer riesigen Kameras zwischen den Gittern hervorziehen und auf unser Auto richten, sobald sie uns hineinfahren sehen. Ein dünner Schweißfilm bildet sich auf meinen Händen. Mist, wo landen diese Fotos? Hoffentlich nirgendwo, wo Selina sie entdecken könnte. Sie behauptet zwar, den Medienrummel um mich nicht zu verfolgen, um sich nicht darüber aufregen zu müssen, aber wer weiß. Es muss sie nur jemand an der Uni darauf aufmerksam machen ...

Vor dem modernen, weißen Haus ist kaum noch Platz. Unzählige, Sportwagen und Luxusschlitten parken bereits in der Einfahrt. Tyler ist das jedoch egal. Er parkt in zweiter Reihe hinter einem McLaren, der meinem ähnelt.

»Krass. Ich glaube, ich drehe erst mal eine Runde hier draußen und seh mir die Autos an«, meint Alex, als wir aussteigen.

»Ich auch«, stimme ich ihm zu und wende mich an Tyler, »Wir kommen nach.«

»Wie ihr meint. Ich lass euch schon mal nen Cocktail mixen.« Mit einem Zwinkern dreht er sich um und schlendert zum Eingang, der wie das Tor von einem Security-Service bewacht wird.

Ich laufe hinter Alex zwischen den Autos entlang und erinnere ihn an unsere Abmachung.

»Zwei Stunden. Keine Minute länger.«

»Ist kein Ding. Bis dahin brauche ich dich hoffentlich nicht mehr.« Er lacht, beugt sich zu einem roten Maserati hinunter und wirft einen Blick durch das Fenster.

»Ich hab kein gutes Gefühl bei der Sache. Die Reporter da vorne, die vielen Autos ... Das wird doch kein entspanntes Zusammensitzen. Es riecht verdammt nach Party.«

»Ja, sieht so aus. Aber hey, ist doch cool. Wie oft macht man schon Party in Abu Dhabi, in einer Villa am Meer? Mach dir keinen Stress wegen Selina. Die bekommt schon nichts mit. Und solange du nicht mit einer anderen im Schlafzimmer verschwindest, schweige ich wie ein Grab.«

Ich mache mir nicht die Mühe, ihm meine Sorgen weiter zu erläutern. Es hätte keinen Sinn. Vielleicht wäre ich andersrum genauso blind dafür, wenn dort drin Selina auf mich warten würde, die ich für mich gewinnen wollen würde.

***

Im Inneren der Villa erwartet uns genau das, was ich befürchtet habe: viele

Menschen, laute Musik und ausgelassene Stimmung. Mit Alex im Schlepptau kämpfe ich mich in den modern gestalteten Wohnbereich vor und suche nach Tyler oder einem der anderen, jungen Fahrer, die ich kenne. Statt Tyler treffen wir auf Alvaro, der uns überschwänglich begrüßt und eine Runde durch sein Haus führt. Während ich die weitläufigen Räume und die stilvolle Einrichtung bestaune, verfliegt meine anfängliche Anspannung langsam. Die Musik, die durch die Wände schallt, ist genau mein Geschmack, ebenso wie die Snacks, die am Buffet in der Küche aufgereiht sind. Außerdem ist Alvaro im Gegensatz zu damals auf der Party in Austin noch nicht sturzbesoffen und garniert seine Tour mit witzigen Geschichten über all die Unwegsamkeiten beim Einzug. Würden diese verdammten Selbstvorwürfe nicht die ganze Zeit in meinem Kopf kreisen, könnte es ein richtig cooler Abend werden. Ich muss aufhören, ständig über Selina nachzudenken. Sie wird nichts mitbekommen und jetzt ist es sowieso schon zu spät, mich umzuentscheiden.

Als wir die Terrasse betreten, stockt mir der Atem. Die marmornen Fliesen münden in einen riesigen Infinity-Pool, der sich bis ins hellblaue Meer zu erstrecken scheint. Im angrenzenden Loungebereich gibt es nicht nur eine Bar, sondern auch ein voll ausgestattetes Entertainment-System und Mädels in Bikinis auf den Loungemöbeln … hübsche Mädels … knappe Bikinis … sehr knapp. Als ich bemerke, woran mein Blick hängen geblieben ist, schießt mir Hitze in die Wangen. Fuck, nein. Warum glotze ich die an? Es interessiert mich nicht, wie diese Weiber aussehen. Trotzdem fühle ich mich, als hätte ich Selina gerade abermals hintergangen.

Tyler stößt zu uns und drückt mir wie angekündigt einen riesigen Cocktail in die Hand. Alex macht sich mit seinem Getränk aus dem Staub, um seine Louanne zu suchen. Doch während ich den ersten Schluck nehme und der Alkohol wie flüssiges Feuer meine Kehle hinunterrinnt, bin ich mir nicht mehr sicher, ob das wirklich eine gute Idee war. Und ob Selina nicht recht hatte. Denn nach dem heutigen Tag und all dem Mist, den ich gerade schon gebaut habe, bin ich nicht mehr sicher, ob ich mir selbst überhaupt trauen kann.

19. Kapitel

Selina

München, Deutschland

Ein Scharren auf dem Fensterbrett reißt mich aus meiner Konzentration. Ich blinzle in die Dunkelheit hinaus. Ein grünes Augenpaar starrt mich eindringlich an und ein Maunzen dringt durch die Scheibe.

Vom langen Lernen bin ich völlig eingerostet und meine Knie knacken lautstark, als ich aufstehe und das Fenster öffne. Die schwarze Nachbarskatze huscht vom Vordach im Innenhof hinein und ich schließe es eilig wieder.

»Psst, du darfst doch nicht so laut vor meiner Wohnung schreien. Sonst machst du durch dein Frauchen noch auf unser kleines Geheimnis aufmerksam.«

Sie streicht mir um die Beine und fixiert mich weiterhin mit ihrem Blick. Wahrscheinlich wartet sie auf die Leckerlis, die ich extra gekauft habe, um mich heimlich mit ihr anzufreunden. Natürlich die verträglichsten und unbedenklichsten auf dem Markt. Ich will ja keine fremde Katze vergiften, sondern nur ab und zu ein Stündchen mit ihr kuscheln.

Ich hole die Leckerlis aus dem Küchenschrank, doch statt mir zu folgen springt sie aufs Sofa und macht es sich auf meinen Lernunterlagen bequem. Ob das ein Zeichen ist? Ich werfe einen Blick auf die Uhr. Ja, ich habe für heute eindeutig genug gelernt. Vielleicht schaffe ich nach einer kurzen Pause trotzdem nochmal ein Stündchen. Der Stoff will nicht in meinem Kopf bleiben und im Vergleich zu den anderen bin ich meilenweit hinterher. Das Wochenende in Austin, der Trubel um Danny und der neue Job haben mich viel zu viel Zeit gekostet. Erneut erfasst mich eine Welle von Angst und ich erschaudere bei dem Gedanken an die Prüfungen, die nach Weihnachten anstehen. Wie macht Lena das nur? Jeden zweiten Tag feiern und bei Freunden abhängen, aber trotzdem die Details jeder Vorlesung im Kopf haben. Ich muss sie morgen in der Uni unbedingt nach ihrer Strategie fragen.

Seufzend mache ich es mir neben meiner felligen Freundin gemütlich, die sich in einer unmöglichen Pose auf dem Anatomiebuch ausgestreckt hat.

Ich vergrabe die Hand in ihrem Fell und genieße das leise Schnurren. Nebenbei checke ich meine Nachrichten auf dem Handy. Danny hat nicht geschrieben. Wahrscheinlich genießt er gerade sein letztes Abendessen an dem riesigen Buffet, von dem er mir gestern Fotos geschickt hat. Mein Finger schwebt kurz über dem Tastaturfeld. Ich will ihm schreiben, fragen, was er macht. Aber das sollte ich nicht. Er soll nicht den Eindruck bekommen, ich würde es keine zwei Stunden ohne ihn aushalten oder ihn kontrollieren wollen. Trotzdem spüre ich eine Leere in meiner Mitte, die nur eine Nachricht oder ein Anruf von ihm hätte füllen können.

Um mich abzulenken, öffne ich Instagram und scrolle zwischen all den bedeutungslosen Fotos und emotionsüberladenen Texten durch, die mich eigentlich nicht interessieren: Lena beim Spaziergang im Olympiapark, der Kuchen der Woche im Café, eine Grundschulfreundin berichtet über ihre neue Wimpernzange und Tyler hat eine Story hochgeladen.

Ich nehme einen Schluck von meinem Tee und klicke auf die Story. War ja klar, dass es ein Partyfoto ist. Dieser Typ scheint wirklich nichts anderes im Kopf zu haben. Vielleicht sollte ich ihn mit Alice verkuppeln. Die beiden würden perfekt zusammenpassen – feierwütig, egozentrisch und passiv aggressiv. Ich grinse in mich hinein und klicke mich weiter durch die Fotos. Diese Villa ist allerdings nicht zu verachten. Der Ausblick direkt aufs Meer erinnert mich an das Gespräch mit Danny auf der Terrasse in Spa. Ob das damals nur leere Worte waren? Oder wird er mir wirklich bald zeigen, was ich bisher nur von Bildern wie diesem kenne?

Vielleicht wollte er das schon längst. Es liegt ja gar nicht an ihm. Eine dünne Schlinge legt sich um meinen Brustkorb. Er hätte mich dieses Wochenende gerne bei sich gehabt. Bestimmt wären wir noch ein paar Tage länger geblieben und hätten Urlaub an diesem traumhaften Strand machen können.

Wenn ich das gewollt hätte. Ich war diejenige, die Nein gesagt hat. Es ging ja nicht anders.

Seufzend klicke ich mich weiter durch Tylers Fotos, nehme jedoch kaum noch wahr, was ich dort sehe. Es interessiert mich nicht. Der einzige Grund, warum ich mir die Bilder überhaupt ansehe, ist, dass ich mich Danny dadurch näher fühle. Auch wenn er nicht auf dieser Party war, hat er doch einen großen Teil des Tages mit ihm verbracht, in dieser Stadt.

Plötzlich geht ein Ruck durch meinen Körper. Ich kann mir nicht erklären, warum, aber eines der Fotos wühlt etwas in mir auf, als ich darüber hinwegklicke. Zögerlich drücke ich wieder eine Story zurück, um es genauer zu betrachten. Sofort braut sich etwas in meinem Magen zusammen. Tyler hat es von einer »ellystrawbelly« geteilt, wahrscheinlich die Frau im Mittelpunkt des Fotos.

Sie hat nicht viel an. Das ist das Erste, was mir auffällt. Sie kniet auf einem riesigen, aufblasbaren Flamingo, der im Pool treibt. Von ihrem Gesicht erkenne ich nicht viel, denn sie reckt ihren Hintern in die Kamera, der kaum von dem knappen Bikinihöschen verdeckt wird. Unter ihr befindet sich allerdings nicht nur der Flamingo. Sie beugt sich über einen Mann, dessen Gesicht ich ebenfalls nicht sehen kann, weil es von ihren riesigen Brüsten verdeckt wird, die sie ihm offensichtlich gerade ins Gesicht drückt. Ich erschaudere. Warum stellt man so was ins Internet? Das ist nicht nur billig, sondern ebenso abstoßend wie peinlich. Ich will den Anblick schnell wieder vergessen und das Handy beiseitelegen. Da durchfährt es mich mit einer Wucht, die mir sofort den Atem raubt.

Endlich wird mir bewusst, was mich die ganze Zeit an diesem Foto gestört hat: das Shirt! Grau, grüne Muster in der oberen Hälfte und das Logo auf der Brust. Danny taucht vor meinem inneren Auge auf, wie er in exakt diesem Shirt neben mir in der Karthalle steht. Aber das kann nicht sein. Er war nicht dort. Und bestimmt ist das eine ganz beliebte Marke unter den Fahrern. Warum sollte nicht jemand das Gleiche besitzen?

Die Erklärungen, die ich mir selbst suche, wirken jedoch nicht. Mein Herz spielt verrückt und mein Finger beginnt zu zittern, als ich einen Screenshot von dem Bild mache, um näher hinzuzoomen. Mein Blick wandert zu den Armen, die Dannys Armen verdächtig ähnlichsehen und dem Ansatz des Kiefers, den man hinter der Frau erahnen kann, bedeckt von einem dunklen Dreitagebart. Die Hälfte eines Lippenstiftabdrucks prangt zwischen Hals und Kinn. Nein, das kann er nicht sein. Er hat mir versprochen, zu keiner Party mehr zu gehen. Und er würde nie zwischen all den Menschen mit einer anderen Frau knutschen ... oder? Aber warum sieht dieser Mann ihm so verdammt ähnlich? Inzwischen zittert nicht nur mein Finger, sondern die ganze Hand, mein Arm, meine Brust. Mein bebendes Herz lässt meinen ganzen Körper vibrieren.

Die Katze streckt sich und drückt ihren Kopf an mein Bein. Bestimmt spürt sie, dass gerade etwas in mir vorgeht. In jeder anderen Situation hätte mich das berührt. Doch ich bin schon zu tief in dem Gedankenchaos versunken, das in meinem Kopf losgebrochen ist. Ich muss rausfinden, wer dieser Mann ist. Dann kann ich das Foto Danny zeigen und wir lachen gemeinsam darüber, wie ähnlich sie sich sehen und dass ich dachte, er könnte es gewesen sein.

Ich öffne das Profil der Frau. Sie hat ebenfalls zahlreiche Fotos dieser Party hochgeladen. Ich hole tief Luft und bereite mich darauf vor, jedes einzelne genauestens nach dem Mann in Dannys Shirt abzusuchen.

Es dauert nicht lange, bis mir der Farbton im Hintergrund erneut ins Auge sticht. Eindeutig, weit hinten an der Poolbar steht der Typ. Allerdings mit dem Rücken zur Kamera. Mein Herz kämpft gegen all die Emotionen an, die der Anblick in mir auslöst. Diese Ansicht kommt mir so vertraut vor. Oder mein Kopf spielt mir einen Streich. Wahrscheinlich steigere ich mich gerade in meine Ängste hinein. Es ist nichts.

Ich kneife die Augen zusammen. Nein. Ich schlage die Hand vor den Mund, um das Keuchen zu unterdrücken, das meinem Mund entweicht. Der Typ, mit dem er sich unterhält. Es bleibt kein Zweifel. Ihn würde ich unter Millionen von Männern überall auf der Welt wiedererkennen. Es ist mein Bruder.

Das Handy rutscht mir aus der Hand und fällt aufs Bett. Die Katze zuckt zusammen und springt auf. Ich starre sie an. Sie starrt zurück. Doch die kleinen Smaragde, aus denen sie mich vorwurfsvoll anfunkelt, verschwimmen langsam vor meinen Augen. Ein Tropfen fällt hinunter wie das Handy und zerschellt auf dem Display. Wie gelähmt beobachte ich die Tränen, die nach und nach ein Muster auf dem Bildschirm malen. Doch sie können das Bild darauf nicht auslöschen.

Ich kann keinen klaren Gedanken fassen, bestehe nur noch aus den Emotionen, die mich durchströmen und alles mit sich reißen, was mir wichtig war. Sie nehmen mir das blinde Vertrauen, färben die Erinnerungen in dunkles Schwarz und rauben mir meine Träume.

Erst, als die Katze nach einem Spaziergang durch die Wohnung auf meinen Schoß kriecht und gegen meine Hand stupst, schaffe ich es, mich aus meiner Trance zu lösen. Doch das Zittern bricht bei jedem Atemzug erneut aus. Warum? Warum hat er das getan? Er hätte es mir nicht versprechen müssen. Genauso gut hätte er mir sagen können, dass ihm nicht genügt, was wir haben, dass er den Versuchungen nicht widerstehen kann. Das wäre wenigstens ehrlich gewesen. Dann hätte ich gleich gewusst, woran ich bei ihm bin und hätte mir keine falschen Hoffnungen gemacht. Ja, es hätte wehgetan. Aber es hätte mich nicht zerrissen. Verdammt, er hat es versprochen!

Das Handy findet seinen Weg zurück in meine Hand. Bevor ich überhaupt darüber nachdenken kann, was ich tue, wählt es Alex Nummer.

»Na, Würmchen? Hast Glück, bin gerade gelandet. Was steht an?«, meldet er sich und mich überkommt schlagartig das Bedürfnis, ihn zu würgen.

»Warum bist du so ein verdammtes Arschloch?«, schreie ich und erschrecke selbst vor der Lautstärke meiner Stimme.

Das lange Schweigen am anderen Ende der Leitung macht mich nur noch wütender.

»Äh …«

»Äh …«, äffe ich ihn nach, »Wie wäre es, wenn du weniger rumstotterst und mir stattdessen verrätst, warum du mich angelogen hast?«

»Alter, hast du deine Tage oder was? Fahr mal einen Gang runter. Was ist los?«

Seine Reaktion weckt einen letzten Funken Hoffnung in mir, für den ich mich sofort schäme. Sei nicht so naiv. Die Fotos lügen nicht. Alle Menschen, die dir wichtig sind, offenbar schon.

»Du verrätst mir jetzt sofort, wo ihr gestern Abend wirklich ward. Nämlich nicht im Hotel, wie du mir erzählt hast.«

Erneut dringt nichts als leises Stimmengewirr im Hintergrund an mein Ohr.

»Wie ... ich meine, warum sollten wir nicht im Hotel gewesen sein?«

»Zum Beispiel weil ihr auf einer Party wart, euch zugeschüttet und dann mit fremden Weibern rumgemacht habt.«

Alex stößt Luft aus.

»Okay ja, vielleicht stimmt der Teil mit der Party.«

Der Funken erlischt und hinterlässt Eiseskälte in meiner Brust. Es ist wahr. Sie haben mich gemeinsam hintergangen.

»Wie kannst du mir das antun?«, flüstere ich, weil meine Stimme von einem neuen Strom Tränen erstickt wird.

»Ja sorry, das ist nicht die feine Art, aber warum ist das so schlimm? Darf ich nicht feiern gehen, wenn ich Bock drauf hab? Louanne war auf der Party. Ich wollte sie wiedersehen. Neulich hast du noch gesagt, du freust dich für mich.« Die Verunsicherung ist ihm anzuhören. Aber es ist keine Verunsicherung, weil er nicht weiß, wovon ich rede. Das weiß er ganz genau, dieser hinterlistige Arsch.

»Hör auf damit. Ich will wissen, warum du zu ihm stehst statt zu mir. Wir sind eine Familie, schon vergessen? Wie kannst du zulassen, dass er mich so hintergeht und ihn dann auch noch decken?«

»Weil du echt ziemlich empfindlich bist, Mann. Bisschen Feiern tut keinem weh. Ich wollte nicht, dass du angepisst bist, weil wir hingehen. Und, was ist jetzt so schlimm daran? Ok, Lügen ist nicht cool. Sorry. Aber fahr doch mal runter, ist ja nix passiert!«

»Nichts passiert?« Ich ringe um Worte. »Bin ich dir so scheißegal? Klar, wenn du mich ausnutzen kannst um an deine tollen Rennfahrer ranzukommen, dann bin ich die beste Schwester der Welt. Aber dass du danach mit so was kommst, hätte ich nie gedacht. Wirklich nicht. Ich dachte, wir würden immer zusammenhalten. Wie früher.«

»Würmchen, ich weiß wirklich nicht …«

»Steck dir dein blödes ›Würmchen‹ sonst wo hin. Und wag es ja nicht, mit der nächsten Lüge oder einer lahmen Entschuldigung anzukommen. Ich will nichts mehr von dir hören.«

Ich lege auf. Die Wut, die seine Reaktion in mir ausgelöst hat, hat meine Tränen trocknen lassen. Doch was mir nun bevorsteht, jagt mir einen Schauer durch den Körper. Aber es muss sein. Ich darf keine Minute mehr warten. Wenn Alex Danny vor mir erreicht, hat er genug Zeit, sich eine Ausrede einfallen zu lassen. Vielleicht sogar eine, die gut genug wäre, um mich in meinem jetzigen Zustand zu überzeugen. Denn gerade würde ich mir nichts mehr wünschen als ein Missverständnis oder irgendetwas, das die Situation in ein anderes Licht rückt.

Auf den Anruf-Button zu drücken, kostet mich mehr Kraft als das ganze Gespräch mit Alex. Ich bin mir nicht sicher, ob ich seine Stimme hören will. Aber bleibt mir eine andere Wahl? Ihm nur eine Nachricht zu schreiben ist keine Option.

»Hey … dein Name auf dem Display hat mir gleich ein Lächeln ins Gesicht gezaubert. Was gibt's?« Seine Worte, seine Stimme und die Wärme, die darin liegt, dringen durch die Risse in meinem Herzen und bringen es endgültig zum Bluten. Was mache ich hier überhaupt? Egal, was ich sage. Es ändert nichts an dem, was er getan hat.

Ein Schluchzen entfährt mir.

»Selina?«

Ich presse die Hand auf den Mund, reiße das Handy vom Ohr und lege auf. So kann ich nicht mit ihm reden. Er darf nicht sofort merken, wie sehr er mir wehgetan hat. Ich will nicht schwach und verletzlich wirken. Dann hätte er leichtes Spiel. Nein, ich will ihm bestimmt und mit innerer Stärke gegenübertreten. Doch im Moment bin ich mir nicht sicher, ob ich die jemals wiederfinden werde. Ich schaffe es nicht einmal, die Schluchzer für einen Moment zurückzudrängen.

Das Handy vibriert in meiner Hand. Ich lasse es klingeln. Ich kann das nicht. Ich werde einfach seine Nummer sperren und nie wieder mit ihm reden. Er weiß schließlich genau, was er getan hat. Was soll ich da noch zu ihm sagen?

Kaum hört das Vibrieren auf, ploppt eine Nachricht von Danny auf.

Was ist los? Geh ran!

Es klingelt erneut. Ich starre jedoch nur auf die Buchstaben. Die Buchstaben, die sonst immer ein aufgeregtes Kribbeln in meinem Bauch hervorgerufen haben.

Selina?? Ich mache mir Sorgen! Ist was passiert? Wenn du nicht rangehst, schicke ich jemanden zu dir. Geht's dir gut?

Muss er jetzt noch so tun, als würde ihn das interessieren? Verdammt, ich will nur, dass er damit aufhört, mich nicht mehr anruft. Und mich für immer in Ruhe lässt.

Beim vierten Anruf halte ich es nicht mehr aus. Egal, wie verheult ich klinge. Ich schniefe ein letztes Mal und gehe ran.

»Das fragst du mich auch noch? Nein. Mir würde es besser gehen, wenn du dein Gesicht nicht zwischen den Brüsten einer anderen Frau gehabt hättest.«

Außer einem kurzen Lachen bleibt es still. Er wirkt von meiner Begrüßung ebenso erschlagen wie Alex vorhin. Aber ich will ihm nicht so viel Zeit lassen, sich eine Ausrede zu überlegen.

»Ich hab die Fotos gesehen. Von der Party, auf der du gestern warst. Mit Elly Strawbelly auf deinem Schoß.« Ich wollte ihm die Worte entgegenspucken. Ihn ebenso zur Schnecke machen wie Alex. Aber es gelingt mir nicht. Die Tränen lassen mich klingen wie ein kleines Mädchen, das von der Schaukel gefallen ist.

Ein Fluch entweicht ihm. »Wo hast du die gesehen?«

Ich verstehe nichts mehr. Der Fluch sagt alles. Will er es denn nicht mal abstreiten? Macht er sich nicht mal die Mühe, mich zu beruhigen?

»Bist du dir sicher? Schick mir sofort den Link.«

»Damit du sie löschen lassen kannst, bevor die Presse sie entdeckt? Ist das deine einzige Sorge?« Wie kann ich ihm plötzlich so egal sein? Oder war ich das schon die ganze Zeit über und habe es durch meinen rosaroten Schleier nur nicht gesehen?

»Gott, nein. Meine größte Sorge ist, dass du den Mist glaubst, den du gesehen hast. Es tut mir so leid, Honey. Ich wusste, dass es eine Scheißidee war, auf die Party zu gehen. Alex hat mich überredet. Aber ich hätte nicht Ja sagen dürfen.« Ich kann seinen Atem zittern hören. »Ich muss ganz dringend mit Alex und Tyler reden. Danach kann ich es dir erklären.«

»Damit ihr euch auf eine Ausrede einigen könnt? Das kannst du dir sparen. Ich weiß, was ich gesehen habe.« Ich ringe um Worte. »Und dass du dein Versprechen gebrochen hast, hast du ja schon zugegeben. Warum? Du hättest es nicht versprechen müssen. Du hast das selbst vorgeschlagen. Du hast kein Wort davon ernst gemeint, oder?«

»Du musst mir jetzt vertrauen. Ich habe Mist gebaut, ja. Aber ich hab das versprochen, weil ich nicht wollte, dass du dir Sorgen machen musst. Deswegen hätte ich auch nie eine andere Frau auf meinem Schoß gewollt als dich.«

Ich zögere. Ich weiß nicht, ob ich eine ehrliche Antwort auf die Frage ertragen könnte, die mir durch den Kopf spukt. Aber er scheut sowieso nicht davor zurück, zu lügen. Und ich muss es wissen. Vielleicht wenigstens an seiner Stimme hören, was die Wahrheit ist.

»War unsere Beziehung überhaupt jemals ernst für dich? Oder war sie von Anfang an nur ein Spiel?« Trotz all der Kilometer, die zwischen uns liegen, ist die Luft zum Schneiden dick. Ich kann es kaum erwarten, dass er die Barriere durchbricht und mir sagt, was ich hören muss.

Seine Stimme ist kaum mehr als ein Flüstern. »So denkst du also von mir? Von uns?«

Mein Herz wechselt in einen unruhigen Takt. Sofort mischen sich Schuldgefühle unter meine Tränen. Als wäre ich diejenige, die Schuld an unserer Situation hat.

Es passiert. Er verunsichert mich. Aber das kann ich nicht zulassen.

»Ich habe dir vertraut. Bis ich diese Bilder gesehen habe. Jetzt ist das

Einzige, was ich glaube, dass du mich hintergangen hast und ich mich an etwas geklammert habe, das nie existiert hat. Ich kenne dich offenbar kein bisschen.«

»Bitte, sag das nicht. Wie hätte ich das alles spielen können? Du weißt, wie ernst ich es meine. Du musst es doch gespürt haben.«

»So wie du ihre Brüste in deinem Gesicht gespürt hast? Nein. Aber eins muss ich dir lassen. Du bist ein verdammt guter Schauspieler.« Ich finde kaum mehr die Kraft, meine Gedanken laut auszusprechen.

Im Hintergrund knallt etwas. »Nein!« Seine plötzliche Lautstärke und Härte lassen mich zusammenzucken. Jetzt schreit er mich auch noch an? Ich bin kurz davor, aufzulegen.

»Scheiße, lass mich doch erst mal erklären, bevor du die Beschuldigungen auspackst!«

Ich will mich nicht einschüchtern lassen. Doch gegen die Kraft in seinen Worten komme ich mit meinem bebenden Körper nicht an.

»Und was soll das nützen? Ist es wohl eine besonders romantische Begründung, warum du mich betrogen hast?«

»Du willst gar nicht mehr, hab ich recht?«

Ich muss nicht lange überlegen. Mein Kopf spuckt das Chaos von selbst aus.

»Ohne Vertrauen? Mit den ständigen Zweifeln, den Kontinenten zwischen uns und ohne die Chance auf eine gemeinsame Zukunft? Nein. Wahrscheinlich hätte ich diese Entscheidung treffen sollen, bevor es so weit kommen konnte. Es war ja nur eine Frage der Zeit.« Während ich es ausspreche, fällt eine Last von mir ab, derer ich mir zuvor nicht einmal bewusst war.

»Wahrscheinlich hast du recht. Wenn du mich von Anfang an für ein lügendes, betrügendes Arschloch gehalten hast, macht alles keinen Sinn. Ich kann nicht mehr tun, als dir zu erklären, dass ich keine Ahnung habe, welche Fotos du meinst. Du wusstest von Anfang an, worauf du dich einlässt.«

»Nein. Wenn ich geahnt hätte, wie kompliziert das wird ...« Ich stocke. Wen versuche ich gerade eigentlich zu belügen? Ihn oder mich selbst? Natürlich habe ich gewusst, dass es mit seinem Job schwierig werden würde. Und ich habe mich bewusst dafür entschieden. Aber musste ich denn damit rechnen, dass er mein Herz mit beiden Händen zerquetschen würde? Es hätte anders enden können. Und er hat es mutwillig zerstört.

Mein Atem geht flach. Die Last dieser Vorstellung droht mich zu erdrücken.

»Du hast es gewusst. Ich habe nie ein Geheimnis aus meinem Job und meinem Status gemacht. Und du hast die Gerüchte über die anderen Fahrer schon mitbekommen, bevor wir uns überhaupt begegnet sind. Warum hätte es bei mir anders werden sollen?« Er schnaubt. »Ja, vielleicht ist es letztendlich sogar wirklich meine Schuld. Aber nicht wegen meinem Umgang irgendwelchen beschissenen Mädels, von denen ich noch nie in meinem Leben etwas gehört hab. Sondern weil ich das alles überhaupt zugelassen hab. Ich hab gesehen, dass du damit nicht klarkommen wirst und dir jeden verdammten Spruch in einer Zeitung, jede Nachricht einer Fremden über Facebook zu Herzen nehmen wirst. Spätestens seit der Party in Austin war es mir klar.«

Mein Herz bebt. »Ich bin dir nicht lässig genug?«

»Siehst du? Hör doch endlich auf, in jedes Wort etwas hineinzuinterpretieren! Ich hätte dich schützen sollen, verdammt. Das wollte ich damit sagen. Das ist keine Beleidigung oder so. Diese Welt ist nichts für dich. Du nimmst das alles zu ernst. Alles, außer mich.«

Meine Energie schwindet. Jedes Wort, das er mir an den Kopf wirft, ist zu viel. Ich ertrage es nicht, so mit ihm zu reden. Ich will nichts mehr hören. Denn es ist alles gesagt. Er will nicht zugeben, was er mir angetan hat. Ihm fällt nicht mal eine Ausrede ein. Und ich habe ihm gesagt, was ich davon halte. Dennoch fürchte ich mich davor, aufzulegen. Denn dann war's das. Und das, obwohl ich vor einer Stunde noch geglaubt habe, unsere Liebe würde jeder Katastrophe standhalten.

»Das ist doch alles egal. Du bist derjenige, der es kaputt gemacht hat. Der mich die ganze Zeit über verarscht hat. Und mir jeder Sekunde machst du es nur noch schlimmer.«

Angespannt lausche ich den leisen Atemzügen. Wie in den Nächten, in denen ich in seinen Armen einschlafen durfte. Für eine Sekunde gebe ich mich der Illusion hin, alles sei in Ordnung. Nur um meinem blutenden Herzen einen Moment Erleichterung zu verschaffen. Aber das darf ich nicht.

»Ich hab nichts kaputt gemacht. Jetzt beruhig dich mal ein bisschen. Ich ruf dich in einer Stunde zurück und dann wird sich das mit den Fotos klären.«

»Den Anruf kannst du dir sparen. Mein Handy wird aus sein. War ich nicht deutlich genug? Es ist vorbei. Ich kann nicht mit jemandem zusammen sein, der mich hintergeht. Ruf mich nicht mehr an. Schreib mir nicht. Und tauch bloß nie wieder hier auf. Du hast sowieso nie in mein Leben gepasst. Da musst du jetzt nicht zwanghaft versuchen, dich doch noch reinzuquetschen.«

Ein naiver Teil von mir wünscht sich, dass er widerspricht und sich nicht so leicht geschlagen gibt. Doch meine vernünftige Seite weiß, was das für mich bedeuten würde. Es ist gut, dass ich es ausgesprochen habe. Besser, er hält sich daran.

»Wenn du das so siehst.«

»Ja.« Mehr habe ich ihm nicht mehr zu sagen. Jetzt wäre der richtige Zeitpunkt, um aufzulegen.

»Okay«, gibt auch er nur noch knapp zurück. Ich warte auf das Piepen in der Leitung, das mir anzeigt, dass er das Gespräch beendet hat. Den Moment, der das Ende unserer Beziehung endgültig besiegelt. Denn trotz allem schaffe ich es nicht selbst. Es wäre so einfach, wie es das bei Alex vorhin auch war – nur ein kleiner Tipp mit dem Finger. Aber etwas hält mich davon ab, unsere Verbindung zu unterbrechen. Vielleicht ist es sein sanfter Atem, der immer noch an mein Ohr dringt und mir das Gefühl gibt, ihm ein letztes Mal nahe zu sein.

Sekunden verstreichen, in denen wir schweigen. In denen meine Tränen versiegen. Ob meine Augen nur leergeweint sind oder die stumme Anspannung sie verdrängt, vermag ich jedoch nicht zu sagen.

Ob ich mir vielleicht doch anhören sollte, was er zu sagen hat? Mich auf einen Rückruf einlassen?

Ich öffne den Mund, um es auszusprechen. Aber es ist zu spät.

Das aufdringliche Piepen durchschneidet die Stille und damit die letzten Fetzen, die mein Herz noch zusammengehalten haben.

20. Kapitel

Danny

München, Deutschland

»Nimmst du einen Schluck?« Peter schwenkt die Rotweinflasche über meinem Glas und lächelt zu mir runter.

»Werde ich ihn denn brauchen?«, erwidere ich und verkneife mir den Nachsatz, der mir durch den Kopf schießt. Wenn es danach ginge, würde die ganze Flasche nicht reichen und ich hätte die letzten Wochen im Dauerrausch verbracht.

Er lacht und legt den Kopf schief. »Wie man es nimmt.«

Ich strecke ihm das Glas entgegen. »Na dann her damit. Aber nicht zu viel. Muss noch fahren.«

»Ich wäre der letzte, der will, dass du wegen Alkohol deinen Führerschein verlierst. Apropos ...«

Ich rolle mit den Augen. Was jetzt kommt, kann ich mir genau denken.

»... über dein öffentliches Verhalten müssen wir später nochmal reden. Wenn du so weiter machst, dauert es nicht mehr lange, bis die ersten negativen Schlagzeilen die Runde machen.« Er wirft mir einen ernsten Blick zu. Muss er deswegen auch noch auf mir rumhacken? Er weiß, dass ich die schlimmste Strafe dafür schon bekommen habe. Er glaubt mir genauso wenig wie Selina.

Andreas betritt mit zwei Tellern in den Händen das Esszimmer und rettet mich vor diesem unangenehmen Thema.

»O Gott, ich hoffe, das Filet war nicht zu lange im Ofen. Setz dich und schneid das mal an, Schatz.«

Ich ignoriere Peters Wir-reden-später-Blick und nehme nach ihm ebenfalls meinen Teller entgegen. Der Duft des Steaks und der Rotweinsoße lässt mir das Wasser im Mund zusammenlaufen. Ich traue mich kaum, das Kunstwerk auf meinem Teller anzurühren. Peter dagegen zersäbelt das Fleisch grob in der Mitte.

»Keine Sorge. Ist genauso perfekt wie immer.« Andreas nickt zufrieden, holt sein eigenes Fleisch und serviert so viele Schälchen mit Beilagen, dass ich dazwischen kaum mehr Platz für mein Glas finde. Wäre Selina dabei, hätte Andreas gar nicht extra für sie etwas Vegetarisches Kochen müssen. Sie hätte die Auswahl in den Schälchen geliebt und wäre zehnmal davon satt geworden. Mein Herz zieht sich schmerzhaft zusammen.

»Also«, beginnt Peter und schiebt sich ein großes Stück Steak in den Mund, »Die Verträge sind heute angekommen.« Er macht eine unerträglich lange Pause zum Kauen. »Hm, und ich denke, wir können sie so unterzeichnen. Ist im Prinzip nichts anderes als letzte Saison. In jeglicher Hinsicht.«

Ich atme auf. Endlich haben wir die Verlängerung in der Tasche. Trotzdem fällt die Sorge der letzten Wochen noch nicht vollständig von mir ab. Es hat viel zu lange gedauert und viel zu viele Verhandlungen gebraucht, um weiterhin im Team bleiben zu können. Auch wenn niemand offen mit mir darüber geredet hat, bin ich mir sicher, dass Hendrick auch mit anderen Fahrern gesprochen und alle Möglichkeiten in Erwägung gezogen hat.

Ich belade meinen Teller mit Kartoffelspalten und Ratatouille. »Danke. Also im Ernst. Danke, dass du das hingebogen hast.«

»Ist doch mein Job, oder?« Peter zwinkert mir zu. »Aber du hast nicht verstanden, worauf ich hinauswill.«

»Dass ich nicht mehr Kohle kriege? Das ist nicht wichtig. Hauptsache, ich hab es noch nicht verbockt und krieg noch eine Chance.«

»Und die musst du auch nutzen. Es kommt kein neuer Fahrer. Wahrscheinlich wollen sie nicht zwei unerfahrenen Piloten. Tyler hat letzte Woche auch verlängert.«

Das eben noch butterweiche Fleisch wirkt in meinem Mund mit einem Male zäh. Ich kaue ewig darauf herum, bis ich den Bissen schlucke und Peter antworte.

»Wow. Wer hat das Gerücht über einen neuen Fahrer in die Welt gesetzt? Diese Quellen sind ja sehr verlässlich.« Wie sehr es mir widerstrebt, weiterhin jeden Tag mit Tyler zu tun haben zu müssen, reibe ich ihm besser nicht unter die Nase. Dann darf ich mir wieder einen berechtigten Vortrag über professionellen Umgang mit dem Team anhören. Aber besonders nach dem, was in Abu Dhabi passiert ist, traue ich Tyler keinen Millimeter mehr.

»Meint ihr nicht, das war Absicht?«, klinkt Andreas sich ein, »Dieser Hendrick scheint mir ein gerissener Kerl zu sein. Wenn er will, dass ihr euch gegenseitig bekämpft und zu Höchstleistungen auflauft, macht es doch Sinn, einen Konkurrenten zu erfinden, der euch den Platz wegschnappen könnte.«

»Gar kein schlechter Gedanke«, murmle ich und stochere nachdenklich im Gemüse herum.

»Das halte ich auch nicht für ausgeschlossen. Ich habe bei den Verhandlungen letzte Woche ein langes Gespräch mit Hendricks Managern geführt. Da konnte ich mehr raushören, als ich erwartet hatte.«

Er legt die Gabel beiseite, verschränkt die Arme vor der Brust und sieht mit einem Seufzen zu mir rüber. Gar nicht gut. Mein Magen gibt ein gluckerndes Geräusch von sich.

»Wir haben ja schon darüber geredet. Du musst in der kommenden Saison noch eine Schippe drauflegen. Hendrick und das Team sind nicht gerade zufrieden mit deinen Leistungen. Sie haben sich mehr erhofft. Mindestens regelmäßige Platzierungen auf 4 oder 5.«

Ich kann nichts weiter tun, als seinen besorgten Ausdruck zu erwidern. Verdammt, ich bin doch selbst nicht zufrieden mit mir. Aber ich kann nicht mehr machen, als mir jeden Tag den Arsch aufzureißen. Wenn sie im Team vielleicht einmal auf meine Strategievorschläge und die Settings, die ich mir wünsche, eingehen würden, könnte ich viel weiter vorne stehen.

Andreas sieht zwischen uns beiden hin und her, dann auf unsere halb gefüllten Teller. »Sollten wir nicht zu etwas erfreulicheren Themen übergehen? Dieses Essen muss man doch genießen. Nicht neben frustrierenden Diskussionen hineinschlingen.« Er wirft Peter einen vorwurfsvollen Blick zu. Ich nicke, dankbar für den Versuch. Auch wenn ich genau weiß, dass mir die

Sache weiterhin durch den Kopf schwirren wird und sich nicht mit einem einfachen Themenwechsel wegwischen lässt.

»Es gibt eben Dinge, die man nicht schönreden oder verschweigen kann. Wenn wir das nicht in den Griff bekommen, sitzen wir nächstes Jahr um diese Zeit alle auf dem Trockenen.« Peter greift zu seinem Weinglas und schafft es, ein fröhliches Gesicht zu machen. Dann wendet er sich Andreas zu. »Aber du hast recht. Können wir auch wann anders bequatschen. Muss nicht bei einem Abendessen sein. Hast dir ja wirklich Mühe gegeben und es schmeckt fantastisch.«

Wir stoßen miteinander an und ich widme mich wieder meinem Essen, während Andreas mit einer lustigen Anekdote über ein Haus ablenkt, das er neulich an eine Frau mit einer Horde Katzen verkauft hat.

***

Als ich mich einige Stunden später mit vollem Bauch in meinen Wagen zwänge, bringe ich kaum die Kraft auf, den Motor zu starten und loszufahren. Bisher war ich mir sicher, man könne ein Auto wie dieses nur mit einem Grinsen auf den Lippen fahren. Ich habe mich getäuscht. Sogar in dieser Kanone, mit dem Röhren der Zylinder im Ohr, drückt der Felsbrocken in meiner Brust. Aber das Auto ist nicht schuld daran.

Es ist diese verdammte Stadt. Am liebsten wäre ich nie wieder hierher zurückgekehrt. Jeder Zentimeter Münchens ist in meinen Erinnerungen unweigerlich mit ihr verknüpft. In jeder Straße sehe ich sie entlangschlendern, auch wenn wir nur auf wenigen von ihnen gemeinsam gegangen sind.

Ich drehe das Radio auf und drücke aufs Gas. Der Beschleunigungsschub drückt mich in den Sitz. Aber meine Gedanken lassen sich nicht so leicht beeindrucken. Wahrscheinlich würde dafür nicht mal meine Formel-1-Karre ausreichen. Denn ich weiß, dass es nicht besser wird, sobald ich später die Autobahn Zuhause in Nürnberg wieder verlasse. Es ist auch ihre Heimat. Und nun erscheint es mir die beste Möglichkeit, einfach wegzuziehen – nach Berlin oder Hamburg, wo ich mit meinem Job besser aufgehoben bin. Was hält mich noch in Nürnberg? Meine Mutter, die ich nur dort treffen kann? Ich kann doch nichts für ihre dämliche Flugangst.

Sechzehn Jahre habe ich dort gelebt, fünf weitere gelegentlich, ohne Selina jemals über den Weg zu laufen. Eigentlich sollte ich die Stadt mit meiner Kindheit, mit all den Erlebnissen meiner Jugend verknüpfen. Oder den anderen Mädchen, die ich vor ihr gedatet habe. Warum, verdammt nochmal, sehe ich plötzlich überall nur noch sie?

Ich halte an einer roten Ampel. Als hätte ich gerade noch nicht genug mit meiner dämlichen Gefühlsduselei zu kämpfen, rennt ein lachendes Pärchen Hand in Hand vor mir über die Straße. Ich warte darauf, dass der Felsbrocken an Gewicht gewinnt, auf ein Stechen in der Magengegend oder einen Kloß im Hals. Aber nichts passiert.

Die Ampel springt auf Grün und ich setze meinen Weg durch München fort. Jedoch nicht, ohne darüber nachzugrübeln, warum mich alles an unsere Beziehung erinnert und ein Loch in mich reißt, nur dieser Anblick nicht.

Erst nach einigen Minuten, in denen ich wie in Trance aus der Frontscheibe gestarrt habe und stur vor mich hingefahren bin, schiebt sich der Grund langsam in mein Bewusstsein.

Die Momente, in denen wir eine so alltägliche Situation geteilt haben, kann ich an einer Hand abzählen. Wir haben einiges zusammen erlebt: Tage im Fahrerlager und Nächte in 5-Sterne-Hotels. Aber von einem gemeinsamen Alltag waren wir meilenweit entfernt. Wie sollte ich also etwas vermissen, das ich gar nicht kenne?

Statt der erwarteten Trauer bahnt sich ein Strom stummer Wut den Weg durch meine Adern. Die Saisonpause hätte unsere Zeit werden sollen. Die wenigen Wochen im Jahr, in denen ich nicht von einem Termin zum nächsten rennen muss, wollte ich an ihrer Seite verbringen. Etwas aufbauen, das uns durch die nächsten Monate der Trennung trägt. Was für ein dämlicher Gedanke das war. Ich hätte es gleich sehen müssen. Es hätte nie funktionieren können. Sie hat ihr eigenes Leben hier in München. Ihre Träume hätten nie zu meinen gepasst. Wie die Teile zwei verschiedener Puzzles, die auch mit noch so viel Mühe nicht ineinandergesteckt werden können.

Ich wache für einen Moment aus meiner Trance auf und werde unwillkürlich langsamer, als ich meine Umgebung wieder klarer wahrnehme. Erst jetzt bemerke ich, wohin mein Unterbewusstsein mich geleitet hat. Weg von der Hauptstraße, die mich in Richtung Autobahn führt, hinein in die enge Wohngegend und in ihre Nähe. Es sind nur noch zwei Straßen bis zu ihrer Wohnung. Ich sollte sofort umdrehen und zurückfahren, aber etwas hält mich davon ab und zieht mich wie ferngesteuert in ihre Nähe.

Der Felsbrocken rumpelt in meiner Brust auf und ab, als ich schließlich in ihre Straße einbiege. Was erwarte ich mir davon? Ich bleibe in zweiter Reihe vor ihrem Haus stehen und blicke an der Fassade hinauf. Es wäre so einfach, auszusteigen und zu klingeln. Aber sie würde mir nicht um den Hals fallen wie beim letzten Mal. Ich würde sie einen Moment lang sehen können, mich an ihren Duft erinnern und von ihrer Ausstrahlung einhüllen lassen. Wenn ich die nicht zerstört habe. Sie würde mir die Tür vor der Nase wieder zuschlagen. Und es gibt nichts, was ich tun könnte, um das zu ändern. Ich alleine bin schuld daran. Mit dieser einen, beschissenen Party habe ich alles ruiniert.

In ihren Fenstern brennt kein Licht. Nicht zu wissen, wo sie gerade ist und was sie treibt, ist in diesem Moment unerträglich. Als wir zusammen waren, musste ich das nicht ständig wissen. Wozu auch? Aber die Gewissheit, nicht einmal nachfragen zu können, wenn ich mir Gedanken darüber mache, raubt mir den Atem. Liegt sie schon im Bett? Träumt sie friedlich oder kann sie nicht einschlafen? Oder ist sie gar nicht Zuhause, sondern ...

Ich lehne die Stirn gegen das kühle Lenkrad. Nein, ich muss aufhören, mir darüber Gedanken zu machen. Es ist lächerlich, dass ich überhaupt hier stehe. Mir nützt es nichts, unserer Beziehung hinterherzutrauern. Entweder, ich schließe ein für alle Mal damit ab und konzentriere mich darauf, nächste Saison nicht meine Karriere beenden zu müssen oder ich reiße mich verdammt noch mal zusammen und fange an, um sie zu kämpfen statt herumzuheulen.

Doch dazu brauche ich einen vernünftigen Plan. Einen, bei dem sie mir zuhören muss, statt mich wegzudrücken oder meine Nachrichten zu ignorieren. Dafür gibt es nur eine Möglichkeit, die ihr sicher nicht gefallen wird.

Vielleicht klappt es auch nicht. Und vielleicht ist das sogar besser so. Die Träume, Zeitzonen und Kilometer zwischen uns werden nicht von heute auf morgen verschwinden. Aber wenn ich ihr dadurch wenigstens den Schmerz nehmen kann, den ich ihr zugefügt habe, muss ich es versuchen.

21. Kapitel

Selina

München, Deutschland

Zum fünften Mal an diesem Nachmittag poliere ich mit einem ausgefransten Lappen die Thekenfläche. Schon nach dem zweiten Mal hatte ich jeden noch so kleinen Kaffee- und Sahnefleck beseitigt. Aber meine Schicht im Café dauert noch über zwei Stunden und außer einem Studenten, der am hintersten Tisch in seinen Lernunterlagen versinkt, gibt es niemanden, den ich bedienen könnte. Vielleicht hätte ich den Job im Tierkrematorium doch nicht so schnell verurteilen sollen. Der wäre garantiert spannender und abwechslungsreicher gewesen als das hier.

Der Anblick der pastellfarbenen Holztische und Stühle in Kombination mit den geschickt gewählten Kunstwerken an den Wänden ist allerdings angenehmer als der von Tierleichen. Doch je länger ich mir die Beine in den Bauch stehe, desto weniger kann ich mich gegen meine Gedanken wehren, die mich immer wieder aus dem Café hinausbeamen.

Ich habe es satt, nachzudenken. Nächtelang über das zu grübeln, was passiert ist, und ob ich es hätte verhindern können. Oder ob ich die ganze Zeit über nur in einem dieser Träume gelebt habe, ohne die Realität zu sehen. Ich habe es satt, immer wieder darüber nachzudenken, was passiert ist. Denn es nützt nichts mehr. Auch wenn die Fotos von Danny und dieser Frau inzwischen aus dem Internet verschwunden sind: Die Screenshots sind noch auf meinem Handy gespeichert und selbst wenn ich sie mir nicht ansehe, kehren sie immer wieder ohne Vorwarnung in meinen Kopf zurück. In der Vorlesung, im Auto, im Café. Sie haben sich in meine Erinnerung eingebrannt. Und ich habe keine Ahnung, wie man ein Brandzeichen wieder loswird. Vielleicht mit

Zeit und Geduld. Oder indem man sich lange genug auf etwas anderes konzentriert. Theken polieren gehört aber offensichtlich nicht dazu. Das wirkt eher wie Benzin für die leisen Flammen, die immer wieder in mir auflodern und die Bilder noch tiefer einbrennen.

Das Klingeln des Türglöckchens lässt mich vom Tresen aufblicken. Ein leises Seufzen entfährt mir. Endlich etwas Ablenkung. Sofort schäme ich mich für meine lethargischen Gedanken. Reiß dich zusammen, verdammt! Das Leben geht weiter. Eigentlich ist alles in Ordnung. Trotzdem wird mir gerade schmerzlich bewusst, dass auch ich nicht die bin, für die ich mich immer gehalten habe. Ich bin keines von den starken Mädchen, sondern nur jemand, der sich von einem Arschloch und einer Trennung unterkriegen lässt. Was würde ich dafür geben, einfach weitermachen zu können, ohne zurückzublicken?

Um wenigstens die Illusion aufrechtzuerhalten, setze ich ein Lächeln auf. Lena spaziert durch die Tür, winkt mir zu und kommt mit federnden Schritten zum Tresen. Mein künstliches Lächeln wandelt sich in ein echtes. Ihre Fröhlichkeit ist genau das, was ich jetzt brauche.

Sie lehnt sich mit den Ellenbogen auf die Theke und wackelt anzüglich mit den Augenbrauen. »Na, Schneckchen? Hab gehört, du hast heute nicht viel zu tun. Lust, zusammen was zu vernaschen?«

Ich pruste los und ernte einen schiefen Seitenblick vom Studenten am hinteren Tisch. Ist mir aber egal. Mit ihr zu lachen tut gut. Vor allem, weil sie sich offensichtlich mein gruseliges Erlebnis mit dem alten Kerl gemerkt hat, von dem ich ihr letzte Woche erzählt habe. Sie parodiert ihn perfekt.

»Musst du nicht selbst arbeiten?«, frage ich sie, als wir uns wieder beruhigt haben.

»Bin schon fertig. Der Meinert hat mir wieder nur ein paar Unterlagen mitgegeben und den Rest kann ich Zuhause erledigen. Also, wie sieht's aus? Hast du ein paar Minuten?«

Ich beneide sie wirklich um ihren Job am Lehrstuhl. Das hätte ich auch gerne gehabt: genug fachbezogene Arbeit, um daraus zu lernen, aber geringer Aufwand und freie Zeiteinteilung. Lena war schlauer als ich und hat sich schon vor Semesterbeginn für eine Stelle beworben. Während ich mir von einer Illusion den Kopf vernebeln habe lassen und mich um nichts gekümmert habe, was mir heute nützen würde. Selbst dass ich zumindest eine einzige Freundin gefunden habe und nicht völlig allein in München bin, habe ich auch eher dem Zufall als meinen Bemühungen zu verdanken. Aber ich habe daraus gelernt. Nie wieder werde ich meine Prioritäten für jemand anderen so verschieben wie für Danny.

Ich werfe einen Blick auf die Uhr und lasse den Blick aus dem Fenster schweifen: keine Kunden im Anmarsch.

»Aber nur so lange, bis jemand kommt. Cupcake?«

»Klar. Ich will nicht schuld sein, wenn du deinen Job verlierst. Aber ist ja echt nichts los.«

Sie beugt sich zur Auslage hinunter und wählt einen pinken Erdbeer-Cupcake. Ich entscheide mich für Blaubeere, mache Lena Latte Macchiato und mir einen Kakao und balanciere alles auf einem Tablett zu dem Tisch neben der Theke. So kann ich wenigstens schnell aufspringen, falls doch Kundschaft oder die Chefin im Anmarsch ist.

Lena wirft ihre braune Ledertasche neben den Stuhl und lässt sich darauf fallen. Dann streift sie sich voller Vorfreude die Zöpfe hinter die Schultern und beißt in den Cupcake.

»Und? Wie geht's dir?«, fragt sie mit vollem Mund.

Ich starre auf die blaue Sahnewolke vor mir. Das war keine rhetorische Frage. Ich weiß genau, worauf sie anspielt.

»Gut. Wirklich.«

Sie hebt die Brauen. »Wow. Das klang wirklich überzeugend.«

Mist. Obwohl sich mein Appetit in Grenzen hält, greife ich nach dem Cupcake und beginne ebenfalls zu essen. So macht man das doch, wenn man ein beiläufiges Gespräch führt, oder? Mein Gott, ich sollte wirklich wieder mehr unter Menschen gehen. Inzwischen kommt es mir vor, als hätte Danny sämtliche meiner Fähigkeiten mit sich genommen, scheinbar auch die für soziale Interaktion. Ein wütendes Grummeln bahnt sich den Weg durch meinen Magen.

»Doch. Ich bin nur ein bisschen gestresst. Die Prüfungen kommen erschreckend nahe, findest du nicht? Aber wegen der Trennung? Das ist okay.« Ich zucke mit den Schultern, meide aber ihren Blick.

Trotzdem scheine ich überzeugender zu wirken, als ich mich fühle. »Wollte ja nur mal nachfragen. Ich weiß, du redest da nicht gerne drüber. Aber die letzten Wochen hast du echt fertig ausgesehen.« Ihr ernster Blick verfehlt wegen des pinken Sahneflecks an ihrer Nasenspitze die Wirkung. Ich mache sie mit einem Grinsen darauf aufmerksam und sie scheint es mir endgültig abzukaufen.

»Umso besser, wenn du drüber hinweg bist. Ich hätte da ja was zur Aufmunterung für dich gehabt. Aber ich wusste nicht, ob du das so cool findest, während du noch traurig bist. Mir jedenfalls hat das immer geholfen.«

»Ach ja? Sag jetzt bloß nicht kiloweise Eis und Liebesschnulzen. Das hat nämlich nicht funktioniert. Die Filme lügen.«

Lena rollt mit den Augen und putzt sich die Sahne von der Nase. »Natürlich nicht. Dann würde ich eher Cupcakes und Kakao vorschlagen.« Womit sie gar nicht so falsch liegt. Mit jedem Bissen kann ich die fruchtige-süßen Aromen mehr genießen. Langsam erinnere ich mich wieder, warum ich mich ausgerechnet in diesem Café beworben habe. Sie können gute Laune in Cupcakes hineinbacken.

»Meine Aufmunterung ist zwar auch recht klassisch, wirkt aber viel besser und macht garantiert nicht dick.« Sie beugt sich nach vorne. »Er heißt Jan, hat ein super heißes Lächeln und liebt Highspeed.« Ich will gerade den Rest des Cupcakes in den Mund schieben. Meine Glieder frieren jedoch in der Bewegung ein. So eine Nummer wird das? Meint sie das ernst? »Vielleicht hast du ihn schon mal mit seinem Motorrad vor der Uni gesehen. Und zufälligerweise habe ich in den letzten Tagen ein paarmal mit ihm gequatscht und herausgefunden, dass er Single ist.«

Langsam löse ich mich aus meiner Starre und schließe den Mund. Vermutlich sehe ich trotzdem aus wie ein Goldfisch, denn ich kann mein Entsetzen über ihren Vorschlag nicht verbergen.

»Nicht gut? Er ist wirklich schwer in Ordnung, sozusagen die bessere

Variante von deinem Danny. Von ihm musst du dich garantiert nicht wegen der Distanz oder so trennen. Er studiert sogar das Gleiche. Willst du ihn denn nicht wenigstens mal auschecken?«

Ich beiße mir von innen auf die Lippe. Das habe ich mir also selbst eingebrockt. Hätte ich ihr die Wahrheit über unsere Trennung erzählt, würde sie nun nicht glauben, meine Probleme so einfach lösen zu können. Sie meint es nur gut. Dennoch treibt sie mich damit nur weiter in meine dunkle Gedankenspirale hinein. Ob das der Zeitpunkt ist, ihr zu verraten, dass Danny mich betrogen hat?

Ich blicke in ihre dunklen Augen, in denen sich die Verunsicherung spiegelt. Sie würde mich nicht verurteilen. Das hat sie nie. Doch meine Scham ist zu groß. Ich kann das nicht. Will nicht die Betrogene sein. Dann bin ich nur noch diejenige, die ihrem Freund nicht gut genug war. Auf mitleidige Blicke kann ich gut verzichten.

»Das ist echt lieb, aber … ich glaube … ich will erstmal was anderes. Von Highspeed habe ich definitiv genug.«

»Oh, verstehe.« Sie schiebt ihren Teller zur Seite und mustert ihre blau lackierten Fingernägel. »Aber dann sehe ich ihn mir vielleicht mal genauer an. Auch gut.«

»Mach das. Wenn er sich dann doch als toll herausstellt, kann ich ihn dir ja immer noch ausspannen.« Ich strecke ihr die Zunge entgegen. Wir lachen erneut so laut, dass der Typ in der Ecke von seinen Unterlagen aufblickt und den Kopf schüttelt.

***

Bevor ich meinen Kakao ausgetrunken habe, klingelt das Türglöckchen erneut und kündigt Gäste an. Ich springe sofort auf und kehre an meinen Platz an der Theke zurück, um sie zu bedienen und meine unplanmäßige Pause zu vertuschen. Lena hilft mir sogar, indem sie unsere Teller und Tassen zurückbringt, während ich mit der Kaffeemaschine kämpfe.

»Ich bin mir noch nicht sicher, ob ich morgen in die Vorlesungen komme. Vielleicht fahre ich schon nach Hause.«

Sie knöpft ihren dicken Wintermantel zu und hängt sich die Tasche um die Schulter. Ich kann nicht einordnen, woher meine plötzliche Wehmut kommt. Weil ich sie vermissen werde und gehofft hatte, sie vor Weihnachten noch länger in München um mich zu haben? Oder weil das bedeutet, dass ich doch für mehr als zwei Tage nach Hause fahren muss, um nicht alleine zu sein?

»Dann schreib mir rechtzeitig, ob ich dir einen der heißbegehrten Plätze freihalten soll oder nicht«, scherze ich, um meine Enttäuschung zu verbergen.

»Mach ich. Falls wir uns nicht mehr sehen: schöne Feiertage. Und denk nicht so oft an ihn.«

Sie hat es mir also doch nicht abgekauft.

»Dir auch«, murmle ich und lasse mich über den Tresen hinweg umarmen. Dann beobachte ich, wie sie mit hüpfenden Zöpfen in die Kälte hinaus verschwindet. Augenblicklich wird mein Herz wieder schwerer. Hätte sie mir nur einen Funken ihrer Leichtigkeit dagelassen.

***

Vier Tage später sitze ich vor dem Haus meiner Eltern im Auto und versuche, mich zum Aussteigen durchzuringen. Meine Einparkversuche in drei verschiedenen Parklücken sind kläglich gescheitert. Ich musste aufgeben, bevor ich mir noch mehr Dellen ins Auto fahre. Stattdessen stehe ich nun vor der Garageneinfahrt der Nachbarn. Normalerweise hätte ich Alex geschrieben und gebeten, für mich zu parken. Aber das geht nicht. Denn es gibt einiges zu klären, bevor wir wieder zu Alltäglichem übergehen können. Und ich bin mir nicht mal sicher, ob es jemals wieder so werden kann wie zuvor. Vieles von dem, was ich ihm neulich an den Kopf geworfen habe, habe ich ernst gemeint. Nur deshalb konnte ich es durchhalten, bis heute nicht mehr mit ihm zu reden, all seine Nachrichten und Anrufe wie die von Danny abzuschmettern. Allerdings gibt es einen Unterschied zwischen den beiden Verrätern.

Ich schließe die Augen und atme ein letztes Mal tief durch, bevor ich aussteige und meine Taschen aus dem kleinen Kofferraum hebe.

Mama steht bereits in der Tür und läuft mir in Hausschuhen entgegen.

»Alles in Ordnung, Schätzchen? Ich dachte schon, du willst gar nicht mehr aussteigen.«

Sie nimmt mir eine Tasche aus der Hand und drückt mich an sich. Ihr vertrauter Geruch treibt mir beinahe die Tränen in die Augen. Was ist nur los mit mir? Wie konnte ich so lange darüber nachdenken, Weihnachten in München zu verbringen? Ich hätte an den Feiertagen nie auf Mama und Papa verzichten können.

Um mein Gefühlschaos und meine zittrige Stimme zu überdecken, schiebe ich eine Ausrede vor. Sie soll sich keine Sorgen machen. »Ich kann nicht einparken. Ich schaff es einfach nicht.«

Das ist immerhin nicht gelogen.

Mama löst sich von mir und sieht mich entgeistert an. »Das nimmst du dir so zu Herzen? Ach, das ist doch nicht schlimm. Das lernst du schon noch. Gib mir die Schlüssel, dann stell ich den Wagen für dich ab.«

Ich widerspreche nicht, lasse mir die Schulter tätscheln und schleppe meine Taschen alleine ins Haus, während Mama einparkt.

Papa wartet ebenfalls schon auf mich und empfängt mich im Flur. Im Gegensatz zu Mama trägt er allerdings Jacke und Schuhe. Wo will er hin? Ich ertappe mich dabei, wie ich mit eingezogenem Kopf hinter seinem Rücken nach Alex Ausschau halte und in Wohnzimmer und Küche luge. Ich kann ihn jedoch nirgendwo entdecken.

»Wo ist Alex?«, frage ich vorsichtig, als Papa mir die Taschen abnimmt und mir einen Kuss auf die Stirn drückt.

»Ach ... der ist oben.« Er reibt sich den Nacken und sein Lächeln verrutscht. Hat Alex ihnen mehr von unserem Streit erzählt? »Aber dem kannst du ja später noch Hallo sagen. Mama hat als Überraschung extra einen Tisch in dem tollen, vegetarischen Restaurant reserviert. Da müssen wir in ein paar Minuten los. Und für deinen Bruder ist das ja sowieso nichts.«

Irgendetwas stinkt hier. Hat Alex ihnen gesagt, er will mir auf keinen Fall begegnen? Ist er nun auch sauer auf mich? Das sind ja tolle Aussichten für die kommenden Tage. Andererseits kann ich aufatmen. Ein Abend nur mit Mama und Papa in meinem Lieblingsrestaurant – was hätte ich mir mehr wünschen können? Es ist sicher keine schlechte Idee, zuerst etwas Schönes zu machen und meine Kraftreserven aufzuladen, bevor ich mich später an ein Gespräch mit Alex wage.

***

Doch als wir nach einem gemütlichen Abend mit platzenden Bäuchen nach Hause zurückkehren, ist meine Lust, ein klärendes Gespräch zu führen und mich erneut mit meinen Problemen auseinanderzusetzen, auf null gesunken. Als ich Schuhe und Jacke im Garderobenschrank verstaut habe, stehe ich unentschlossen zwischen Wohnzimmer und Treppenhaus. Ich könnte es auf morgen verschieben. Was macht der eine Tag noch für einen Unterschied?

Mama läuft an mir vorbei ins Wohnzimmer. Doch bevor sie sich auf die Couch setzt, dreht sie sich nochmal um und mustert mich mit einem schmalen Lächeln. Auch wenn wir das Thema beim Abendessen vermieden haben, weiß sie sicher genau, was in mir vorgeht.

Mit einer Kopfbewegung deutet sie die Treppe hinauf. »Geh schon. Er wartet sicher auf dich.«

Ihre ruhige Stimme verfehlt ihre Wirkung nicht. Dennoch zögere ich.

»Wie ist er so drauf? Denkst du, es tut ihm leid? Oder ist er sauer auf mich?«

»Das musst du ihn schon selbst fragen. Keine Sorge, das werdet ihr schon klären. Ihr habt schon viel schlimmere Kämpfe in eurem Leben geführt. Oh, wie damals, als er deinen Plüschhund in den Matsch geworfen hat und du ihm dafür mit einem Stock ins Auge ...«

Ich hebe abwehrend die Hand. Die Erinnerung an alte Zeiten versetzt mir einen Stich. »Ist ja gut. Ich geh schon.« Bevor sie noch mehr Geschichten aus unserer Kindheit auspacken kann, ziehe ich die Wohnzimmertür hinter mir zu und steige die Treppe nach oben.

Meine Beine werden mit jedem Schritt schwerer. Was soll ich zu ihm sagen? Ich kann nicht so tun, als wäre alles wieder in Ordnung. Dass er mich belogen und Danny gedeckt hat, ist alles andere als okay. Es macht mich immer noch wütend. Und ohne eine vernünftige Entschuldigung kann ich die Feiertage nicht mit ihm verbringen. Mein Vertrauen hat einen riesigen

Knacks bekommen, der sich so einfach nicht wieder reparieren lässt. Aber ich will nicht in sein Zimmer stürmen und ihm Vorwürfe machen. So wird das mit einer Versöhnung erst recht nichts.

Ich bleibe am oberen Treppenabsatz stehen, lege mir ein paar Worte zurecht und straffe die Schultern. Das kriegen wir schon hin. Es ist immerhin Alex und der ist nie lange nachtragend. Daran werde ich mir ein Beispiel nehmen und dann kann nichts schief gehen.

Als ich vor der Tür stehe und die Hand zum Klopfen hebe, schwingt sie auf. Alex sieht zu mir hinunter, ohne zu lächeln. »Hey.«

Zum ersten Mal seit Jahren nehme ich sein Gesicht, sein Auftreten bewusst wahr, während ich versuche, seine Körpersprache zu lesen. Wann ist er so alt geworden? In meinem Kopf ist er immer noch der pickelige Teenager von damals. Nicht der vierundzwanzigjährige Mann mit dunklem Bartschatten, der nun vor mir steht. Ich trete von einem Fuß auf den anderen. Die Worte, die ich vorbereitet hatte, sind verschwunden.

»Hey«, murmle ich stattdessen nur und lehne mich seufzend gegen den Türrahmen.

»Komm rein. Und bitte raste nicht gleich aus.«

Ich verenge die Augen und lege den Kopf schief. »Ausrasten?« Ich schiebe mich an ihm vorbei und er schließt die Tür hinter uns. »Was hast du denn noch verbro…«

Mir versagt die Stimme, als ich zu seinem Bett hinübersehe. Dieser Mistkerl. Meine Beine reagieren schneller als der Verstand. Ich mach einen Schritt zurück und will an Alex vorbei nach draußen stürmen. Aber er hält mich fest. Das Blut in meinen Adern nähert sich dem Siedepunkt. Was fällt ihm ein? Ich wollte mich gerade mit ihm versöhnen. Und er will mich nochmal demütigen?

»Lass mich los!«, fauche ich und bin kurz davor, ihm in den Arm zu beißen.

»Bleib ruhig. Wir wollen doch nur mit dir reden und dir alles erklären. Danach kannst du immer noch abhauen. Aber spiel bitte nicht die Fünfjährige, bevor du es dir angehört hast.« Alex flehentlicher Gesichtsausdruck regt mehr in mir, als ich zulassen will.

»Nein, lass sie los. War eine beschissene Idee von mir. Ich gehe. Dann könnt ihr euch zu zweit aussprechen.« Danny steht vom Bett auf und greift zu seiner Jacke, die er neben sich gelegt hat. Übelkeit steigt in mir auf, während ich jede seiner Bewegungen verfolge. Diese Bewegungen, die mir so vertraut sind – die ich aber am liebsten aus meinem Gedächtnis löschen würde.

Ich blicke zwischen den beiden hin und her. Wie viele Nächte habe ich mir wegen ihnen den Kopf zerbrochen und gegrübelt, warum? All die Wochen habe ich mich gegen ihre Antworten gewehrt und mir eingeredet, ich müsste die Geschichte nicht kennen, um damit abzuschließen. Aber das ist nicht wahr. Meine Unwissenheit bringt mich langsam, aber sicher um den Verstand.

»Warte.« Ich schaue in Dannys Richtung, jedoch ohne ihm in die Augen zu sehen. »Vielleicht ist das wirklich ein beschissener Plan. Und glaub bloß nicht, dass ich dir glauben werde. Aber wenn du schon hier bist … leg los.«

Ich reiße mich aus Alex Griff los, reibe mir den Arm und sende ihm kopfschüttelnd meinen Todesblick. Er hat mir diese Situation immerhin eingebrockt, während ich schon fast nicht mehr böse auf ihn war. Da muss er mir nicht noch meine Gliedmaßen ausreißen und mir seinen Willen aufzwingen. *Vielleicht meint er es ja nur gut,* flüstert eine Stimme in meinem Hinterkopf, die die Wut aber sofort wegspült.

Danny mustert mich skeptisch und traut meinem plötzlichen Umschwung noch nicht. Trotzdem setzt er sich zurück aufs Bett und beginnt zu reden.

»Wir fanden es schade, dass du uns kein einziges Mal zugehört hast. Du weißt überhaupt nicht, was passiert ist. Es ist sicher nicht so abgelaufen wie der Horrorfilm in deinem Kopf. Es ändert nichts an deiner Entscheidung und an unseren Problemen. Aber ich muss das loswerden, damit ich weiß, dass du sie später nicht bereust.«

»Na dann schieß los. Jetzt bin ich ja da und hör zu.«

Ich setze mich mit Sicherheitsabstand vor ihn auf den Boden und vermeide, ihn anzusehen. Denn ich habe ernst gemeint, was ich neulich zu ihm gesagt habe. Eigentlich wollte ich ihn nie wieder sehen. Ich wusste genau, was passieren würde, sollte ich ihm nochmal begegnen: Tausend kleine Nadelstiche in meinem Herzen. Wie recht ich hatte.

Danny nickt Alex zu. Dieser setzt sich im Schneidersitz neben mich und räuspert sich. »Also, das mit der Party war meine Schuld. Louanne hat mir geschrieben, sie würde dort sein. Ich wollte sie unbedingt wiedersehen. Danny wollte nicht hin. Er hat mir erzählt, was ihr vereinbart habt. Aber zusammen mit Tyler hab ich ihn trotzdem überredet. Also Danny kann eigentlich gar nichts dafür. Du musst auf mich wütend sein.«

»Das bin ich auch, glaub mir«, knurre ich und vergrabe meine Finger in den Teppichflusen. »Okay, den Teil kaufe ich euch tatsächlich ab. Aber das macht es kein bisschen besser. Ihr habt euch gemeinsam entschieden, hinter meinem Rücken ein Versprechen zu brechen. So viel bin ich euch also wert.«

»Mann, wir wussten ja nicht, was dann passiert. Wir dachten, du kriegst das nie mit. Musst dich nicht aufregen. Ich hätte ohne Stress Louanne treffen können, Danny hätte einen chilligen Abend gehabt. Und du wärst nicht mal traurig gewesen.«

Typisch Alex. Was für ein Mist, den er da von sich gibt. Es steckt eindeutig noch mehr von dem pickeligen Teenager in ihm, als ich dachte. »Jemanden hintergehen ist also in Ordnung, wenn derjenige nichts davon mitbekommt? Wow.«

»Nein. Wir haben Mist gebaut«, klinkt Danny sich ein, »Aber das ist nicht das Problem.«

»Ach nein? Was dann? Dass ihr aufgeflogen seid und du um ein Haar deinen eh schon angeknacksten Ruf vor der Presse ruiniert hättest?«

Ich spüre Dannys Blick auf mir, schaffe es aber trotz meiner aufkochenden Gefühle nicht, vom Teppich aufzuschauen.

»Nein. Wir wissen nicht, was passiert ist.«

Ich schlucke. Die Vorstellung, wie die beiden sich auf dieser Party völlig abgeschossen haben, hinterlässt einen bitteren Geschmack auf meiner Zunge.

»Das hat Alkohol in großen Mengen nun mal so an sich. Blackouts. Aber das ist eine richtig schlechte Ausrede. Ihr hättet euch gar nicht so zusaufen dürfen, wenn ihr dann Mist baut. Und euer Betrug hat ja schon vorher angefangen.«

Ich darf mich von ihren Ausreden nicht beeindrucken lassen. Im Moment ist das noch nicht schwer. Im Gegenteil, ihr Geständnis festigt meine Enttäuschung. Ich hätte mehr von ihnen erwartet, als sich bei der nächstbesten Party hemmungslos abzuschießen. Ich hatte geglaubt, sie hätten mich wenigstens mit Stil und Vernunft hintergangen und nicht aus purer Dummheit.

»Ich hatte nur ein paar Bier«, meint Alex kopfschüttelnd, »Nicht mehr, als ich mit den Jungs jede Woche kippe. Aber so krass hat das noch nie reingepfiffen. Muss wohl an der Bullenhitze gelegen haben.« Er streicht sich übers Gesicht und beugt sich dann zu mir nach vorne. »Glaub mir, wenn ich gedacht hätte, dass er es ausnutzt ... oder gesehen hätte, dass er mit einer anderen flirtet ... hätte ich ihn in diesen Pool gezogen, seinen Kopf ins Wasser gedrückt und ihn erst wieder rausgefischt, wenn er blau im Gesicht ist.«

»Na danke für die Unterstützung«, grummelt Danny und schnaubt.

»Ich war ja noch nicht fertig, Alter!« Alex Aufregung schwebt in der Luft und lässt die Stimmung im Zimmer immer mehr kippen. Als er sich wieder mir zuwendet und sich die Haare aus der Stirn streicht, liegt pure Verzweiflung in seinem Blick. »Was ich damit sagen will ist: Ich erinnere mich an nichts mehr, was nach neun Uhr passiert ist. Damit habe ich auch nicht mitbekommen, was Danny so getrieben hat. Ich nehme ihn also auf keinen Fall in Schutz. Aber ich bezweifle, dass es am Alkohol lag.«

Mein Puls pocht viel zu fest in meinem Hals und mir wird langsam übel. Ich verstehe überhaupt nichts mehr. Blackout? Einige Bier? Aber es lag nicht am Alkohol und er verteidigt Danny nicht mal weiter? Welches Spiel spielen sie? Verwirrt runzle ich die Stirn.

Danny fährt fort. Obwohl seine Stimme ruhig ist, kann er nicht verbergen, wie sehr er sich beherrschen muss. »Ich hatte nur einen verdammten Cocktail. Einen! Davon bekommt man doch keine Erinnerungslücken. Ich erinnere mich, dass Alvaro uns durchs Haus geführt hat. Dann standen wir mit ihm und Tyler draußen und haben uns diesen einen Cocktail gegönnt. Du bist Louanne suchen gegangen ...« Er kneift die Augen zusammen und deutet auf Alex. Er streicht sich über die Stirn und tippt mit der anderen Hand auf seinem Knie herum, als würde ihm so wieder einfallen, was aus seiner Erinnerung ausgelöscht zu sein scheint.

»… ich bin mit Tyler draußen geblieben. Hab den Ausblick aufs Meer genossen und mir vorgestellt, wie gut es dir dort gefallen hätte. Aber dann … nichts mehr. Erst wieder mitten in der Nacht, in einem der Schlafzimmer in Alvaros Bude.«

Mein Magen dreht sich um 180 Grad. Er hat dort geschlafen. Sofort schleichen sich kleine Horrorfilme in meinen Kopf. Und ich weiß nicht, was mich mehr aus der Fassung bringt: Die Vorstellung, er könnte dort mit mehreren Frauen im Arm gelegen haben oder der Fakt, dass es mich immer noch so hart trifft. Dabei hatte ich inzwischen doch mehr als genug Zeit, die Ereignisse zu verarbeiten. Aber vielleicht haben die beiden Recht und ich kann erst damit abschließen, wenn ich all die schmutzigen Details kenne …

Irgendetwas muss mich verraten haben. Danny fängt meinen Blick ein und ich verfluche ihn dafür.

»Nicht so, wie du denkst. Alleine.«

Kein Zucken in seinem Gesicht. Nichts, das mir einen Grund geben würde, an seinen Worten zu zweifeln. Dennoch glaube ich ihm nicht. Ich habe die Bilder gesehen. Sie lügen nicht.

»Na dann ist deine Auserwählte wohl schnell zum Nächsten geflüchtet. Das beweist gar nichts.«

»Das soll es auch nicht. Ich wollte es dir nur erklären. Mehr nicht.«

Er steht erneut vom Bett auf. Diesmal streift er sich sofort die Jacke über. Ich starre ihn mit offenem Mund an. Das soll alles gewesen sein? Ich springe ebenfalls auf.

»Ist das dein Ernst?«

Er dreht sich auf dem Weg zur Tür nur halbherzig zu mir um. »Sieht so aus.«

»Du lässt dich heimlich in mein Zuhause einschleusen, damit ich dich nicht ignorieren kann … ihr haltet mich hier fest, damit ich mit euch rede … und dann wollt ihr mir nur erzählen, dass ihr besoffen wart?«

Dannys Schultern sinken ein Stück tiefer. Noch vor wenigen Wochen hätte mich der Anblick dazu verleitet, ihn in die Arme zu schließen und seine Sorgen wegzuküssen. Doch nun vergrößert es nur meine Verwirrung.

»Ich würde dir wirklich gerne sagen, dass ich keine andere Frau angefasst habe. Dass ich dir zu jeder Sekunde dieses Abends treu war und an keine andere als dich gedacht habe. Aber das kann ich nicht. Verstehst du das nicht? Ich erinnere mich nicht, verdammte Scheiße. Ich weiß selbst nicht, was passiert ist. Ich kann nicht so tun, als wäre nichts passiert und dich oder mich selbst weiter belügen.«

Er richtet den Kragen seiner Jacke und öffnet die Tür, hält dann aber nochmal inne. »Und du hattest recht. Es ist besser, wenn wir getrennte Wege gehen. Ich wollte nicht, dass es so endet. Aber funktioniert hätte es sowieso nicht. Es stand uns so viel im Weg. Mehr als dieser beschissene Abend. Also was gibt es noch zu diskutieren? Du weißt jetzt, wie das abgelaufen ist. Das ist alles, was ich noch für dich tun kann.«

Nun ist er es, der meinen Blick meidet. Er kneift die Lippen zusammen und nickt Alex knapp zu. »Wir sehen uns.«

Er lässt mir keine Möglichkeit, noch etwas zu erwidern. Ich lausche seinen polternden Schritten, als er die Treppe hinunterstürmt, unfähig, mich vom Fleck zu rühren. Bis das Beben in der Brust mich schließlich zurück auf den Boden zwingt. Schweigend sitze ich Alex gegenüber und versuche zu begreifen, was das alles zu bedeuten hat. Es gibt nur zwei Dinge, bei denen ich mir sicher bin: Alex ist einfach nur ein Idiot. Er hat an diesem Abend vielleicht sein Hirn im Sand verbuddelt, aber es ist immer noch mein Bruder. Er hat keine zwei Sekunden weitergedacht, aber ich glaube ihm, dass er mich nicht verletzen wollte. Es macht keinen Sinn, weiter nachtragend zu sein. Er hat seine Lektion gelernt.

Danny dagegen ist kein Idiot. Wäre er nicht so durchdacht und raffiniert, hätte er es nie bis in die Formel 1 geschafft. Er weiß, was er tut und was er sagt. Er wusste, dass er mich verletzen würde. Und wenn ihm nicht einmal eine bessere Geschichte einfällt und er nicht abstreitet, mich betrogen zu haben, war das mehr als eine Dummheit.

22. Kapitel

Danny

Milton Keynes, England

Der Pinsel vermischt meinen Atem mit feinem Pudernebel und kitzelt mir die Nase. Wie sehr ich dieses Angepinsele hasse. Aber ich verstehe, dass es sein muss. Ich will mich nicht das ganze Jahr mit glänzendem Gesicht und Pickel auf der Stirn auf den Presse- und Sponsorenfotos in den Medien sehen. Es reicht schon, dass ich mir von jedem Facebookfoto und Motorsportmagazin aus entgegenstarre. Da soll es nicht auch noch ein peinlicher Anblick werden.

Ich niese herzhaft und rotze der Visagistin dabei beinahe ins Gesicht. »Sorry«, murmle ich verlegen und ziehe ein Taschentuch aus der Hosentasche. Als ich mich schnäuze, ernte ich einen wütenden Blick.

»Na toll. Jetzt hängt das halbe Makeup im Taschentuch. Da müssen wir die Nase nochmal abschminken und von vorne beginnen«, mault sie auf Englisch. Ich lächle entschuldigend.

»Niesen kann man nun mal nicht unterdrücken.«

Sie schüttelt den Kopf und wischt mit einem Abschminktuch über meine Nase.

Während sie ihr Kunstwerk ausbessert, lausche ich dem Regen, der gegen die verhängten Fenster trommelt. In Milton Keynes regnet es schon den halben Februar durch. Aber das macht mir nichts aus. Ich genieße das unaufhörliche Prasseln. Es passt perfekt zu meiner Laune.

Tylers aufdringliches Lachen stört mich beim Lauschen. Ich öffne die Augen und sehe ihn mit seiner Managerin um die Ecke biegen. Jemand hat das Gewuschel auf seinem Kopf makellos in Form gebracht und sein Gesicht wirkt noch glatter als sonst. »Du bist dran.«

Ich deute auf den Pinsel, der erneut über meine Nase wedelt. »Muss wohl noch einen Moment warten.«

Plötzlich geht es mir doch zu langsam. Jetzt hätte ich endlich mal die Möglichkeit, ihn fast alleine zu sprechen, werde aber von einer Puderwolke im Gesicht aufgehalten. Doch es muss heute sein. Ich kann nicht länger warten. Auf meine Nachrichten kam immer nur nichtssagendes Gelaber zurück. Hier kann er mir nicht so leicht entkommen.

»Hast du eine Minute?«, frage ich und deute auf den freien Stuhl am benachbarten Schminktisch.

Er tauscht einen Blick mit seiner Managerin. Sie deutet ebenfalls auf den Platz neben mir. »Ich glaube, sie hatten alle Einzelfotos im Kasten. Also tu dir keinen Zwang an.«

Es ist offensichtlich, dass er auf eine andere Antwort gehofft hat. Er schwingt sich über die Rückenlehne auf den gepolsterten Lederstuhl, als müsste er irgendwen im Raum von seiner Coolness überzeugen. Vielleicht die Visagistin, die über meine Nase hinweg immer wieder zu ihm hinüberstarrt.

Ich entscheide mich für die direkte Variante. Hat keinen Zweck, drum herumzuquatschen.

»Warum weichst du meinen Nachrichten aus?«

»Tu ich das?«, fragt er ohne jegliche Intonation in der Stimme und beugt sich vor, um sich selbst im beleuchteten Spiegel zu betrachten. Ich kann sein Verhalten nie ganz deuten. Hasst er mich und will mich verarschen? Oder meint er es nicht so und es fällt ihm nur schwer, über seinen Tellerrand hinauszublicken?

»Im Ernst. Ich will jetzt eine Antwort. Für mich ist das echt nicht witzig. Was ist bei Alvaro passiert?«

Tyler bedeutet seiner Managerin mit einer Handbewegung, dass sie uns alleine lassen soll. Die Visagistin dagegen scheint ihn nicht zu stören.

»Das habe ich dir schon geschrieben. Was dich betrifft … keine Ahnung.« Er zupft sich die Haare zurecht und lächelt der Blondine zu, die verlegen wegsieht und mir den Pinsel doppelt so fest ins Gesicht drückt. »Wir haben zusammen einen Cocktail getrunken, dann hab ich dich draußen gelassen. Du wolltest in den Pool. Ich hab im Wohnzimmer beim Bierpong mitgespielt ... getanzt ... und der Rest geht dich nichts an. Aber keinen Plan, was du getrieben hast.«

In seinen Augen blitzt Schadenfreude auf und er verzieht die Lippen zu einem Grinsen. »Verträgst wohl nichts, hm? Musst ja ganz schön dicht gewesen sein, wenn alles komplett weg ist. Ich hab auf jeden Fall nicht rausgefunden, was du getrieben hast. Hab nur diese hübschen Fotos von dir und Elly gesehen. Ein Jammer, dass du dich daran nicht erinnern kannst.«

Sein Lachen jagt mir einen Schauer über den Rücken. Am liebsten würde ich es ihm aus dem Gesicht schlagen. Wie kann er so mit mir reden?

»Jaja, sehr witzig. Du willst mir allen Ernstes erzählen, dass niemand auf der Party was mitbekommen hat? Irgendwer muss diese Fotos doch gemacht haben.«

»Frag doch Elly. Sie erinnert sich garantiert.«

Er zwinkert mir zu und ich balle die Hände zu Fäusten. Ich darf mich nicht so schnell von ihm aus der Ruhe bringen lassen. Er provoziert mich immerhin mit voller Absicht. Warum hat Hendrick nicht wirklich einen Neuen geholt? Diese giftige Atmosphäre im Team und Tylers ständiger Wechsel zwischen Freundschaft und Konkurrenz machen mich fertig.

»Garantiert nicht«, gebe ich zurück. Die Visagistin nimmt endlich ihre Pinsel und Schwämmchen aus meinem Gesicht und packt betont langsam ihren Schminkkoffer zusammen. Morgen wird hier jeder über unser Gespräch Bescheid wissen. Aber das ist nicht wichtig. Ich muss endlich rausfinden, wie das passieren konnte. Ob ich es wirklich gewagt habe, Selina das anzutun.

»Warum nicht? Angst, dass sie dir erzählt, dass du's nicht gebracht hast?«

Ich stehe auf. So wird daraus nichts. Tyler war meine letzte Hoffnung, der Wahrheit ein Stück näher zu kommen.

»Nein, weil ich nichts mit ihr zu tun haben will.« Ich darf das nicht nochmal aufwirbeln. Es war schwer genug, die Fotos ohne Aufsehen löschen zu lassen. Jede Nachricht, die ich ihr zu diesem Thema schreibe, könnte sie öffentlich machen. Für Geld an die Presse verkaufen, oder noch schlimmer, Selina schicken und damit immer tiefer in ihre Wunden bohren. Als hätte ich nicht schon genug zerstört. Diese Sorge geht Tyler aber rein gar nichts an. Ich klappe den Mund wieder zu und schnappe mir mein Handy von der Ablage am Schminktisch. Für heute bin ich fertig mit ihm.

»Wäre jammerschade um deinen Ruf. Aber wenn du nicht willst, dass so was rauskommt, musst du eben aufpassen, was du tust. Oder es besser verstecken.«

Ich erwidere nichts mehr. Alles was ich sagen würde, würde nur noch mehr Provokationen nach sich ziehen. Trotzdem breitet sich ein unbestimmtes Beben in meinem Inneren aus.

Wenn er mit diesen Mitteln kämpft, muss ich in Zukunft eben Freundlichkeit zu meiner Waffe machen.

»Danke für deine Hilfe.« Ich wende mich der Visagistin zu. »Und danke für das Styling.« Ohne nochmal auf sein herausforderndes Grinsen zu reagieren, verlasse ich das Vorbereitungszimmer und folge dem breiten Flur bis zum Shootingraum. Meine wachsende Verzweiflung kann ich jedoch nicht in dem Zimmer zurücklassen. Verdammter Mist, wie soll ich jetzt noch rausfinden, wie es zu diesen beschissenen Fotos kommen konnte? Ich kann ja schlecht mit einem öffentlichen Aufruf nach dem Fotografen suchen. Und dieser Elly zu schreiben ist wirklich das Letzte, was mir in den Sinn kommen würde. Und jetzt?

Vielleicht ist es auch gar nicht so wichtig, alles im Detail zu erfahren. Es ist sowieso schon zu spät und daran, dass ich Mist gebaut habe, besteht kein Zweifel. Selina hat mit mir abgeschlossen. Ich sollte mittlerweile an demselben Punkt sein und nicht mehr ständig an sie denken müssen. Aber ich kann trotzdem nicht damit abschließen. Denn irgendetwas sagt mir, dass an der ganzen Partysache etwas faul ist. Ja, ich hatte schon die ein oder andere Gedächtnislücke nach einer wilden Partynacht. An diesem Abend hatte ich mir aber vorgenommen, es ruhig angehen zu lassen. Ich habe keine Sekunde daran gedacht, Selina mit einer anderen zu betrügen. Wie konnte es also so weit kommen? Und wieso erinnere ich mich nicht mal mehr daran, dass ich viel getrunken habe?

Ich kämpfe mich zwischen Softboxen und Lichtern zum Fotografen durch, um ihm Bescheid zu geben, dass ich bereit bin. Nachdem er aber erst ein paar Einstellungen am Licht vornehmen muss, kann sich das Ganze noch hinziehen. Während er mit einem seiner Assistenten Testfotos schießt und an der Helligkeit schraubt, beschließe ich, mich zu Peter zu gesellen, damit mich meine Gedanken nicht auffressen. Ich entdecke ihn am Buffet, das hinter dem Set aufgebaut ist. Wo auch sonst. Allerdings ist er in ein Gespräch mit zwei Männern vertieft, das irgendwie wichtig aussieht. Da will ich ihn nicht stören.

Ich stürze mich in das Gewusel am Buffet. Wie viele Leute hier für ein paar Fotos mit zwei Fahrern zugange sind, hätte ich vor meinem ersten Shooting nie erwartet. Doch heute scheinen es noch mehr zu sein als letztes Mal. Ich schnappe mir einen Pappteller und lade mir alles auf, das ich gefahrlos essen kann, ohne das Make-up zu versauen. Wie machen Frauen das nur jeden Tag? Ich bin froh, wenn ich das Zeug in ein paar Stunden wieder runterwaschen kann.

Als ich nach Besteck greife, stoße ich beinahe mit einer jungen Frau zusammen, die mit einer Ketchupflasche hantiert. Ihre leisen Flüche lassen mich grinsen und ich spähe zu ihr hinüber. Verzweifelt versucht sie, den Deckel der verklebten Flasche zu öffnen.

»Soll ich?«, frage ich und strecke die Hand nach der Flasche aus.

Sie sieht mit tiefen, rehbraunen Augen zu mir auf und lächelt verlegen. Der dunkelrote Lippenstift passt perfekt zum bronzefarbenen Schimmer ihrer Haut. Sie muss eines der Models sein, mit denen wir für ein Sponsorenfoto posieren werden.

»Wenn es dir nichts ausmacht.« Sie reicht mir die Flasche und wickelt eine Haarsträhne um den Finger.

Ich öffne den Deckel mit einem kräftigen Ruck und gebe sie ihr zurück. Die hat sie nicht aufbekommen? Ich kann mir ein Schmunzeln nicht verkneifen.

»Danke. Ich dachte schon, ich muss verhungern.«

Sie schüttet einen gigantischen Ketchupberg neben das einsame Würstchen auf ihrem Teller, was mein Schmunzeln noch breiter werden lässt.

»Ich bin übrigens Katie.«

Sie streckt mir die Hand entgegen.

Plötzlich spukt mir Selinas Gesicht durch den Kopf. Sie hätte es beunruhigt, dass ich hier mit einem Model quatsche. Verdammt, hätte ich dieses Gespräch gerne für sie ausgeschlagen. Aber das muss ich nicht mehr. Ich habe es versaut.

Ich ergreife Katies Hand und schüttle sie.

»Danny.«

23. Kapitel

Selina

München, Deutschland

»Die Zeit ist um. Bitte prüfen Sie, ob Sie alle Seiten mit ihrem Namen beschriftet haben und legen die Stifte nun weg.«

Ich hebe den Kopf vom Tisch und schiele zu meinem Kugelschreiber, der schon seit zwanzig Minuten neben der Klausur ruht. Das Mädchen vor mir kritzelt eilig noch einige Wörter aufs Papier, bevor der Dozent sie ermahnt. Warum schreiben die alle so viel? Bin ich die Einzige im ganzen Hörsaal, die bei jeder zweiten Frage geraten hat?

Die Aufsicht zieht die Klausur unter meinen Armen hervor und nimmt sie mit. Um mich herum klappen Stühle nach oben, aufgeregtes Murmeln erfüllt den Saal. Aber wozu sollte ich aufstehen? Ich vergrabe mein Gesicht wieder zwischen den Armen und versuche, ruhig zu atmen. Warum hat mir niemand vorher verraten, wie gemein diese Prüfungen sind? Jede Einzelne von ihnen war zehnmal schlimmer als alle Abiprüfungen zusammen.

Vielleicht ist es das letzte Mal, dass ich in diesem Hörsaal sitze. Wenn ich schon im ersten Semester in allen Prüfungen durchfalle, ergibt das ganze Studium keinen Sinn. Ich dränge das Brennen in meinen Augen zurück. Das ist kein Ort zum Weinen.

Eine Berührung an meiner Schulter lässt mich aufsehen. Lena beugt sich über mich und runzelt besorgt die Stirn.

»Lief nicht gut, hm?«

Ich presse die Lippen zusammen und schüttle den Kopf.

»Ist doch nicht schlimm. Du musst dich eben erst einfinden. Diese Prüfungsformate liegen nicht jedem. Deswegen hat man ja drei Versuche.«

Ich lehne mich nach hinten und verschränke die Arme vor der Brust. Sie hat leicht Reden. Was nützen drei Versuche, wenn ich für diesen Stress einfach ungeeignet bin? Aber ich weiß, dass sie mich wie immer nur aufmuntern will. Ich erkenne mich selbst kaum wieder. Sonst war ich diejenige, die anderen bei ihren Problemen zur Seite stand, die in allem etwas Gutes sehen konnte.

»Bei dir lief es wohl gut?«, frage ich und stemme mich schwerfällig vom Klappstuhl hoch. Diese Prüfungswoche hat mir jegliche Kraft aus den Gliedern gesaugt.

»Ich würde gerne solidarisch Nein sagen, aber ... ja, ziemlich gut.«

»Wie machst du das?« Ich kann mein Erstaunen nicht verbergen. Immerhin ist sie diejenige, die ihre Wochenenden auf Partys und danach den ganzen Tag im Bett verbringt. Wenn ich mich nicht gerade mit verlogenen Formel-1-Fahrern auf einem anderen Kontinent getroffen habe, habe ich jede Sekunde mit Lernen verbracht. Wie kann sie trotzdem so viel besser mit den Prüfungen klarkommen als ich?

Die Frage scheint ihr unangenehm zu sein. Ihre Wangen färben sich zartrosa. »Keine Ahnung ... meine Lernstrategie funktioniert einfach für mich: zwei Wochen vor den Prüfungen Tag und Nacht. Das reicht mir.«

»Lena?« Gleichzeitig drehen wir uns zu Tim um, der an der Tür lehnt und wartet. Wir sind die Letzten im Hörsaal. Sein Ruf wirkt wie ein erneuter Schlag ins Gesicht. Bin ich so unsichtbar, dass er nur sie anspricht? Oder kann er mich so wenig leiden?

»Gleich!«, ruft sie zu ihm hinauf und bleibt unentschlossen vor mir stehen. »Kommst du mit?«

Ich schnaube. »Ich denke es war ziemlich offensichtlich, wen er dabeihaben möchte und wen nicht.«

»Ach, ich bin mir sicher, er hat es nicht so gemeint. Du ... musst eben nur ab und zu mitkommen zum Feiern. Dann würdest du die anderen auch besser kennenlernen.«

»Danke, ich verzichte.« Noch während ich es ausspreche, bemerke ich, wie negativ und zynisch ich klinge. Ich gebe mir einen Ruck und bemühe mich um einen sanfteren Ton. »Ist eben nicht so mein Ding. Geh ruhig mit ihm Mittagessen. Ich wollte sowieso nach Hause.«

»Sicher?«, fragt sie, macht sich aber schon auf den Weg.

»Klar. Jetzt ist es ja erstmal vorbei und du kannst meine Prüfungen leider auch nicht besser zaubern.«

»Ich ruf dich an«, verspricht sie. Und ich bin mir sicher, dass sie das tun wird. Dennoch kann ich den beiden nicht ohne Wehmut hinterhersehen, während sie lachend aus dem Vorlesungssaal spazieren. Ich schlüpfe in meinen Mantel und verlasse die Uni so schnell, wie es meine müden Beine zulassen.

Heute wähle ich jedoch nicht den direkten Weg zur U-Bahn. Die Märzsonne, die den nahenden Frühling ankündigt und allmählich wieder an Kraft gewinnt, lockt mich in den Englischen Garten. Ich biege an der Straßenecke zwischen den Bäumen ein und folge dem Weg durch die weitläufigen Grünflächen hindurch. Dabei lasse ich die frische Luft tief in meine Lungen strömen. Das hätte ich während des Semesters viel öfter tun sollen. Einfach mal rauskommen, München erkunden, mich treiben lassen. All das Lernen hat mich keinen Schritt weitergebracht. Genauso gut hätte ich mit Danny um die Welt fliegen können. Sofort verfluche ich mich für den Gedanken. Mein Herz bröckelt nicht mehr jedes Mal, wenn mich etwas an ihn erinnert. Aber sollte er nach all den Monaten nicht endgültig aus meinem Kopf verschwunden sein?

Das Vibrieren in meiner Hosentasche reißt mich aus den Gedanken. Ich ziehe es aus der Tasche, doch es ist kein Anruf, sondern ein Strom an Nachrichten von Alex. Ich werde langsamer. Ist etwas passiert? Mit einem flauen Gefühl öffne ich sie.

Du musst mich sofort anrufen
Oder nein, ich komm zu dir
Nein, das dauert zu lange.
Ruf an jetzt.
Es ist wichtig!
Ich hab was gefunden

Ich verstehe nur Bahnhof. Was hat er gefunden? Wovon redet er? Aber er würde mir nicht so viele Nachrichten schicken, wenn es nicht wichtig wäre. Sonst muss ich ihm auch alles aus der Nase ziehen. Also zögere ich nicht lange und komme seiner Anweisung nach. Beschissener kann dieser Tag sowieso nicht mehr werden.

»Was hast du denn so Wichtiges gefunden? Jetzt sag nicht, unter deinem Bett liegt eine alte Socke von mir oder so.« Meine Mundwinkel zucken. Ja, das würde ich ihm durchaus zutrauen.

»Das ist nicht witzig.« Ich werde hellhörig. Ihm ist es wirklich verdammt ernst.

»Ist was Schlimmes passiert? Sag doch. Ich ruf ja nicht an, um Smalltalk zu halten.«

»Ja irgendwie schon ... aber auch wieder nicht. Danny hat dich nicht betrogen.«

»Das hast du schon ziemlich oft behauptet. Es ist ja okay für mich, wenn ihr befreundet bleibt ... aber kannst du bitte einfach aufhören, von ihm zu reden?«

»Scheiße, ich weiß gar nicht, wie ich das erklären soll. Ich check das selber nicht. Aber ich kann es beweisen.«

Nun muss ich endgültig stehen bleiben. Hat er plötzlich wirklich einen Beweis gefunden? Oder ist das nur ein jämmerlicher Versuch, uns irgendwie wieder zusammenzubringen?

»Danny checkt auch nichts und sagt, das ist jetzt eh schon egal ...«, fährt er fort, »Ich muss dir aber das Video zeigen. Es tut mir so leid, dass ich es nicht früher gesehen habe.«

Mein Atem beschleunigt sich, als wäre ich gerade nicht stehengeblieben, sondern losgesprintet. Dabei ist es doch wirklich egal. Wenn es ein richtiger Beweis ist, was ich bezweifle, kommt er vier Monate zu spät. »Wovon gibt es ein Video? Ist es auf Facebook oder auf Instagram?«

»Auf meinem Handy. Aber irgendwie auch nicht. Es war nicht in meiner Galerie. Die habe ich nämlich schon hunderte Male durchgeschaut, um zu sehen, ob ich nicht doch irgendwelche Fotos von diesem Abend habe. Und jetzt habe ich es in einem Chatverlauf gefunden. Ich muss es aufgenommen, an diesem Abend an meine Jungs geschickt haben und dann ...« Er lacht auf. »Ich lösche nie Fotos oder Videos. Aber es war gelöscht. Zumindest auf meinem Handy. Kannst du dir das erklären?«

»Mein Gott, jetzt schick es doch endlich rüber«, bringe ich atemlos hervor. An der ganzen Geschichte ist etwas gewaltig faul.

»Klar. Ich leg kurz auf. Aber ruf mich gleich wieder zurück, wenn du es gesehen hast. Ich finde das alles langsam echt seltsam.«

»Nicht nur du. Bis gleich.«

Ich öffne sofort WhatsApp und starre gebannt auf den Bildschirm. Die Sekunden, bis Alex das Video geschickt hat und der kleine Kreisel, der das Herunterladen anzeigt, fühlen sich an wie Stunden. Doch als es schließlich geladen hat, traue ich mich nicht mehr, es abzuspielen. Was wird es mit mir anrichten, wenn es Danny doch mit dieser anderen Frau zeigt? Wenn es in Alex verdrehter Ansicht entlastend ist, mir aber nur noch mehr beweist, wie sehr mich Danny die ganze Zeit über belogen hat? Doch das ist es nicht, was mir Angst einjagt. Was, wenn es mir wirklich zeigt, dass ich unrecht hatte und er mich zwar wegen der Party angeflunkert hat, ich ihm aber ohne Grund misstraut habe? Könnte er mir trotz dieser Bilder treu gewesen sein? Nein, das kann gar nicht sein. Sie waren echt und kein PhotoShop. Ich habe es gesehen.

Ich tippe auf Play.

Die Kamera schwenkt über die riesige Terrasse der Villa in Abu Dhabi. Musik mischt sich mit den Gesprächen der unzähligen Partygäste, die sich dort tummeln: Männer in Badehose, Frauen in knappen Bikinis. Genauso, wie die Instagram Fotos dieser Party es erahnen ließen. Der Zoom wird versehentlich betätigt und die Kamera bleibt einige Sekunden auf den Hinterkopf eines Fremden gerichtet, bevor der Filmende es zu bemerken scheint und wieder herauszoomt. Eine hektische Bewegung lässt das Bild verwischen.

Schließlich kommt der Pool ins Sichtfeld. Ich halte mir das Handy näher vor die Augen, um auf dem kleinen Bildschirm alles erkennen zu können und entdecke den riesigen, aufblasbaren Flamingo auf dem Wasser. Ich höre Alex über die Musik hinweg lachen. Meine Hände beginnen zu zittern und machen es mir schwer, auf dem wackelnden Bildschirm etwas zu erkennen.

Endlich fokussiert die Kamera und holt das Plastiktier näher heran. Ich stoße ein Keuchen aus. Natürlich ist es Danny, der darauf sitzt. Es muss der Moment sein, in dem die Fotos entstanden sind. Denn auf seinem Schoß kniet diese Frau. Und sie ist nicht die Einzige. Ein weiteres Mädchen im Bikini beugt sich aus dem Wasser zum Flamingo hoch und streicht Danny mit nassen Fingern über die Beine.

Doch diesmal kann ich sein Gesicht erkennen. Die geschlossenen Augen. Die geöffneten Mundwinkel. Und den Kopf, der am Hals des Flamingos lehnt und schräg zur Seite hängt. Kein Zweifel. Er schläft. Selbst, als diese Schlampe sich zu ihm vorbeugt und seinen Hals mit Küssen bedeckt. Er ist völlig weggetreten. In diesem Moment dreht sie sich um, zieht eine fröhliche Grimasse und posiert mit dem schlafenden Danny. Ein Blitz erhellt die Szene. Wer schießt diese verdammten Fotos?

Alex lacht abermals, das Bild wackelt. Dann wird es schwarz und das Video bricht ab.

In meinem Kopf bricht Chaos los, das mich lähmt und mich davon abhält, gleich ein weiteres Mal auf Play zu drücken und jede einzelne Sekunde des Videos zu analysieren. Doch aus all den Gedanken, die plötzlich unkontrolliert durch meinen Kopf schießen, setzt sich schnell einer fest. *Warum habe ich Danny nicht vertraut?*

Eine Fahrradklingel lässt mich zusammenzucken und erinnert mich daran, dass ich immer noch mitten auf dem Weg stehe. Ich mache ein paar Schritte zurück und ein älterer Herr zeigt mir den Vogel, während er an mir vorbeifährt. Ich bin unfähig, zu reagieren. Scheiße, was hat das jetzt zu bedeuten?

Ich recke den Kopf zum Himmel und betrachte zwei einzelnen Wolken, die über mich hinwegziehen. Ich muss meine Gedanken sortieren. Und verstehen, was ich soeben gesehen habe. Über eines muss ich jedoch nicht lange nachdenken: Danny hat mich nicht betrogen. Ja, er war derjenige auf den

Fotos. Aber sie haben getäuscht. Er hat nichts von dieser Aktion mitbekommen. Mein Gott, er hatte nie vor, etwas mit einer anderen anzufangen. Wie er es mir in Austin erklärt hat. Wäre der Fotograf auch nur zwanzig Zentimeter weiter links oder rechts gestanden, hätte man gesehen, dass Danny nicht bei sich ist.

Um meinen Gedanken auf die Sprünge zu helfen, setze ich mich wieder in Bewegung. Doch aus dem gemütlichen Spaziergang wird ein schnelles Laufen, bis ich beinahe renne. Ich habe ihm die ganze Zeit etwas vorgeworfen, das er nie getan hat. Ich habe Tränen vergossen, mich innerlich zerreißen lassen, von etwas, das ich nicht gewusst, sondern nur vermutet habe. Oder etwa doch nicht? Danny hat trotz allem sein Versprechen gebrochen. Er war auf dieser Party und wollte es mir verheimlichen. Aber was heißt das schon, wenn er es versprechen musste, weil ich ihm misstraut habe? Weil mich die Eifersucht sonst aufgefressen hätte? Alex hat das Gleiche getan und mich damit angelogen, weil ich übertrieben habe und er mich schützen wollte. Woher soll ich nun also wissen, dass es Danny nicht genauso ging?

Mein Handy klingelt. Ich weiß, dass Alex auf meinen Rückruf wartet. Aber ich drücke ihn weg. Ich kann jetzt nicht mit ihm reden. Bevor ich mit irgendjemandem darüber spreche, muss ich mir selbst erst klarwerden, wie ich mich damit fühle. Ich muss mir das Video nochmal und nochmal ansehen. Und dazu muss ich so schnell wie möglich nach Hause.

***

Als ich eine Stunde später auf meinem Bett liege und mir jeden Frame genauestens angesehen habe, geht es mir jedoch kein bisschen besser. Das Video lässt keine Zweifel mehr an Dannys Unschuld. In meinem Inneren braut sich nach und nach ein unerträglicher Druck auf. Denn auch, wenn ich mir meinen Fehler nicht eingestehen will, bin ich mir nicht mehr sicher, ob es richtig war, so schnell zu reagieren und mich von ihm zu trennen. Ja, er hat mich belogen. Das hätte garantiert ein riesiges Loch in meinem Vertrauen hinterlassen. Aber ich bin nicht unschuldig daran. Ich habe ihn unter Druck gesetzt und ihm etwas verboten, obwohl ich nie das Recht dazu hatte. Hätte unsere Liebe noch eine Chance gehabt? Hätte dieses Video sie retten können? Oder hätten die Distanz und unsere unterschiedlichen Pläne sie früher oder später sowieso zerstört? In diesem Moment wünsche ich mir einen Zeitumkehrer. Am liebsten würde ich einfach zurückspulen und einen anderen Weg ausprobieren.

Irgendwo habe ich mich verrannt. Nichts ist so gelaufen, wie ich es mir gewünscht habe. Ich habe einen Job, den ich nie wollte, alle Prüfungen versemmelt und sitze alleine in einer Minibude in München. Nichts hat es mir genützt, ihn von mir zu stoßen und unsere Beziehung aufzugeben. Nicht mal mein Studium konnte ich dadurch retten. Weil dieser Idiot immer noch meine Gedanken beherrscht, selbst beim Lernen. Stattdessen könnte ich nun an Dannys Seite durch Melbourne schlendern. Die Wärme der australischen Sonne genießen und bei jeder Sekunde des Saisonstarts mitfiebern. Wahrscheinlich hätte ich dann sogar besser in den Prüfungen abgeschnitten, weil die Sehnsucht nach ihm mir nicht jegliche Konzentration geraubt hätte. Man kann schließlich auch in Hotels und Flugzeugen lernen.

Die Erkenntnis drückt schmerzhaft auf meinen Brustkorb. Sich für uns zu entscheiden hätte nie bedeutet, meinen Traum aufgeben zu müssen. Aber ohne alles mit ihm teilen zu können, ist jetzt selbst die Vorstellung, eine eigene Praxis zu besitzen, einsam und öde.

Unruhig rapple ich mich vom Bett auf. Der Druck schnürt mir beinahe die Luft ab. Ich kann hier nicht untätig herumliegen und darauf warten, dass alles von selbst wieder gut wird. Ich muss mir das Leben zurückholen, von dem ich nie wusste, wie sehr ich es mir eigentlich gewünscht habe.

Und dafür muss ich unbedingt mit Danny sprechen. Auch, wenn es ihn gar nicht mehr interessiert, was ich ihm zu sagen habe. Mein Herz rebelliert bei dem Gedanken, er könnte mich einfach abweisen. Aber ich höre nicht mehr auf dieses verräterische Ding. Eilig lösche ich die Blockierung aus WhatsApp und gebe seine Nummer wieder frei. Doch sein Profilbild taucht nicht wieder auf. Hat er mich auch blockiert?

Ich will ein so wichtiges Gespräch eh nicht über WhatsApp führen. Trotzdem gebe ich meiner Neugier nach und tippe ein »Hey«. Nervös warte ich auf den zweiten Haken unter der Nachricht, der mir anzeigt, dass sie angekommen ist. Doch er kommt nicht. Ich stoße ein bitteres Lachen aus. Was soll das? Welchen Grund hat er denn, mich zu sperren?

Fluchend wähle ich seine Nummer. Es klingelt zweimal. Dann ertönen drei Pieptöne und ich fliege aus der Leitung. Sicher die schlechte Verbindung nach Australien. Ich probiere es nochmal. Doch diesmal piept es schon nach einem Wählton. Er hat mich weggedrückt! Verzweiflung mischt sich mit dem Druck in meinem Inneren und droht mich zu zersprengen.

Was jetzt? Ich kann nicht warten, bis er sich in ein paar Monaten entscheidet, mal wieder mit mir sprechen zu wollen. Meine Entschuldigung ist sowieso schon monatelang überflüssig. Alex zu schreiben und ihn zu bitten, zwischen uns zu vermitteln, ist auch keine Option. Hier steht zu viel auf dem Spiel. Außerdem käme es mir komisch vor, noch mehr Beziehungsdinge vor meinem Bruder zu diskutieren. Auch wenn er bei dieser Partygeschichte eine große Rolle spielt, ist das immer noch eine Sache zwischen Danny und mir.

Eigentlich gibt es nur eine Möglichkeit.

Bevor ich mich bremsen kann, habe ich schon Google geöffnet und checke die Flugpreise nach Melbourne. Das ist absolut verrückt. Einmal um die Welt fliegen, weil ich ihn am Telefon nicht erreiche … Ich könnte auch warten, bis er in ein paar Wochen wieder mal in Deutschland ist. Oder bis ich ihn übers Telefon sprechen kann. Aber der innere Druck droht mein Herz zu zerquetschen.

Ich nehme mir eine Sekunde, um mich abzuregen. Aber es klappt nicht. Ich werfe einen Blick auf die Uhr. Es ist Mittwochmittag. Wenn ich noch einen Flug bekomme, sollte ich es spätestens bis Samstag oder Sonntag zu ihm schaffen. Ich halte es nicht aus. Ich muss von Angesicht zu Angesicht mit ihm reden, damit er sieht, wie leid es mir tut. Und wie sehr ich es bereue, ihm nicht vertraut und unsere Beziehung zerstört zu haben.

24. Kapitel

Selina

Melbourne, Australien

Völlig übermüdet und vom Jetlag gezeichnet komme ich am Samstagmorgen am Albert Park Circuit in Melbourne an. Ich folge der Menschenmenge, um den Eingang nicht zu verfehlen. Im Gegensatz zu Strecken wie dem Nürburgring existieren hier keine riesigen Gebäudekomplexe, die die Zuschauer aufnehmen. Die Rennstrecke liegt mitten in einer gigantischen Grünanlage und führt um den Albert Park Lake herum. Doch selbst der Park sieht anders aus als jeder, den ich aus Deutschland kenne. Die Wiesen sind vom langen australischen Sommer ausgedörrt und nur vereinzelte Bäume zieren den Weg.

Während alle Fans in Teamshirts oder leichten Tops unterwegs sind, schwitze ich meine langärmlige Bluse voll. Es war dumm, so überstürzt aufzubrechen. Kaum hatte ich von meinen letzten Ersparnissen die Flugtickets gekauft und ein billiges Motel gebucht, habe ich ziellos einige Dinge in meinen Koffer geworfen. Dabei habe ich in meiner Aufregung vergessen, dass es im März in Australien gar nicht kalt ist. Danny wird sich freuen, wenn ich ihm später nassgeschwitzt und stinkend gegenüberstehe. Aber da muss ich jetzt durch.

Ich ringe mich bis zum Kassenbereich durch. Wie erwartet ist dieser allerdings abgeriegelt. Nur ein Fanshop verkauft seine Ware an die Wartenden. Ich habe damit gerechnet, dass es keine Tickets mehr geben würde. An eines zu kommen, sollte trotzdem nicht allzu schwer werden. Zum Glück beherrsche ich die Sprache und bin eine skrupellose Verhandlungspartnerin.

Ich nehme Abstand von der Schlange vor dem Einlass und halte nach Menschen Ausschau, die Tickets in die Höhe halten. Es dauert nicht lange, bis ich einen jungen Mann mit strubbeligen Haaren und Brille entdecke, der zwei Tickets vor seiner Brust hält und die Ankommenden erwartungsvoll anlächelt. Von weitem erkenne ich leider nicht, unter welche Kategorie sie fallen – je günstiger, desto besser. Ich muss nur irgendwie in die Nähe des Fahrerlagers kommen. Oder vielleicht wäre es wirklich eine bessere Idee, Danny abends im Hotel aufzusuchen, wenn er Zeit für ein Gespräch hat. Aber ich weiß nicht mal, wo er untergebracht ist. Also wird dabei das Argument nicht funktionieren, dass ich schon vor der Tür stehe und es unfreundlich wäre, mich wegzuschicken. Ich seufze kaum hörbar. Warum musste sich mein Herz ausgerechnet einen Formel-1-Fahrer aussuchen? Wäre er ein Münchener Student, der eine Straße weiterlebt, wäre das alles viel einfacher. Ich müsste seine Aufmerksamkeit weder mit einem Auto teilen noch mich an Securitys vorbeikämpfen, um ihm gegenüberzustehen.

»Wie viel für eines?«, frage ich den Kerl mit einem bestimmten Lächeln. Nebenbei schiele ich hinunter, um zu erkennen, was er mir eigentlich anbietet. Perfekt, es ist ein Drei-Tage-Ticket.

»Ich verkaufe nur beide zusammen.«

Mist. »Und für beide?« Vielleicht macht er mir ja einen unschlagbaren Schnäppchenpreis.

»320.« Er legt den Kopf schief und wartet meine Reaktion ab. Ich muss aber nicht lange überlegen.

»Nein d…«

»Ich geb dir eins für 150.« Ich fahre herum und schaue direkt auf ein weiteres Ticket, das mir ein dicker Kerl um die Fünfzig entgegenstreckt. Mit dem schiefen Grinsen und dem ungepflegten Bart wirkt er weniger vertrauenserweckend als der andere Typ. Aber ich bin nicht in der Position, wählerisch sein zu können.

Ich habe keine Ahnung, wie viel 150 australische Dollar sind. Ich weiß nur, dass ich lediglich noch 210 in meinem Geldbeutel habe. Danach bin ich komplett pleite. Also würde ich davon gerne möglichst viel behalten.

»130«, erwidere ich also, ohne genau zu wissen, was ich ihm gerade vorschlage.

In seinem Kopf arbeitet es. »135.«

Ich ziehe die passenden Scheine aus dem Portemonnaie und drücke sie ihm in die Hand.

»Viel Spaß, Kleine!«, wünscht er mir noch, bevor er in der Masse verschwindet. Während ich mich in die Schlange einreihe, bete ich, dass er mich nicht übers Ohr gehauen hat. Doch als ich endlich an der Reihe bin, gibt der Scanner ein erlösendes Piepen von sich und gibt die Schranke frei.

***

Es dauert ewig, bis ich mich im Gelände der Rennstrecke orientiert und den Weg in Richtung Fahrerlage gefunden habe. Ein Blick auf die Uhr und das heutige Programm verrät mir, dass es mittlerweile gar keinen Sinn mehr macht, dort vorbeizuschauen. Dannys Qualifying beginnt in eineinhalb Stunden. Dabei muss er jetzt schon so sehr in die Vorbereitungen vertieft sein, dass ich sowieso nicht an ihn herankomme und ihn nur stören würde, selbst wenn ich mir Einlass ins Fahrerlager und zu den Boxen verschafft hätte.

Seufzend suche ich mir stattdessen einen Platz auf der Tribüne an der Start- und Zielgeraden. Mit halbem Ohr lausche ich dem Moderator, dessen Stimme durch die Lautsprecher hallt. Die Männer neben mir prosten sich mit Bier aus Plastikbechern zu und übertönen die Kommentare mit Spekulationen über den heutigen Sieger. Es ist ein seltsames Gefühl, hier zwischen all den anderen Fans zu sitzen und nicht unten in der Box. Als wäre ich eine Fremde und die Momente mit Danny hätten niemals existiert.

Ich gebe mich meinen Gedanken hin, brate in der australischen Sonne und merke kaum, dass meine Lider immer schwerer werden. Irgendwann schrecke ich aus meinem Halbschlaf hoch, als mein Hintermann mir seinen Schuh in den Rücken drückt. Ich strecke mich ausgiebig und stelle zufrieden fest, dass es nicht mehr lange bis zur ersten Runde des Qualifyings dauert. Auf der provisorischen Leinwand, die über dem Zaun aufgebaut ist, zeigen sie Livebilder der Vorbereitungen. Die ersten Piloten machen sich bereits auf den Weg in ihre Wagen.

Ich kann es kaum erwarten, dass sie das Qualifying endlich hinter sich bringen und Danny all das zu sagen, was ich mir auf dem Flug zurechtgelegt habe. Hoffentlich gibt er mir noch eine zweite Chance. Er wird überrumpelt sein. Aber hoffentlich erkennt er, wie ernst es mir ist. Immerhin bin ich für ihn ans andere Ende der Welt gereist. Was immer bescheuerter ist, je länger ich darüber nachdenke. Nun gibt es allerdings kein Zurück mehr. Ich bin hier, werde das durchziehen und muss mich seiner Reaktion stellen.

Ein Ruck geht durch meinen Körper. Auf der Leinwand taucht erst einer der Red Bulls auf, dann Tyler, der mit dem Helm unterm Arm am Kommandostand steht und sich unterhält. Gebannt starre ich auf die Bilder. Der Kommentator berichtet von den Erfolgen des Teams letztes Jahr und holt dann weiter aus, um über Tylers frühe Rennkarriere zu berichten, während die Kamera ihm durch die Box folgt. Meine Hände verkrampfen vor Anspannung. Ich erwarte, jeden Moment Danny zu sehen.

Und ich behalte recht. Doch ich bin nicht darauf vorbereitet, was sie zeigen. Ich fasse mir an die Stirn. Vielleicht habe ich einen Hitzschlag, halluziniere. Als der Moderator die Szene schließlich auch noch kommentiert, bin ich mir allerdings sicher, dass dieser Alptraum real ist. Die Worte versetzen mir einen Stoß in den Magen und schnüren mir die Kehle zu. Schlagartig wird mir so übel, dass ich mich beherrschen muss, nicht zu würgen.

»Auch Daniel Breuning hat das Team von sich überzeugen können und seinen Vertrag verlängert. An seiner Seite sehen Sie hier seinen Vater, den er selbst als wichtigste Stütze seiner Karriere bezeichnet, und seine Freundin, die dem einen oder anderen von Ihnen ebenfalls bekannt sein dürfte, das Londoner Model Katie Benson.«

Danny zieht den Reißverschluss des Rennanzuges zu und tauscht ein paar letzte Worte mit seinem Papa. Dann beugt sich die wunderschöne Frau in dem schwarzen Cocktailkleid zu ihm und drückt ihm einen Kuss auf die Wange. Die Kamera filmt Danny auf seinem Weg zum Auto und beim Einsteigen. Doch ich kann nicht länger hinsehen. Ein Schleier legt sich über meine Augen. Ich blinzle ihn wütend weg. Das ist kein Ort zum Heulen. Nicht vor all den Menschen. Und ich sollte sie mir sowieso verbieten. Denn es ist nur meine eigene Naivität, die mich in diese Situation gebracht hat. Wie konnte ich so dumm sein, hierher zu kommen und wirklich zu denken, er hätte noch nicht emotional mit mir abgeschlossen. Ins Flugzeug steigen, ohne auch nur einen Blick auf seine Profile zu werfen oder noch besser, Alex nach seiner Meinung zu fragen. Ich weiß, warum ich das nicht getan habe. Die Presse lügt. Genau wie die Fotos auf Instagram, die mich überhaupt erst in diese beschissene Situation gebracht haben. Aber Alex ist sein Freund. Er hätte mir sagen können, dass Danny längst eine Neue hat. Wenn ich gefragt hätte. Wenn ich ihm nicht verboten hätte, jemals wieder ein Wort über Danny zu verlieren.

Ich kämpfe mich ohne Rücksicht aus meiner Reihe auf der Tribüne, remple gegen Knie und steige auf Zehen in Flipflops. Beschimpfungen fliegen mir an den Kopf, jemand greift nach mir. Aber es kümmert mich nicht. Ich stürme die Treppen hinunter und zum Ausgang. Meine Lungen brennen und zittern vor Wut über mich selbst.

Ich renne zwischen Fressbuden und Fans hindurch. Durch die Schranke und weg von dieser verfluchten Rennstrecke. Solange ich renne, habe ich meine Gedanken im Griff.

Doch am Ende des Parks muss ich stehen bleiben. Mein Kreislauf spielt verrückt, die Anstrengung in Kombination mit der ungewohnten Wärme und dem Winteroutfit ist zu viel für meinen Körper. Außerdem habe ich keine Ahnung, wohin ich noch gehen soll. Hierherzukommen war definitiv die dümmste Entscheidung meines Lebens.

Weil ich überhaupt nicht damit gerechnet habe, er könnte mich wegschicken. Geschweige denn, nicht einmal bis zu ihm zu kommen. Aber ich habe die gerechte Strafe dafür bekommen, meinen dämlichen Gefühlen so schnell nachgegeben und keine Sekunde überlegt zu haben. Denn jetzt stehe ich hier mit zerrissenem Herzen irgendwo in Melbourne in einem Park und habe nicht mal mehr genug Geld für ein Taxi, geschweige denn für den Rückflug.

25. Kapitel

Danny

Melbourne, Australien

Ächzend quäle ich mich in die letzte Schicht, bevor ich in den Rennanzug steige. Wenn es nicht Vorschrift wäre, würde ich darunter nur meine Boxershorts tragen. Die bescheuerte Funktionskleidung soll mich im Notfall zwar vor Feuer schützen, hat beim Tragen aber ungefähr dieselbe Temperatur wie Flammen. Kaum habe ich mich fertig angezogen, rinnt mir ein Schweißtropfen von der Stirn. Ich wische ihn weg und checke alles ein letztes Mal im Spiegel, bevor ich mich den Zuschauern und Kameras stelle.

Die dicken Augenringe zeugen vom Schlafmangel der letzten Nächte. Dabei wäre es für ein gutes Rennen besser gewesen zu pennen, statt die ganze Zeit wach zu liegen und sich zu fragen, was wohl passiert, wenn ich heute beim ersten Rennen der Saison gleich wieder versage.

Ich verlasse die Umkleide. Katie wartet schon neben der Tür, empfängt mich mit einem Lächeln und streicht mir liebevoll durch die Haare. »Wow. Du siehst toll aus.«

»Danke«, murmle ich nur und greife nach ihrer Hand. Das ist kein Moment für Romantik. Je schneller ich in der Box bin und alles nochmal mit dem Team durchgehen kann, desto besser. Sie verschränkt ihre Finger in meinen und weicht mir auf dem Weg nicht von der Seite.

»Das ist alles so aufregend. Wie kannst du da nur so cool bleiben, wenn du dich ins Auto setzt?« Sie wirft mir einen bewundernden Blick zu und ich erwidere ihn mit einem gequälten Lächeln.

»Man gewöhnt sich mit der Zeit dran«, flunkere ich. Wenn sie wüsste, welcher Sturm in meinem Inneren tobt, würde sie mich nicht mehr so ansehen.

»Oh, du wirst es schon aufs Podest schaffen. Und heute Abend bekommst du eine ganz besondere Belohnung dafür.« Sie zwinkert mir zu und will sich zu mir beugen, um mir einen Kuss zu geben. Ich ziehe sie jedoch weiter.

Wieder einmal schleichen sich Gedanken in meinen Kopf, die dort schon lange nicht mehr willkommen sind. Wie anders diese Gespräche abgelaufen sind, als Selina noch an meiner Seite war. Sie hätte mich nicht bis in die Umkleide verfolgt. Ich hätte ihr sagen können, dass ich alles andere als ruhig bin und eher kurz vor einem Herzinfarkt stehe. Ohne ihre Reaktion fürchten zu müssen oder in ihren Augen an Stärke zu verlieren. Sie hätte sogar die richtigen Worte gefunden, um mich aufzumuntern und ihre eigene Stärke mit mir geteilt. Katie dagegen würde ich damit nur verunsichern. Und ich will nicht, dass sie deswegen geht. Unsere Beziehung ist noch so frisch und zerbrechlich. Also sollte ich auch aufhören, die beiden ständig miteinander zu vergleichen. Das hat Katie nicht verdient.

Es fällt mir schwer, sie in der Box zurückzulassen. Sie ist bei Papa zwar gut aufgehoben, der sie ablenkt und unterhält, aber ich weiß, wie sehr die Kameras sie lieben. Durch ihren Promistatus interessiert sich die Presse viel zu sehr für unsere Beziehung und sie werden versuchen, alle schmutzigen Einzelheiten aus ihr herauszuquetschen. Aber alles wird gutgehen. Sie ist in diesem Interview-Ding besser als ich und weiß, was sie tut.

***

Heute geht alles viel zu schnell: das Einsteigen, die Roll-Out-Runde, die letzten Interviews, Gespräche und Maßnahmen auf der Zielgeraden, die Einführungsrunde. Ich blinzle einmal und schon komme ich auf dem fünften Platz hinter der Ampel zum Stehen. Direkt hinter Tyler, der sich im Qualifying um Welten besser geschlagen hat als ich.

Jetzt gilt es. Die Motoren heulen auf, als die Ampel mit dem Countdown beginnt. Und obwohl ich diesmal nicht mehr der Neue bin, fühlt es sich genauso an wie beim ersten Mal. Die Handschuhe füllen sich mit Schweiß. Die Tribüne und die Strecke verschwimmen um mich herum, bis auf die roten Lichter der Ampel, die ich fixiere. Mein Herz donnert in meinen Ohren mit den Motoren um die Wette.

Diesmal muss alles sitzen. Nun habe ich keinen Welpenbonus mehr. Stattdessen sitzt mir Hendrick im Nacken, der mir vorhin nochmal eingebläut hat, wie viel von dieser Saison abhängt. Denn sie wird meine gottverdammte Zukunft prägen und so darüber entscheiden, ob ich es jemals an die Spitze schaffe oder untergehe und aus der Formel 1 fliege. Niemand wird mir eine zweite Chance geben. Dafür gibt es zu viele junge Talente.

Die Ampel wird schwarz. Ich erwische den Schleifpunkt der Kupplung perfekt und mein Wagen schießt nach vorne. Schneller als der meines Nebenmanns. Mein Körper wird in den Sitz gepresst. Plötzlich sind meine Gedanken verstummt. Alles, was mein Kopf noch zu mir durchlässt, sind Bewegungsabläufe, Streckendetails und schnelle Situationsanalysen.

Kurve 1 in 150 Metern. Automatisch checke ich alle Richtungen. Tyler direkt vor mir. Der neue McLaren-Fahrer nur um Zentimeter versetzt neben mir. Eine Millisekunde reicht, um mich zu entscheiden: volles Risiko. Ich ziehe nicht nach rechts. Lasse ihm die Innenlinie. Der McLaren schiebt sich nach vorne, allerdings nur für Sekunden. Die leichte Linksbiegung danach ist meine Chance. Obwohl sich unsere Wagen beinahe berühren, weiche ich nicht aus. Ich lasse ihm keinen Zentimeter, um nach innen zu kommen. In letzter Sekunde ziehe ich zur Seite und finde die Ideallinie durch die Kurve. Der Neue fällt zurück und muss sich hinter mir einreihen. Mein Herz vollführt einen Tanz. Innerlich juble ich. Doch ich habe keine Zeit, es auszukosten.

Jetzt ist Tyler dran. Egal, was das Team sagt. Sie wollen ihn als ihren Spitzenfahrer. Aber ich bin nicht hier, um hinter jemandem herzufahren, sondern um zu gewinnen. Ich muss ihn mir holen. Sonst werden sie nie erkennen, was in mir steckt.

Außerdem steht noch meine ganz persönliche Rache aus. Für das, was er mir angetan hat.

26. Kapitel

Selina

Melbourne, Australien

Bevor ich mich der demütigendsten Situation meines Lebens stelle und meine Eltern um Geld für den Rückflug bitte, muss ich noch einmal zur Rennstrecke zurückkehren und das einzig Richtige tun: Ich muss mich bei Danny entschuldigen und mich mit ihm aussprechen. Auch wenn ich mir nun sicher bin, dass es bei einem neutralen Gespräch bleiben wird, an dessen Ende wir uns voneinander verabschieden und weiterhin getrennte Wege gehen werden.

Mein Weg führt mich heute direkt ins Fahrerlager. Leider nicht so früh, wie ich geplant hatte. Das Rennen ist schon in vollem Gange und das Röhren der vorbeirauschenden Geschosse übertönt die Rufe der Fans. Eigentlich wollte ich schon vor dem Einlass an der Schranke stehen und sofort hinüberlaufen. Doch mein Biorhythmus und die vier Stunden, in denen ich nachts wach gelegen und Dannys neue Freundin gegoogelt habe, sind mir zum Verhängnis geworden. Ich muss so fertig gewesen sein, dass ich nicht mal den Wecker gehört habe. Aber ich kann mir nicht noch mehr Vorwürfe machen. Meine brennenden, geröteten Augen und der dicke Stresspickel auf der Nase zeigen mir, dass ich mich genug gequält habe. Leider lässt sich die leise Stimme in meinem Kopf nicht so leicht ausschalten. Immer wieder flüstert sie mir zu, wie dumm ich gewesen bin: dumm, Danny nicht vertraut zu haben; dumm, hierher zu kommen. Und dumm, zu glauben, dass er nicht innerhalb kürzester Zeit eine neue Freundin haben würde, die besser in diese Welt passt.

Ich nähere mich einer Wand aus riesigen Gittern und Zäunen, die den Bereich der Teams von dem der Fans trennen. Die Securitys, die den Durchgang zwischen den Absperrungen bewachen, sehen mich nicht einmal an, als ich mich neben sie stelle. Doch ihr Körperbau und die ernsten Mienen sprechen dafür, dass sie mich einfach packen und wegtragen würden, sollte ich nur einen Schritt näherkommen. Wie erwartet, hier habe ich keine Chance, mich reinzuschleichen. Aber darauf baut mein Plan auch nicht auf.

Stattdessen suche ich Peters Nummer in meinen Kontakten. Ich hätte nicht gedacht, dass ich sie jemals brauchen würde. Nun aber bin ich dankbar dafür, dass wir uns immer gut verstanden haben. Trotz seiner bestimmten Art, wenn es um Dannys Karriere geht, konnte ich jedes Mal mit ihm lachen. Er hat ein großes Herz und wird mich sicher hier abholen, wenn ich ihm schildere, worum es geht. Es sei denn, Danny hat ihm Anweisungen gegeben, mich nie wieder in seine Nähe zu lassen. Das würde zu dem Blockieren und Wegdrücken passen. Inzwischen ist es mir jedoch fast gleichgültig. Ich werde hier nicht das bekommen, wofür ich nach Australien geflogen bin. Dann kann ich wenigstens behaupten, es mit der Entschuldigung versucht zu haben.

Als er sich überrascht meldet, bildet sich jedoch auf einen Schlag ein Kloß in meinem Hals. »Selina?«

Ich lasse den Smalltalk weg und komme gleich zum Punkt.

»Könntest du mich reinlassen? Ich steh an Eingang F. Es ist wichtig.«

Er braucht einen Moment, um zu antworten.

»Du bist hier? In Melbourne?«

»Ja und ich muss mit Danny reden. Bitte, hol mich hier ab, wenn es irgendwie geht.«

Er zögert. Ich höre, dass er mehrmals Luft holt, dann aber doch nichts sagt.

»Du bist verrückt«, bringt er schließlich hervor.

»Also kommst du?«

»Ja. Gib mir fünf Minuten.«

***

Nach nur drei Minuten erkenne ich von weitem eine Gestalt in einem grüngelb gestreiften Hemd und einer dazu passenden, sonnengelben Schiebermütze. Wo bekommt er nur immer diese abgefahrenen Klamotten her und wie schafft er es, trotzdem so seriös darin auszusehen?

Ich verlasse meine Position, von der aus ich ein Stück der Rennstrecke überblicken kann. Peter winkt mir verhalten. Dann quatscht er von hinten einen der Securitys an. Ich verstehe nicht, was er sagt, doch er deutet auf mich. Innerlich bete ich, dass es klappt. Immerhin haben diese Männer auch ihre Anweisungen und sind keineswegs verpflichtet, mich reinzulassen.

Aber ich habe Glück. Der Mann in der Sicherheitsweste winkt mich zu sich.

»Du willst rein?«

Ich nicke.

»Dann muss ich dich abtasten. Ist das in Ordnung oder soll ich eine Kollegin dafür holen?«

Statt einer Antwort strecke ich die Arme zur Seite. Seine Aufgabe ist ihm sichtlich unangenehm. Vorsichtig tastet er über meine Taschen, den Hosenbund und streicht mir über Arme, Beine und Nacken.

»Alles klar. Viel Spaß«, meint er schließlich und lässt mich passieren.

Peter mustert mich mit besorgtem Blick. Wir laufen ein paar Schritte, bis wir außer Hörweite der Männer sind. Erst dann traue ich mich, zu reden.

»Ich muss mich bei Danny entschuldigen. Es gab einige Missverständnisse, als wir uns getrennt haben. Ich habe ihm Dinge vorgeworfen. Und jetzt habe ich herausgefunden, dass ich unrecht hatte. Ich konnte nicht länger warten, ich musste einfach herkommen.« Ich halte mich vage. Immerhin weiß ich nicht, wie viel Danny ihm erzählt hat.

»Ich würde dich ja mit in die Box nehmen … aber ich glaube, das ist keine gute Idee. Du hast sicher gehört …«

Ich nicke. Den Satz muss er nicht beenden.

»Das will ich auch gar nicht. Lass mich ruhig hier draußen stehen. Aber schick ihn bitte zu mir, wenn alles vorbei ist und er einen Moment Zeit hat.«

»Ich weiß nicht, wann …«

Ein ohrenbetäubender Knall verschluckt seine Worte.

27. Kapitel

Danny

Melbourne, Australien

»Die Reifen. Ich hab keinen Grip mehr.« Ich ziehe das Auto durch die Kurve. So werde ich für immer an Tylers Stoßstange kleben. Der einzige Trost ist, dass seine Reifen eine Runde älter sind als meine. Er muss also genauso kämpfen wie ich.

»Wir haben dir vor zehn Runden empfohlen, sie zu schonen. Wenn du dich nicht daranhältst, musst du jetzt damit klarkommen. Bring sie noch über drei Runden.«

»Können wir nicht auf Strategie C umsteigen? Holt mich vor Tyler rein.«

»Negativ«, scheppert es durch die Ohrstöpsel. Ich nehme all meine Konzentration zusammen, um meine Wut auf die Strecke umzulenken, statt sie in sinnlose Flüche zu stecken.

Ich biege hinter Tyler auf die lange Gerade ein. Bitte, der Abstand muss reichen. Diese Runde könnte meine letzte Chance sein. Wenn sie ihn vor mir reinholen und ich nicht noch ein paar Sekunden rausgeholt habe, werde ich nicht mehr vorbeikommen. Dann war's das. Ich hole alles aus dem Motor heraus und halte die Luft an.

Das DRS öffnet.

324. 329.

Die feinen Bodenwellen lassen den Wagen vibrieren. Ich werde durchgeschüttelt, bemerke es jedoch kaum. Mit jedem Meter wird der Abstand zwischen uns kleiner. Die Kurve kommt allerdings näher.

Ich setze an und schere nach innen aus. Doch Tyler hat mich genauestens im Blick und geht mit. Ich muss stärker bremsen, als mir lieb ist, um nicht in ihm zu kleben. Ich bin schneller als er, aber nicht schnell genug, um einen Weg an ihm vorbei zu finden. Noch nicht.

Ich nehme die nächsten Kurven in seinem Windschatten. Meine Hände zittern vor Anspannung und Anstrengung. Es bleibt keine Sekunde Zeit, sie zu lockern. Dass Tyler noch mehr mit dem Grip zu kämpfen hat als ich, lässt mich den Schmerz schnell vergessen.

Wir bremsen in Kurve 9 synchron herunter, um eine Sekunde später in die langgezogene Biegung zwischen 10 und 11 zu beschleunigen.

»Jungs, übertreibt es nicht. Eure Reifen sind allesamt am Ende. Wir holen Tyler gleich rein.«

Weder Tyler noch ich haben Zeit, zu antworten. Sie verstehen nicht, worum es hier geht. Das ist nicht nur eines von vielen Rennen in dieser Saison. Es geht nicht nur um zwei läppische Punkte. Das ist eine Sache zwischen ihm und mir. Ich kann es nicht außerhalb der Strecke lösen, ohne im Knast zu landen. Also werde ich es ihm hier heimzahlen. Wo es ihm mehr wehtut, als es meine Faust im Gesicht jemals könnte.

Nur noch Zentimeter trennen unsere Autos voneinander.

Mit einem Mal fliegen Fetzen in alle Richtungen. Scheiße. Meine Hände reagieren schneller als der Verstand. Ich reiße das Lenkrad zur Seite, um an Tyler vorbeizukommen. Nicht schnell genug.

Der Wagen wird nach oben geschleudert. Meine Atmung setzt aus. Scheiße. Nicht hier.

Alles fliegt an mir vorbei. Das Heck donnert zurück auf den Boden. Instinktiv trete ich auf die Bremse, so fest ich kann. Doch sie reagiert nicht mehr. Nein, nein, nein, das darf nicht wahr sein.

Mit vollem Renntempo rast der Wagen von der Strecke. Keine Reifenstapel vor mir. Nur eine Leitplanke. Das war's.

Ich reiße die Hände vom Lenkrad. Beißender Schmerz explodiert in meinen Gliedern.

Dann wird alles schwarz.

28. Kapitel

Selina

Melbourne, Australien

Der Knall frisst sich durch meinen Körper und lässt mich zusammenzucken. Peter bleibt neben mir wie angewurzelt stehen. Wir tauschen einen Blick und seine Miene wechselt langsam von Schock zu Panik. Ich fahre herum und versuche, den Ursprung des Lärms auszumachen. Dabei weiß ich genauso gut wie Peter, was das zu bedeuten hat. Das war ein Unfall. Ich will es mir aber nicht vorstellen. Ich will nicht sehen, was bei diesen Rennen Schreckliches passieren kann. Und erst recht will ich nicht darüber nachdenken, dass es eines Tages Danny oder einen der anderen, netten Fahrer treffen könnte, die ich kennengelernt habe.

Die Menschen im VIP-Bereich rufen aufgeregt durcheinander.

»Scheiße!« Peter deutet auf die Strecke. Dann sprintet er los in Richtung Boxengasse. Von unserer Position aus kann ich nur eine kleine Ecke der Strecke sehen. Doch es reicht, um zu erkennen, was Peter so aus der Fassung gebracht hat. Die Flagge, die dort am Zaun geschwenkt wird. Sie ist rot.

Eine unsichtbare Schlinge legt sich um meinen Brustkorb und zieht sich mit einem Mal zu. Rot bedeutet Rennabbruch. Es muss etwas Furchtbares passiert sein. Etwas, das schlimmer ist als ein liegengebliebener Wagen mit geplatztem Reifen oder ein kleiner Einschlag.

Ich löse mich aus meiner Schockstarre und stürme Peter hinterher. Kurz vor dem Gebäude hole ich ihn ein.

»Wo willst du hin?«, keuche ich und hefte mich an seine Fersen.

»In die Box. Oder irgendwohin, wo ein Bildschirm ist. Wohin sonst?« Er wirkt noch aufgelöster als ich.

»Und ich? Ich will auch wissen, was los ist. Aber ich kann ja schlecht mitkommen. Das Rennen ist abgebrochen. Wenn Danny gleich zurückkommt, sollte ich da nicht rumstehen.«

»Oh, Selina. Wir sollten erstmal beten, *dass* Danny überhaupt zurückkommt. Oder weißt du schon, wen es getroffen hat?«

Die Schlinge droht mich zu ersticken. Ich werde langsamer, weil mein Atem nicht mehr für Peters schnelles Tempo ausreicht. Keine Sekunde habe ich daran gedacht, es könnte Danny sein, der gerade einen schweren Unfall gehabt hat. Der Gedanke ist zu absurd, kaum greifbar. Und auch nicht besonders wahrscheinlich, oder? Die Chancen stehen eins zu neunzehn. Es wird ihm also gut gehen ...

Ich erreiche nach Peter den Eingang zum Boxengebäude. Eine Gruppe Männer in weißen Hemden blockiert ihn. Einer von ihnen deutet hinter uns auf die Strecke. »Ein Feuer!«

Ich werfe einen Blick über die Schulter. Eine dünne, schwarze Rauchsäule steigt von einem der hinteren Streckenabschnitte empor. Panik übermannt mich. Was, wenn er doch der eine von zwanzig ist? Oder dort ein riesiger, brennender Haufen aus mehreren Fahrzeugen liegt, die alle ineinander gecrasht sind?

In meinem Kopf spielen sich plötzlich nur noch Horrorszenarien ab. Peter habe ich aus den Augen verloren. Ohne ihn habe ich keine Chance, an den Securities vom Boxeneinlass vorbeizukommen. Alles was ich will, ist, einen Bildschirm zu finden.

Ziellos stürme ich zwischen Motorhomes und dem Boxengebäude entlang. Dabei kommt es mir vor, als wäre ich in einem dieser Träume gefangen, bei denen man wie mit Kaugummi unter den Sohlen rennt und nie an seinem Ziel ankommt.

Endlich entdecke ich durch die Scheibe eine Leinwand im Mercedes-Lager. Ich mache abrupt halt, lehne meine Stirn gegen die Scheibe und schirme die Spiegelung der Sonne mit den Händen ab. Genau im richtigen Moment.

Die Kamera schwebt über die Unfallstelle. Der Rauch verdeckt die Stelle der Leitplanke, an der der Wagen eingeschlagen sein muss. Flammen züngeln um das Metall, so intensiv, dass ich nicht einmal mehr ein Auto erkennen kann. Die Streckenposten versuchen vergeblich, sie mit ihren Feuerlöschern einzudämmen. Wie kann das passieren? Die Formel 1 hat so viele Sicherheitsmaßnahmen und -vorschriften. Es ist schon seit Jahren nichts Schlimmes mehr passiert. Warum ausgerechnet jetzt?

Ich schlucke, doch mein Hals ist so trocken, dass ich husten muss. Scheiße, das sieht gar nicht gut aus. Wer auch immer dort dringesessen hat, kann nicht überlebt haben. Wie sollte man jemanden aus dieser Flammenhölle befreien können?

Erst jetzt bemerke ich das zweite Auto. Es steht nur wenige Meter von der Unfallstelle entfernt im Kies. Und es ist dunkelblau.

Mein Herzschlag pulsiert bis in meine Kniekehlen. Ist das Danny? Dann geht es ihm gut? Oder bedeutet das …

Mein hektischer Atem lässt das Fenster beschlagen.

Eine Wiederholung der Unfallszene beginnt. Und sofort wird offensichtlich, um welche beiden Wagen es sich handelt. Sie sind beide blau. Mir wird schwindelig. Doch ich kann den Blick nicht abwenden.

Die Einblendung verrät mir, dass Danny das hintere Auto steuert. Viel zu leichtsinnig. Es ist kaum Luft zwischen ihm und Tylers Heck. Der Kamerawinkel wechselt. In Zeitlupe löst sich Tylers linkes Hinterrad auf. Reifenteile fliegen über die Strecke. Und er verliert schlagartig an Tempo.

Danny kann keine Chance gehabt haben. Warum musste er so nah auffahren? Ein leises Schluchzen entfährt mir. Meine Augen brennen vor Schmerz, doch ich kann nicht zulassen, dass Tränen meine Sicht verschleiern. Ich muss doch wissen, was passiert ist. Vielleicht ist es ja doch Tyler, der eingeschlagen ist. Ich ertappe mich bei dem Gedanken, dass das gar nicht so schade wäre. Aber das darf ich nicht denken. Einen solchen Unfall wünsche ich niemandem, nicht einmal ihm.

Die Front von Dannys Wagen kommt nicht mehr rechtzeitig an ihm vorbei. Das linke Vorderrad stößt gegen Tylers Reifen. Das Auto hebt ab. Ich drücke meine Stirn so fest gegen die Scheibe, dass es wehtut.

Dannys Auto schlägt hart auf dem Boden auf. Die beiden Hinterräder stehen nur noch schief in den Aufhängungen. Und er schießt in Richtung der Leitplanke. Er hat keine dreißig Meter mehr zum Bremsen.

Ich starre auf den Bildschirm im Inneren. Trotzdem bin ich nicht in der Lage, die Bilder zu verarbeiten, die sich dort abspielen. Es ist ein grausamer Film. Mein Gehirn weigert sich, die Szenen mit der Realität in Verbindung zu setzen. Um mich aufrechtzuhalten und zu verhindern, dass ich an Ort und Stelle zusammenbreche.

Der Rennwagen schlägt ungebremst in die Leitplanke ein. Tylers Wagen, der ins Schleudern geraten ist, kommt nur wenige Meter dahinter zum Stehen. Reifen fliegen meterhoch durch die Luft – und der hintere Teil des Autos wird zurückgeschleudert. Der hintere Teil. Nur der hintere Teil. Das Auto ist in zwei Hälften gerissen. Dann überdecken eine Explosion und Flammen das Bild.

Mein ganzer Körper beginnt unkontrolliert zu zittern und zu beben. Das kann einfach nicht wahr sein. Ich habe es nie ernst genommen, als Danny meinte, er würde für seinen Traum jeden Tag sein Leben riskieren. Er hat doch erzählt, die Autos wären sicher und dass so etwas gar nicht mehr passieren könnte. Knochenbrüche oder Schleudertraumata vielleicht, aber keine riesigen Feuer und Todesfälle.

Er hatte unrecht. Und vielleicht werde ich ihm das nie unter die Nase reiben können. Meine Entschuldigung wird für immer unausgesprochen bleiben. Ich komme wirklich zu spät. Auf eine Art und Weise, die ich mir nie hätte erträumen können.

Eine einzelne Träne rinnt meine Wange hinab und nimmt den Schleier von meinen Augen. Ich fokussiere mich erneut auf den Bildschirm, in der irrationalen Hoffnung, er würde nun andere Bilder zeigen. Bilder, auf denen es nicht Dannys Wagen war.

Doch die Szene ist noch nicht zu Ende. Der Winkel hat sich erneut verändert. Der Abstand zur Unfallstelle ist geringer, als mir lieb ist. Ich erkenne jeden Funken, der sich aus der lodernden Glut löst. Aber auch Tyler, der binnen Sekunden aus seinem Auto gesprungen sein muss. Die Marshalls, die mit Feuerlöscher auf die Flammen zurennen und zu sprühen beginnen.

Als würde das noch etwas nützen. Danny steigt nicht aus. Wie soll er auch. Sein Auto besteht aus zwei Hälften. Sein Körper vielleicht auch.

Das Zittern meines Körpers verstärkt sich und zwingt mich beinahe in die Knie. Nur meine Hände an der Scheibe halten mich noch aufrecht.

Die Masse aus den Feuerlöschern kommt kaum gegen das unaufhörliche Lodern an. So können sie es unmöglich löschen. Tyler, immer noch mit Helm auf dem Kopf, stürmt auf einen der Marshalls zu und scheint ihm etwas zuzurufen. Dann wendet er ihm den Rücken zu. Der Mann will ihn festhalten, bekommt ihn jedoch nicht zu fassen.

Ich kann nicht glauben, was ich sehe. Tyler rennt auf das Feuer zu. Der Marshall hält den Feuerlöscher in seine Richtung. Und Tyler klettert über die Leitplanke. Eine Sekunde später ist er im Inferno verschwunden. Ich wusste, dass er nicht ganz dicht ist. Aber das? Er rennt in seinen eigenen Tod, riskiert sein Leben oder zumindest zahlreiche Verbrennungen und eine verkohlte Lunge und das für Danny, den er von der ersten Sekunde an gehasst hat und sich nie die Mühe gemacht hat, das zu verbergen.

Es vergehen Sekunden, in denen ich nichts erkennen kann außer den Strahl der Feuerlöscher, die auf die Stelle gerichtet sind, an der Tyler verschwunden ist. Es sind viel zu viele Sekunden. Ich halte das nicht mehr aus. Bitte, lass sie zu zweit da raussteigen. Und falls es für Danny zu spät ist, dann wenigstens Tyler. Er wollte ihn retten. Dafür darf er nicht sein Leben lassen.

Endlich kann ich eine Bewegung in dem Feuermeer ausmachen. Auch die Umstehenden reagieren sofort. Einer der Marshalls stürzt ebenfalls auf das Feuer zu. Die Kamera wechselt erneut den Winkel, sodass ich erkennen kann, wobei er hilft. Gemeinsam schleppen sie einen leblosen Körper aus den Flammen. Dannys Körper. Tyler bricht zusammen und reißt sich die Schuhe von den Füßen, sobald sie eine sichere Entfernung erreicht haben.

Mein Körper tut es ihm gleich. Das Beben überwältigt mich. Ich sacke an der Scheibe nach unten. Alles an mir zittert, so stark, dass ich nicht mehr atmen kann. Ich versuche, nach Luft zu schnappen. Doch nichts passiert, außer einem erbärmlichen Röcheln. Werde ich jetzt auch sterben?

Ich spüre eine Hand auf meiner Schulter. Eine fremde Frau kniet sich vor mich.

»Hey, was ist los? Soll ich einen Arzt holen?«, fragt sie mit ruhiger Stimme. Ich bin unfähig zu antworten. Mir einen Arzt holen? Das ist doch gerade völlig egal. Danny! Das Bild seines leblosen Körpers verschwindet nicht. Er braucht doch einen Arzt. Nicht ich. Aber es hat so lange gedauert: fünfzehn, vielleicht sogar zwanzig oder fünfundzwanzig Sekunden.

Ein senfgelbes Paar Turnschuhe taucht in meinem Sichtfeld auf. Es kostet mich alle Kraft, meinen zitternden Kopf nach oben zu richten. Peters Brille beschlägt von den Tränen, die darunter herauskullern.

»Sie haben ihn rausgezogen«, sagt er mit schwankender Stimme.

Ich weiß. Ich hab alles gesehen. Aber meine Lippen beben zu sehr, um Worte zu bilden.

»Sie bringen ihn ins Krankenhaus. Es sieht nicht gut aus. Aber er atmet. Er lebt.«

Ich schnappe abermals nach Luft. Diesmal gelingt es mir jedoch. Mit einem lauten Japsen fülle ich meine Lunge. Ich stimme in seine stummen Tränen mit ein. Peter lässt sich zu mir auf den Boden sinken, lehnt sich ebenfalls gegen die Scheibe und legt den Arm um mich. Sein leises Schluchzen spiegelt meinen eigenen Schmerz. Ich wundere mich nicht einmal über seine Reaktion. Das ist kein Moment, um unsere Ängste zu verstecken. Stark sein müssen wir früh genug wieder.

29. Kapitel

Selina

Melbourne, Australien

Das Taxi hält vor einem riesigen Krankenhauskomplex. Die orangerote Fassade wirkt einladender als alles, was ich in Deutschland von Kliniken gewohnt bin. Der erste Eindruck lässt mich hoffen, dass auch das, was im Inneren passiert, durchdacht und professionell abläuft.

Ich bezahle den Taxifahrer mit Scheinen, die so bunt sind wie Monopolygeld. Es auszugeben ist mir unangenehm. Genauso unangenehm, wie es war, das Geld von Peter anzunehmen. Aber ich hatte leider keine andere Wahl. Außerdem werde ich es mit Zinsen zurückzahlen.

Schwungvoll steige ich aus und beeile mich, zum Empfang zu gelangen. Ich muss schneller sein als meine Angst. Sonst werde ich stundenlang vor dem Gebäude stehen, durch die Glastüren hineinstarren und versuchen, mich zu überwinden. Den Prozess würde ich gerne abkürzen.

Trotz meiner weichen Beine schaffe ich es in den weitläufigen Vorraum, der mich mit dem aufdringlichen Geruch von Desinfektionsmittel empfängt. Unter anderen Umständen würde das reichen, um mich rückwärts wieder nach draußen zu befördern.

Der junge Mann am Empfang hat meine Unsicherheit schon längst bemerkt und lächelt mir von weitem freundlich zu.

»Wie kann ich Ihnen helfen, Madame?«, fragt er, als ich sein Lächeln vorsichtig erwidere und näherkomme.

»Wo finde ich die Intensivstation?« Ich lehne mich an den Tresen.

»Sind Sie denn mit den Regeln für Besuche bei Intensivpatienten vertraut?«

»Natürlich«, flunkere ich und nicke eifrig. Selbstverständlich ist mir bewusst, dass es Vorschriften gibt. Wenn ich Pech habe, lassen sie mich gar nicht zu ihm. Was genau es zu beachten gibt, kann ich mir allerdings nur ausmalen. Das zuzugeben würde meine Chancen, an Danny heranzukommen, aber nur unnötig verschlechtern. Also bleibe ich bei meiner kleinen Lüge.

Der Mann beschreibt mir den Weg und ruft eine Schwester auf der Station an, um mich als Besucher anzukündigen. Alles Weitere soll ich mit ihr absprechen. Hoffentlich ist sie genauso freundlich und schickt mich nicht weg. Ich habe so lange gegrübelt, ob ich nach Hause fliegen oder hierherkommen soll. Es hat mich so viel Überwindung gekostet, ins Taxi zu steigen und mich bis zum Empfang vorzukämpfen. Denn ich weiß nicht, welcher Anblick mich erwartet oder in welchem Zustand er ist. Da lasse ich mich nicht einfach abwimmeln.

Ich folge dem Flur, der trotz der Bilder und Topfpflanzen seine Sterilität nicht verliert, biege zweimal ab und werde von einer älteren, rundlichen Dame in Gesundheitslatschen in Empfang genommen. Sie wartet vor dem Durchgang zur Intensivstation auf mich und stellt sich schützend zwischen mich und die Türen.

»Auf wessen Besucherliste sind Sie eingetragen?«

Besucherliste? Ich hoffe, Peter hat etwas veranlassen können.

»Daniel Breuning ... vielleicht. Mein Name ist Selina Schrader. Brauchen sie meinen Ausweis?« Besser, ich warne sie vor.

Sie winkt ab, lässt mich stehen und wuselt in den Raum, der ein halboffenes Fenster zum Flur hat. Dann klickt sie ein paarmal am Computer herum und blättert in ihrem Buch. Mit einem knappen Nicken blickt sie vom Buch auf.

»Ja, da sind Sie. Allerdings nur als Besucher zweiter Priorität. Sie sind keine enge Verwandte, richtig? Und Partnerin ja sowieso nicht.«

Ihre Aussage macht mir schmerzlich bewusst, wie dämlich mein Besuch ist. Nein, ich bin weder Partnerin noch Verwandte. Nicht mal eine gute Freundin. Im Prinzip stehen wir in gar keiner Beziehung mehr zueinander. Dennoch bin ich hier. Weil ich wissen muss, wie es ihm geht. Ob ich jemals wieder eine Chance haben werde, das zu sagen, was mir seit Tagen auf der Seele brennt. Und sollte es möglich sein, will ich die erste Gelegenheit dazu nutzen. Vielleicht hilft es ihm auch, inneren Frieden zu schließen und schneller wieder auf die Beine zu kommen. Oder schneller ...

Ich verbiete mir den Gedanken.

Die rundliche Krankenschwester kommt wieder zu mir nach draußen. »Es tut mir leid, aber im Moment darf ich leider nicht einmal Besucher mit erster Priorität zu ihm lassen. Es werden Untersuchungen durchgeführt. Wenn Sie wollen, kann ich Sie aber in den Warteraum mitnehmen. Sobald es etwas Neues gibt oder sich sein Zustand in den nächsten Stunden so weit verbessern sollte, dass ein Besuch für Sie möglich ist, würde ich Sie dort abholen.«

Ich blicke den Flur zurück, aus dem ich gekommen bin. Die Verlockung, nach draußen an die frische Luft zurückzukehren, durch den Park gegenüber zu spazieren und einfach morgen wiederzukommen, ist groß. Aber ich kann jetzt keinen Rückzieher machen. Wer weiß, ob ich dann an ihn herankomme. Und hier habe ich immerhin die Möglichkeit, aus erster Hand zu erfahren, wie es ihm geht und was die Ärzte unternehmen.

Sie führt mich in die Intensivstation und deutet auf eine Tür auf der linken Seite. Ich bedanke mich bei ihr und bevor ich den Raum betreten habe, ist sie schon wieder verschwunden. Ihr Leichtsinn lässt mich den Kopf schütteln. Würde man es darauf anlegen, könnte man von hier aus jedes Patientenzimmer betreten und allerhand Unheil anrichten. Der Gedanke behagt mir nicht. Warum ist Danny nicht besser bewacht? Sollte die Schwester einen Moment unaufmerksam sein, bei einem Patienten helfen oder mal zur Toilette gehen, ist der Eingang zur Intensivstation unbeaufsichtigt. So wäre es den Reportern ein Leichtes, sich einzuschleichen.

Nachdem ich aber nicht einmal weiß, wo Danny liegt und auf keinen Fall etwas falsch machen will, bleibt mir nichts anderes übrig, als den Warteraum zu betreten.

Zwischen den dunkelblauen Bänken und Stühlen reihen sich noch mehr Topfpflanzen aneinander. Die Kaffeemaschine in der Ecke sticht mir sofort ins Auge. Ich bin kein Fan von Kaffee. Aber nach den letzten Tagen und Nächten wäre so ein Cappuccino genau das Richtige.

Erst, als ich die Tür hinter mir zuziehe, bemerke ich, dass ich nicht alleine bin. Auf einem der Stühle sitzt jemand, die Ellbogen auf die Knie gestützt und den Kopf in den Händen vergraben. Trotzdem erkenne ich sie sofort. Es ist Katie.

Mist. Das ist gar nicht gut. Ich hatte damit gerechnet, vielleicht auf seine Familie oder auf Peter zu treffen. Habe mir Vorwände und Small-Talk-Themen ausgedacht, falls es so weit kommen sollte. Aber irgendwie habe ich nicht erwartet, Katie als Einzige hier sitzen zu sehen.

Ich will rückwärts wieder den Raum verlassen. Doch sie hat mich bemerkt und hebt den Kopf. Ganz toll. Sie weiß sicher, wer ich bin. Jetzt kann ich nicht mal mehr weglaufen, ohne wie eine Psychotante zu wirken, die ihr den Freund klauen will. Und das bin ich nicht. Ich will ihn ihr nicht wegnehmen, sondern nur wissen, wie es ihm geht, meinen inneren Frieden zurückerlangen und dieses Thema ein für alle Mal abhaken. Mein Herz stolpert verdächtig.

Was mache ich jetzt? Sie ansprechen? Nur Hallo sagen und mich auf die andere Seite des Zimmers setzen? Oder mich vorstellen und ein Gespräch mit ihr beginnen? In mir sträubt sich alles. Ich will nicht mit ihr reden.

Alles, was ich über sie erfahren wollte, habe ich nachgelesen. Für ihre zwanzig Jahre ist sie schon unglaublich reich, beliebt und erfolgreich als Model. Sie lebt ihr Leben in der High Society, auf jedem beiläufigen Foto perfekt gestylt und gekleidet. Verkehrt mit den Menschen, mit denen sich Danny in Zukunft auch umgeben wird – die ganz oben. Was sollte es mehr über sie zu wissen geben? Ganz offensichtlich ist sie eine hochnäsige, oberflächliche Zicke.

Ich stehe einen Moment zu lange hinter der Tür herum, bis ich mich endlich entschieden habe.

»Hi«, sage ich und nehme den direkten Weg zur Kaffeemaschine. Ich bringe es nicht einmal über mich, sie länger als eine Sekunde anzusehen. Denn meine Fantasie blüht bei ihrem Anblick auf. Und ich kann nicht zulassen, mir vorzustellen zu müssen, wie Danny sie ebenso ansieht … berührt … küsst …

»Hallo«, haucht sie und beobachtet, wie ich eine Tasse unter den Auslass stelle. Ihr Blick ist mir so unangenehm, dass ich versehentlich den Knopf für Espresso drücke. Ich lasse mir nichts anmerken und gieße ein wenig Milch aus einem Kännchen neben der Maschine dazu, als hätte ich nie etwas anderes trinken wollen.

Ohne sie anzusehen, setze ich mich auf die Bank neben der Maschine und greife nach einer der Zeitschriften auf dem Tisch. Mir ist völlig egal, was drinsteht. Hauptsache, ich kann mich dahinter verstecken.

Die Luft im Warteraum scheint sich jedoch mit jeder Sekunde zu verdichten. All die unausgesprochenen Gedanken hängen zwischen uns in der Luft und drücken auf meine Seele. Ich sollte lieber gehen. So ist das ja nicht auszuhalten.

»Entschuldigung«, sagt sie auf Englisch und ich bin gezwungen, sie über einen ausladenden Farn hinweg anzusehen.

»Ja?«

»Bist du nicht … Ich meine …« Warum stottert sie so herum? Sie kann doch nicht schüchtern sein. Nicht in ihrer Position.

»Dannys Ex?«, erwidere ich, »Ja, die bin ich.« Ich warte auf den feindlichen Blick aus ihren hübschen, dunklen Augen. Ein Kräuseln ihrer vollen Lippen. Irgendetwas, das mich mir ihre Abneigung offenbart. Doch nichts dergleichen passiert. Stattdessen erkenne ich etwas in ihren Augen, das eher an Mitleid statt Feindseligkeit erinnert.

»Willst du dich zu mir setzen?«, fragt sie nach einer kurzen Pause. Ich bin völlig überrumpelt. Unhöflich sein will ich aber auch nicht.

»Okay … gerne.«

Ich lege die Zeitschrift zurück auf den Tisch und nehme meine Tasse. Dann zögere ich.

»Soll ich … dir vielleicht auch einen Kaffee mitbringen?«

»Das ist lieb, aber nein danke.« Sie streicht sich die dunkle Mähne zurück und lächelt unsicher.

Ich setze mich auf den Stuhl, der im rechten Winkel zu ihrem steht. Obwohl ich so viele Fragen stellen könnte, schweige ich. Sie war diejenige, die mich hergebeten hat. Also gehört ihr das erste Wort. Ich bete, dass sie so freundlich bleibt und ihren Charme nicht nur genutzt hat, um mich für eine Schimpftirade in die Falle zu locken.

Sie knetet nervös ihre Hände. »Du machst dir Sorgen um ihn?«

Sofort plagt mich das schlechte Gewissen. Es zuzugeben, macht mir bewusst, wie falsch meine Gefühle sind. Aber es hat keinen Sinn, zu lügen. Sie sieht ja, dass ich hier bin und mir mehr Sorgen mache, als eine Ex-Freundin sollte.

»Ja. Ich schlafe nicht mehr und kriege kaum einen Bissen runter. Ich will einfach nur wissen, was los ist und wie es ihm geht.«

»Dann sind wir ja schon zu zweit«, antwortet sie. Ihre Stimme klingt so sanft und verständnisvoll, dass ich die Welt nicht mehr verstehe. Sie müsste doch sauer sein. Oder enttäuscht.

»Warum bist du überhaupt in Melbourne? Bist du nach dem Unfall extra hergeflogen? Ich dachte, du studierst in Deutschland.« Sie traut sich nicht einmal, von ihren Händen aufzusehen, während sie spricht. In ihrer zusammengekauerten Haltung, mit den schlanken Armen und Beinen, die nur die Hälfte von meinen zu sein scheinen, wirkt sie so verletzlich. Ihre direkten Worte passen nicht zu ihrem Äußeren und ihrer Körpersprache.

»Ich bin schon seit letzter Woche hier. Ich ... wollte mir das Rennen ansehen.« Das war eine so schlechte Lüge, dass jeder noch so sozial inkompetente Fremde sie aufdecken könnte. Und sie glaubt mir tatsächlich nicht.

»Nicht wegen Danny?« Sie sieht von ihren Fingern auf. Ihr Blick ist so intensiv, dass ich zu verstehen beginne, was er an ihr findet. Sie ist wunderschön. Das muss sogar ich mir eingestehen. »Du kannst es mir ruhig sagen. Ich bin nicht eifersüchtig. Und ich nehme es dir nicht übel.«

Diese Frau steckt wirklich voller Überraschungen.

»Ich wollte mich mit ihm aussprechen. Das mit uns ... ist nicht gerade schön zu Ende gegangen. Es gibt etwas, für das ich mich entschuldigen muss.« Ich will hinzufügen, dass sie sich keine Sorgen machen muss. Weil ich ihn nicht zurückhaben will. Aber die Worte finden keinen Weg über meine Lippen.

»Er hat mir ein bisschen davon erzählt. Klang nicht so, als gäbe es etwas, für das du dich entschuldigen müsstest. Wenn deine Sorge ist, dass er dir etwas übelgenommen hat, kannst du beruhigt sein.«

Ich schwenke den milchigen Espresso in meiner Tasse und beobachte, wie die braune Flüssigkeit Muster aufs Porzellan malt. Worauf soll dieses Gespräch hinauslaufen? Es geht die ganze Zeit nur um mich. Vielleicht sollte ich sie auch mal fragen, wie es ihr geht. Bis vor drei Minuten war mir das noch egal. Aber sie scheint nicht so schlimm zu sein, wie ich dachte. Dabei würde ich sie gerne hassen. Sie hat das, was ich brauche, aber nicht bekommen kann. Sie ist so anders als ich, passt so viel besser zu Danny. Wie gerne würde ich mir weiterhin einreden, sie wäre zickig, hochnäsig und dumm. Doch ihre offene und freundliche Art macht es mir schwer, Abneigung gegen sie zu empfinden.

»Für dich muss es furchtbar gewesen sein, das mitanzusehen«, sage ich und versuche mich an einem aufmunternden Lächeln. Ich kann kaum eine Regung in ihrem Gesicht ausmachen.

»Wer sieht schon gerne jemanden in Flammen aufgehen? Irgendwie habe ich mir sogar Vorwürfe gemacht. Als wäre ich schuld daran, aber ... na ja, ist nicht so wichtig.« Sie richtet sich in ihrem Stuhl auf. Interpretiere ich das richtig? Hatten die beiden Streit oder ist etwas zwischen ihnen vorgefallen? Ich traue mich jedoch nicht, nachzubohren. Dafür kenne ich sie nicht gut genug und es geht mich absolut nichts an. Auch wenn mein Herz etwas anderes sagt und darauf besteht, mehr über ihr schlechtes Gewissen herauszufinden.

Während ich einen Schluck von meinem kalten Espresso nehme, öffnet sich die Tür. Zwei Männer stehen in der Tür – einer in weißem, einer in blauem Kittel.

»Sind Sie wegen Daniel Breuning hier? Wer von Ihnen vertritt seinen Vater?«, fragt der Mann mit grau meliertem Bart.

Katie springt auf. »Ich mache das. Ich bin seine Freundin.«

»Dann bitten wir Sie, mitzukommen, damit wir Sie auf den aktuellen Stand bringen können.«

Katie sieht zu mir hinüber, dann wieder zum Arzt. »Sie gehört auch zu

Danny und will etwas über seinen Gesundheitszustand erfahren. Wir können das also auch hier machen.«

Der Arzt mustert mich kurz. »Wenn Sie sicher sind …«

»Ja. Natürlich.«

Die beiden Männer treten näher und der Kleinere von ihnen blättert in seinen Unterlagen.

»Wir haben alle Kopfbereiche nochmal gescannt und die Gehirnaktivität geprüft«, beginnt er.

Mir klappt der Mund auf. Gehirnaktivität prüfen? Scheiße, er ist nicht bei Bewusstsein. Wenn sie dazu erst irgendetwas scannen müssen, sieht es verdammt schlecht aus. Er könnte nie wieder aufwachen. Oder noch schlimmer, er könnte aufwachen und nie wieder der Alte sein …

Blut rauscht in meinen Ohren, sodass ich die Stimme des Arztes wie durch Watte höre.

»Dabei haben wir festgestellt, dass keine schwereren Kopfverletzungen vorhanden sind. Kleine Schwellungen, es liegt lediglich ein mittelschweres Schädel-Hirn-Trauma vor. Was uns mehr Sorgen bereitet hat, ist der Sauerstoffmangel in Kombination mit dem Kohlenmonoxid und den anderen, teilweise toxischen Stoffen, die er während der Zeit im Fahrzeug in großen Mengen eingeatmet hat. Das kann die Sauerstoffaufnahme auch längerfristig beeinträchtigen und Schäden am Gehirn verursachen.«

Trotz der dreiundzwanzig Grad, die es heute in Melbourne hat, scheint der Raum auf Gefriertemperaturen herunterzukühlen. Ich schlinge die Arme um den Körper, um nicht zu zittern, und lausche benommen.

»Die Aktivität sieht aber vielversprechend aus. Das größere Problem liegt in der Lunge selbst und bei den Brandverletzungen.«

Ich beobachte Katie aus dem Augenwinkel. Im Gegensatz zu mir sitzt sie kerzengerade auf ihrem Stuhl, nickt dem Arzt immer wieder zu und wirkt sehr gefasst. Wahrscheinlich kann sie die Tragweite seiner Worte nicht begreifen und schafft es deswegen, sich abzukapseln. Darum beneide ich sie. Ich kann nicht aufhören, mir alles bildlich vorzustellen: eine schwarze, verkohlte Lunge; Dannys Gesicht, rot und geschwollen, ohne Haut.

»Die Lunge braucht erst Zeit zum Regenerieren, bevor wir eine Prognose abgeben wollen. Die Brandverletzungen sind größtenteils zweiten Grades, was in Bezug auf die Heilungschancen zwar sehr positiv ist ... aber auch große Schmerzen verursacht. Hier sind vor allem Hände, Füße und Unterschenkel betroffen. Einige Stellen an den Unterarmen weisen auch Verbrennungen dritten Grades auf. Dort werden wir Zeit brauchen und die Verletzungen sind irreversibel.«

Der Satz über die Schmerzen bringt mich mehr aus der Fassung als die Tatsache, dass Narben auf seinem Körper zurückbleiben könnten. Wenn er dafür nur überlebt und wieder ganz der Alte wird, ist das doch völlig egal. Danny würde das sicher genauso sehen.

»Wegen der Tatsache, dass die Verbrennungen vor allem an Stellen vorliegen, die ständig bewegt und belastet werden, gerade in Verbindung mit den Schmerzen, die er dabei empfinden würde ... und weil wir bei der Atmung lieber noch etwas länger mithelfen wollen ... haben wir entschieden, ihn vorerst in ein künstliches Koma zu versetzen.« Der Arzt ist sehr bemüht um einen beruhigenden Tonfall. Er kann mir damit jedoch nicht den Schock über die Bedeutung seiner Worte nehmen. Künstliches Koma? Das kenne ich nur aus Filmen. Und dort ist es ist immer etwas ziemlich Schlimmes. Dort geht es nur selten gut aus – und wenn doch, dann wird die Heilung wie ein Wunder dargestellt. Es kann also nur etwas Schlimmes sein, oder?

Katie stellt die Frage, die mir ebenfalls auf dem Herzen brennt.

»Und dann? Wird er wieder gesund? Oder ist seine Lunge jetzt so zerstört, dass er nie wieder alleine atmen kann?«

Der Mann im blauen Kittel macht eine beschwichtigende Handbewegung. »Wir haben hier ein wunderbares Team aus Experten. Jeder gibt sein Bestes, damit Herr Breuning wieder vollkommen genesen kann. Und die Chancen dafür stehen nicht schlecht. Er hat großes Glück gehabt. Aber versprechen können wir im jetzigen Zustand natürlich nichts. Es kann auch jederzeit noch zu Verschlechterungen kommen, die wir noch nicht vorhersehen können.«

Die unsichtbare Watte löst sich langsam aus meinen Ohren. Die Chancen stehen nicht schlecht. Das ist alles, was ich hören wollte. Kein Arzt würde sich zu einer solchen Aussage hinreißen lassen, wenn nicht wirklich eine realistische Aussicht auf Heilung bestehen würde.

Katie steht auf und schüttelt den beiden Männern die Hand. »Danke für Ihre Bemühungen. Ich vertraue Ihnen. Den Bericht werde ich an seinen Vater weitergeben. Können wir jetzt zu Danny?«

Der Arzt sieht zwischen uns beiden hin und her, kratzt sich an der Stirn und seufzt dann. »Wenn das noch ein, zwei Tage warten könnte, wäre es mir lieber. Er ist ja ohnehin nicht ansprechbar und an einige Geräte angeschlossen. Ich will in jedem Fall vermeiden, dass Keime eingeschleppt werden, die in die Brandwunden oder die Lunge eindringen könnten.«

Enttäuscht sacke ich auf dem Stuhl zusammen. Auch wenn ich nicht mit ihm reden kann – ich würde mich zu gerne selbst von seinem Zustand überzeugen. Vielleicht auch einfach seine Nähe spüren, nach all den Tagen, in denen ich sie nun schon vergeblich suche.

Die Männer verlassen den Warteraum und ich bleibe alleine mit Katie zurück. Eine Weile steht sie einfach nur dort und starrt auf den Boden. Das Schweigen ist jedoch nicht unangenehm. Wir brauchen beide Zeit, um zu verarbeiten, was wir gerade erfahren haben.

Schließlich gibt sie sich einen Ruck, streicht sich durch die Haare und atmet tief durch. »Ich werde jetzt Dannys Papa anrufen und ihm alles durchgeben. Wir wechseln uns hier ab. Er schläft wahrscheinlich gerade, aber ich denke das ist etwas, das er wissen sollte.« Sie wendet sich mir zu und ihre vollen Lippen bilden ein Lächeln. »Danach wollte ich in die Cafeteria und eine Kleinigkeit essen. Ich könnte ein wenig Ablenkung gebrauchen. Kommst du mit?«

30. Kapitel

Selina

Melbourne, Australien

Zwei unendlich lange Tage vergehen, an denen ich die meiste Zeit im Krankenhaus verbringe. Nur zum Schlafen fahre ich zurück in das billige Motel. Weil ich tagsüber im Krankenhaus bin, treffe ich wenigstens nicht auf Dannys Familie, die Katie in der Nacht im Krankenhaus ablöst. Nur Peter schaut ab und zu vorbei, bringt Donuts mit und erhellt mit seinen bunten Klamotten die Krankenhausflure.

Die übrige Zeit verbringe ich mit Katie. Heute hat sie sogar ein Kartenspiel mitgebracht, um uns die Wartezeit zu verkürzen. Und mit jeder Stunde, die ich mit ihr verbringe, muss ich mir eingestehen, sie völlig falsch eingeschätzt zu haben. Sie erzählt von ihrer Karriere als Model und dem knallharten Business. Doch würde ich es nicht aus ihrem eigenen Mund hören und jedes Mal ihre unglaubliche Figur bewundern können, wenn sie durch den Raum tigert, würde ich nie glauben, dass sie diesen Job hat. Auch, wenn ich lieber etwas anderes von ihr behaupten würde: Sie ist ein herzensguter Mensch und alles andere als oberflächlich oder stumpfsinnig. Und sie schafft sogar eine riesige Portion Spaghetti Bolognese. Die Sorge scheint ihren Appetit eher anzuregen als zu hemmen.

Nur eines bringt mich zum Grübeln, während wir nun zum ersten Mal zu Dannys Zimmer geführt werden: Ich begreife einfach nicht, warum sie mich behandelt, als wäre ich eine gute Freundin. Und warum sie mich bei allem, was Danny betrifft, beteiligt und mitnimmt. Es wäre ihr gutes Recht, mich nach zwei Stunden nach Hause zu schicken und sich die Mitteilungen des Arztes alleine anzuhören. Und vor allem, zunächst alleine zu Danny zu gehen.

Ich hätte es verstanden. Außerdem überkommen mich ihretwegen so große Selbstzweifel, dass ich sie manchmal am liebsten bitten würde, ein bisschen unfreundlicher mit mir umzugehen. In meinem Unterbewusstsein schlummert die ganze Zeit über die Gewissheit, dass ich in ihrer Situation anders handeln würde. An ihrer Stelle würde ich keine andere Frau im Krankenhaus dulden, erst recht keine Ex. Und schon gar nicht mit ihr Freundschaft schließen. Denn das ist es, was sie versucht. Hätten wir uns unter anderen Umständen kennengelernt, hätte ich sie von der ersten Sekunde an geliebt. Wir hätten beste Freundinnen werden können. Doch ich kann ihr nicht blind vertrauen. Dazu ist mir ihr Verhalten zu suspekt.

Gemeinsam bleiben wir hinter der Schwester stehen, die die Tür zu Dannys Zimmer öffnet. »Bitte behalten Sie Handschuhe und Mundschutz an. Das ist wichtig.« Sie geht einen Schritt hinein und winkt uns dann durch.

Die innere Anspannung macht sich in meinem gluckernden Magen bemerkbar. Ich folge der Schwester und Katie hinein, lasse den Blick jedoch auf den Boden gerichtet. In den letzten Tagen habe ich viel im Internet nachgelesen. Peter und Katie haben mir immer wieder davon abgeraten, doch ich konnte es einfach nicht lassen. Unzählige Fotos von Verbrennungen haben Spuren in meinem Kopf hinterlassen. Ich weiß trotzdem nicht, was mich erwartet, wenn ich gleich in das Krankenbett sehe. Wird er überhaupt noch aussehen wie der Danny, den ich kenne? Ist er völlig entstellt? Oder sieht er aus wie immer, während der Anblick seiner bandagierten Arme und Beine mir einen Schock versetzt?

Katie ist auch dieses Mal stärker und geht direkt auf ihn zu. Ich dagegen versuche noch, mich an das Fauchen des Beatmungsgerätes zu gewöhnen. Dabei bin ich diejenige, die damit besser klarkommen sollte. Immerhin studiere ich ein medizinisches Fach, will eines Tages Körper aufschneiden und Verletzungen behandeln. Aber das ist nicht das Gleiche. Nicht, wenn es dabei um Danny geht statt um ein Kaninchen.

Vorsichtig hebe ich den Kopf, bereit, all die schrecklichen Dinge zu sehen, die ihn entstellen. Im ersten Moment erkenne ich allerdings nicht mal, wo Danny anfängt, das Bett und das Gerät aufhört. Die untere Hälfte seines

Gesichts ist von der Glocke und den Schläuchen des Beatmungsgerätes verdeckt. Was ich erkennen kann, ist jedoch nicht entstellt. Lediglich ein dünner, roter Streifen zieht sich vom Hals bis zum Kinn hinauf. Nein, er sieht aus, als würde er einfach nur schlafen. Eine riesige Last fällt von mir ab. Es ist nicht schlimm. Auch die dick eingebundenen Arme und Beine stören mich nicht. Es hilft ihm, gesund zu werden. Also ist es gut so.

Katie stellt sich neben den Tropf auf die linke Seite des Bettes, betrachtet stumm sein Gesicht und seufzt kaum hörbar. Ich nehme die gegenüberliegende Seite ein. Die Schwester lässt uns dabei nicht aus den Augen. Am liebsten hätte ich ein paar Minuten alleine in diesem Raum. Doch die werde ich nicht bekommen. Nicht, bevor Danny wieder bei Bewusstsein ist … und bei klarem Verstand. Selbst dann ist nicht gesagt, dass er mich an seinem Krankenbett haben will. Aber ich muss es versuchen. Dieser beschissene Unfall hat mir gezeigt, wie schnell eine Chance für immer vertan und das Leben vorbei sein kann.

***

Nach zehn Minuten, in denen Katie und ich Danny schweigend beigestanden haben, scheucht uns die Schwester wieder aus dem Zimmer. Keine von uns wehrt sich, denn wir haben bekommen, was wir wollten: Nur einen Blick, um uns selbst ein Bild machen zu können und zu begreifen, dass er noch bei uns ist. Mehr brauchen wir beide nicht. Seine Hand kann ohnehin niemand halten.

Als wir wieder in der Cafeteria sitzen, um dem tristen Warteraum zu entkommen und wenigstens Fenster mit Tageslicht zu haben, finden wir beide keine Worte. Trotz der Erleichterung, die auch Katie anzumerken ist, überwiegt noch die Sorge über alles, was kommt. Zumindest glaube ich das, bis Katie das Wort ergreift. Ihr scheint etwas anderes im Magen zu liegen. Sie klammert sich an ihre Teetasse und starrt aus dem Fenster.

»Es gibt da etwas, das mich schon die ganze Zeit belastet.«

»Was denn? Dass Danny schwer verletzt im Koma liegt wirst du kaum meinen, oder?«, sage ich und bereue es sofort, eine so dämliche Frage gestellt zu haben. Natürlich belastet sie das, aber das ist nichts, was sie mir mit einem so besorgten Gesichtsausdruck anvertrauen müsste. Das ist nämlich offensichtlich.

Sie schüttelt den Kopf und spielt gedankenverloren am Bändchen des Teebeutels herum.

»Bitte nimm mir die Frage nicht übel, aber ... du liebst ihn noch, hab ich recht?«

Mein Herz rebelliert. Ich würde ihr gerne eine ehrliche Antwort geben. Sie hat es verdient, wenn ich schon in ihre Beziehung hineinplatze und darauf bestehe, die Vergangenheit nochmal aufzurollen. Dafür sollte sie mich sowieso hassen. Ich kann mir kaum vorstellen, welche Sorgen ich ihr durch meine bloße Anwesenheit im Krankenhaus bereite. Erst recht, wenn sie vermutet, ich würde Danny wiederhaben wollen.

Aber ich kenne die Antwort nicht. Ich betrachte die feinen Maserungen des billigen Holztisches, auf dem unsere Tassen stehen, und spüre in mich hinein. Doch der Schmerz und die Ungewissheit sind so präsent, dass ich nichts anderes fühlen kann. Bis vor ein paar Tagen war ich mir noch sicher, ihn zu lieben. Bevor ich wusste, dass er mich längst vergessen und durch eine andere ersetzt hat.

Katie nimmt mir die Antwort jedoch ab.

»Du musst nichts sagen. Ich hab gesehen, wie du ihn gerade angeschaut hast. Und du bist seit Tagen hier, damit du nichts verpasst und sofort zu ihm kannst, wenn er aufwacht. Das reicht eigentlich, um es zu wissen.«

»Es tut mir leid«, flüstere ich, »Aber er hat doch jetzt dich und die Zeiten, in denen er sich für mich interessiert hat, sind vorbei. Du musst dir deswegen keine Sorgen machen. Ich werde nicht versuchen, euch auseinanderzureißen. Das verspreche ich dir.« Ich sehe ihr tief in die Augen, um mein Versprechen zu besiegeln. Nie würde ich es übers Herz bringen, das Glück der beiden zu zerstören. Auch wenn das bedeutet, dass ich dafür mein eigenes Glück vielleicht nie finden werde.

Sie wendet den Blick jedoch schnell wieder ab und spielt nervös an einer Haarsträhne herum. »Ich ... bin diejenige, die sich entschuldigen muss. Nicht du.«

Ich ziehe die Brauen nach oben. Wofür will sie sich denn entschuldigen? Danny und ich waren getrennt, als sie zusammengekommen sind. Dafür muss sie ich doch nicht rechtfertigen.

»Ich weiß nicht, ob ich ihn wirklich liebe.«

Ich stoße gegen meine Tasse und ein Schwall heißer Kakao schwappt über mir über die Hand. Ich nehme es jedoch kaum wahr. Ihre Worte hallen in meinem Kopf wider. Und mit einem Mal wird mir klar, warum sie sich in den letzten Tagen so beherrscht und distanziert verhalten hat. Es ist kein Mechanismus, um stark bleiben zu können und ihre Gefühle zurückzudrängen. Es sind einfach keine Gefühle da. Zumindest nicht diese Art von Gefühlen. Das Bild setzt sich langsam vor meinen Augen zusammen. Dafür brechen andere Stücke mit einem Mal weg.

»Aber wie … ihr seid doch ein Paar … oder habe ich da auch mal wieder etwas falsch verstanden?«

Sie seufzt. »Nein, das stimmt schon, wir sind zusammen. So richtig.« Ich will mir gar nicht vorstellen, was sie mit *so richtig* meint. »Aber nicht, weil ich ihn liebe. Versteh mich nicht falsch, er ist mir wichtig und er ist ein toller Kerl. Aber der letzte Funken ist von meiner Seite aus noch nicht übergesprungen. Ich dachte, das könnte noch werden.«

Sie sieht erneut aus dem Fenster. Ihr Blick springt unruhig hin und her. »Ach, scheiß drauf. Ich erzähl es dir jetzt einfach.« Ihr plötzliches Fluchen erschrickt mich. So habe ich sie in den letzten Tagen gar nicht kennengelernt.

»Du bist auch so ehrlich zu mir. Da habe ich schon ein ganz schlechtes Gewissen.« Sie hat meinetwegen ein schlechtes Gewissen? Dabei ist es doch genau andersherum.

Sie greift nach meiner Hand, die nicht mit Kakao übergossen ist, und drückt sie. »Ich habe ihn auf einem Shooting kennengelernt. Er war super nett, witzig und hilfsbereit. Und vor allem Formel-1-Fahrer. Und dann hatte ich diese Idee. Ich dachte, wenn ich mit ihm zusammenkomme, würde sich die Presse mehr für mich interessieren. Ich habe in letzter Zeit immer weniger Aufträge bekommen und, na ja, ich habe gehofft, das würde meine Karriere wieder etwas ankurbeln.«

Ich starre sie mit offenem Mund an. Egal, wie dämlich ich dabei aussehe. Sie hat Danny wegen irgendwelchen bescheuerten Modeljobs ausgenutzt? Sie, die ich für einen so guten und ehrlichen Menschen gehalten habe? Dabei war meine erste Einschätzung offenbar gar nicht so falsch. Vielleicht ist sie doch nicht mehr als das wandelnde Klischee eines Topmodels.

»Sieh mich nicht so an, bitte. Ich fühle mich sowieso schon mies deswegen.«

In meinem Herzen regt sich etwas. Langsam dämmert mir, was das für mich bedeutet.

»Jedenfalls habe ich versucht, Danny zu gefallen. Habe mich verliebt und verletzlich gegeben. Ich dachte, das würde vielleicht eine Art Beschützerinstinkt in ihm wecken. Hat auch recht schnell geklappt.«

Das ist Dannys Beuteschema? Darauf ist er reingefallen?

»Ich dachte, mit etwas Zeit könnte ich mich auch in ihn verlieben. Bisher ist das allerdings nicht passiert. Und jetzt bist du hier aufgetaucht.« Sie drückt meine Hand. Ich würde sie lieber wegziehen, traue mich aber nicht.

»Du liebst ihn wirklich. Und ich sehe, wie ich dir jeden Tag wehtue, weil ich mir Danny aus Egoismus geschnappt habe. Dabei bist du diejenige, die an seiner Seite sein sollte.«

Das ist mir alles zu viel. Der Schlafmangel, die Sorgen um Danny und nun auch noch dieses Geständnis. Ich will nach draußen. Am liebsten würde ich eine Runde im Park laufen und darüber nachdenken, was sie mir gerade anvertraut hat. Denn nun bin ich mir nicht mal mehr sicher, ob ich sie hassen oder mögen soll.

»Es tut mir so leid, Selina. Er war Single, das hat er mir auch versichert. Wenn ich gewusst hätte, dass es da etwas gibt, das noch nicht geklärt ist ... dass es da eine Frau gibt, die ihn immer noch liebt und um ihn kämpft ... dann hätte ich das nie getan.«

»Aber was ist mit ihm? Du hast auch in Kauf genommen, Danny damit zu verletzen.« Endlich schaffe ich es, meine Hand aus ihrer zu winden.

Katie legt den Kopf schief und scheint durch mich hindurchzusehen. »Hm ... nein, irgendwie nicht. Ich weiß nicht, warum, aber irgendwie hatte ich nie den Eindruck, er wäre mit vollem Herzen dabei. Er hat mir oft gesagt, er hätte keine Zeit, obwohl ich wusste, dass er nur mit Peter im Hotel sitzt. Er war manchmal abwesend, wenn ich etwas erzählt habe. Und wenn wir uns geküsst haben … na ja. Vielleicht ist es mir auch deswegen so leichtgefallen, das durchzuziehen.«

Welche Reaktion erwartet sie jetzt von mir? Ich kann nicht begeistert Juhu schreien. Ihre Methoden sind für mich unmöglich. Wie kann man so etwas nur für ein wenig Aufmerksamkeit und ein paar mehr Modeljobs tun? Andererseits … wenn Danny sowieso nur halbherzig bei der Sache war …

»Was willst du jetzt tun?«, frage ich sie und schnappe mir eine Serviette aus der Halterung am Tisch, um endlich meinen Kakao-Unfall zu beseitigen. »Einfach weitermachen, wenn er aufwacht, als wäre nichts gewesen? Dich von ihm trennen?«

Sie zuckt mit den Schultern. »Darüber zerbreche ich mir Tag und Nacht den Kopf. Selbst wenn sie ihn bald aufwachen lassen, weiß keiner, in welchem Zustand er sein wird. Aber sicher in keinem, in dem ich ihm eine Trennung antun will. Ich denke, ich werde etwas warten und ihm dann alles beichten. Dann kann er selbst entscheiden, wie er damit umgeht.«

Das klingt vernünftiger als erwartet. Sie sieht mich mit aufrichtiger Trauer in den Augen an. Aber ich kann nichts darauf erwidern. Dazu muss ich erst darüber nachdenken, wie ich in den nächsten Tagen mit ihr umgehen werde. Ich kann jedenfalls keine Sekunde länger mit ihr am Tisch sitzen bleiben. Hin- und hergerissen zwischen Abneigung, Entsetzen und Verständnis stehe ich auf.

»Mir reicht's für heute. Wir sehen uns morgen.«

Es tut mir leid, dass ich ihre Entschuldigung nicht annehmen kann und sie hier alleine sitzen lassen muss. Aber ich kann nicht anders. Ohne ihre Antwort abzuwarten, verlasse ich fluchtartig die Cafeteria und fahre zurück ins Motel.

***

Am nächsten Tag bringe ich es nicht über mich, ins Krankenhaus zurückzukehren. Ich verbringe die Stunden damit, meine Klamotten im Waschbecken zu waschen und auf dem alten Röhrenfernseher in meinem Zimmer australische Sitcoms anzusehen. Alles ist zu viel. Ich kann nicht rausgehen und Melbourne erkunden. Das würde mich zu sehr an meine Zeit mit Danny in Austin erinnern. Ich kann Katie nicht gegenübertreten, nicht nochmal an Dannys Bett stehen und zusehen, wie Schläuche ihm die Luft zum Atmen liefern. Aber was Katie mir gestern gesagt hat, lässt mir keine Ruhe. Dass Danny nie ganz bei der Sache war. Denn es könnte bedeuten, dass er ebenfalls nicht so viel für sie empfindet, wie er ihr vorgaukelt. Obwohl es dumm ist, kann ich den Funken Hoffnung nicht löschen, der in meiner Brust aufgeflammt ist, unruhig hin und her hüpft und nach und nach alles entzündet. Vielleicht ist die Beziehung zu Katie gar nicht die größte Mauer, die zwischen uns steht. Vielleicht gibt es irgendwo tief in ihm doch noch Gefühle für mich. Und wenn nur der Hauch einer Chance besteht, dann muss ich sie nutzen. Denn wenn ich jetzt nach Hause fahre, wird mein Leben nie wieder das Gleiche sein. Die Erlebnisse der letzten Tage haben mich geprägt und werden mich so schnell nicht mehr loslassen. Ein Alltag mit Danny an meiner Seite wäre das, was ich mir am sehnlichsten wünschte. Doch im Moment kann ich mir noch nicht einmal sicher sein, ob er überhaupt wieder nach Hause nach Deutschland kommt oder ob er jemals wieder gesund genug wird, dass wir dieses Gespräch führen können und ich mich entschuldigen kann.

Als ich zwei Tage nach dem Gespräch mit Katie morgens vor dem Fernseher döse, lässt mich das Klingeln meines Handys hochschrecken. Es ist Peter. Ich hebe es so eilig hoch, dass es mir fast wieder aus den Händen rutscht, als ich das Gespräch annehme.

»Ist was passiert? Geht es ihm schlechter?« Meine Stimme zittert.

Peter klingt allerdings noch aufgeregter als ich. »Nein, im Gegenteil. Komm am besten gleich ins Krankenhaus. Sie haben die Medikation verändert. Sie lassen ihn aufwachen.«

31. Kapitel

Danny

Melbourne, Australien

Der Schmerz ist weg. Mein Körper irgendwie auch. Aber ich bin noch da, oder nicht? Ich bin nicht tot.

Ich sammle Kraft, um die trägen Gedanken festzuhalten. Es dauert. Aber es wird besser. Mein Verstand wird klarer. Da ist ein gleichmäßiges Piepen. Krankenhaus. Sie haben mich ins Krankenhaus gebracht. Dennoch bin ich gefangen. Ich versuche, etwas zu bewegen. Einen Arm, dort, wo ich ihn vermute. Ein Bein, irgendwas. Nichts tut sich.

Panik ergreift mich und überschattet meine Gedanken. Bin ich doch tot? Oder komplett gelähmt und blind?

Das Piepen wird schneller. Und plötzlich bewegt sich etwas. Mein Arm. Ich reiße die Augen auf.

Selten habe ich so etwas Schönes gesehen wie diese weiße, geflieste Decke. Denn sie beweist mir, dass ich weder tot noch blind bin. Und auch nicht gelähmt, sondern nur etwas benebelt. Mein Lachen erreicht jedoch meine Lippen nicht.

Ein stechender Schmerz frisst sich in meine Lunge, als ich Luft hole. Ich will husten, doch alles, was herauskommt, ist ein Keuchen, das mich in der Mitte zu zerreißen droht. Scheiße, meine Lunge ... mein Hals ... Die müssen mir irgendwas geben. Oder mich gleich umbringen. Das halte ich nicht aus. Aber ich kann nicht einmal mitteilen, wie sehr es wehtut. Ich werde auf keinen Fall versuchen zu sprechen.

Die Zimmertür öffnet sich. Eine Krankenpflegerin betritt den Raum und lächelt mir zu. Ich kann das Lächeln nicht erwidern. Mein Gesicht verzieht sich vor Schmerzen.

»Sie sind wach. Sehr schön.«

Seelenruhig tritt sie neben das Bett. Ich folge ihr mit den Augen. Sie schiebt einen Tropf näher, der neben dem Bett steht. Erst jetzt fällt mein Blick auf meinen Arm. Wegen des Plastikdings über Mund und Nase erkenne ich nicht viel. Nur, dass er komplett bandagiert ist. Gebrochen? Ich drehe mühsam den Kopf. Der andere ist auch eingebunden. Verdammt. Es wird ewig dauern, bis ich wieder ins Auto steigen kann.

»Der Arzt wird gleich da sein. Ich gebe Ihnen noch etwas gegen die Schmerzen. Bleiben Sie einfach ruhig liegen. Und keine Sorge, wir kriegen Sie schnell wieder auf die Beine.«

Sie schließt einen neuen Beutel an dem Zugang an, der in meiner Armbeuge vom Verband freigelassen wurde.

Den Besuch des Arztes bekomme ich jedoch nicht mehr mit. Es dauert keine fünf Minuten, bis ich wieder weggetreten bin. Das Schmerzmittel haut wahrscheinlich mehr rein als alle Substanzen zusammen, die auf den Partys nach den Rennwochenenden kursieren. Ich wechsle grenzenlos zwischen Wachsein und Traum, zwischen Realität und Fantasie. Im Schlaf begegnen mir Menschen mit grüner Haut, durch das Krankenzimmer hüpfen mehrere Zentimeter große, pinke Schafe. Aber die Schmerzen sind weg.

Ich weiß nicht, wie viel Zeit vergangen ist, bis ich wieder aus meinem Rausch erwache. Es könnten zwei Stunden gewesen sein, genauso gut aber zwei Tage oder eine Woche. Doch das Wichtigste ist, dass die Schmerzen nachgelassen und sie das Ding auf meinem Gesicht durch einen Schlauch mit Sauerstoff unter meiner Nase ersetzt haben.

Endlich bekomme ich einen Arzt zu Gesicht, der mich ermutigt, ein paar Laute zu krächzen und mit mir ein paar kurze Gedächtnistests durchführt. Er scheint mit dem Ergebnis zufrieden zu sein und mich für aufnahmefähig zu halten. Denn er erzählt mir endlich, was passiert ist und was sie mit mir gemacht haben. Ich lausche seinen Worten und zucke bei Worten wie Aufprall, Feuer, künstliches Koma und Beatmung zusammen. Doch an einem Teil seiner Geschichte ist etwas faul. Ich erinnere mich an jede Sekunde des

Unfalls, bis ich bewusstlos geworden bin. Deswegen weiß ich auch noch, was in den Minuten vorher auf der Strecke vorgefallen ist. Welchen Kampf ich mir mit Tyler geliefert habe.

»Es kann nicht mein Teamkollege gewesen sein, der mich da rausgezogen hat.«

Der junge Arzt bleibt jedoch bei seiner Version.

»Doch, ganz sicher. Während die Marshalls gelöscht und sich nur langsam zu Ihnen vorgewagt haben, ist er aus dem Auto gestiegen und direkt in die Flammen gesprungen, um Sie da rauszuziehen. Sie haben wirklich Glück, einen so guten und mutigen Freund zu haben.«

Ich lache auf, was sich jedoch zu einem kläglichen Husten entwickelt, das meinen ganzen Körper durchschüttelt. Aua.

»Das klingt ja ganz schön und abenteuerlich, aber da müssen sie sich verschaut haben. Er ist nicht mein Freund, sondern mein Konkurrent. Und er würde mich nie vor irgendwas retten. Zeigen Sie mal.«

Er rückt seine Brille zurecht und sieht mich verwirrt an. »Was wollen Sie sehen?«

»Na den Unfall. Sie haben doch bestimmt ein Handy. Der ist inzwischen sicher überall auf YouTube.«

Er tastet nach der Tasche seines Kittels.

»Sind Sie sicher, dass Sie sich das ansehen wollen? Es könnte Traumata ...«

»Natürlich will ich das sehen«, antworte ich. Zu laut. Mein Hals und meine Lunge strafen mich mit einem eindringlichen Brennen.

»Na schön, wie Sie wollen.«

Der Arzt zieht sein Smartphone hervor, tippt kurz darauf herum und hält es mir dann quer vor die Nase. Ich kann jedes Detail meines Unfalls beobachten. Ein Pochen setzt sich in meinem Magen fest, als ich den Moment des Einschlages verfolge und die Flammen über der Leitplanke emporsteigen sehe. Ich hätte tot sein können. Nein, eigentlich hätte ich sogar tot sein müssen. Wie gut, dass ich davon nichts mehr mitbekommen habe. Trotz der Grausamkeit des Videos vergesse ich nicht, auf das Wesentliche zu achten. Denn der Arzt hat tatsächlich die Wahrheit gesagt. Tyler springt aus dem

Auto. Tyler holt sich einen Streckenposten zur Hilfe. Und Tyler zieht meinen Körper eigenhändig aus den Flammen.

Ich begreife nichts mehr. Habe ich ausgerechnet Tyler jetzt mein Leben zu verdanken? Warum hat er das getan? Niemand hätte ihm einen Vorwurf gemacht, wenn er nicht in die Flammen gesprungen wäre. Das war sogar absolut verrückt, dafür selbst den Tod zu riskieren. Warum hat er mich also nicht einfach verbrennen lassen? Nach allem, was er mir schon angetan hat, müsste das doch eine tolle Vorstellung für ihn gewesen sein. Ein lästiger Konkurrent weniger.

Der Arzt lässt mir Zeit, die Bilder zu verdauen, und steckt sein Handy wieder ein.

»Übrigens warten draußen ziemlich viele Leute, die Sie gerne sehen würden. Wenn Sie wollen, kann ich sie noch etwas vertrösten … oder jemanden reinbitten. Wie Sie wollen. Gibt es jemanden, den sie sehen möchten?«

Ja, da gibt es jemanden. Aber diese Person kann er nicht reinbitten. Denn Selina liegt wahrscheinlich gerade Zuhause in München in ihrem Bett und schläft. Ohne auch nur einen Gedanken an mich zu verschwenden. Vielleicht hat sie nicht einmal mitbekommen, was passiert ist. Alex hat erzählt, sie würde alles meiden, wobei sie auf Formel-1-News stoßen und etwas über mich lesen oder sehen könnte.

»Papa. Und Peter, bitte. Sind sie hier?«

»Ihr Manager? Ja, ich werde sie holen.«

***

Ich habe die beiden noch nie so fertig gesehen. Obwohl ich ihm mehrmals sage, dass es wehtut, beugt sich Papa über das Bett und fällt mir um den Hals. Eine Träne stiehlt sich aus seinen Augenwinkeln und er verkündet, sich in seinem Leben noch nie so große Sorgen gemacht zu haben. Es schmerzt, zu sehen, wie sehr die beiden meinetwegen gelitten haben. Es war so verdammt leichtsinnig, so lange an Tylers Hinterreifen zu kleben. Ich will mir gar nicht vorstellen, was mit Papa passiert wäre, hätte das alles einen schlimmeren Ausgang genommen.

Erst nachdem ich den beiden zehn Mal verkündet habe, dass trotz der Schmerzen alles in Ordnung ist und ich schon wieder werde, kann ich die Frage stellen, die mir schon die ganze Zeit im Kopf herumgeistert.

»Es sind zwei Wochen vergangen, richtig?«

»Fünfzehn Tage, um genau zu sein«, meint Papa.

Ich rechne. »Dann ist das nächste Rennen also schon gelaufen. Und das darauf werde ich sicher auch verpassen.«

Der Blick, mit dem Peter mich plötzlich ansieht, gefällt mir gar nicht. Er sieht zu Papa, dann wieder zu mir.

»Nun ja, wie es aussieht ...« Er holt tief Luft, »...wirst du noch mindestens acht Wochen ausfallen.«

Ich versuche mich aufzurichten, scheitere aber bei dem Versuch und tue mir stattdessen an den Händen weh. Heilige Scheiße. Acht Wochen?!

»Das sind nochmal vier Rennen. Das geht nicht.«

»Ich glaube, ich komme lieber später nochmal«, murmelt Papa, steht vom Stuhl neben meinem Bett auf und verlässt das Zimmer. Skeptisch blicke ich ihm hinterher.

Peter sieht mich eine Weile nur an. Ich starre zurück. Bemerke den ungepflegten Dreitagebart auf seinen sonst so perfekt rasierten Wangen und die Schweißflecken auf seinem grünen Shirt. Er hat in den letzten Tagen mit mehr gekämpft als nur der Sorge um mich.

»Was ist los?« Will ich die Antwort wirklich hören?

»Wollen wir das nicht alles besprechen, wenn es dir wieder etwas besser geht?«, weicht er aus.

»Meine Ohren sind nicht kaputt. Zuhören kann ich sehr gut. Also schieß los.«

Er nimmt die Brille von der Nase und putzt sie an seinem Shirt. Erst, als er sie wieder aufsetzt, beginnt er zu reden.

»Ich hatte vorgestern Gespräche mit Hendrick und dem Team.« Wenn er so anfängt, kann dabei nur Mist herausgekommen sein. »Ich hab lange mit ihnen verhandelt, deine Situation geschildert und um Verständnis gekämpft. Aber du scheinst ihnen nicht so wichtig zu sein wie ihre Punkte.«

»Was heißt das?« Zum Glück haben sie den Herzmonitor schon abgebaut. Andernfalls könnte die ganze Station mithören, wie sehr mich seine Worte aufbringen.

»Hendrick plant, deinen Ersatzfahrer gleich als Stammfahrer für die Saison zu behalten. Ich hab alles probiert. Ich bin mit dem Honorar sogar so weit runter, dass wir fast umsonst gefahren wären. Aber keine Chance.«

Das Atmen wird plötzlich so schwer, dass ich mir das Gerät und die Schmerzmittel zurückwünsche. Ob das Stechen in meiner Brust von der Lunge oder von meinem Herzen kommt, kann ich jedoch nicht feststellen.

Sie ersetzen mich: Nicht nur, solange ich ausfalle, sondern für immer. Wahrscheinlich soll ich dann den Posten dieses billigen Ersatzfahrers einnehmen. Aber das werde ich garantiert nicht. Ich will fahren. In genau diesem Auto, an das ich mich endlich gewöhnt habe. Das können sie mir nicht einfach wegnehmen.

»Das können wir ihnen doch nicht durchgehen lassen. Wir müssen meinen Platz einklagen.«

Peter schüttelt traurig den Kopf. »Du weißt, was in deinem Vertrag steht. Ein so langer Ausfall ist ein triftiger Grund, das Vertragsverhältnis zu beenden. Das wird kein Richter der Welt anders sehen.«

Ich starre gegen die Decke. Das war's also. So schnell kann ein Traum, den ich zwanzig Jahre lang gehegt habe, einfach platzen, und zwar ganz ohne Lärm, Krawall und Tränen.

»Danny, uns fällt schon was ein. Ich werde mit den anderen Teams sprechen. Für nächste Saison …«

»Nächste Saison ist in einem verdammten Jahr. Was soll ich bis dahin machen? Irgendwelche privaten Rallys fahren, bei denen es um nichts geht? Cocktails saufen am Strand und hoffen, dass mich vom Nichtstun jemand entdeckt?«

»Ich glaube, wir besprechen das wirklich besser ein anderes Mal. Jetzt bist du zumindest auf dem neuesten Stand. Alles weitere werden wir sehen, sobald du aus dem Krankenhaus bist.«

Peter flüchtet vor meiner Reaktion. Und ich kann es ihm nicht verdenken.

Er zieht die Tür hinter sich zu. Ich schließe die Augen und kämpfe damit, nicht zu heulen. Wie konnte ich Esel mir das nur so verbauen? Ich hätte Tyler einfach ein wenig Vorsprung geben und dann mit neuen Reifen angreifen können. Und diese eine, bescheuerte Entscheidung soll mich nun meine Karriere kosten?

Nur wenige Sekunden später klopft es erneut. Bestimmt Papa, der nun seine Zeit bei mir einfordert. Aber er könnte genau der richtige Trost in diesem Moment sein. Außer ihm fällt mir nur eine Person ein, die mir in diesem Moment helfen würde ...

»Ja, komm rein«, rufe ich, so laut es meine Verletzungen hergeben.

Die Tür geht wieder auf, doch ich kann von meiner liegenden Position aus niemanden erkennen. Ein Klopfstreich im Krankenhaus? Wie lustig.

Erst, als ich den Blick nach unten wende, entdecke ich den Rollstuhl, der beinahe lautlos in mein Zimmer gleitet. Und Tyler, der sich mit zusammengekniffenen Lippen darin neben meinem Bett positioniert.

32. Kapitel

Danny

Melbourne, Australien

»Tut scheiße weh, hm?«, fragt Tyler und deutet mit dem Kinn auf meine eingebundenen Arme und Beine.

Ungläubig sehe ich an ihm hinunter. Seine Hände sind so rot und geschunden, wie ich meine unter den Verbänden vermute. Seine Beine scheint es schlimmer erwischt zu haben. Sie sind ebenfalls noch verbunden und offenbaren mir den Grund für den Rollstuhl.

Und jetzt? Was sagt man zu einem Feind, der einem erst das Leben versaut und einem dann das Selbige gerettet hat? Danke? Ich weiche dieser Herausforderung noch etwas aus und gehe auf seine Frage ein.

»Geht so. Ich hab ja die meiste Zeit gepennt. Jetzt ist das Gröbste schon verheilt. In dem Punkt hat es dich bestimmt schlimmer erwischt.«

Er zuckt mit den Schultern und lehnt sich im Rollstuhl zurück. »Am ersten Tag war es die Hölle, aber inzwischen ist es eigentlich wieder gut. Ich soll die Beine nur noch nicht so viel belasten und bewegen. Damit ich in zwei Wochen wieder fahren kann. Die haben echt ein super Ärzteteam hier.«

Saure Galle steigt mir den Hals hinauf. Ich schlucke. Er darf beim nächsten Rennen also wieder fahren. Ihn wollen sie nicht austauschen. Und ich werde vielleicht nie wieder in einem Formel-1-Auto sitzen. Aber das ist das Letzte, worüber ich gerade mit ihm diskutieren will.

»Was willst du hier?« Ich werde nicht noch länger Smalltalk mit ihm betreiben. Dazu ist mir meine Lungenkraft zu kostbar. Außerdem wissen wir beide, dass er nicht hier ist, weil wir so gute Freunde sind.

»Ich wollte sehen, wie es dir geht. Ich weiß nicht, ob es dir schon jemand erzählt hat, aber ...«

»Dass du mich da rausgezogen hast? Ja.« Das wäre der Zeitpunkt gewesen, mich zu bedanken. Eindeutig. Aber ich bringe es nicht über mich. Dazu steht zu viel zwischen uns. Wie ich ihn einschätze, hat er selbst das aus Egoismus getan. Vielleicht, um sich in den Medien als Held präsentieren zu können. Aber wäre das Risiko, für eine solche Schlagzeile bei lebendigem Leibe zu verbrennen, nicht zu groß gewesen?

Er ist der Erste am heutigen Tag, der nicht herumdruckst. Anders als Papa und Peter, denen ich alles aus der Nase ziehen muss.

»Als du abgeflogen bist, hab ich mich zuerst noch gefreut, dich mitgenommen zu haben. Aber als du dann in die Wand gerauscht bist und es diese Explosion gab, habe ich es sofort bereut. Das hätte in dieser Sekunde genauso gut ich sein können. Mein Karma-Konto ist verdammt mies. Eigentlich hätte ich das sogar mehr verdient gehabt.«

Damit hat er vermutlich recht. Falls er hofft, ich würde ihm jetzt das Gegenteil versichern und einreden, dass er ein guter Mensch ist, hat er sich geschnitten. Ist er nicht. Er ist eine Ratte.

»Und mir ging durch den Kopf, was wohl passieren würde, wenn ich da drinstecken würde. Hab gemerkt, dass mich niemand da rausholen würde. Ich dachte, du würdest mich brennen lassen, wenn es andersrum wäre. Und dann ist mir aufgefallen, wie scheiße das alles ist. Was ich gemacht hab. Wie ich mit dir umgegangen bin.«

Er prüft meine Reaktion, doch ich lasse mir nichts anmerken. Er soll erst zu Ende erzählen. Aber eines steht fest: Ich habe ihn unterschätzt. Er hat mehr Mut als jeder andere, den ich kenne. Nicht nur, wenn es darum geht, sich gegen andere durchzusetzen und auf deren Meinung zu scheißen. Sondern auch dabei, sich selbst diese Fehler einzugestehen und dann in ein Feuernest zu springen. Ich hätte das Gleiche nicht fertiggebracht. Er hat recht. Wahrscheinlich hätte ich ihn brennen lassen und wäre nicht mal auf die Idee gekommen, mich dem Wrack zu nähern.

»Ich hab mir vorgestellt, was passiert, wenn du jetzt draufgehst. Ich müsste für immer mit dem Gedanken leben, dass ich dich irgendwie umgebracht habe. Und davor mies zu dir war und es nicht wieder gutmachen konnte.«

Also doch egoistisch. Mein linker Mundwinkel zuckt nach oben. Er wollte sich von seinen Sünden freikaufen. Das klingt weniger nobel als eine selbstlose Heldentat. Aber das Ergebnis bleibt das Gleiche. Er hat mich rausgezogen und gerettet.

»Und dann hab ich nicht mehr lange nachgedacht. Augen zu und durch. Oder besser gesagt Luft anhalten und durch. Hab dann kurz gedacht, ich würde selber draufgehen. Da drin sieht man ja nix. Und ich wusste nicht, dass es etwas auf der Welt gibt, das so heiß ist.« Mir entgeht nicht, dass er sofort versucht, seine ernsten, vernünftigen Worte durch einen dummen Spruch aufzulockern. Gefühle sind wohl nicht so sein Ding. »Aber scheiße, wenn ich gewusst hätte, dass diese Feuerschutzanzüge Mist sind und wie höllisch so eine Verbrennung später wehtut, wär ich rückwärts wieder raus.«

Mein anderer Mundwinkel zieht nach und ich komme nicht um ein Schmunzeln herum. Wie gut, dass er das nicht vorher gewusst hat. Trotz allem muss es ihn so viel Überwindung gekostet haben.

Plötzlich bin ich mir sicher, was ich sagen will.

»Was davor war, war echt nicht cool von dir. Aber dafür werde ich dir immer dankbar sein.«

»Dass das nicht so geil war, weiß ich auch selber«, sagt er, streicht sich wie immer durch die Haare und verzieht dann das Gesicht. Er scheint seine Verbrennungen nicht bedacht zu haben.

»Erzählst du mir jetzt endlich, wie es abgelaufen ist? Was hast du mir in diesen Drink gemixt? Und hast du die Mädels für die Fotos extra kaufen müssen oder haben ein bisschen Alkohol und Augenzwinkern gereicht?«

Er sieht zuerst auf meine Beine, dann aus dem Fenster. Und schweigt.

Ich kann ihn nicht dazu zwingen. Aber er soll wissen, was ich davon halte. Als ich dank Alex' Video endlich herausgefunden habe, was wirklich geschehen ist und die Bruchstücke meiner Erinnerung damit zusammensetzen konnte, hätte ich am liebsten auf ihn eingedroschen und ihn leiden sehen wollen. Das Video, das er von Alex Handy gelöscht haben muss, als Alex ebenso weggetreten war wie ich. Für mich bestand kein Zweifel mehr, dass Tyler es gewesen sein musste, der das alles eingefädelt hatte. Sein plötzliches Drängen, ihn doch zur Party zu begleiten, obwohl die Stimmung zwischen uns schon seit dem ersten Abend unterkühlt war. Der Drink, den er mir in die Hand gedrückt hat. Und nicht zuletzt, dass er alle Fotos geteilt und munter verbreitet hat, um mich loszuwerden und der Star im Team zu bleiben. Es passt alles zusammen.

Ich warte auf seine Entschuldigung. Er denkt nach. Aber sie kommt nicht.

»Sind wir jetzt also quitt?«, fragt er stattdessen. Doch ich kann sie sehen. In jedem Zentimeter seiner Haltung, seines Gesichts, seiner Ausstrahlung sehe ich, dass es ihm leidtut. Er ist nur ein Vollidiot und bringt seine Entschuldigung nicht über die Lippen.

Soll ich darauf bestehen? Ihn zwingen, alles auszusprechen? Dazu fehlt mir heute die Kraft. Und ich brauche die Worte auch nicht. Dass er mir das Leben gerettet hat, bedeutet mir mehr als ein paar leere Worte.

»Quitt«, sage ich und strecke ihm meinen bandagierten Fuß entgegen, »Ich würde ja die Faust nehmen. Aber das funktioniert gerade leider nicht so gut.«

Lachend streckt er das Bein aus und stupst seinen Fuß gegen meinen.

»Ich hau dann mal wieder ab. Man sieht sich auf der Strecke.«

Dass das nicht mehr passieren wird, wird er noch früh genug merken. Ich kann es ihm jedenfalls nicht erklären. Nicht, ohne zu schreien oder zu schluchzen.

»Da draußen steht noch jemand, der dich gerne sehen würde.« Er zwinkert mir zu. »Soll ich sie reinholen?«

Natürlich. Katie. Meine Mundwinkel sacken nach unten. Wie konnte ich die ganze Zeit über kein einziges Mal an sie denken? Sie hat echt einen miesen Freund, der sie zwei Wochen in Angst und Schrecken versetzt und dann nicht mal an sie denkt ... dafür aber an seine Ex ...

»Klar, hol sie rein. Eigentlich wäre sie vor dir dran gewesen«, necke ich ihn.

Doch er lacht nur, rollt aus dem Zimmer und lässt die Tür offenstehen. Erwartungsvoll behalte ich den Eingang im Blick. Aber es ist nicht Katie, die plötzlich in der Tür steht. Ich sehe an meinem Arm hinunter, auf das Etikett am Tropf. Die müssen mir das falsche Zeug gegeben haben. Ich halluziniere schon wieder.

»Darf ich reinkommen?« Ihre Stimme. Scheiße, das klingt echt. Ich drehe den Kopf wieder zu ihr und betrachte sie genau. Trotz der Wärme trägt sie einen dünnen Pulli. Ihre dunklen Locken wirken stumpf, als hätte sie sie seit Tagen nicht mehr richtig gebürstet. Und trotzdem bringt sie den Raum mit einem Mal zum Leuchten.

»Wo ist Katie?« Der Gedanke rutscht mir vor Überraschung, Selina statt Katie dort zu sehen, einfach über die Zunge. Dabei hätte ich lieber den Mund gehalten. Das versteht sie sicher völlig falsch.

Sofort verliert sie etwas von ihrem inneren Strahlen. »Draußen im Warteraum. Möchtest du sie zuerst sehen?«

»Nein, nein, auf keinen Fall«, versuche ich, den dummen Satz wieder gut zu machen. Super. Jetzt muss sie denken, ich bin völlig Banane und immer noch auf Medikamenten.

»Okay.« Mit gerunzelter Stirn kommt sie zu mir, setzt sich jedoch nicht. »Wie geht's dir?«

»Was zur Hölle machst du hier?«, frage ich und will meine Hand nach ihr ausstrecken, um sicherzugehen, dass sie echt ist. Aber die Schmerzen und Bandagen halten mich auf halbem Weg auf und schicken ein Brennen durch meinen Arm.

»Darüber wollte ich mit dir sprechen.« Sie schiebt meinen Arm in einer sanften Geste zurück aufs Bett. Dabei fällt ihr eine Strähne ins Gesicht.

Ich erwische mich bei der Vorstellung, sie langsam zurückzustreichen.

»Ich war schon in Melbourne, als das passiert ist. Sozusagen live dabei«, sie lacht bitter, »Alex hat mir das Video gezeigt und aus irgendeinem Grund dachte ich, es wäre eine gute Idee, hierherzufliegen und mich sofort bei dir zu entschuldigen. Ich hätte vorher mal in eine Onlinezeitschrift oder auf Instagram schauen sollen. Dann hätte ich das nicht gemacht. Ich wusste nicht, dass du jetzt Katie hast. Sonst hätte ich das diskreter und weniger überstürzt geregelt ...«

»Aber jetzt bist du da«, formuliere ich meinen nächsten Intelligenzbeweis.

»Ja, jetzt bin ich da.« Der sanfte Klang ihrer Stimme ist eine Wohltat nach der Aufregung der letzten Stunden. Sie könnte mir alles Mögliche erzählen. Ich würde immer gerne lauschen.

»Wofür willst du dich entschuldigen? Du hast nichts falsch gemacht.«

»Dafür, dass ich dir nicht geglaubt habe und weil ich dir vor der Sache auf der Party schon nicht vertraut habe, obwohl du mir nie einen Anlass gegeben hast, an dir zu zweifeln. Ich habe alles kaputt gemacht mit meinem Verfolgungswahn. Und das tut mir leid.«

Warum glaubt sie, dass ich ihr das übel nehme? Das habe ich keine Sekunde lang.

»Und mir tut es leid, dass ich mein Versprechen gebrochen habe. Das habe ich noch nie. Auf diese Party zu gehen war dumm und unnötig. Ich bin also mindestens genauso schuld daran, dass es so gelaufen ist.«

Wir tauschen einen Blick, der mein Herz so aus seinem Takt bringt, dass ich wegsehen muss. Meine Kräfte schwinden. Das ist wohl doch zu viel für jemanden, der zwei Wochen nur rumgelegen und dabei nicht mal selbst geatmet hat.

»Ist schon okay.« Damit scheint alles gesagt zu sein. So schnell. So kurz. Wegen dieser paar Worte ist sie hier? Das soll alles gewesen sein?

Es gibt so vieles, was ich ihr gerne noch sagen würde. Aber ich kann es nicht aussprechen. Es wäre falsch. Ich will keinen alten Staub aufwirbeln. Und es wäre Katie gegenüber nicht fair.

»Ich glaube, ich hol dann mal Katie«, beendet sie meinen Gedankengang.

»Ja. Mach das«, sage ich tonlos. »Vielleicht sieht man sich die Tage ja nochmal.«

»Ja, vielleicht.« Sie lächelt schwach.

Dann geht sie, nimmt die Sonne und all die Wärme mit sich. Ich bleibe fröstelnd in diesem beschissenen Krankenbett zurück. Ohne die Sonne, die Wärme, dafür mit verbranntem Körper und einem geplatzten Lebenstraum.

Und mit einem Mal weiß ich, was ich zu tun habe.

33. Kapitel

Selina

Melbourne, Australien
Schwerfällig packe ich mein spärliches Gepäck zurück in den Koffer. Doch es fällt mir nicht leichter als auf dem Hinflug. Ich hätte nach Hause zurückkehren sollen, solange Danny noch im Koma lag. Damit hätte ich mir all die Gespräche mit Katie gespart, die neue Hoffnung in mir geweckt haben. Die Hoffnung, meine Entschuldigung könnte vielleicht doch mehr bewirken als meinen inneren Seelenfrieden. Aber nicht mal den habe ich gefunden. Was habe ich mir auch dabei gedacht? Dass Danny mir um den Hals fallen und mich bitten würde, wieder seine Freundin zu werden? Während Katie im Nebenraum auf ihn wartet und er seit Monaten mit dem Thema abgeschlossen hat? Enttäuscht knülle ich einen Wollpulli zusammen und stopfe ihn unter meine Ersatzschuhe. Ich kann es kaum erwarten, hier wegzukommen.

Mein Handy vibriert unter dem Klamottenberg. Am liebsten würde ich es ignorieren, doch meine Angst, es könnte etwas mit Dannys Gesundheitszustand zu tun haben, siegt. Ich wühle mich durch den Haufen und will die Nachricht nur überfliegen. Doch schon Peters Name lässt mein Herz einen Schlag aussetzen.

Ich habe Danny erzählt, dass du heute Abend heimfliegst. Er hat mich gebeten, dir zu schreiben. Er würde sich gerne noch von dir verabschieden. Kannst du nochmal bei ihm vorbeischauen?

Ich zögere. Verdammt. Ist das nur eine freundliche Floskel oder will Danny nochmal etwas mit mir bereden? Vielleicht hat mein plötzliches Auftauchen ihn gestern überfordert und ihm ist noch etwas eingefallen, dass er gestern nicht loswerden konnte. So gerne ich auch mit allem abschließen und ohne ein weiteres Wort nach Hause fliegen würde, ich kann die Nachricht nicht ignorieren. Verärgert über meine eigene Inkonsequenz stopfe ich den unsortierten Klamottenberg auf einmal in den Koffer.

***

Als ich mich am Eingang der Intensivstation angemeldet habe und eine der Krankenpflegerinnen mich zu Dannys Zimmer führt, spiele ich mich mit dem Gedanken, wieder umzudrehen. Danny schreibt; ich bin eine halbe Stunde später bei ihm. Damit mache ich mich lächerlich – und offenbare ihm unfreiwillig, wie viel er mir noch bedeutet. Welche Macht er über mich hat. Das war kein kluger Schachzug. Ich sollte anfangen, mich selbst zu schützen und mich weniger von meinen dämlichen Gefühlen leiten lassen. Die letzten beiden Wochen haben gezeigt, wozu das führt. Aber morgen wird das ganze Theater vorbei sein. Ich werde in einen Alltag zurückkehren, den ich nicht länger ertragen kann. Und mir überlegen müssen, wie ich aus diesem Trott ausbrechen kann, ohne Danny.

Die Schwester bleibt vor dem Zimmer stehen und bittet mich, einen Moment zu warten. Dann schlüpft sie alleine durch die Tür und kehrt nur wenige Sekunden später zurück.

»Er hat noch Besuch. Sie können gerne solange nebenan Platz nehmen.«

So leicht lasse ich mich diesmal nicht abschütteln.

»Er hat mich gebeten, herzukommen«, erwidere ich bestimmt. Auch wenn es nur die halbe Wahrheit ist. Von sofort war nie die Rede. »Also will er mich sicher jetzt sehen und nicht in zwei Stunden.«

Verunsicherung huscht über das Gesicht der jungen Krankenschwester. »Ich kann nochmal…«

Die Tür schwingt hinter ihr auf und schneidet ihr das Wort ab. Katie drückt sich an ihr vorbei. Augenblicklich reagiert mein Herz mit einem trommelnden Schlag. Sie verbringt also trotz allem Zeit bei ihm. Vielleicht hat der Unfall doch dazu beigetragen, ihre Gefühle füreinander zu stärken.

Katie bleibt neben uns stehen und wendet sich an die Krankenschwester. »Alles in Ordnung, sie kann rein.«

Als die Pflegerin eilig zum Patienten zwei Räume weiter verschwindet, macht Katie jedoch keine Anstalten, ihr zu folgen.

»Du fliegst heute Nacht?«, fragt sie.

»Ja.« Unentschlossen trete ich von einem Bein auf das andere. Wie soll ich mich von ihr verabschieden? Vor ein paar Tagen, als wir noch gemeinsam um Danny gebangt haben, hätte ich sie in die Arme geschlossen und Nummern mit ihr ausgetauscht. Doch nach ihrem Geständnis bin ich mir nicht mehr sicher, was ich von ihr halten soll.

Ich entscheide mich für eine unverfängliche Variante. »War nett, dich kennenzulernen.«

»Vielleicht sieht man sich ja nochmal am Flughafen. Ich werde auch heute Nacht nach Hause fliegen.«

Die zusammengekniffenen Lippen und ihr ernster Gesichtsausdruck zeigen mir, dass das kein Scherz war.

»Du gehst heute? Willst du Danny nicht noch ein paar Tage Gesellschaft leisten, wenigstens, bis er sich wieder alleine bewegen kann?« Ich kann den entsetzen Unterton in meiner Stimme nicht verbergen. Sie lässt ihn alleine. Hält nicht einmal die Illusion aufrecht, er würde ihr etwas bedeuten. In diesem Zustand. Wer weiß, was dazwischengekommen ist. Am Ende ist es nur ein unwichtiger Modeljob oder ein Abendessen mit ihren Promifreunden ...

Katie vergräbt die Hände in den Jeanstaschen, blickt zu ihren Schuhspitzen und seufzt leise.

»Wir haben uns ausgesprochen. Wenn man es überhaupt so nennen kann.« Sie sieht auf und mustert mich so tief aus ihren dunklen Augen, dass ich den Blick abwenden muss. »Um genau zu sein, hat er mit mir Schluss gemacht.«

In meinem Inneren bricht ein Sturm los. Mitleid, schlechtes Gewissen, Hoffnung und Freude wirbeln durch mich hindurch und lassen mich verwirrt zurück. Er hat sich von ihr getrennt. Nicht andersrum. Hat das etwas zu bedeuten? Und warum sieht sie nicht erleichtert aus, sondern steht mit hängenden Schultern vor mir?

»Das ... tut mir leid«, bringe ich hervor. All die unausgesprochenen Fragen rauschen durch meinen Kopf.

»Danke. Ich werde damit klarkommen, weißt du ja. Nur, dass es jetzt doch so schnell geht ... damit habe ich irgendwie nicht gerechnet.«

Trotz all der Dinge, die sie getan hat, regt sich etwas in mir, während sie so geknickt vor mir steht. Denn ich glaube ihr. Was sie getan hat, war nicht ganz durchdacht. Aber sie wollte niemanden damit verletzen. Vor allem nicht sich selbst.

Ich nehme all meinen Mut zusammen und stelle die Frage, die mir ewig durch den Kopf geistern würde, würde ich die Antwort nicht kennen. »Tut es wegen Danny weh?«

Sie atmet tief durch und lässt sich Zeit, bis sie antwortet. »Nein, ich glaube nicht. Es sind eher die Momente, die wir zusammen hatten. Die Gewissheit, dass ich mir jetzt alles wieder alleine erarbeiten muss. Und vielleicht auch ein bisschen gekränkter Stolz.« Kaum haben die Worte ihre Lippen verlassen, strafft sie die Schultern und gibt sich einen Ruck. »Aber es ist in Ordnung. Es war ja von Anfang an nur eine Frage der Zeit. Und jetzt geh da rein und hol ihn dir zurück.«

Ich stoße ein nervöses Lachen aus. »Langsam. Ich werde mich nur verabschieden. Ich weiß gar nicht, ob ich ihn zurück will ...«

Ihr sanftes Lächeln verrät, dass sie mir kein Wort abkauft. »Dann eben so.« Sie zwinkert kaum merklich. Dann macht sie einen Schritt nach vorne und drückt mich an sich.

»Und ich schließe mich an. Es war toll, dich kennenzulernen.« Überfordert erwidere ich ihre Umarmung. Sie löst sich wieder von mir und nickt mit dem Kinn in Richtung Tür. »Dann mach zumindest das Beste draus.«

Als sie gegangen ist, nehme ich mir noch einen Moment, um mich zu sammeln, bevor ich an die Tür klopfe. Ich darf mir nicht zu viel von diesem Gespräch erhoffen. Hätte er mir noch etwas Wichtiges zu sagen gehabt, hätte er es mir gestern mit auf den Weg geben können, statt mich wieder nach draußen zu schicken und Katie hereinzubitten. Warum sollte es heute also anders laufen? Außerdem würde ich gar nicht die zweite Wahl sein wollen. Kein schneller Ersatz für die Partnerin, die er gerade verloren hat.

Obwohl Danny nicht auf das Klopfen reagiert, schiebe ich die Tür auf.

Im Gegensatz zu gestern sitzt er aufrecht im Bett, den Blick nachdenklich aus dem Fenster gerichtet. Doch sobald er mich bemerkt, dreht er den Kopf und ein Lächeln schleicht sich auf seine Lippen. Mein Herz rutscht ein Stück tiefer.

»Hey, was gibt's?«, frage ich direkt, ziehe die Tür hinter mir wieder zu und trete zögerlich neben sein Bett.

»Setz dich.« Er deutet mit dem verbundenen Arm in Richtung Stuhl. Die Bandagen sind dünner als gestern und er ist etwas weniger blass. Erleichtert atme ich auf. Er kommt wieder in Ordnung.

Ich nehme neben ihm auf dem klapprigen Stuhl Platz und warte auf seine Antwort. Doch statt etwas zu sagen, sitzt Danny nur in seinem Bett und sieht erneut aus dem Fenster. Hat es doch keinen Grund, dass er mich hergebeten hat? War ihm nur langweilig und er wollte, dass ich ihm Gesellschaft leiste? Sofort verfluche ich mich dafür, schon wieder mehr in seine Nachricht hineininterpretiert zu haben, als darinstand.

»Wenn man hier liegt, versucht, beim Atmen nicht zu krepieren und sich nicht bewegen kann, hat man viel Zeit zum Nachdenken«, beginnt er. Ich unterbreche ihn nicht, sitze nur stumm neben seinem Bett und lausche.

»Dieser beschissene Unfall hat mir so einiges klargemacht. Es hätte alles vorbei sein können. Und ich glaube, ich weiß jetzt, wo ich in den letzten Jahren falsch abgebogen bin. Zum Beispiel bei der Sache mit Katie. Du hast sicher gerade mit ihr geredet, hm? Ich dachte, eine neue Beziehung würde mir guttun und ich hätte nichts zu verlieren. Aber irgendwie hatte ich das doch. Die ganze Zeit über. Jede Woche hätte ich mein Leben verlieren können. Und jeden Tag habe ich die Chance vergeben, es jemals wieder so führen zu können, wie ich es liebe.«

»Soll das heißen, du willst nicht mehr fahren?« Obwohl ich zugesehen habe, wie er in Flammen aufgegangen ist, will die Vorstellung nicht in meinen Kopf: Danny ohne seine Rennen? Ohne das tägliche Training, den Kopf voller Strategien, Schwärmereien über Autos und die Chance auf einen Titel wäre er ein anderer Mensch. Ich würde an seiner Stelle nie wieder in eine dieser Todesmaschinen steigen können. Aber ich bin nicht Danny. Der Danny, der sein Leben lang von nichts anderem geträumt hat als von diesen Tagen, an denen er der Welt beweisen kann, was in ihm steckt.

Er wendet den Blick vom Fenster ab und mustert mich amüsiert. »Wenn ich könnte, würde ich sofort hier rausspazieren und mich in einen neuen Rennwagen setzen. Ich habe von Anfang an gewusst, worauf ich mich einlasse. Aber ich bin noch hier. Und solange das so bleibt, werde ich fahren.«

Sein Schmunzeln steckt an. Ich habe mich also nicht getäuscht. Er ist noch ganz der Alte.

»Es gab aber einen anderen Grund, warum ich daran gezweifelt habe, ob es der richtige Weg ist.«

Das Schmunzeln verschwindet von seinen Lippen und wird von einer Sorgenfalte auf seiner Stirn abgelöst. Doch er spricht nicht weiter.

»Und der wäre?«

Unsere Blicke treffen sich. Mein Herz rutscht noch tiefer, bis ich es in meinem Bauch pochen spüre. Warum schafft er es immer noch, meine Gefühle mit einem einzigen Blick so durcheinanderzuwirbeln?

»Du. Du bist der andere Grund.«

Das Pochen nimmt zu. Die Wärme in seinen Augen sagt so viel mehr als seine Worte. Ich würde mir nichts mehr wünschen, als dass ich sie richtig interpretiere. Aber ich kann es nicht glauben, nicht nach all dem, was in den letzten Monaten passiert ist, nicht, nachdem er vor wenigen Minuten noch eine andere hatte.

»Solange ich fahre, werde ich um die Welt reisen. Und das mit uns wird nie funktionieren, wenn sich nichts ändert. Wir haben beide gesehen, was passiert, wenn ich tausende Kilometer von dir getrennt bin. Ich könnte dir nie geben, was du brauchst. Aber das würde ich gerne.« Er lehnt den Kopf zurück und starrt an die Decke. Ich öffne und schließe meinen Mund wie ein dämlicher Karpfen. Will in Worte fassen, was gerade in meinem Inneren passiert: kleine Feuerwerke in meinem Bauch, Wärme bis in die Zehenspitzen, tiefer Schmerz in der Mitte meines Herzens. Aber nichts kommt heraus.

»Ich weiß nicht, was in deinem Leben in den letzten Monaten passiert ist. Ich weiß nicht mal, ob du mir jemals wieder vertrauen könntest. Diesen verfluchten Abend in Abu Dhabi kann ich nicht ungeschehen machen. Dich anzulügen war mindestens genauso so dumm wie dieser Unfall.« Er seufzt leise, was seinen Brustkorb zum Beben bringt. Unwillkürlich verzieht er das Gesicht und kämpft gegen das Husten an, das seinen ganzen Körper schüttelt.

Ich sollte nicht hier sein. Es ist zu früh, um solche Gespräche zu führen. Wahrscheinlich weiß er gar nicht, was er da redet. Außerdem ertrage ich es kaum, sein Husten mitanzusehen.

Ich schaue mich im Zimmer um und entdecke auf dem Tisch neben dem Fenster ein Tablett. Eilig gehe ich um das Bett herum, schenke ihm einen Schluck Tee aus der Kanne ein und halte ihm den Becher unter die Nase. Er schüttelt jedoch den Kopf. Das Husten ebbt langsam ab und die Grübchen kehren auf seine Wangen zurück, als er lächelt.

»Das ist leider mehr als ein rauer Hals, bei dem ein bisschen Tee helfen könnte«, krächzt er.

Natürlich. Sofort komme ich mir dumm vor. Was soll das bei einer Lunge voller Schadstoffe und einem verbrannten Hals schon nützen?

Danny schließt die Augen und bemüht sich um ein paar ruhige Atemzüge. Ich nutze die Zeit, um das Chaos in meinem Kopf zu ordnen. Er bereut es. Er denkt noch an mich. Und er will an sich arbeiten, um mich glücklich zu machen. Ich muss mich beherrschen, ruhig an seinem Bett stehen zu bleiben. Das ist unglaublich. Nach allem, was ich falsch gemacht habe. Trotz all der Dinge, die ich ihm an den Kopf geworfen habe, trotz meiner Eifersucht und all den Ängsten, von denen ich mich habe leiten lassen, statt ihm zu vertrauen.

Die Last der Entscheidung, die er mir auferlegt hat, drückt schwer auf meinen Brustkorb. Nun liegt es also an mir. Dabei weiß ich selbst nicht, ob wir diese Probleme überwinden können. Ob unsere Gefühle ausreichen, um von vorne zu beginnen und all die Hindernisse aus dem Weg zu räumen. Außerdem sitzen noch Zweifel in meinem Hinterkopf. Ich will mich nicht schon wieder in etwas hineinstürzen, das ich später bereue. In diesem Moment wünsche ich mir nichts sehnlicher, als zu ihm ins Bett zu kriechen, den Kopf an seiner Brust zu vergraben, seinen Duft in mir aufzunehmen und zu spüren, dass alles wieder gut ist. Aber so sehr ich es mir auch wünsche: Das wäre alles nichts wert, solange er es nicht ernst mit mir meint.

»Sagst du das jetzt, weil du Angst hast, alleine zu sein, weil Katie weg ist? Mich scheinst du ja genauso schnell ersetzt zu haben.«

»Ich wollte dich nie ersetzen. Ich wollte mich ablenken. Du bist die ganze Zeit in meinem Kopf herumgegeistert: auf der Rennstrecke, beim Training, jede Nacht im Schlaf. Ich hab über nichts anderes mehr nachgedacht als darüber, wie ich herausfinden kann, was passiert ist. Und wie ich dir beweisen kann, dass ich dir nie wehtun wollte. Und als Katie dann vor mir stand, dachte ich, es wäre cool, das alles hinter mir zu lassen und mich auf etwas Neues zu konzentrieren. Aber das hat nicht funktioniert. Du bist immer noch da oben.« Er deutet mit der bandagierten Hand auf seine Stirn. Dann lehnt er den Kopf nach hinten und sieht mich an. In seinen Augen schimmern abwechselnd Hoffnung und Angst, während sein Blick über mein Gesicht huscht. Und mit einem Mal zerfällt der letzte Zweifel in meinem Hinterkopf zu Staub. Endlich sehe ich es. Er lügt mich nicht an. Er meint es genauso ernst wie ich.

»Ich wusste die ganze Zeit nicht, ob ich dir wieder vertrauen kann«, gebe ich zu, »Ich kann nicht ignorieren, dass du auf diese Party gegangen bist und dein Versprechen gebrochen hast.« Meine Hände beginnen vor Nervosität zu zittern. Doch ich weiß, dass ich das Richtige tue.

Er nickt und presst die Lippen aufeinander.

»Aber ich weiß auch, dass ich selbst Mist gebaut habe. Und es immer wieder tun werde. Genau wie du. Das gehört einfach dazu. Solange man daraus lernt, ist das eigentlich auch keine große Sache.« Mein Atem wird mit jedem Wort knapper, denn mein Herz bringt mit seinem unruhigen Takt alles durcheinander. »Ich würde sehr gerne nochmal versuchen, dir zu vertrauen. Ich habe auch gelernt. Ich glaube, ich würde es hinkriegen.«

Er bedeutet mir, näher zu kommen. Ich überwinde den letzten Meter bis zu seinem Bett und setze mich vorsichtig auf die Kante, um das Zittern meiner Beine in den Griff zu bekommen. Die Angst vor seiner Reaktion macht es mir unmöglich, ihm in die Augen zu sehen.

»Wenn du wüsstest, was gerade in mir abgeht«, murmelt er und lacht leise, »Ich hatte so Schiss, mit dir zu reden. Aber wir hätten das viel früher machen sollen.«

Ich nicke und streiche mir eine Strähne aus dem Gesicht. Die Spannung, die mit einem Mal in der Luft zu knistern scheint, ist unerträglich. Und ich weiß nicht, wie ich sie lösen kann, ohne etwas zu zerstören.

»Denkst du, wir kriegen das irgendwie hin? Mit der Distanz? Dem Vertrauen? Mit unseren unterschiedlichen Träumen?« Er legt den Kopf zur Seite und legt die verbundene Hand auf meinen Schenkel.

Ein kleiner Schmetterling löst sich aus meinem Bauch und flattert quer durch meinen Körper. »Ich bin mir sogar sicher. Ich habe diese blöden Prüfungen verhauen. Weil ich auch nicht aufhören konnte, über alles nachzudenken. Und jetzt weiß ich, dass es nichts nützt, mich in jede Vorlesung zu quälen und jeden Abend zuhause zu sitzen und zu lernen.«

»Hey. Ich will nicht, dass du mit dem Studium aufhörst. Das darfst du auf keinen Fall. Ich habe gesehen, wie du mit Tieren umgehst und wie du in diesen Fächern aufgehst. Da kann ich dir nicht im Weg stehen.«

Der Schmetterling wächst unaufhörlich. »Das habe ich nicht vor. Ich will mir nur weniger Stress machen. Ich kann genauso gut im Flugzeug lernen oder im Fahrerlager, während du bei Meetings bist. Es nützt mir nichts, wenn ich überall durchfalle und dafür auch noch meinen anderen Traum aufgebe. Denn je glücklicher ich bin, desto leichter wird mir das Lernen fallen.«

»Und wie sieht dieser andere Traum aus?«, fragt er und die Grübchen kehren auf seine Wangen zurück. Ich widerstehe der Versuchung, die Hand auszustrecken und darüber zu streichen. O Gott. Mit meinem nächsten Satz könnte ich alles versauen. Oder ich könnte endlich wieder glücklich werden

Mein zittriger Atem lässt nicht mehr als ein Flüstern zu.

»Er hat dunkle Haare, warme braune Augen und fährt so schlecht Auto, dass er sich dabei selbst anzündet.«

»Dann sind unsere Träume gar nicht so unterschiedlich. Meiner hat die gleiche Haarfarbe, duftet nach Orangenshampoo und bremst nicht bei Rechts-vor-Links.«

Der Schmetterling hat die Ausmaße eines Elefanten angenommen, der fröhlich durch meinen Körper trampelt und alles durcheinanderbringt. Ich spüre meinen Puls in Hals und Ohren und ein wohliges Ziehen fährt durch meine Magengegend.

Ich erwidere Dannys glückliches Strahlen. Und muss keine Sekunde länger überlegen. Vorsichtig rutsche ich näher und beuge mich an seinem verbundenen Arm vorbei. Bis mich nur noch Zentimeter von Danny trennen. Sein warmer Atem streift meine Lippen. Ich schließe die Augen und versuche, jede Nuance seines Dufts in mir aufzunehmen. Den Moment zu genießen und mich nicht von dem Chaos in meinem Körper ablenken zu lassen. Bis Danny das letzte Stück zwischen uns überwindet und mit einem sanften Kuss all die Last der letzten Monate von mir nimmt.

34. Kapitel

Selina

Vier Monate später, Big Major Cay, Bahamas

»Ist es noch weit? Dann musst du mir die Augenbinde abnehmen. Mir ist nämlich schon richtig übel.«

Das kleine Motorboot schaukelt mit jeder Welle hin und her. Ohne den Horizont, an dem ich mich orientieren könnte, ist mir leicht schummrig und mein Magen gibt seltsame Geräusche von sich. Mal wieder eine typische Danny-Idee. Ich kann es kaum erwarten, das Ergebnis zu sehen, denn das ist sicher genial – aber bei der Umsetzung hat er Gehirnzellen eingespart.

»Keine Sorge, wir sind quasi schon da.« Wie auf Kommando verlangsamt unser Guide das Tempo und der Motor wird leiser. Gott sei Dank. Ich versuche, mich auf das Klatschen der Wellen am Bug des Bootes und die Wärme der Karibiksonne auf meinem Körper zu konzentrieren, statt auf den Inhalt meines Magens. Herrlich, und es wäre noch schöner, wenn man etwas sehen könnte.

Ein seltsames Geräusch erregt meine Aufmerksamkeit. Ein Planschen, gepaart mit einem Quietschen.

»Was ist das?«

»Gib mir deine Hand.« Ein unterdrücktes Lachen schwingt in Dannys Stimme mit. Ich zögere, folge dann aber seiner Anweisung. Er bewegt meinen Arm über den Rand des Bootes hinaus. Dann legt er mir etwas in die Hand.

Das Ganze wird mir unheimlich. Ich würde ihm auch zutrauen, mich mit verbundenen Augen einen Hai füttern zu lassen. Aber das mache ich garantiert nicht. Ich will meinen Arm zurückziehen, aber er hält mich fest.

»Was wird das? Lass mich los«, quietsche ich. Aber er lässt nicht locker, schließt mich von hinten in die Arme und zwingt mich lachend, weiterhin so sitzen zu bleiben.

»Komm schon. Dir passiert nichts. Versprochen.«

Das Platschen ist nun direkt neben dem Boot angekommen. Er löst die Hände von mir. Sämtliche Haare an meinen Körper stellen sich auf. Ich ziehe den Kopf ein, als würde das irgendwas helfen.

Es grunzt neben mir. Moment mal, es grunzt?

Etwas Nasses berührt meine Hand und drückt sie nach unten. Ich schreie auf. Im selben Moment zieht Danny mir die Augenbinde vom Kopf. Von der plötzlichen Helligkeit und der Spiegelung der Sonne auf dem Wasser geblendet, blinzle ich nach unten. Und schreie erneut. Diesmal jedoch nicht vor Schreck, sondern vor Glück.

»Oh mein Gott! Du bist doch verrückt!«, quietsche ich und kann mich nicht mehr zurückhalten. Ich falle Danny um den Hals und klaue ihm die restlichen Apfelschnitze aus der Hand.

Verzückt halte ich sie dem schwarzgefleckten Schweinchen hin, das sich mit den Vorderpfoten auf unserem Boot abstützt und mir die Schnauze entgegenstreckt.

»Wenn schon Meer, dann richtig«, erwidert Danny und drückt mir von hinten einen Kuss auf die Wange. Das Schwein paddelt mit den Hinterbeinchen im Wasser und zermalmt mit lauten Schmatzgeräuschen den Apfel. Es kann gar nicht genug davon bekommen. In der Ferne erkenne ich zwei weitere Schweine, die auf unser Boot zuschwimmen. Die Insel, die sich hinter ihnen erstreckt, muss das Paradies sein. Weißer Sand, grüne Palmen und Wasser so blau und rein, wie ich es nur aus Filmen kenne.

»Lass uns zum Strand vorfahren. Da gibt es sicher noch mehr ausgehungerte Schweine.«

Er gibt dem Guide ein Zeichen und dieser steuert uns bis kurz vor den Strand.

»Und wie kommen wir jetzt an Land? Mein Handy ist nicht wasserdicht.« Ich deute auf mein Smartphone, das neben mir auf der Holzbank liegt.

»Das brauchst du heute Abend nicht. Und ein Video von dir und dem Schwein hab ich schon gemacht.« Er schwenkt grinsend sein Handy. »Außer du willst Alex und Louanne noch ein paar Grüße hinterherschicken.«

Ich verdrehe die Augen, muss dabei jedoch lachen. Es ist zwar ein bisschen peinlich, wie viel Angst ich habe, aber sicher ist das Video auch eine einzigartige Erinnerung.

Er nimmt mein Handy und reicht es unserem Guide und bittet ihn, sie bis später aufzubewahren. Dann streift er sich das Shirt über den Kopf. Die Bewegung seiner Brustmuskeln fängt meinen Blick ein und meine Wangen beginnen zu glühen, während ich seinen nackten Oberkörper betrachte. Es ist aber auch verdammt heiß hier.

»Und jetzt du. Oder gehst du immer so baden?«

Ich strecke grinsend die Hände nach oben und er hilft mir aus meinem Kleid, unter dem ich wie befohlen einen Bikini trage.

»Raus mit dir!« Das Boot schwankt bedenklich, während er versucht, mich hochzuheben. Aber so leicht mache ich es ihm nicht. Ich wehre mich und will ihn zuerst hineinschubsen. Danny hält meine Hände fest. Dann bringt er mich mit einer schnellen Drehung aus dem Gleichgewicht und ich plumpse mit dem Kopf voran ins Wasser.

Das kühle Nass umschließt mich und ich genieße für einen Moment das tiefe Rauschen, das in meine Ohren dringt. So klingt also das Meer.

Als ich wieder auftauche, schwimmt Danny bereits zum Strand. Ich folge ihm, fasziniert von jeder Welle, die mich weiter in seine Richtung trägt.

***

Drei Stunden, ein Wellenbad und einen Inselspaziergang später haben wir es uns auf riesigen Handtüchern am Strand gemütlich gemacht. Ich will gar nicht darüber nachdenken, wie viel Geld und Organisationsaufwand Danny in diese Reise gesteckt haben muss. Denn alles ist bis ins letzte Detail perfekt.

Er öffnet den Schraubverschluss der Weinflasche, schenkt uns beiden ein Glas ein und reicht mir eines davon.

»Chardonnay. Den gleichen wie in Spa konnte ich leider nicht auftreiben. Aber der hier wird auch schmecken.«

»Du hast dir gemerkt, welcher Hersteller das war?« Für so aufmerksam habe ich ihn gar nicht gehalten.

»Na klar. Falls ich dich erst abfüllen muss, um dich rumzukriegen.«

»Arsch! Sag doch wenigstens einmal was Romantisches!« Ich pikse ihn mit dem Finger in die Seite. Er beißt mich im Gegenzug sanft in die Schulter.

»Wenn du was Romantisches willst, sieh nicht mich an. Schau nach vorne.«

Ich lege den Kopf auf seine Schulter und blicke aufs Meer. Die tiefstehende Sonne färbt den Himmel langsam orange. Ihre Spiegelung malt schimmernde, rote Muster auf die Wasseroberfläche, untermalt vom Rauschen der Wellen, die sich am Strand brechen. Mein Herz droht vor Glück zu zerspringen. Er hatte Recht. Wenn ich gewusst hätte, wie schön ein Sonnenuntergang am Meer ist, hätte ich den Anblick mein ganzes Leben lang vermisst. Genau wie ich Danny vermisst habe, sobald ich einmal von unserer Liebe probiert hatte.

»Wunderschön, oder?«, flüstert Danny andächtig. Ich lehne den Kopf an seine Schulter und suche nach seiner Hand.

»Atemberaubend.« Ich streiche seinen Unterarm hinunter, über die glatten Ränder und Konturen, die für immer an seinen Unfall erinnern werden und nun ebenso zu ihm gehören wie ich.

»Der perfekte Zeitpunkt, um anzustoßen.«

Ich betrachte den Wein in meinem Glas, den die Sonne ebenfalls orange färbt.

»Auf die bestandenen Wiederholungsprüfungen und auf diesen Moment.« Ich will mein Glas gegen seines stoßen, doch er zieht es im letzten Moment zurück.

»Ich hätte da noch etwas zu ergänzen.« Er räuspert sich bedeutungsvoll und ich sehe mit gerunzelter Stirn zu ihm auf. Worauf spielt er an?

»Bevor wir losgeflogen sind, hatte ich ein paar Gespräche mit Peter ... und dann etwas in meinem Briefkasten.«

Sofort richte ich mich auf und drehe mich zu ihm um. Ich wage es jedoch nicht, meine Vermutung auszusprechen. Denn ich will ihn nicht verletzten, falls ich falsch liege. Stattdessen tippe ich aufgeregt mit dem Finger auf sein Bein und sehe ihn fragend an. Er kostet jede Sekunde meiner Aufregung aus. Grinsend öffnet er wie in Zeitlupe den Mund.

»Es ist ein Vertrag. Besser als eine Rückkehr in die Formel 3. Ich fahre nächste Saison in der Formel E.«

Er hält mir sein Glas entgegen, doch ich denke gar nicht mehr daran, anzustoßen. Lachend falle ich ihm um den Hals und schütte dabei beinahe den Wein über seinen Rücken.

»Das ist unglaublich.«

»Finde ich auch. Eine noch so unbeschriebene Rennklasse. Aber wahrscheinlich ist sie die Formel 1 der Zukunft. Ich könnte als erster Dreifach-Meister in die Geschichte eingehen. Jetzt muss ich nur noch üben, schnell ein- und auszusteigen. Dann kann nichts mehr schiefgehen.«

Ich schüttle schmunzelnd den Kopf. Weder der Unfall noch der Rückschlag mit der Vertragsauflösung haben ihm seinen unermüdlichen Kampfgeist genommen.

»Langsam, langsam. Dazu musst du erstmal drei Jahre lang jedes Rennen gewinnen. Wie wär's, wenn wir mit Platz 3 anfangen? Oder damit, nicht vor Übermut in Flammen aufzugehen?«

Er reibt sich das Kinn, als würde er überlegen. Dann nickt er langsam.

»Ja, das klingt nach einem Plan.«

Schließlich stoße ich doch mit ihm an und nehme einen Schluck des süßlichen Weins, der perfekt mit der salzigen Note der Meeresluft harmoniert. Danny nimmt mir das Glas ab, stellt es neben seinem auf dem Sand ab und vergräbt die Füße im Sand, damit sie nicht umfallen. Dann kuschle ich mich an ihn und widme mich wieder dem Ausblick.

Vorsichtig verschränke ich meine Finger in seinen. Ein wohliges Kribbeln breitet sich in meinem Bauch aus. Das Leben sollte nur aus diesen Momenten bestehen. Doch das Besondere daran ist nicht dieser Sonnenuntergang, sondern das, was dahintersteckt.

Ich blicke zu Danny. Sofort tauchen die kleinen Grübchen auf seinen Wangen auf, die ich so sehr liebe. Weil sie nur zu sehen sind, wenn er glücklich ist.

»Du hast dein Versprechen gehalten und mir den Sonnenuntergang am Meer gezeigt.«

Er wendet sich mir zu. In seinen dunklen Augen spiegelt sich das Rot des Horizonts.

»Natürlich.« Er streicht mir zärtlich durch die Haare. »Ich hab es dir doch gesagt. Ich werde nie wieder ein Versprechen brechen.«

Mein Körper besteht nur noch aus prickelndem, wärmendem Glück.

Gleichzeitig beginnen wir zu lachen. Er weiß genau, was ich gleich fragen werde.

»Versprochen?«

Mit einem Mal wird er wieder ernst. Vorsichtig umschließt er mein Gesicht mit beiden Händen. »Versprochen.«

Er zieht mich sanft zu sich, bis unsere Lippen sich treffen. Dann besiegelt er sein Versprechen mit einem Kuss.

ENDE

Danksagung

Liebe Leserin, lieber Leser,

den größten Dank möchte ich dir aussprechen. Danke, dass du diesem Buch eine Chance gegeben und die Geschichte von Selina und Danny bis zum Ende verfolgt hast. Das bedeutet mir als Autorin alles und ich hoffe, ich konnte dir ein paar spannende Lesestunden bereiten.

Doch nicht nur ich war an der Entstehung dieses Werkes beteiligt. Deswegen gilt mein Dank auch all den wunderbaren Menschen, die mir ermöglicht haben, meinen Traum zu verwirklichen.

Ein dickes Dankeschön für die Inspiration geht an meinen Mann, der mir den Rennsport nahegebracht hat und mir während des Schreibprozesses geduldig all die komplexen (und teilweise auch ziemlich idiotischen) Fragen zur Formel 1 beantwortet hat. Danke für deine unglaubliche Unterstützung. Ohne dich würde dieses Buch nicht existieren!

Des Weiteren geht auch ein großer Dank an meine liebe Autorenfreundin Talina Leandro, die mich stets motiviert hat, in schwierigen Phasen dranzubleiben und das Buch zu beenden. Ich bin so froh, dich kennengelernt zu haben!

Außerdem bedanke ich mich bei dem Team von Impress, das an meine Geschichte geglaubt hat und mir mit dieser Veröffentlichung einen großen Herzenswunsch erfüllt hat. Ebenso danke ich meiner talentierten Lektorin Rebecca Steltner, die mir geholfen hat, das Beste aus der Geschichte herauszuholen. Ihr seid die Besten!

Ohne die liebe Isabell Schmitt-Egner, die sich mit Herzblut für junge Autoren einsetzt und die Impress-Sommerchallenge organisiert hat, hätte ich diesen Schritt allerdings nie geschafft. Also danke, liebe Isabell, für alles, was du für mich und die anderen Gewinner getan hast!

Auch meine Testleser haben dazu beigetragen, dieses Buch zu dem zu machen, was es heute ist. Insbesondere meine lieben Dauer-Testleser vom KUNO-F-Kurs und Teresa Junek, die mir immer wieder liebevoll unter die Nase reiben, wo es hakt und mir helfen, mich stets in meinem Schreiben zu verbessern.

Zuletzt gilt mein Dank natürlich meiner Familie und meinen Freunden. Danke, Mama und Papa, dass ihr immer an mich und mein Schreibtalent geglaubt habt. Vielen Dank an Steffi, nicht nur für deine Freundschaft, sondern auch für die Hilfe beim Übersetzen und die hilfreichen Infos zu meinen medizinischen Fragen. Danke an Christian, Julia, Tim und all die anderen wunderbaren Menschen in meinem Leben, einfach nur dafür, dass ihr schon so lange meinen Weg begleitet und ihn damit um einiges schöner macht.

DIE MACHT DER GEFÜHLE
TAUCH EIN IN ROMANTISCH-FANTASTISCHE GESCHICHTEN.
IM PRE SS
#IMPRESSBOOKS
ALLES VON IMPRESS HIER:
IMPRESSBOOKS.DE

LIEBE KENNT KEINE GRENZEN

Anja Tatlisu
LOVE WITHOUT LIMITS. REBELLISCHE LIEBE
ISBN 978-3-551-30236-6
Softcover
Auch als E-Book erhältlich

Kurz vor ihrer Zwangsehe verliebt sich Grace in den geheimnisvollen Biker Wyoming, der sie auf ein Leben in Freiheit hoffen lässt. Doch der Einfluss der elitären Vereinigung, die ihr gesamtes Sein kontrolliert, reicht weit über die Stadtgrenzen hinaus.

Laini Otis
STREET LOVE. LIEBE KENNT KEINE GRENZEN (STREET STORIES 1)
ISBN 978-3-551-30102-4
Softcover
Auch als E-Book erhältlich

Als Nika Sky zum ersten Mal begegnet, lebt sie auf der Straße. Skys Job ist es, Jugendlichen eine neue Zukunft zu ermöglichen, aber Nika ist kein Mädchen, das sich einfach so retten lässt. Sie braucht niemanden und schon gar nicht jemanden wie Sky mit seinem faszinierenden Beschützerinstinkt. Nur leider ist es für all die guten Vorsätze schon zu spät …

Joan Darque
HIGHSCHOOL SWEETHEART. IMMER WIEDER ZURÜCK ZU DIR
ISBN 978-3-551-30219-9
Softcover
Auch als E-Book erhältlich

Cassie steht nach sieben Jahren plötzlich wieder vor ihrem Highschool-Schwarm Julian, einem der begehrtesten Junggesellen. Und mit einem Schlag sind all ihre verdrängten Gefühle wieder da: das Herzklopfen, das sein intensiver Blick bei ihr auslöst, aber auch der Schmerz durch seine Zurückweisung. Doch diesmal ist alles anders.

IMPRESS

WWW.IMPRESSBOOKS.DE

Impress
Die Macht der Gefühle

Unser Versprechen für mehr Nachhaltigkeit
- Klimaneutrales Produkt
- Papiere aus nachhaltiger Waldwirtschaft
- Hergestellt in Europa

FSC www.fsc.org
MIX
Papier aus verantwortungsvollen Quellen
FSC® C083411

Impress
Ein Imprint der Carlsen Verlag GmbH
August 2021

Lektorat: Rebecca Steltner
Umschlagbild: shutterstock.com / © Babich Alexander / © Kaponia Aliaksei
Umschlaggestaltung: formlabor
Satz und Umsetzung: readbox publishing, Dortmund
ISBN 978-3-551-30408-7
www.impressbooks.de